D0771782

DOS MINUTOS

DOS MINUTOS

Robert Crais

Traducción de Javier Guerrero

EDICIONES B
GRUPO ZETA

Barcelona•Bogotá•Buenos Aires•Caracas•Madrid•México D.F.•Montevideo•Quito•Santiago de Chile

Título original: *The Two Minute Rule*

Traducción: Javier Guerrero

1.ª edición: febrero 2009

© 2006 by Robert Crais
© Ediciones B, S. A., 2009
  Bailén, 84 - 08009 Barcelona (España)
  www.edicionesb.com

Printed in Spain
ISBN: 978-84-666-3760-2
Depósito legal: B. 171-2009

Impreso por LIMPERGRAF, S.L.
Mogoda, 29-31 Polígon Can Salvatella
08210 - Barberà del Vallès (Barcelona)

En memoria del detective Terry Melancon, Jr.,
Departamento de Policía de Baton Rouge,
10 de agosto de 2005.
Héroe

Gracias, señor policía

Agradecimientos

Quiero dar las gracias a las muchas personas que me han ayudado en la investigación y redacción de esta novela.

En la oficina de campo del FBI en Los Ángeles, el agente especial supervisor John H. McEachern (jefe de la legendaria Brigada de Bancos) y la agente especial Laura Eimiller (relaciones públicas y de prensa del FBI) fueron generosos con su tiempo y pacientes con mis preguntas. Los errores y alteraciones voluntarias en la descripción y procedimiento son responsabilidad mía.

Garth Hire, de la oficina de la fiscalía federal en Los Ángeles, fue similarmente útil en cuestiones de directrices en las sentencias y encarcelaciones federales, y al señalar una vía de investigación adicional en estos ámbitos. Una vez más, las inconsistencias entre la realidad y lo que se describe en esta novela son de mi responsabilidad.

El ex agente especial Gerald Petievich, del servicio secreto de Estados Unidos, proporcionó datos e historia del cartel de Hollywood y el monte Lee, así como puntos de vista adicionales de la conducta criminal.

Christina Ruano me aconsejó en relación con cuestiones latinas, desde localizaciones de East Los Angeles hasta la jerga y el lenguaje de las bandas, y me proporcionó información de ingeniería sobre el canal del río Los Ángeles y los puentes del centro de la ciudad.

Finalmente, un agradecimiento y aprecio especial a mi editora, Marysue Rucci, que trabajó con perspicacia y diligencia para ayudarme a darme cuenta de la integridad innata de Max Holman.

Prólogo

Marchenko y Parsons rodearon el banco durante dieciséis minutos, inhalando pintura en aerosol de color azul real metalizado para amortiguar el efecto del *speed* mientras se armaban de valor. Marchenko creía que el azul real era un color de guerrero y les daba un punto en el banco. Los ojos desorbitados les conferían un aspecto más brutal. Parsons simplemente disfrutaba del zumbido de experiencia extracorporal, como de estar en las nubes, separado del mundo por una membrana invisible.

Marchenko, con su amplio rostro ucraniano morado de furia, de repente dio una palmada en el salpicadero y Parsons supo que estaban en marcha.

Marchenko gritó.

—¡Vamos a petárnoslo!

Parsons sacudió el cargador de su rifle M4 al tiempo que Marchenko daba un volantazo y metía el Corolla robado en el aparcamiento. Parsons procuró no colocar el dedo en el gatillo. Era importante no disparar el arma hasta que Marchenko diera la orden, porque Marchenko era el líder de la pequeña operación, y a Parsons ya le parecía bien. Gracias a Marchenko los dos eran millonarios.

Se metieron en el aparcamiento a las tres y siete minutos de la tarde, y dejaron el coche cerca de la puerta. Se colocaron pasamontañas negros como habían hecho antes doce veces, entrechocaron los puños enguantados en un ramalazo de *esprit de corps*, y esta vez los dos gritaron al unísono para que no quedaran dudas.

—¡Nos lo petamos!

Salieron del coche, los dos con aspecto de osos negros. Tanto Marchenko como Parsons iban ataviados con ropa militar de faena negra, botas, guantes y pasamontañas; llevaban chalecos tácticos con infinidad de bolsillos, encima del chaleco antibalas que habían comprado en eBay, y tantos cargadores adicionales para sus rifles que sus cuerpos ya voluminosos parecían hinchados. Parsons llevaba una bolsa grande de nailon para el dinero.

A la luz del día, tan obvios como dos moscas en una taza de leche, Marchenko y Parsons entraron en el banco igual que dos púgiles de lucha libre subiendo al cuadrilátero como si tal cosa.

Parsons nunca pensó que podría aparecer la policía o que podrían detenerlos. Las dos primeras veces que habían asaltado un banco se había preocupado, pero aquél era su atraco a mano armada número trece, y robar bancos se había convertido en la forma más fácil de ganar dinero que jamás había tenido ninguno de los dos: esa gente de los bancos les daba el dinero a la primera y los vigilantes de seguridad eran cosa del pasado; los bancos ya no contrataban polis de alquiler porque los costes de responsabilidad eran muy elevados; lo único que tenías que hacer era entrar por la puerta y coger lo que querías.

Cuando irrumpieron en el banco, estaba saliendo una mujer con traje de oficina. La mujer parpadeó al verlos armados y vestidos con su uniforme de comando negro y trató de cambiar de dirección, pero Marchenko la agarró por la cara, le levantó las piernas de una patada y la tiró al suelo. Alzó el rifle y gritó lo más alto que pudo.

—¡Esto es un atraco, cabronazos! ¡Somos los putos amos del banco!

Parsons, siguiendo el pie, disparó dos impresionantes ráfagas que soltaron varios paneles del techo e hicieron añicos tres hileras de luces. Metralla, escombros y balas rebotadas salpicaron las paredes y sonaron en las mesas. Los casquillos saltaron de su rifle tintineando como la cubertería en un festín. El fragor del arma automática en el espacio cerrado fue tan ensordecedor que Parsons no oyó los gritos de los empleados.

Su decimotercer atraco a un banco había comenzado oficialmente. El reloj estaba en marcha.

Lynn Phelps, la tercera mujer en la cola del cajero, se sobresaltó al oír los disparos y se tiró al suelo como todos los demás. Agarró las piernas de la mujer que estaba detrás de ella, la derribó, y miró el reloj a escondidas. Su Seiko digital marcaba exactamente las 15.09 h. Las tres y nueve. El tiempo sería crítico.

La señora Phelps, de sesenta y dos años, con sobrepeso y sin ninguna gracia, era una ayudante del sheriff retirada de Riverside, California. Se había trasladado a Culver City con su nuevo marido, un agente jubilado de la policía de Los Ángeles llamado Steven Earl Phelps, y sólo hacía ocho días que era clienta de esa sucursal. Iba desarmada, aunque tampoco habría intentado sacar el arma si la hubiera llevado. Lynn Phelps sabía que los dos descerebrados que estaban robando en el banco no eran profesionales por la forma en que perdían el tiempo descargando sus pistolas y maldiciendo en lugar de ir al grano y robar el dinero. Los profesionales habrían cogido inmediatamente a los directores y habrían ordenado a los cajeros que vaciaran sus cajones. Los profesionales sabían que la velocidad era la vida. Esos descerebrados eran claramente aficionados. Peor, eran aficionados armados hasta los dientes. Los profesionales querían salir vivos; los aficionados te matarían.

Lynn Phelps miró otra vez el reloj. Tres y diez. Había pasado un minuto y aquellos dos idiotas todavía estaban agitando las pistolas. Aficionados.

Marchenko empujó a un hombre latino sobre un mostrador lleno de recibos de ingresos. El hombre era bajo y de tez oscura, con ropa de trabajo suelta manchada de pintura blanca y polvo. Tenía las manos también polvorientas y blancas. Parsons pensó que el tipo probablemente había estado instalando pladur antes de ir al banco. El pobre cabrón seguramente no hablaba inglés, pero no tenían tiempo para clases de idiomas.

—¡Al suelo, cabrón! —gritó Marchenko.

Dicho esto, Marchenko golpeó al tipo con la culata de su rifle. La cabeza del hombre se partió y éste se derrumbó sobre el mostrador, pero no cayó, así que Marchenko le golpeó otra vez, derribándolo. El atracador se volvió con la voz furiosa y los ojos saliéndose de las órbitas bajo el pasamontañas.

—Todo el mundo se queda en el suelo. Si alguien nos jode ya se puede despedir de este mundo. Ven aquí vaca puta.

El trabajo de Parsons era fácil. Mantenía un ojo en todos y el otro en la puerta. Si entraba alguien más, lo cogía y lo empujaba al suelo. Si entraba un poli, agujerearía al cabrón. Así era como funcionaba. Y desplumaría a los cajeros mientras Marchenko iba a por la llave.

Los bancos guardaban el efectivo en dos sitios: los cajones de los cajeros y la cámara acorazada. El director tenía la llave de la cámara acorazada.

Mientras Marchenko mantenía a los clientes en el suelo, Parsons sacudió la bolsa de nailon y confrontó a las cajeras. Era una escena tranquila de media tarde: cuatro cajeras, todas ellas jóvenes asiáticas y de Oriente Próximo, y en el escritorio de detrás una tipa más mayor que probablemente era la directora. Había otro empleado, seguramente encargado de los préstamos o subdirector, sentado en uno de los dos escritorios del lado de los clientes.

Parsons puso una voz ruda como la de Marchenko y agitó la pistola. El arma servía para que las jovencitas se cagaran de miedo.

—¡Lejos del mostrador! ¡Atrás, maldita sea! ¡Levántate! No te quedes sentada, zorra, ¡arriba!

Una de las cajeras ya estaba llorando; se había hincado de rodillas, la imbécil. Parsons se inclinó sobre el mostrador, aguijoneándola con la pistola.

—¡Levántate, zorra estúpida!

A su espalda, Marchenko había puesto en pie al del escritorio, preguntando a gritos por el director.

—¿Quién tiene la llave? ¿Quién coño es el director? Si os tengo que volar los huevos, os los voy a volar.

La mujer del escritorio situado detrás de los cajeros dio un paso adelante, identificándose como la directora. Levantó ambas manos para mostrar las palmas, caminando lentamente hacia delante.

—Pueden coger el dinero. No vamos a resistirnos.

Marchenko empujó al que tenía delante y pasó al otro lado de los cajeros. Mientras se ocupaba de ese lado, Parsons ordenaba a las cajeras que dieran un paso adelante hasta sus puestos y les advirtió que no hicieran sonar las alarmas de debajo de sus mostradores. Les dijo que vaciaran los cajones en las mesas y que no metieran los putos paquetes con tinta. Empuñó el rifle con la mano derecha y sostuvo la bolsa en la izquierda. Les ordenó que pusieran el efectivo en la bolsa. A las chicas les temblaban las manos al hacerlo. Todas y cada una de ellas estaban temblando. Su miedo le provocó una erección a Parsons.

Tenía un problema con la zorra estúpida del suelo. No iba a levantarse. No parecía capaz de controlar las piernas ni de oír siquiera sus órdenes. Parsons ya iba a saltar por encima del mostrador para pegar a la perra idiota cuando la siguiente cajera se ofreció a vaciar su cajón.

—Hazlo —dijo Parsons—. Ven aquí y dame el dinero.

Mientras la servicial cajera metía el dinero en la bolsa, entró en el banco un hombre con el pelo gris corto y piel curtida. Parsons sólo lo vio porque se fijó en que una de las cajeras miraba al hombre. Cuando el atracador miró, el cliente ya se estaba volviendo para irse.

El rifle saltó hacia arriba con vida propia y disparó tres

balas con un sonido seco y agudo. Las cajeras gritaron cuando el hombre agitó los brazos en el aire y cayó. Parsons no le dio mayor importancia. Miró a la gente que estaba en el suelo para asegurarse de que nadie iba a intentar levantarse y se volvió a las cajeras.

—Dadme el puto dinero.

La última cajera ya había puesto su dinero en la bolsa cuando Marchenko volvió de la cámara acorazada. Tenía la bolsa abultada. El dinero de verdad siempre estaba en la cámara acorazada.

—¿Estamos de suerte? —dijo Parsons.

Marchenko sonrió detrás del pasamontañas.

—Somos de oro.

Parsons cerró la cremallera de la bolsa. Si explotaba un paquete de tinta, el dinero estaría perdido, pero la bolsa de nailon le protegería a él del color. A veces los paquetes de tinta funcionaban con temporizadores y otras veces funcionaban mediante espoletas de proximidad que se disparaban cuando salías del banco. Si explotaba alguno, los polis estarían buscando a cualquiera que estuviera manchado de tinta indeleble.

Cargados con el dinero, los dos atracadores se reunieron y miraron a la gente que seguía en el suelo.

Marchenko, como siempre, gritó su personal despedida.

—No os levantéis, no miréis. Si alguien mira yo voy a ser la última puta cosa que vea.

Cuando se volvió hacia la puerta, Parsons lo siguió, sin siquiera mirar al hombre al que había matado, ansioso por salir, llegar a casa y contar su dinero. Cuando llegaron a la puerta, Parsons se volvió para echar un último vistazo y asegurarse de que todo el mundo continuaba en el suelo y, como siempre, así era...

... porque robar bancos era rematadamente fácil.

Acto seguido, siguió a Marchenko hacia la luz del día.

Lynn Phelps miró su reloj cuando los dos atracadores salieron por la puerta. Eran las tres y dieciocho; habían transcurrido nueve minutos desde que los dos tipos con ropa negra y armas automáticas habían irrumpido en el banco. Los ladrones de bancos profesionales saben que disponen de menos de dos minutos para hacer su robo y largarse. Dos minutos era el tiempo mínimo necesario para que un empleado disparara la alarma, que ésta se registrara en la empresa de seguridad contratada por el banco y que la policía respondiera una vez recibida la notificación de que se estaba cometiendo un atraco. Superados los dos minutos, cada segundo incrementaba las posibilidades de que atraparan al atracador. Un atracador profesional se largaba cuando el cronómetro llegaba a los dos minutos, tanto si tenía el dinero como si no. Lynn Phelps sabía que aquellos tipos eran aficionados, quedándose en el banco nueve minutos. Tarde o temprano los pillarían.

Lynn Phelps permaneció en el suelo y esperó. El tiempo siguió pasando. Diez minutos. Gruñó.

Lynn Phelps no sabía a ciencia cierta lo que estaba ocurriendo fuera, pero podía hacerse a la idea.

Parsons salió del banco de espaldas, asegurándose de que la gente a la que acababan de robar no echaba a correr tras ellos. Retrocediendo, chocó con Marchenko, que se había detenido sólo a unos pasos de la puerta cuando la voz amplificada resonó en el aparcamiento.

—¡Policía! No se muevan. Quédense completamente quietos.

Parsons absorbió la escena en una fracción de segundo: había dos sedanes sin identificar aparcados al otro lado del estacionamiento y un coche blanco y negro de la policía bloqueaba la calle. También vio una furgoneta Econoline desvencijada detrás del coche blanco y negro. Detrás de los vehículos había hombres de paisano de mirada dura, sosteniendo pistolas, escopetas y rifles. Había dos agentes de uniforme a cada extremo del coche patrulla.

—Guau —soltó Parsons.

No sintió temor ni una gran sorpresa, aunque el corazón le latía con fuerza. Marchenko levantó el fusil de asalto sin vacilar y abrió fuego. El movimiento del arma de Marchenko fue como la señal de partida. Parsons también abrió fuego. Su M4 modificada funcionó de manera impecable disparando una ráfaga de balas. Parsons notó pequeñas punzadas en el estómago, pecho y muslo izquierdo, pero apenas las sintió. Vació su cargador, metió otro y volvió a disparar. Viró hacia el coche blanco y negro y descargó una andanada. Ya estaba apuntando hacia los sedanes no identificados cuando cayó Marchenko. Marchenko no se tambaleó ni giró ni nada de eso; cayó como una marioneta a la que le cortan los hilos.

Parsons no estaba seguro de adónde ir ni de qué hacer salvo seguir disparando. Pasó por encima del cuerpo de Marchenko y entonces vio que uno de los hombres que estaban detrás de los sedanes tenía un fusil muy parecido al suyo. Parsons levantó el arma, pero no llegó a tiempo. Las balas atravesaron el chaleco y le hicieron tambalear. De pronto, el mundo se tornó gris y brumoso, y su cabeza zumbó con una sensación muy diferente a la de inhalar pintura. Parsons no lo sabía, pero tenía destrozado el pulmón derecho y le había estallado la aorta. Cayó de culo con fuerza, pero no sintió el impacto. Se derrumbó hacia atrás, pero no sintió el golpe de su cabeza contra el cemento. Se dio cuenta de que todo había ido terriblemente mal, aunque todavía no comprendió que se estaba muriendo.

Por encima de él flotaron formas y sombras, pero no sabía qué eran ni le importaba. Parsons pensó en el dinero cuando su cavidad abdominal se inundó de sangre y su presión arterial cayó en picado. Sus últimos pensamientos fueron para el dinero, el *cash*, todos esos billetes verdes perfectos que habían robado y apilado, cada dólar, un deseo y una fantasía, millones de deseos incumplidos que estaban más allá de su alcance y que se alejaban cada vez más. Parsons siempre había sabido que robar bancos estaba mal, pero había disfrutado haciéndolo. Marchenko los había enriquecido. Y los dos habían sido ricos.

Parsons vio su dinero.

Los estaba esperando.

Al cabo de un instante, a Parsons le sobrevino una parada cardiaca, su respiración se detuvo y sólo entonces sus sueños de dinero se desvanecieron en la calle caliente y brillante de Los Ángeles.

Sobrepasados de largo los dos minutos, Marchenko y Parsons se habían quedado sin tiempo.

PRIMERA PARTE
86 DÍAS DESPUÉS

1

—No eres demasiado mayor. Hoy en día, uno no es mayor a los cuarenta y seis. Tienes todo el tiempo del mundo para rehacer tu vida.

Holman no respondió. Estaba intentando decidir cómo preparar mejor la maleta. Todo lo que poseía estaba esparcido en la cama, pulcramente doblado: cuatro camisetas blancas, tres calzoncillos Hanes, cuatro pares de calcetines blancos, dos camisas de manga corta (una beis y una a cuadros escoceses) y unos pantalones de militar; además de la ropa que vestía cuando lo detuvieron por atraco de bancos hacía diez años, tres meses y cuatro días.

—Max, ¿estás escuchando?

—He de guardar esto. Dime, ¿crees que debería conservar mis cosas de antes? No sé si volveré a entrar en estos pantalones.

Wally Figg, que dirigía el Centro Correccional de la Comunidad, una especie de institución de reinserción para reclusos federales, dio un paso adelante para examinar los pantalones de color crema. Los cogió y los sostuvo al lado de Holman. Todavía llevaban las marcas de cuando la policía había tirado a Holman al suelo en el First United California Bank diez años y tres meses antes. Wally admiró la tela.

—Tiene un bonito corte, tío. ¿Qué es, italiano?

—Armani.

Wally asintió con la cabeza, impresionado.

—Yo de ti me los quedaría. Sería una pena perder una prenda tan elegante.

—Tengo diez centímetros más de cintura que entonces.

En su día, Holman había vivido a lo grande. Robaba coches, se llevaba camiones y atracaba bancos. Con los bolsillos bien llenos de dinero fácil, aspiraba metanfetamina para desayunar y almorzaba *bourbon* Maker's Mark, tan espitoso por la droga y resacoso por el alcohol que rara vez se molestaba en comer. Había engordado en prisión.

Wally volvió a doblar los pantalones.

—Yo me los quedaría. Te pondrás en forma otra vez. Márcate un objetivo: meterte en esos pantalones.

Holman se los arrojó a Wally, que era más pequeño.

—Mejor dejar atrás el pasado.

Wally admiró la prenda y miró a Holman con tristeza.

—Sabes que no puedo. No podemos aceptar nada de los residentes. Si quieres, se los pasaré a alguno de tus compañeros. O los daré a beneficencia.

—Lo que quieras.

—¿Tienes alguna preferencia?

—No, da igual.

—Vale. Claro.

Holman volvió a mirar su ropa. Su maleta era en realidad una bolsa del supermercado Albertsons. Técnicamente, Max Holman aún estaba encarcelado, pero al cabo de una hora sería un hombre libre. Cuando terminas una condena federal no marcas una cruz en la última casilla y te dejan suelto; la puesta en libertad de una custodia federal se produce por etapas. Se empieza con seis meses en un Centro de Confinamiento Intensivo, donde te dejan salir al mundo exterior, te ofrecen terapia conductista, terapia contra la drogadicción si la necesitas, esa clase de cosas. Después de eso pasas a un Centro Correccional de la Comunidad, donde te permiten vivir y trabajar en una comunidad con ciudadanos libres. En las fases finales de este programa de liberación, Holman había pasado los últimos tres meses en el CCC de Venice, California, una localidad de playa emparedada entre Santa Mónica y Marina del Rey, preparándose para su puesta en libertad. Ese día, Holman sería liberado de la custodia federal a tiempo completo y quedaría en lo que se conocía como libertad vigilada, sería un hombre libre por primera vez en diez años.

—Bueno, venga —dijo Wally—. Voy a buscar los papeles. Estoy orgulloso de ti, Max. Es un gran día. Estoy francamente feliz por ti.

Holman apiló sus prendas en la bolsa. Con la ayuda de su supervisora de puesta en libertad del Departamento de Prisiones, Gail Manelli, había reservado una habitación en un motel de apartamentos y había conseguido un trabajo; la habitación le costaría sesenta dólares semanales, el empleo le reportaría ciento setenta y dos con cincuenta después de impuestos. Un gran día, sin duda.

Wally le dio una palmada en la espalda.

—Me encontrarás en la oficina cuando estés listo para irte. Oye, te voy a dar una cosa como regalo de despedida.

Holman lo miró.

—¿Qué?

Wally sacó una tarjeta del bolsillo y se la entregó. La tarjeta mostraba una imagen de un reloj de anticuario. «Salvador Jiménez, reparación y compraventa de relojes de calidad, Culver City, California.» Wally se explicó mientras Holman leía la tarjeta.

—El primo de mi mujer tiene este localito. Arregla relojes. Suponía que quizá teniendo trabajo y todo, querrías reparar el reloj de tu padre. Si te interesa, dímelo, me aseguraré de que Sally te haga un buen precio.

Holman se guardó la tarjeta en el bolsillo. Llevaba un Timex barato con correa ajustable que no había funcionado en veinte años. En tiempos, Holman había lucido un Patek Philippe de dieciocho mil dólares que había robado de un perista llamado Óscar Reyes. Reyes había tratado de estafarle con un Porsche Carrera robado, así que Holman estranguló al hijo de puta hasta que se desmayó. Pero eso fue entonces. Ahora, Holman llevaba el Timex, aunque las agujas estaban paradas. El Timex había pertenecido a su padre.

—Gracias, Wally, muchas gracias. Iba a hacerlo.

—Un reloj que no marca la hora no te sirve de mucho.

—Tengo algo en mente para el reloj, así que esto me ayudará.

—Avísame. Me aseguraré de que te haga un buen precio.

—Claro. Gracias. Déjame que guarde mis cosas, ¿vale?

Wally salió, y Holman volvió a ocuparse de guardar sus pertenencias. Tenía la ropa, trescientos doce dólares que había ganado durante su encarcelación y el reloj de su padre. No tenía coche ni carnet de conducir ni familia o amigos que fueran a ir a recogerle tras su puesta en libertad. Wally iba a llevarlo al motel. Después, tendría que arreglárselas solo, con el sistema de transporte público y un reloj que no funcionaba.

Holman se acercó a la cómoda para coger la foto de su hijo. La foto de Richie había sido la primera cosa que había puesto en la habitación del CCC y sería lo último que guardaría al marcharse. Mostraba a su hijo a la edad de ocho años, un niño medio desdentado, peinado a la moda de la época, de piel oscura y ojos serios; su cuerpo infantil ya empezaba a engrosarse con el cuello y los hombros de Holman. La última vez que Holman había visto a su hijo fue en el duodécimo cumpleaños del niño. Holman, cargado de pasta después de vender dos Corvette robados en San Diego, se presentó un día tarde, borracho como una cuba. Donna, la madre del chico, cogió los dos mil que le ofreció, demasiado poco y demasiado tarde, en concepto de pensión alimenticia que nunca pagaba a tiempo. Donna le había enviado la vieja foto durante su segundo año de encarcelación; un espasmo de culpa porque no iba a dejar que el chico lo visitara en prisión ni que hablara con él por teléfono, y tampoco iba a pasarle a su hijo las cartas de Holman, aunque eran pocas y espaciadas, manteniendo así al niño apartado de la vida de su padre. Holman ya no la culpaba por eso. Ella se había desenvuelto bien con el niño, sin ninguna ayuda por su parte. Su hijo se había hecho alguien en la vida y Holman estaba rematadamente orgulloso de eso.

Holman puso la foto plana en la bolsa, luego la cubrió con la ropa restante para mantenerla a salvo. Miró a su alrededor en la sala. No parecía muy diferente que hacía una hora, antes de que él empezara a preparar sus cosas.

—Bueno, supongo que ya está —dijo por lo bajo.

Aunque sabía que tenía que irse, se sentó en el borde de la cama. Era un gran día, pero se sentía fatigado por el peso de las circunstancias. Iba a instalarse en su nueva habitación, informar a su supervisora penitenciaria y luego tratar de encontrar a Donna. Habían pasado dos años desde su última nota. Tampoco es que antes le escribiera demasiado, pero le habían devuelto las cinco cartas que él le había mandado desde entonces por desconocerse el destinatario en esa dirección. Holman supuso que Donna se habría casado, y su nueva pareja probablemente no quería que el ex novio condenado por la justicia se entrometiera en su vida. Holman tampoco la culpaba por eso. Ellos nunca se habían casado, pero habían tenido al chico juntos y eso tendría que contar para algo, aunque ella lo odiara. Holman quería disculparse y hacerle saber que había cambiado. Si ella tenía una nueva vida, quería desearle que le fuera bien antes de seguir con la suya. Ocho o nueve años antes, cuando imaginaba el ansiado día, se veía saliendo corriendo por la condenada puerta, pero en cambio allí estaba, sentado en la cama. Todavía seguía allí cuando volvió Wally.

—¿Max?

Wally estaba en el umbral como si le diera miedo entrar. Tenía el rostro pálido y no paraba de humedecerse los labios.

—¿Qué pasa, Wally? —dijo Holman—. ¿Has tenido un ataque al corazón o qué?

Wally cerró la puerta. Miró a una libreta como si en ella hubiera algo incomprensible. Estaba visiblemente agitado.

—¿Wally, qué pasa?

—¿Tienes un hijo, verdad? ¿Richie?

—Sí.

—¿Cuál es su nombre completo?

—Richard Dale Holman.

Holman se levantó. No le gustaba la postura inquieta de Wally, lamiéndose los labios.

—Sabes que tengo un hijo. Has visto la foto.

—Es un niño.

—Ahora tendrá veintitrés. Tiene veintitrés. ¿Por qué quieres saberlo?

—Max, escucha, ¿es agente de policía? ¿Aquí en Los Ángeles?

—Sí.

Wally se acercó y tocó el brazo de Holman con dedos tan ligeros como una pluma.

—Es terrible, Max. Tengo malas noticias y quiero que te prepares para oírlas.

Wally registró los ojos de Holman como si buscara una señal, así que Holman asintió con la cabeza.

—Vale, Wally. ¿Qué?

—Lo mataron anoche. Lo siento, Max. Lo siento muchísimo.

Holman oyó las palabras; vio el dolor en los ojos de Wally y sintió su preocupación, pero Wally y la habitación y el mundo dejaron a Holman atrás como un coche que adelanta a otro en una autopista plana del desierto. Holman pisaba el freno, Wally pisaba el acelerador, Holman observaba el mundo que se alejaba a toda velocidad.

De pronto se recuperó y contuvo un dolor terrible, una sensación de vacío.

—¿Qué ocurrió?

—No lo sé, Max. Habían llamado del Departamento de Prisiones cuando he ido a buscar tus papeles. No tenían mucho que decir. Ni siquiera estaban completamente seguros de que se tratara de ti o de que todavía estuvieras aquí.

Holman se sentó otra vez, y en esta ocasión Wally se sentó a su lado. Holman quería ir a ver a su hijo después de hablar con Donna. Esa última vez que vio al chico, sólo dos meses antes de que lo detuvieran en el robo del banco, el chico lo había mandado a la mierda, corriendo al lado del coche mientras Holman se alejaba, gritándole con los ojos húmedos e hinchados que era un perdedor, gritándole «vete a la mierda, perdedor». Holman todavía soñaba con eso. Y ahora allí estaba, con la sensación de vacío, comprendiendo que todo aquello hacia lo que se había estado moviendo en los últimos diez años se había ido a la deriva como un barco que pierde el rumbo.

—Llora si quieres —dijo Wally.

Holman no lloró. Quería saber quién lo había hecho.

Querido Max:

Te escribo porque quiero que sepas que Richard se ha hecho alguien en la vida a pesar de tu mala sangre. Richard ha ingresado en el Departamento de Policía. El domingo pasado se graduó en la Academia de Policía junto al Dodger Stadium, y no fue poca cosa. El alcalde dijo unas palabras y los helicópteros volaron bajo. Ahora Richard es agente de policía. Es fuerte y bueno, no como tú. Estoy muy orgullosa de él. ¡Estaba tan guapo! Creo que es su forma de demostrar que no es verdad el dicho «de tal palo, tal astilla».

DONNA

Ésa fue la última carta que recibió Holman, cuando todavía estaba en Lompoc. Holman recordó que al llegar a la parte del refrán, «de tal palo, tal astilla», no sintió vergüenza ni pena; sintió alivio. Recordó que pensó: «Gracias a Dios, gracias a Dios.»

Respondió, pero le devolvieron las cartas. Escribió a su hijo al Departamento de Policía de Los Ángeles, sólo una nota para felicitar al chico, pero nunca le llegó respuesta. No sabía si Richie había recibido la carta o no. No quería ser una obligación para el chico. No había vuelto a escribir.

2

—¿Qué he de hacer?

—¿Qué quieres decir?

—No sé qué hacer con esto. ¿Se supone que he de ver a alguien? ¿Se supone que he de hacer algo?

Holman había pasado un total de nueve meses de reclusión en el sistema penitenciario de menores antes de cumplir diecisiete años. Su primera condena de adulto llegó cuando tenía dieciocho años: seis meses por robo de coches. A continuación, cumplió dieciséis meses de condena estatal por robo, luego tres años por una condena de robo con allanamiento de morada. En total, Holman había pasado más de un tercio de su vida adulta en penitenciarías estatales y federales. Estaba acostumbrado a que la gente le dijera qué hacer y dónde hacerlo. Wally pareció interpretar su confusión.

—Has de seguir con lo que estabas haciendo. Era policía. Dios mío, nunca me dijiste que fuera policía. Es impresionante.

—¿Y el funeral?

—No lo sé. Supongo que se ocupará la policía.

Holman trató de imaginar qué hacía la gente responsable en momentos como ése, pero carecía de experiencia. Su madre había fallecido cuando él era muy joven y su padre había muerto cuando Holman cumplía su primera condena por robo. No tuvo nada que ver con su entierro.

—¿Están seguros de que es el mismo Richie Holman?

—¿Quieres ver a uno de los psicólogos? Podemos traer a uno.

—No necesito ver a un psicólogo, Wally. Quiero saber qué ocurrió. Me has dicho que mataron a mi hijo, quiero saber cosas. No puedes decir a un hombre que han matado a su hijo y punto, joder.

Wally hizo un gesto para calmar a Holman, pero Holman no se sentía inquieto. No sabía qué más hacer ni qué decir y no tenía a quién dirigirse salvo a Wally.

—Mierda, Donna ha de estar destrozada —dijo Holman—. Será mejor que hable con ella.

—Vale. ¿Puedo ayudar con eso?

—No lo sé. La policía ha de saber cómo localizarla. Si me han llamado a mí, la habrán llamado a ella.

—Déjame ver qué puedo averiguar. Le dije a Gail que volvería a hablar con ella después de verte. Fue ella la que recibió la llamada de la policía.

Gail Manelli era una joven con aspecto de mujer emprendedora y sin ningún sentido del humor, pero a Holman le caía bien.

—Vale, Wally —dijo Holman—. Claro.

Wally habló con Gail, que les dijo que podían obtener más información del jefe de Richie en la comisaría de Devonshire, en Chatsworth, donde trabajaba Richie. Veinte minutos después, Wally llevó a Max hacia el norte, saliendo de Venice por la 405 hacia el valle de San Fernando. El trayecto duró casi treinta minutos. Aparcaron fuera de un edificio limpio y bajo, que parecía más una biblioteca de los alrededores de la ciudad que una comisaría.

El aire sabía a mina de lápiz. Holman había residido doce semanas en el CCC, pero no había salido de Venice, donde el aire siempre era limpio porque estaba sobre el agua. Los reclusos en transición hablaban de estar en la granja cuando se referían a esta manera de vivir, atados en corto. A los reclusos en transición los llamaban internos transicionales.

Había nombres para todo cuando estabas en el sistema penitenciario.

Al bajar del coche, Wally se sintió como si estuviera pisando sopa.

—Coño, aquí hace más calor que en el infierno.

Holman no dijo nada. Le gustaba el calor, sentir que el sol le calentaba la piel.

Se identificaron en el mostrador de recepción y preguntaron por el capitán Levy. Levy, según Gail, había sido el jefe de Richie. Holman había sido detenido por el Departamento de Policía de Los Ángeles en una docena de ocasiones, pero no conocía la comisaría de Devonshire. La iluminación institucional y la austera decoración de edificio público lo dejaron con la sensación de que había estado antes y de que volvería a estar. Comisarías, tribunales e instituciones penales habían formado parte de su vida desde que tenía catorce años. Lo sentía normal. En prisión, sus psicólogos le habían inculcado que los delincuentes profesionales como él tenían dificultad en enderezar el camino, porque el delito y el castigo correspondiente eran partes normales de sus vidas: el delincuente perdía el miedo al castigo. Holman sabía que era cierto. Allí estaba rodeado de gente con pistola y placa, y no sentía nada. Estaba decepcionado. Pensaba que se sentiría asustado o al menos aprensivo, pero era como si estuviera en un supermercado.

El agente de guardia los hizo pasar en cuanto salió un policía uniformado de aproximadamente la edad de Holman. Tenía el pelo corto y plateado y estrellas en los hombros, así que Holman lo tomó por Levy. El hombre miró a Wally.

—¿Señor Holman?

—No, soy Walter Figg, del CCC.

—Yo soy Holman.

—Chip Levy. Era el jefe de Richard. Si me acompañan, les explicaré lo que pueda.

Levy era un hombre bajo y robusto, con aspecto de gimnasta avejentado. Estrechó la mano de Holman y fue entonces cuando éste se fijó en que llevaba un brazalete negro. Igual que los dos agentes sentados detrás del escritorio y otro que estaba clavando folletos en un tablón de anuncios: «Campamento deportivo de verano. ¡Apunta a tus hijos!»

—Sólo quiero saber qué ocurrió. Y enterarme de los preparativos para el funeral.

—Venga por aquí. Tendremos más intimidad.

Wally se quedó en la zona de recepción. Holman pasó por el detector de metales y luego siguió a Levy por un pasillo hasta una sala de interrogatorios. Otro agente uniformado ya estaba esperando dentro, éste con galones de sargento. Se levantó cuando ellos entraron.

—Le presento a Dale Clark —dijo Levy—. Dale, éste es el padre de Richard.

Clark tomó la mano de Holman en un firme apretón, y lo mantuvo más de lo que Holman consideró cómodo. A diferencia de Levy, Clark dio la sensación de estudiarlo.

—Yo era el sargento del turno de Richard. Era un joven destacado. El mejor.

Holman balbució un «gracias», pero no sabía qué más decir después de eso; se le ocurrió que aquellos hombres habían conocido a su hijo y habían trabajado con él, mientras que él no sabía nada del chico. Darse cuenta de eso le hizo dudar de cómo actuar, y lamentó que Wally no estuviera con él.

Levy le pidió que se sentara junto a una mesita. Todos los agentes de policía que habían interrogado a Holman se habían ocultado tras un barniz de distancia, como si lo que Holman dijera careciera de importancia. Holman se había dado cuenta mucho tiempo atrás de que sus ojos parecían distantes porque estaban pensando: estaban buscando una forma de engañarlo para descubrir la verdad. Levy no parecía diferente.

—¿Quiere un café?

—No, gracias.

—¿Agua o un refresco?

—No, no.

Levy se acomodó enfrente de él y juntó las manos sobre la mesa. Clark ocupó una silla a la izquierda de la de Holman. Levy se inclinó hacia delante para descansar los antebrazos en la mesa, Clark se recostó en la silla con los brazos cruzados.

—Muy bien, antes de que empecemos necesito ver alguna identificación —dijo Levy.

Holman se sintió como si lo estuvieran levantando con el gato de un coche. El Departamento de Prisiones les había avisado de que venía y allí estaban pidiéndole una identificación.

—¿No ha hablado con ustedes la señora Manelli?

—Es sólo una formalidad. Cuando ocurre algo así, tenemos gente de la calle que entra reclamando que son parientes. Normalmente tratan de llevar a cabo alguna trampa al seguro.

Holman sintió que se ruborizaba al sacar sus papeles.

—Yo no busco nada.

—Es sólo una formalidad, por favor —dijo Levy.

Holman les mostró su documento de puesta en libertad y su tarjeta de identificación emitida por el Gobierno. Como muchos internos no disponían de medio de identificación después de su puesta en libertad, el Gobierno proporcionaba un documento de identidad con foto similar a una licencia de conducir. Levy miró la tarjeta y se la devolvió.

—Muy bien. Lamento que haya tenido que enterarse del modo en que lo ha hecho (a través del Departamento de Prisiones), pero no teníamos noticias suyas.

—¿Qué significa eso?

—No aparecía en el archivo personal del agente. Donde decía «padre», Richard había escrito «desconocido».

Holman sintió que se ruborizaba todavía más, pero miró de nuevo a Clark. Lo estaba sacando de quicio. Eran tipos como Clark los que le habían estado tocando los cojones durante la mayor parte de su vida.

—Si no sabían que existía, ¿cómo me han encontrado?

—Por la mujer de Richard.

Holman lo asimiló. Richard estaba casado y ni Richie ni Donna se lo habían dicho. Aparentemente, Levy y Clark se dieron cuenta de lo que estaba pensando, porque Levy se aclaró la garganta.

—¿Cuánto tiempo ha estado encarcelado?

—Diez años. Ahora estoy al final. Hoy he empezado la libertad vigilada.

—¿Por qué lo detuvieron? —dijo Clark.

—Bancos.

—Ajá, ¿así que no ha estado en contacto con su hijo recientemente?

Holman se maldijo a sí mismo por apartar la mirada.

—Esperaba recuperar el contacto ahora que he salido.

Clark asintió de manera pensativa.

—Podría haberlo llamado desde el centro correccional, ¿no? Les dan mucha libertad.

—No quería llamarlo mientras permanecía bajo custodia. Si él quería verme, no quería tener que pedir permiso. Quería que me viera libre con la prisión como algo del pasado.

Ahora fue Levy el que pareció avergonzado, así que Holman siguió adelante con sus preguntas.

—¿Pueden decirme cómo está la madre de Richie? Quiero asegurarme de que está bien.

Levy miró a Clark, que se encargó de responder.

—Notificamos la muerte de su hijo a la mujer de Richard. Al ser su esposa, nuestra primera responsabilidad era ella, ¿entiende? Si ella se lo comunicó a su madre o a alguien más, no nos lo dijo, pero era asunto suyo. Fue la señora Holman (la mujer de Richie) quien nos habló de usted. No estaba segura de dónde se encontraba, así que contactamos con el Departamento de Prisiones.

Levy se hizo cargo de la conversación.

—Lo pondremos al corriente de lo que sabemos. No es mucho. Robos y Homicidios está llevando el caso desde el Parker Center. Lo único que sabemos en este punto es que Richard era uno de los cuatro agentes asesinados a primera hora de esta mañana. Creemos que se produjo algún tipo de emboscada, pero ahora mismo no lo sabemos.

—Aproximadamente a la una cincuenta —añadió Clark—. Fue poco antes de las dos cuando ocurrió.

Levy continuó como si no le importara la intrusión de Clark.

—Dos de los agentes estaban de servicio y otros dos no; Richard no estaba de servicio. Estaban juntos en...

Holman interrumpió.

—¿Entonces no los mataron en un tiroteo de fuga ni nada por el estilo?

—Si está preguntando si hubo un enfrentamiento con pistolas no lo sabemos, pero los informes no parecen indicar que fuera ése el caso. Estaban reunidos en un entorno informal. No sé cómo de gráfico debería ser...

—No necesito que sea gráfico. Sólo quiero saber qué ocurrió.

—Los cuatro agentes se estaban tomando un descanso juntos, eso es lo que quiero decir con informal. Estaban fuera de sus coches, tenían las armas enfundadas y ninguno de ellos avisó por radio de que se estuviera cometiendo un delito o desarrollando situación alguna. Creemos que el arma o armas que se utilizaron eran escopetas.

—Dios.

—Entienda que esto ocurrió hace sólo unas pocas horas. Acaba de formarse el operativo y los detectives están trabajando en este momento para tratar de averiguar qué ocurrió. Le mantendremos informado de los acontecimientos, pero ahora mismo simplemente no lo sabemos. La investigación está en marcha.

Holman cambió de posición y las patas de la silla chirriaron.

—¿Saben quién lo hizo? ¿Tienen un sospechoso?

—Ahora mismo no.

—Así que alguien simplemente le disparó, ¿mientras estaba mirando hacia otro lado? ¿Por la espalda? Sólo intento, no sé, formarme una imagen, supongo.

—No sabemos nada más, señor Holman. Sé que tiene preguntas. Créame, nosotros también tenemos preguntas. Todavía estamos tratando de ordenarlo.

Holman sentía que no sabía más que cuando había llegado. Cuanto más trataba de pensarlo, más veía al niño corriendo junto a su coche, llamándolo perdedor.

—¿Sufrió?

Levy vaciló.

—He ido a la escena del crimen esta mañana en cuanto he recibido la llamada. Richard era uno de mis chicos. Los otros tres no, pero Richard era uno de los nuestros aquí en Devonshire, así que tenía que verlo. No lo sé, señor Holman; me gustaría decirle que no sufrió. Me gustaría pensar que no se dio cuenta de nada, pero no lo sé.

Holman observó a Levy y apreció la honradez del hombre. Sintió frío en el pecho, pero había experimentado antes la misma sensación.

—Debería enterarme del entierro. ¿Hay algo que tenga que hacer?

—El departamento se ocupará de eso con la viuda —dijo Clark—. Ahora mismo no se ha fijado fecha. Aún no sabemos cuándo terminará el forense.

—Claro, entiendo. ¿Podría darme su número? Me gustaría hablar con ella.

Clark se echó hacia atrás, y Levy una vez más entrelazó los dedos sobre la mesa.

—No puedo darle su número. Si nos da la información, se la pasaremos a la mujer de Richard y le diremos que le gustaría hablar con ella. De esta forma, si ella quiere contactar con usted es decisión suya.

—Sólo quiero hablar con ella.

—No puedo darle su número.

—Es una cuestión de confidencialidad —dijo Clark—. Nuestra primera obligación es con la familia del agente.

—Yo soy su padre.

—No según su archivo personal.

Otra vez. Holman quería decir más, pero se impuso a sí

mismo calma, igual que cuando estaba en la cárcel y otro interno trataba de hacerle frente. Había que aguantar.

Holman miró al suelo.

—Muy bien. Lo entiendo.

—Si ella quiere llamarle, lo hará. Así es como funciona.

—Claro.

Holman no recordaba el número del motel donde iba a vivir. Levy lo acompañó a la zona de recepción, donde Wally le dijo el número, y Levy prometió llamar en cuanto supieran algo más. Holman le dio las gracias por su tiempo. Aguantando.

Cuando Levy se dirigía de nuevo al interior de la comisaría, Holman lo detuvo.

—¿Capitán?

—¿Sí, señor?

—¿Mi hijo era un buen agente?

Levy asintió con la cabeza.

—Sí, señor. Sí lo era. Era un buen joven.

Holman observó cómo Levy se alejaba.

—¿Qué han dicho? —preguntó Wally.

Holman se volvió sin responder y caminó hasta el coche. Observó a agentes de policía que entraban y salían del edificio mientras esperaba a que Wally le diera alcance. Miró el cielo azul y las montañas vecinas al norte. Trató de sentirse como un hombre libre, pero se sentía como si todavía estuviera en Lompoc. Holman decidió que estaba bien. Había pasado la mayor parte de su vida en prisión. Sabía cómo aguantar en prisión.

3

El nuevo hogar de Holman era un edificio de tres plantas situado a una manzana de Washington Boulevard, en Culver City, emparedado entre un taller mecánico y una tienda abierta las veinticuatro horas protegida por barrotes de hierro.

El motel de apartamentos Pacific Gardens había sido una de las seis propuestas de alojamiento que figuraban en la lista que le proporcionó Gail Manelli cuando llegó la hora de que Holman encontrara un lugar para vivir. Era limpio y barato, y había una línea de autobús que llevaría a Holman directamente a su trabajo.

Wally aparcó delante de la puerta y paró el motor. Habían pasado por el CCC para que Holman pudiera firmar los papeles y recoger sus cosas. Holman estaba ahora oficialmente en situación de libertad vigilada. Era libre.

—No es forma de empezar, tío —dijo Wally—, el primer día con una noticia como ésta. Escúchame, si quieres pasar unos días más en la casa, puedes quedarte. Podemos arreglarlo. Puedes ver a uno de los psicólogos.

Holman abrió la puerta, pero no salió. Sabía que Wally estaba preocupado por él.

—Me instalaré, luego llamaré a Gail. Aún me gustaría ir a Tráfico hoy. Quiero conseguir un coche lo antes posible.

—Esta noticia es un palo, tío. Aquí estás de vuelta en el

mundo y ya has de enfrentarte con esto. No dejes que te venza, tío. No te rindas.

—Nadie se va a rendir.

Wally registró los ojos de Holman en busca de algún tipo de confirmación, así que Holman intentó fingirla. Wally no se lo tragó.

—Vas a pasar tiempos duros, Max, momentos negros como si estuvieras atrapado en una caja y se escapara el aire. Pasarás por un centenar de licorerías y bares, y van a ponerte a prueba. Si te sientes débil, puedes llamarme.

—Estoy bien, Wally. No has de preocuparte.

—Recuerda que hay gente que te apoya. No a todo el mundo lo detienen de la forma en que te detuvieron a ti, y eso muestra un carácter fuerte natural. Eres un buen hombre, Max.

—He de irme, Wally. Hay mucho que hacer.

Wally tendió la mano.

—Puedes llamarme cuando quieras, a todas horas.

—Gracias.

Holman cogió su petate de ropa del asiento de atrás, bajó del coche y saludó cuando Wally se alejaba. Había solicitado uno de los ocho apartamentos tipo estudio del Pacific Gardens. Cinco de los otros seis inquilinos eran ciudadanos libres, y uno, como Holman, se hallaba en libertad vigilada. Holman se preguntó si la gente tenía algún descuento en el alquiler por vivir con delincuentes. Supuso que probablemente eran beneficiarios de un subsidio de alojamiento que se sentían afortunados de tener un techo sobre sus cabezas.

Holman notó que le caía algo húmedo en la nuca y levantó la mirada. Los Pacific Gardens no tenían aire acondicionado centralizado y los aparatos instalados en las ventanas goteaban agua sobre la acera. Le cayó más agua en la cara, y esta vez Holman se apartó.

El gerente era un hombre mayor negro llamado Perry Wilkes, que le saludó con la mano cuando entró. Aunque los Pacific Gardens se calificaban de motel, no tenían mostrador como un verdadero motel. Perry era propietario del edificio y vivía en el único apartamento de la planta baja. Ocupaba un escritorio arrinconado que le permitía mantener un ojo en la gente que entraba y salía.

Perry miró la bolsa de Holman.

—Hola, ¿eso es todo lo que tiene?

—Sí.

—Muy bien, es oficialmente residente. Tiene dos juegos de llaves. Son llaves de metal, así que si pierde una, pierde el depósito de llaves.

Holman ya había rellenado el contrato de alquiler y pagado dos semanas de adelanto junto con una tarifa de limpieza de cien dólares y un depósito de seis dólares por las llaves. Cuando había ido a ver el motel por primera vez, Perry le había aleccionado sobre el ruido, los quehaceres nocturnos, fumar porros o cigarros en las habitaciones, y no olvidar pagar el alquiler a tiempo, lo cual significaba dos semanas de adelanto. Todo estaba acordado, de manera que lo único que Holman tenía que hacer era presentarse y entrar, como le gustaba a Gail Manelli y al Departamento de Prisiones.

Perry sacó un juego de llaves del cajón central y se las pasó a Holman.

—Es para la doscientos seis, arriba a la derecha. Tengo otra vacía en la parte de atrás de la tercera planta, pero mire antes la doscientos seis, es la más bonita. Si quiere ver la otra, le dejaré elegir.

—¿Es una de las habitaciones que da a la calle?

—Sí. Aquí delante, arriba de todo. Tendrá una bonita vista.

—Esos aparatos de aire acondicionado gotean agua a la gente que pasa.

—Ya lo había oído antes y tampoco me importó una mierda.

Holman subió a ver su habitación. Era un sencillo estudio con las paredes pintadas de un amarillo deslucido, una cama de matrimonio deteriorada y dos sillas acolchadas con un estampado de flores raído. Tenía cuarto de baño privado y lo que Perry llamó cocina americana, que era un hornillo puesto encima de una media nevera. Holman dejó la bolsa de ropa a los pies de la cama y abrió la nevera. Estaba vacía, pero brillaba de limpio y tenía una bombilla nueva. El cuarto de baño también estaba limpio y olía a desinfectante. Holman ahuecó la mano debajo del grifo y bebió. Se miró en el espejo. Le habían salido ojeras y tenía patas de gallo en la comisura de los ojos. Su cabello corto estaba salpicado de gris. No recordaba haberse mirado al espejo en Lompoc. Ya no tenía aspecto de chaval y probablemente nunca lo había tenido. Se sentía como una momia levantándose de entre los muertos.

Holman se aclaró la cara con agua fría, pero se dio cuenta, demasiado tarde, de que no tenía toallas ni nada con lo que secarse, así que se enjugó el agua con las manos y dejó el cuarto de baño mojado.

Se sentó en el borde de la cama, hurgó en la cartera donde tenía los números telefónicos y llamó a Gail Manelli.

—Soy Holman. Estoy en la habitación.

—Max. Siento mucho lo de tu hijo. ¿Cómo estás?

—Tirando. No es que lo conociera mucho.

—Aun así era tu hijo.

Se hizo un silencio, porque Holman no sabía qué decir. Finalmente, dijo algo, pues sabía que ella lo esperaba.

—Sólo he de mantener la vista en la pelota.

—Cierto. Has recorrido un largo camino y no es momento de resbalar. ¿Aún no has hablado con Tony?

Tony era Tony Gilbert, el nuevo jefe de Holman en la Harding Sign Company. Holman había estado empleado a tiempo parcial durante las últimas ocho semanas, formándose para un trabajo a tiempo completo que empezaría al día siguiente.

—No, todavía no. Acabo de subir a la habitación. Wally me ha llevado a Chatsworth.

—Ya lo sé. Acabo de hablar con él. ¿Los agentes te han podido decir algo?

—No sabían nada.

—He estado escuchando las noticias. Es terrible, Max. Lo siento mucho.

Holman miró a su alrededor en la nueva habitación, pero vio que no tenía televisión ni radio.

—Tendré que comprobarlo.

—¿Ha sido útil la policía? ¿Te han tratado bien?

—Estuvieron bien.

—Muy bien, ahora escucha... Si necesitas uno o dos días libres por esto, puedo arreglarlo.

—Prefiero empezar a trabajar. Creo que estar ocupado me vendrá bien.

—Si cambias de idea, sólo tienes que decírmelo.

—Oye, quiero ir a Tráfico. Se está haciendo tarde y no conozco la ruta del autobús. Quiero sacarme el carnet para empezar a conducir otra vez.

—Muy bien, Max. Ya sabes que puedes llamarme en cualquier momento. Tienes el número de mi oficina y el del busca.

—Oye, quiero llegar a tiempo a Tráfico.

—Siento que tengas que empezar con esta noticia terrible.

—Gracias, Gail. Yo también.

Cuando Gail colgó finalmente, Holman cogió su bolsa de ropa. Sacó la capa superior de camisas y cogió la foto de su hijo. Miró al rostro de Richie. Holman, que no quería agujerear la cabeza del chico con chinchetas, había preparado un marco con trocitos de madera de arce en el taller de Lompoc y había fijado la foto a una cartulina con cola de carpintero. En la prisión no les permitían tener cristal. Si tienes cristal, puedes fabricar un arma. Con un cristal roto te puedes suicidar o matar a otro recluso. Holman puso la foto en la mesita que había entre las dos sillas raídas y bajó para reunirse con Perry.

Perry estaba recostado en la silla, casi como si estuviera esperando que Holman doblara la esquina desde la escalera. Y lo estaba haciendo.

—Ha de cerrar con llave al salir —dijo—. Le oigo si no

cierra con llave. Esto no es el CCC. Si no cierra su habitación, alguien podría robarle sus cosas.

Holman ni siquiera había pensado en cerrar la puerta.

—Es un buen consejo. Después de tantos años, te olvidas.

—Lo sé.

—Oiga, necesito unas toallas.

—¿No dejé ninguna?

—No.

—¿Ha mirado en el armario? ¿En el estante?

Holman reprimió las ganas de preguntar por qué las toallas tenían que estar en el armario y no en el cuarto de baño.

—No, no he pensado en mirar ahí. Lo comprobaré. También me gustaría tener una televisión. ¿Puede ayudarme con eso?

—No tenemos cable.

—Sólo una tele.

—Puede que encuentre una. Le costará otros ocho dólares al mes, más otros sesenta de depósito de seguridad.

Holman no tenía demasiados ahorrillos. Podría costearse los ocho dólares extra al mes, pero el depósito de seguridad sería un mordisco demasiado profundo en su efectivo disponible. Supuso que necesitaría el efectivo para otras cosas.

—Eso suena caro, el depósito.

Perry se encogió de hombros.

—Si le lanza una botella, ¿qué me queda? Mire, sé que es mucho dinero. Vaya a uno de esos sitios de descuento. Puede comprar una nueva a estrenar por ochenta pavos. Las hacen en Corea con mano de obra esclava y las venden por dos cuartos. Será más de golpe, pero no tendrá que pagar los ocho al mes y además tendrá mejor imagen. En estos aparatos viejos que tengo se ve bastante borroso.

Holman no tenía tiempo que perder yendo a comprar una televisión coreana.

—¿Me devolverá los sesenta cuando le devuelva el aparato? —preguntó.

—Claro.

—Muy bien, póngalo. Se lo devolveré cuando me compre uno.

—Si es lo que quiere, lo tendrá.

Holman fue a la tienda de al lado a buscar el *Times*. Compró un cartón de leche chocolateada junto con el periódico y, de pie en la acera, leyó el artículo sobre los asesinatos.

El sargento Mike Fowler, un veterano con veintiséis años de servicio, era el oficial de más edad. Dejaba mujer y cuatro hijos. Los agentes Patrick Mellon y Charles Wallace Ash llevaban ocho y seis años en el departamento respectivamente. Mellon dejaba mujer y dos hijos pequeños; Ash no estaba casado. Holman examinó sus fotos. Fowler tenía un rostro delgado y piel apergaminada. Mellon era un hombre de tez oscura, frente amplia y rasgos duros, con cara de mala leche. Ash era lo contrario, con mejillas prominentes, pelo ralo tan rubio que era casi blanco y ojos nerviosos. El último de los agentes fotografiados era Richie. Holman nunca había visto una foto de su hijo de adulto. El chico tenía el rostro enjuto y la boca fina del padre. Holman se dio cuenta de que su hijo tenía la misma expresión endurecida que había visto en presos que habían vivido existencias duras. Holman se sintió de repente enfadado y responsable. Dobló la página para ocultar el rostro de su hijo y continuó leyendo.

El artículo describía la escena del crimen del mismo modo que lo había hecho Levy, pero contenía poca información nueva. Holman estaba decepcionado. Sabía que los periodistas habían corrido para entregar el artículo antes de la hora de cierre.

Los agentes habían aparcado en el canal del río Los Ángeles, debajo del puente de la calle Cuarta, y al parecer habían sido víctimas de una emboscada. Levy le dijo a Holman que los cuatro agentes llevaban armas enfundadas, en cambio, el diario aseguraba que el arma del agente Mellon había sido desenfundada, aunque no disparada. Un portavoz de la policía confirmó que el superior presente —Fowler— había anunciado por radio que iba a concederse un descanso para tomar un café, pero no se volvió a oír nada de él. Holman silbó: cuatro agentes de policía bien formados habían sido masacrados tan rápidamente que no fueron capaces de responder a los disparos o ponerse a resguardo para pedir ayuda. El artículo no contenía información acerca del número de tiros disparados ni mencionaba cuántas veces habían sido alcanzados los agentes, pero Holman supuso que al menos habrían participado dos asesinos. A un hombre le habría resultado casi imposible acabar con cuatro agentes sin que éstos tuvieran tiempo de reaccionar.

Holman se estaba preguntando qué hacían los agentes bajo el puente cuando leyó que un portavoz del departamento negaba que en uno de los coches de policía se hubiera hallado un *pack* abierto de seis cervezas. Holman concluyó que los agentes habían estado allí abajo bebiendo, pero se preguntó por qué habían elegido el lecho del río para su fiesta. En sus tiempos, Holman había conducido motos en el río, mezclándose con adictos a las drogas y rufianes. El canal de hormigón estaba vedado al público, de manera que él escalaba la valla o la rompía con alicates. Holman pensaba que los policías quizá contaban con una llave maestra, pero se preguntó por qué se habían metido en semejante berenjenal sólo para buscar un sitio tranquilo para beber.

Holman terminó de leer el artículo y arrancó la foto de Richie. Su billetera era la misma que tenía cuando lo detuvieron por asaltar bancos. Se la devolvieron cuando lo trasladaron al CCC, pero entonces todo lo que contenía estaba caducado. Holman había tirado lo viejo para hacer sitio a lo nuevo. Puso la foto de Richie en la cartera y volvió a subir por la escalera a su habitación.

Se sentó otra vez junto al teléfono, pensando, hasta que finalmente marcó el número de Información.

—¿Ciudad y estado, por favor?

—Ah, Los Ángeles, California.

—¿Nombre?

—Donna Banik, B-A-N-I-K.

—Lo siento, señor. No consta nadie con ese nombre.

Si Donna se había casado y había cambiado de apellido era algo que desconocía. Si se había trasladado a otra ciudad, tampoco lo sabía.

—Déjeme probar otro. ¿Richard Holman?

—Lo siento, señor.

Holman pensó en qué más podía intentar.

—Cuando dice Los Ángeles, ¿es sólo los códigos de área trescientos diez y doscientos trece?

—Sí, señor. Y los trescientos veintitrés.

Holman nunca había oído hablar del 323. Se preguntó cuántos códigos de área más se habrían añadido durante su ausencia.

—Vale, ¿y en Chatsworth? ¿Cuál es, el ochocientos dieciocho?

—Lo siento, no aparece nadie en Chatsworth por ese nombre, ni en ningún otro sitio en esos códigos de área.

—Vale, gracias.

Holman colgó el teléfono, sintiéndose irritado y ansioso. Volvió al cuarto de baño y se lavó la cara otra vez, luego se acercó a la ventana, donde se quedó de pie delante del aparato de aire acondicionado. Se preguntó si su desagüe caía directamente encima de alguien. Sacó otra vez la cartera. Los ahorros que le quedaban estaban metidos en su billetera. Tenía que abrir cuentas para demostrar su regreso al mundo normal, pero Gail le había dicho que disponía de dos semanas para hacerlo. Buscó entre las facturas y encontró la esquina del sobre que había arrancado de la última carta de Donna. Era la dirección a la que había escrito sólo para que le devolvieran las cartas. La estudió y a continuación la deslizó otra vez entre los billetes.

Al salir de su habitación esta vez, se acordó de cerrar con llave.

Perry le saludó con la cabeza cuando llegó al final de la escalera.

—Eso es. Ahora he oído que cerraba la puerta.

—Perry, escuche. He de ir a Tráfico y me estoy quedando sin tiempo. ¿Puede prestarme un coche?

La sonrisa de Perry se ensombreció.

—Ni siquiera tiene carnet.

—Ya lo sé, pero se me está haciendo tarde. Ya sabe cómo son esas colas. Es casi mediodía.

—¿Ya se ha vuelto estúpido? ¿Qué hará si lo paran? ¿Qué cree que dirá Gail?

—No me van a parar y no diré que me prestó el coche.

—No presto nada a nadie.

Holman observó que Perry arrugaba el entrecejo y se dio cuenta de que lo estaba considerando.

—Sólo necesito algo para unas pocas horas. Para ir a Tráfico, nada más. En cuanto empiece a trabajar me será más difícil escaparme. Ya lo sabe.

—Eso es verdad.

—Quizá pueda arreglar algo con algún otro de los inquilinos.

—Así que está en un apuro y quiere un favor.

—Sólo necesito un coche.

—Si le hago un favor como ése, Gail podría enterarse.

—Vamos, hombre, míreme.

Holman abrió las manos. Míreme.

Perry se inclinó hacia delante en su silla y abrió el cajón del centro.

—Sí, tengo un viejo cacharro. Le dejaré usarlo, un Mercury. No es bonito, pero funciona. Cuesta veinte y ha de devolverlo con el depósito lleno.

—Joder, es caro. ¿Veinte pavos por un par de horas?

—Veinte. Y si se pone tonto y no vuelve, diré que me lo robó.

Holman le pasó los veinte. Llevaba sólo unas horas en libertad vigilada. Era su primera infracción.

4

El Mercury de Perry parecía un zurullo con ruedas. Soltaba un humo espeso por el tubo de escape y el motor sonaba fatal, de manera que Holman pasó la mayoría del tiempo preocupado porque a algún poli emprendedor le diera por pararlo por una infracción de la ley de emisión de humos.

La dirección de Donna lo llevó a un apartamento de estuco rosa, con un pequeño jardín, en Jefferson Park, al sur de la autovía de Santa Mónica y en el mismo centro de la parte llana de la ciudad. Era un feo edificio de dos plantas con la pintura parcheada por un sol inclemente. Holman se sintió deprimido al ver los aleros hinchados y los arbustos irregulares. Había imaginado que Donna viviría en un lugar más bonito; no tan bonito como Brentwood o Santa Mónica, pero al menos algo prometedor y reconfortante. Donna se había quejado de que le faltaba dinero de vez en cuando, pero había mantenido el empleo de enfermera geriátrica particular. Holman se preguntó si Richie había ayudado a su madre a trasladarse a un lugar mejor cuando ingresó en la policía. Suponía que el hombre en el que Richie se había convertido habría actuado así aun a costa de que eso dificultara su propio estilo de vida.

El edificio de apartamentos tenía la forma de una larga U, cuya parte abierta daba a la calle. Una acera con arbustos discurría junto a las dos filas paralelas de apartamentos. Donna había vivido en el apartamento número 108.

El edificio carecía de puerta de seguridad. Cualquiera que pasara podía adentrarse en la propiedad, pero Holman no se atrevió a entrar en el patio. Se quedó de pie en la acera, con un fuego nervioso ardiendo en el estómago, diciéndose a sí mismo que sólo iba a llamar y preguntar a los nuevos inquilinos si conocían la dirección actual de Donna. Entrar en el patio no era ilegal y llamar a la puerta no constituía ninguna infracción de su situación legal, pero era difícil dejar de sentirse como un delincuente.

Holman finalmente se armó de valor y llegó al 108. Llamó en la jamba de la puerta, inmediatamente descorazonado al ver que nadie respondía. Estaba llamando otra vez, con algo más de convicción, cuando la puerta se abrió un poco y se asomó un hombre calvo. El hombre se agarró con fuerza a la puerta, dispuesto a cerrarla, y habló de manera abrupta y cortante.

—Me pilla trabajando. ¿Qué pasa?

Holman se metió las manos en los bolsillos para tener un aspecto menos amenazador.

—Estoy buscando a una vieja amiga. Se llama Donna Banik. Vivía aquí.

El hombre se relajó y abrió más la puerta. Se quedó de pie con el pie derecho apoyado en la rodilla izquierda, vestido con unos *shorts* sueltos y una camiseta de tirantes descolorida. Iba descalzo.

—Lo siento. No puedo ayudarle.

—Vivió aquí hace un par de años. Donna Banik, pelo oscuro, de esta altura.

—Llevo aquí, ¿cuánto?, cuatro o cinco meses. No sé quién vivía aquí antes que yo, y menos aún hace dos años.

Holman miró a los apartamentos de alrededor, pensando quizás en alguno de los vecinos.

—¿Sabe si alguna de esta otra gente estaba aquí antes?

El hombre pálido siguió la mirada de Holman, luego puso ceño como si la mera idea de conocer a sus vecinos fuera inquietante.

—No, señor, lo siento, vienen y van.

—Vale. Lamento molestarle.

—No hay problema.

Holman se volvió, luego tuvo una idea, pero el hombre ya había cerrado la puerta. Holman llamó otra vez y el hombre abrió enseguida.

—Lo siento —dijo Holman—. ¿El gerente vive aquí en el edificio?

—Sí, aquí mismo en el número cien. El primer apartamento al entrar, en el lado norte.

—¿Cómo se llama?

—Es una mujer. Señora Bartello.

—Vale, gracias.

Holman volvió por la acera hasta el número 100, y esta vez llamó sin vacilación.

La señora Bartello era una mujer robusta que llevaba el pelo gris recogido en un moño y un vestido suelto de estar por casa. Abrió la puerta del todo y miró por la cortina. Holman se presentó y explicó que estaba intentando encontrar a la antigua inquilina del apartamento 108, Donna Banik.

—Donna y yo estuvimos casados, pero hace mucho tiempo. He estado fuera y hemos perdido el contacto.

Holman supuso que decir que estuvieron casados sería mejor que decir que fue el capullo que le hizo un bombo a Donna y luego la dejó para que educara sola a su hijo.

La expresión de la señora Bartello se suavizó, como si lo reconociera, y abrió la puerta mosquitera.

—Oh, Dios mío, usted debe de ser el padre de Richard, «ese» señor Holman.

—Sí, eso es.

Holman se preguntó si quizás ella había visto la noticia sobre la muerte de Richie, pero enseguida comprendió que no y que no sabía que Richie estaba muerto.

—Richard es un chico asombroso. La visitaba a todas horas. Está muy guapo de uniforme.

—Sí, señora, gracias. ¿Puede decirme dónde vive Donna ahora?

Su mirada se suavizó todavía más.

—¿No lo sabe?

—Hace mucho tiempo que no veo a Richie ni a Donna.

La señora Bartello abrió aún más la puerta y los ojos se le arrugaron de pena.

—Lo siento. No lo sabe. Lo siento. Donna falleció.

Holman sintió que funcionaba en cámara lenta, como si lo hubieran drogado; como si su corazón, su respiración y la sangre de sus venas estuvieran perdiendo velocidad, igual que un vinilo cuando desenchufas el tocadiscos. Primero Richie, ahora Donna. No dijo nada, y la mirada cargada de pesar de la señora Bartello expresó su compasión.

Aguantó la puerta con sus hombros anchos y cruzó los brazos.

—No lo sabía. Oh, lamento que no lo supiera. Lo lamento, señor Holman.

Holman sintió que la lentitud se fusionaba en una especie de calma distante.

—¿Qué ocurrió?

—Fue un coche. La gente conduce como loca por las autovías, por eso no me gusta ir a ninguna parte.

—¿Tuvo un accidente de tráfico?

—Estaba volviendo a casa. Sabe que trabajaba de enfermera, ¿verdad?

—Sí.

—Estaba volviendo a casa. Eso fue hace casi dos años. Tal y como me lo explicaron, alguien perdió el control de su automóvil, y luego más coches perdieron el control, y uno de ésos era el de Donna. Lamento decírselo. Lo sentí mucho por ella y por el pobre Richard.

Holman quería irse. Quería alejarse del viejo apartamento de Donna, del lugar hacia el que ella se dirigía cuando murió.

—He de encontrar a Richie —dijo—. ¿Sabe dónde puedo encontrarlo?

—Es tan dulce que lo llame Richie... Cuando lo conocía era Richard. Donna siempre lo llamaba Richard. Es policía, ¿sabe?

—¿Tiene su teléfono?

—Bueno, no, sólo lo veía cuando venía de visita, ¿sabe? Creo que nunca tuve su teléfono.

—¿Entonces no sabe dónde vive?

—Oh, no.

—Quizá tenga la dirección de Richie en el contrato de alquiler de su madre.

—Lo siento. Tiré todos esos papeles viejos cuando... bueno, una vez que tuve inquilinos nuevos no había motivo para guardar todo eso.

Holman de repente quería contarle que Richie también estaba muerto; pensó que era lo menos que podía hacer, después de que ella dijera tantas cosas afectuosas de Donna y Richie, pero no tenía fuerzas. Se sentía consumido, como si ya lo hubiera dado todo y no le quedara nada más que ofrecer.

Holman estaba a punto de darle las gracias por todo cuando se le ocurrió otra cosa.

—¿Dónde la enterraron?

—Fue en Baldwin Hills. En el Baldwin Haven Cemetery. Fue la última vez que vi a Richard, ¿sabe? No llevaba el uniforme. Pensé que lo llevaría, porque estaba muy orgulloso, pero llevaba un bonito traje oscuro.

—¿Asistió mucha gente?

La señora Bartello se encogió en un ademán triste.

—No, no demasiada.

Holman caminó otra vez hasta el cacharro de Perry con un humor apagado, y se dirigió hacia el oeste, con el sol de cara y atrapado en el embotellamiento de la hora punta. Tardó casi cuarenta minutos en cubrir los pocos kilómetros que lo separaban de Culver City. Holman dejó el coche de Perry en su sitio, detrás del motel, y entró por la puerta delantera. Perry todavía estaba en su despacho, escuchando un partido de los Dodgers en el transistor. Apagó el volumen cuando Holman le pasó las llaves.

—¿Cómo ha ido su primer día de libertad?

—Fatal.

Perry se recostó y subió la radio.

—Entonces sólo puede mejorar.

—¿Me ha llamado alguien?

—No lo sé. ¿Tiene contestador?

—Le di su número a alguna gente.

—Deles el suyo, no el mío. ¿Tengo pinta de servicio de mensajes?

—Un capitán llamado Levy y una mujer joven. ¿Ha llamado alguno de ellos?

—No. No que yo haya respondido y he estado aquí todo el día.

—¿Me ha puesto la tele?

—He estado aquí todo el día. La pondré mañana.

—¿Tiene un listín de teléfonos o lo traerá mañana?

Perry sacó un listín de debajo de su escritorio.

Holman se lo llevó a la habitación y buscó el Baldwin Haven Cemetery. Copió la dirección antes de tumbarse en la cama con la ropa puesta, pensando en Donna. Al cabo de un rato se quitó el reloj. Las manecillas estaban paradas, igual que lo habían estado desde el fallecimiento de su padre. Tiró de la cuerda e hizo girar las manecillas. Observó que corrían por la esfera, pero sabía que se estaba gastando una broma a sí mismo. Las agujas estaban paradas. El tiempo sólo corría para otra gente. Holman estaba atrapado en su pasado.

5

Holman se levantó temprano a la mañana siguiente y fue a la tienda abierta las veinticuatro horas antes de que Perry llegara a la recepción. Compró medio litro de leche chocolateada, un paquete de donuts de azúcar y un ejemplar del *Times* y se lo llevó todo a su habitación para desayunar mientras leía el periódico. La investigación de los asesinatos todavía ocupaba las primeras páginas, aunque ese día estaba por debajo del pliegue.

El jefe de policía había anunciado que habían aparecido testigos anónimos y que los detectives estaban estrechando el círculo de sospechosos. No se mencionaba ningún detalle, salvo un anuncio de que el ayuntamiento ofrecía una recompensa de cincuenta mil dólares por cualquier información que condujera a la detención y acusación del asesino. Holman supuso que la policía no tenía nada, pero estaba sacando a relucir testigos falsos para animar a testigos reales a buscar la recompensa.

Holman se comió los donuts y lamentó no tener una televisión para ver las noticias de la mañana. Podían haber ocurrido muchas cosas desde que el periódico entró en máquinas.

Holman se terminó la leche chocolateada, se duchó y se vistió con ropa limpia para ir a trabajar. Necesitaba coger el autobús de las siete y diez para llegar al trabajo a las ocho. Un solo autobús, sin trasbordos, un único largo viaje hasta el trabajo y volver por la noche. Holman sólo tenía que hacerlo día tras día, viaje a viaje, para dar un nuevo rumbo a su vida.

Cuando estuvo preparado para irse llamó a la comisaría de Chatsworth, se identificó y preguntó por el capitán Levy. No creía que estuviera en el trabajo tan temprano y pensaba dejar un mensaje, pero Levy se puso al teléfono.

—Capitán, soy Max Holman.

—Sí, señor. No tengo ninguna novedad.

—Bueno, me gustaría darle otro número. Todavía no tengo contestador, así que si surge algo durante el día puede localizarme en el trabajo.

Holman leyó el número del trabajo.

—Otra cosa. ¿Ha tenido ocasión de hablar con la mujer de Richie?

—He hablado con ella, señor Holman.

—Le agradecería que le diera a ella también este número. Si intenta llamarme aquí al motel no estoy seguro de que yo reciba el mensaje.

Levy respondió lentamente.

—Le daré el número de su trabajo.

—Y, por favor, dígale otra vez que me gustaría hablar con ella lo antes posible.

Holman se preguntó por qué dudaba Levy, y estaba a punto de preguntarle si había algún problema cuando el policía le interrumpió.

—Señor Holman, pasaré este mensaje, pero voy a ser franco con usted respecto a esta situación, y no le va a gustar lo que tengo que decirle.

Levy se entretuvo como si fuera a ser tan dificultoso para él decirlo como para Holman escucharlo.

—Yo era el jefe de Richard. Quiero respetar sus deseos y los deseos de su viuda, pero también soy padre, no estaría bien dejarle esperando algo que no va a ocurrir. Richard no quería saber nada de usted. Su mujer, bueno, su mundo está patas arriba. Mejor esperaría sentado a que ella llamara. ¿Entiende lo que le digo?

—No lo entiendo. Me dijo que ella fue quien le habló de mí. Por eso llamó al Departamento de Prisiones.

—Ella pensó que debería saberlo, pero eso no cambia los sentimientos de Richard. No me gusta encontrarme en esta posición, pero es lo que hay. Lo que ocurriera entre usted y su hijo no es asunto mío, pero voy a respetar los deseos de su viuda. No soy terapeuta familiar en este asunto, ¿me explico?

Holman se miró la mano. Descansaba en su regazo como un cangrejo panza arriba que mueve las patas para darse la vuelta.

—Hace mucho tiempo que dejé de esperar nada.

—Sólo para que lo entienda. Le pasaré este nuevo número, pero no voy a insistirle. Por lo que a usted respecta, estoy aquí para responder a sus preguntas sobre la investigación, si puedo, y llamaré para ponerle al día cuando tengamos alguna novedad.

—¿Y el funeral?

Levy no respondió. Holman colgó sin decir nada más y bajó por la escalera. Estaba esperando en el vestíbulo cuando apareció Perry.

—Necesito otra vez ese coche —dijo Holman.

—¿Tiene otros veinte?

Holman levantó el billete como quien levanta el dedo corazón y Perry lo agarró al vuelo.

—Devuélvalo lleno. Se lo he dicho. No lo comprobé anoche ni esta mañana, pero quiero el depósito lleno.

—Necesito la tele.

—Parece que le ha pasado algo. Si está enfadado porque no tuvo la tele anoche, lo siento, pero está en el almacén. La tendré esta mañana.

—No estoy enfadado por la tele.

—¿Entonces a qué viene esa cara?

—Deme las putas llaves.

Holman cogió el Mercury de Perry y se dirigió hacia el sur, a la City of Industry. Coger el autobús habría sido más inteligente, pero Holman tenía mucho que hacer. Nunca superó la velocidad límite y estuvo atento a otros conductores.

Llegó al trabajo diez minutos antes de la hora y aparcó en el extremo del edificio, porque no quería que su jefe, Tony Gilbert, lo viera conduciendo. Gilbert estaba acostumbrado a contratar reclusos y sabía que Holman todavía no tendría su licencia.

Holman trabajaba para la Harding Sign Company, en una planta que imprimía carteles para vallas publicitarias. Los carteles se estampaban en enormes hojas como las de empapelar paredes y se cortaban y enrollaban para que pudieran transportarse por toda California, Nevada y Arizona. Cuando llegaban a las vallas de destino, un equipo de operarios descolgaba las enormes tiras de los rollos y las encolaba. Durante los últimos dos meses, Holman se había formado a tiempo parcial como recortador en la planta de imprenta, lo cual significaba que su trabajo consistía en cargar en la máquina rollos de papel de metro y medio, metro ochenta y dos metros, verificar que éste quedaba bien encuadrado y luego asegurarse de que la guillotina automática situada al final de la cadena efectuaba un corte limpio. Un imbécil podría hacerlo. Holman había aprendido en un par de minutos, pero era afortunado de tener el trabajo y lo sabía.

Fichó la entrada y buscó a Gilbert para que su jefe supiera que había llegado a tiempo. Gilbert estaba repasando el plan de trabajo del día con los operadores de las imprentas, que eran responsables de la coordinación del color y la verificación de los carteles que se reproducirían ese día. Gilbert era un hombre grueso y bajo con calva en la coronilla que caminaba con aire arrogante.

—Así que eres oficialmente un hombre libre —dijo Gilbert—. Felicidades.

Holman le dio las gracias, pero dejó que la conversación se apagara. No se molestó en alertar a la recepcionista de la oficina ni a nadie más de que podría llamar la mujer de Richie. Después de la conversación con Levy, supuso que no recibiría la llamada.

A lo largo de la mañana, Holman recibió felicitaciones por su puesta en libertad y le dieron la bienvenida como trabajador a tiempo completo, aunque llevaba dos meses trabajando allí. Holman iba mirando de reojo el reloj mientras trabajaba, ansioso por la hora libre que tendría al mediodía.

Holman se tomó un descanso para mear a las once y diez. Mientras estaba de pie ante el urinario, otro ex recluso llamado Marc Lee Pitchess ocupó el lugar de al lado. A Holman no le caía bien Pitchess y lo había evitado durante el periodo de formación de dos meses.

—Diez años es mucho tiempo —dijo Pitchess—. Bienvenido.

—Me has visto cinco días a la semana durante los últimos dos meses. No he estado en ninguna parte.

—¿Aún has de pasar controles?

—Déjame en paz.

—Sólo te lo digo. Puedo conseguirte un *kit*. Guardas una muestra y estarás preparado cuando te salten encima para que mees en una taza.

Holman terminó y se retiró del urinario. Se volvió para encarar a Pitchess, pero éste estaba mirando a la pared.

—No te me acerques con esa mierda.

—Si tienes la necesidad, puedo suministrarte un botiquín básico: somníferos, coca, éxtasis, oxicodona, lo que quieras.

Pitchess se la sacudió y se subió la cremallera, pero no se movió. Miró a la pared. Alguien había dibujado una polla con un bocadillo. La polla estaba diciendo: «Fúmate esto, zorra.»

—Sólo quería ayudar a un hermano —dijo Pitchess.

Pitchess aún estaba sonriendo cuando Holman se alejó y fue a ver a Gilbert.

—¿Cómo va el primer día? —dijo Tony.

—Bien. Oiga, quiero pedirle algo, necesito ir a Tráfico para pasar la prueba y después de trabajar será tarde. ¿Puede darme una hora más al mediodía?

—¿No abren el sábado por la mañana?

—Hay que pedir cita y tienen tres semanas de espera. Quiero terminar con esto, Tony.

Holman se dio cuenta de que a Gilbert no le gustó que se lo pidiera, pero finalmente aceptó.

—Vale, pero si hay algún problema llama. No te aproveches. Esto no está siendo un buen comienzo, que pidas tiempo libre el primer día.

—Gracias, Tony.

—A las dos en punto. Quiero que vuelvas a las dos en punto. Eso es tiempo de sobra.

—Claro, Tony. Gracias.

Gilbert no había mencionado a Richie y Holman no sacó el tema. Gail no había llamado, lo cual le iba bien a Holman. No quería tener que dar explicaciones sobre Richie, y que Richie le llevara a Donna y al desastre en que había convertido su vida.

Cuando Gilbert finalmente se alejó, Holman regresó a la oficina y fichó la salida, aunque todavía no era mediodía.

6

Holman compró un pequeño ramo de rosas a un latino que vendía flores al pie de la rampa de la autovía. Ahí estaba aquel tipo, probablemente ilegal, con sombrero de vaquero y un gran cubo de plástico lleno de ramilletes de flores, con la esperanza de encontrarse con gente que fuera de camino al cementerio. El tipo le pidió ocho dólares en español, pero Holman le pagó diez, sintiéndose culpable por no haber pensado en traer flores antes de ver al latino con el cubo, y más culpable aún porque Donna había muerto y Richie no lo tuvo suficientemente en cuenta como para hacérselo saber.

El cementerio de Baldwin Haven cubría la amplia ladera de una colina ondulada, justo a la salida de la 405 en Baldwin Hills. Holman entró y aparcó junto a la oficina principal, con la esperanza de que nadie hubiera visto el estado lamentable de su coche. El viejo Mercury de Perry era tan penoso que cualquiera que lo viera aparcar pensaría que estaba ahí para sacarse unos dólares recortando ramas. Holman entró con las flores, pensando que causaría una mejor impresión.

La oficina del cementerio era una gran sala dividida por un mostrador. Había dos escritorios y varios armarios a un lado del mostrador y planos paisajísticos dispuestos en una gran mesa al otro lado. Una mujer mayor, con el pelo gris, levantó la mirada desde uno de los escritorios cuando entró Holman.

—Estoy buscando una tumba.

La mujer se levantó y se acercó al mostrador.

—Sí, señor. ¿Puedo saber el nombre del pariente?

—Donna Banik.

—¿Banner?

—B-A-N-I-K. La enterraron aquí hace un par de años.

La mujer se acercó a un estante y bajó lo que a Holman le pareció un libro de contabilidad raído y pesado. La mujer movió los labios mientras pasaba las páginas, musitando el apellido, Banik.

La mujer encontró la entrada, escribió algo en una nota y luego salió de detrás del mostrador y condujo a Holman a los planos del paisaje.

—Mire, le enseñaré a encontrarla.

Holman la siguió hasta el plano. La mujer leyó las coordenadas escritas en la hojita y señaló un pequeño rectángulo en medio de varias filas de pequeños rectángulos, todos ellos identificados por un número.

—Ella está aquí, en el lado sur. Esto es la oficina, así que lo que ha de hacer es girar a la derecha al salir del aparcamiento y seguir el camino hasta esta bifurcación, luego gire a la izquierda. Está ahí, justo delante del mausoleo. Cuente las filas, es la tercera fila desde la calle, la sexta lápida desde el final. No debería tener ningún problema, pero si no la encuentra, vuelva y se la mostraré.

Holman miró al minúsculo rectángulo azul con su número indescifrable.

—Es mi mujer.

—Oh, lo siento.

—Bueno, no era mi mujer, pero como si lo fuera, hace años. No nos habíamos visto en mucho tiempo. Ni siquiera supe que había muerto hasta ayer.

—Bueno, si necesita ayuda, dígamelo.

Holman observó que la mujer regresaba a su lugar detrás del mostrador, claramente sin ningún interés por quién era Donna para él. Sintió un destello de rabia, pero nunca había sido de los que comparten sus sentimientos. Durante los diez años que pasó en Lompoc apenas mencionó a Donna o a Richie. ¿Qué iba a hacer, intercambiar historias familiares con convictos inútiles y delincuentes depredadores como Pitchess? La gente real hablaba de sus familias con otra gente real, pero Holman no conocía a gente real. Había abandonado a su familia y ahora la había perdido. De repente, había sentido la necesidad de hablarle a alguien de Donna, pero no había encontrado a nadie mejor que una extraña. Al darse cuenta de su necesidad se sintió solitario y patético.

Holman subió de nuevo al Mercury y siguió las indicaciones hasta la tumba de Donna. Encontró una pequeña placa de bronce colocada en la tierra que llevaba el nombre de Donna y los años de su nacimiento y defunción. En la placa había una sencilla leyenda: «Madre querida.»

Holman dejó las rosas en el suelo. Había ensayado lo que quería decirle cuando saliera un millar de veces, pero ahora Donna estaba muerta y era demasiado tarde. Holman no creía en otra vida. No creía que ella estuviera en el cielo, observándolo. Se lo dijo de todos modos, mirando las rosas y la placa.

—Era un capullo integral. Era todas las cosas que me llamaste y peor. No tienes ni idea de lo podrido que estaba realmente. Solía dar gracias a Dios de que no lo supieras, pero ahora estoy avergonzado. Si lo hubieras sabido, habrías renunciado a mí y quizá te habrías casado con algún tipo decente y tendrías algo. Ojalá lo hubieras sabido. No por mí, sino por ti. Así no habrías desperdiciado tu vida.

«Madre querida.»

Holman regresó a su coche y condujo hasta la oficina. Cuando llegó, la mujer estaba mostrando el plano del terreno a una pareja de mediana edad, así que esperó en el umbral. El aire frío de la pequeña oficina resultaba agradable después de estar de pie al sol. Al cabo de unos pocos minutos, la mujer dejó a la pareja hablando sobre lugares disponibles y se acercó.

—¿La ha encontrado?

—Sí, gracias, me lo ha puesto muy fácil. Oiga, quería preguntarle algo. ¿Recuerda quién hizo los preparativos?

—¿Para el funeral?

—No sé si fue su hermana o un marido o qué, pero me gustaría compartir los gastos. Estuvimos juntos mucho tiempo, luego yo estuve fuera y, bueno, no es justo que no comparta los gastos.

—Está pagado. Se pagó en el momento del funeral.

—Lo suponía, pero aun así quiero ofrecerme a costearlo. Al menos, una parte.

—¿Quiere saber quién pagó el entierro?

—Sí, señora. Si puede darme el teléfono o una dirección o algo... Me gustaría ofrecerme a ayudar con el coste.

La mujer miró a los otros clientes, pero todavía estaban hablando sobre distintos emplazamientos. Volvió a rodear el mostrador y buscó en la papelera hasta que encontró la nota con los números del terreno.

—Era Banik, ¿verdad?

—Sí, señora.

—Tendré que mirarlo. He de encontrar los registros. ¿Puede dejarme un teléfono?

Holman anotó el número de Perry en su bloc y arrancó la hoja.

—Es muy generoso —dijo la mujer—. Estoy segura de que la familia estará contenta de tener noticias suyas.

—Sí, señora. Eso espero.

Holman se fue al coche y condujo hacia la City of Industry. Teniendo en cuenta la hora y el tráfico, supuso que volvería al trabajo antes de las dos en punto, pero entonces encendió la radio y todo cambió. La emisora había interrumpido su programación habitual con la noticia de que se había identificado un sospechoso en los asesinatos de los cuatro agentes y se había dictado una orden de detención.

Holman subió el volumen y se olvidó del trabajo. Inmediatamente empezó a buscar un teléfono.

7

Holman condujo hasta que localizó un pequeño bar con la puerta delantera abierta. Metió el Mercury en zona prohibida y vaciló en la puerta, tomándole la medida al local hasta que vio una televisión. Holman no había estado en un bar desde la semana anterior a su detención, pero no era muy distinto a lo que recordaba. Un camarero joven con patillas afiladas se ocupaba de media docena de borrachines que se bebían su almuerzo. La televisión mostraba la ESPN, pero nadie la estaba mirando. Holman se dirigió a la barra.

—¿Le importa que pongamos las noticias?

El camarero lo miró como si lo más duro que tuviera que hacer ese día fuera servir una copa a Holman.

—Lo que quiera. ¿Quiere tomar algo?

Holman miró a las dos mujeres que tenía al lado. Lo estaban observando.

—Gaseosa. ¿Y las noticias?

El camarero exprimió un poco de lima en el hielo, llenó el vaso y lo puso en la barra antes de cambiar a un canal con un par de locutores hablando de Oriente Próximo.

—¿Y las noticias locales? —dijo Holman.

—No sé si habrá noticias ahora. Son todo teleseries.

La más cercana de las dos mujeres dijo.

—Pruebe la cinco o la nueve.

El camarero encontró un canal local y allí estaba: varios

detectives de alto rango del Departamento de Policía de Los Ángeles en una conferencia de prensa.

—¿Qué ha pasado? —dijo el camarero—. ¿Es sobre esos polis que mataron?

—Sí, saben quién lo hizo. Escuchemos.

—¿Qué ocurrió? —dijo la segunda mujer.

—¿Podemos escuchar? —dijo Holman.

—Lo he visto esta mañana —dijo la primera mujer—. No hay nada nuevo.

—¿Podemos escuchar lo que están diciendo, por favor? —dijo Holman.

La mujer resopló y puso los ojos en blanco como si fuera a cantarle las cuarenta a Holman. El camarero subió el volumen, pero ahora un subdirector de la policía llamado Donnelly estaba narrando el crimen y exponiendo información que Holman ya conocía. En la pantalla destellaron fotos de los agentes asesinados al tiempo que Donnelly los identificaba. El último fue Richie. Era la misma foto que Holman había visto en los periódicos, pero ahora la foto le dejó una sensación aterradora. Era como si Richie lo estuviera mirando desde la pantalla.

—Espero que cojan al cabrón que lo hizo —dijo un hombre en el extremo de la barra.

—¿Podemos poner otra cosa? —intervino la primera mujer—. Estoy cansada de todas estas muertes.

—Escuche —dijo Holman.

La mujer se volvió hacia su amiga como si estuvieran manteniendo una conversación, sólo que en voz alta.

—Sólo dan malas noticias y se preguntan por qué nadie lo mira.

—Cierre la puta boca y escuche —dijo Holman.

La imagen volvió a Donnelly, que tenía aspecto de determinación cuando otra imagen apareció en la pantalla a su derecha.

«Hemos dictado una orden de detención de este hombre, Warren Alberto Juárez, por el asesinato de estos agentes.»

La mujer se volvió hacia Holman.

—No puede hablarme así, ¿cómo se atreve a usar esas palabras conmigo?

Holman se esforzó en prestar atención mientras Donnelly continuaba.

«El señor Juárez reside en Cypress Park. Tiene un extenso historial delictivo: asalto, robo, posesión ilegal de un arma y asociación de malhechores...»

—¡No haga ver que no me oye! —dijo la mujer.

Holman se concentró en lo que estaba diciendo Donnelly, pero se perdió una parte.

«... contacten con nosotros en el número que aparece en pantalla. No intenten, repito, no intenten detener solos a este hombre.»

Holman se concentró en el rostro que aparecía en la pantalla. Warren Alberto Juárez tenía pinta de pandillero, con un grueso bigote y pelo planchado como un casquete. Entrecerraba los ojos para parecer duro en la foto de la ficha policial. El aspecto adormilado era popular entre los delincuentes negros y latinos, pero Holman no estaba impresionado. Cuando cumplió condena estatal en la colonia penitenciaria y en Pleasant Valley había apalizado a unos cuantos capullos adormilados sólo para permanecer con vida.

—Estoy hablando con usted, maldita sea —dijo la mujer—. ¡Cómo se atreve a usar semejantes palabras conmigo!

Holman hizo una señal con la cabeza al camarero.

—¿Cuánto es la gaseosa?

—¡He dicho que estoy hablando con usted!

—Dos.

—¿Tiene teléfono?

—¡Míreme cuando le hablo!

—Atrás, al lado de los lavabos.

Holman puso dos dólares en la barra, luego siguió el dedo del camarero hacia el teléfono público mientras la mujer lo llamaba capullo. Cuando Holman llegó al teléfono sacó su lista y buscó el número de la comisaría de Devonshire. Tuvo que esperar mientras Levy acababa con otra llamada antes de que se pusiera al aparato.

—He oído las noticias —dijo Holman.

—Entonces sabe lo mismo que yo. Han llamado del Parker Center hace menos de una hora.

—¿Aún no lo han cogido?

—Señor Holman, acaban de dictar la orden. Me lo notificarán en cuanto se produzca una detención.

Holman estaba tan acelerado que temblaba como si llevara una semana con anfetas. No quería sacar a Levy de sus casillas, así que respiró hondo un par de veces y se obligó a relajarse.

—Muy bien, eso lo entiendo. ¿Saben por qué ocurrió?

—Lo que me ha llegado hasta el momento es que se trata de una venganza personal entre Juárez y el sargento Fowler. Fowler detuvo al hermano menor de Juárez el año pasado y aparentemente al hermano lo mataron en prisión.

—¿Qué tenía que ver Richie con Juárez?

—Nada.

Holman esperó a que siguiera. Esperaba que Levy le contará la razón que hilvanaría las cuatro muertes, pero Levy permaneció en silencio.

—Espere un momento, espere, ¿este cabrón mató a cuatro personas sólo por llegar a Fowler?

—Señor Holman, escuche, sé lo que está buscando aquí, quiere encontrar el sentido. A mí también me gustaría que tuviera sentido, pero a veces no lo tiene. Richard no tuvo nada que ver con la detención de Juárez. Y por lo que sé, tampoco Mellon ni Ash. No lo puedo decir definitivamente, pero ésa es la impresión que me ha dado al hablar con sus capitanes. Quizá sepamos más después y lo entendamos.

—¿Saben quién iba con él?

—Creo que actuó solo.

Holman sintió que su voz temblaba de nuevo y se esforzó por contener el temblor.

—Eso no tiene sentido. ¿Cómo sabía que estaban debajo

del puente? ¿Los siguió? ¿Estaba al acecho, un solo hombre, y disparó a cuatro policías sólo para vengarse de uno de ellos? Eso no tiene sentido.

—Sé que no lo tiene. Lo siento.

—¿Están seguros de que fue Juárez?

—Completamente. Las huellas encontradas en los casquillos de la escena del crimen coincidían con las de Juárez. Creo que también tienen testigos que oyeron a Juárez hacer numerosas amenazas y lo situaron en la escena del crimen esa misma noche. Intentaron detener a Juárez en su casa esta mañana temprano, pero ya había huido. Escuche, tengo otras llamadas...

—¿Están cerca de una detención?

—No lo sé. Ahora he de...

—Una última cosa, capitán, por favor. En las noticias han dicho que era un pandillero.

—Eso me han dicho, sí.

—¿Sabe a qué banda pertenecía?

—Yo..., no, señor. Ahora he de colgar.

Holman le dio las gracias, luego volvió al camarero para pedirle cambio de un dólar. La mujer que hablaba a gritos le dedicó una mirada desagradable, pero esta vez no dijo nada. Holman se llevó el cambio otra vez al teléfono y llamó a Gail Manelli.

—Eh, soy Holman. ¿Tienes un segundo?

—Claro, Max. Iba a llamarte.

Holman supuso que ella quería contarle que la policía había identificado a un sospechoso, pero él siguió adelante.

—Recuerdas que me dijiste que si necesitaba unos días libres podrías arreglarlo con Gilbert.

—¿Necesitas tiempo libre?

—Sí. Hay mucho que hacer, Gail. Más de lo que pensaba.

—¿Has hablado hoy con la policía?

—Acabo de colgar con el capitán Levy. ¿Puedes conseguirme unos días con Gilbert? Ese tipo ha sido bueno conmigo con el trabajo...

—Lo llamaré ahora mismo, Max. Estoy segura de que lo entenderá. Ahora, escucha, ¿quieres ver a un psicólogo?

—Estoy bien, Gail. No necesito ningún psicólogo.

—No es momento de perder de vista todo lo que has aprendido, Max. Usa las herramientas que tienes. No trates de hacerte el duro, no creas que has de sobrellevarlo solo.

Holman quería preguntarle si le gustaría compartir la culpa y la vergüenza que sentía. Estaba cansado de que todo el mundo lo tratara como si estuvieran acojonados de que explotara, pero se recordó a sí mismo que Gail estaba haciendo su trabajo.

—Necesito el tiempo, nada más. Si cambio de opinión sobre el psicólogo ya te lo diré.

—Sólo quiero que entiendas que estoy aquí.

—Lo sé. Escucha... he de colgar. Gracias por arreglarme lo del trabajo. Dile a Tony que lo llamaré dentro de unos días.

—Lo haré, Max. Cuídate. Sé que estás sufriendo, pero lo más importante que puedes hacer ahora mismo es cuidar de ti mismo. Es lo que querría tu hijo.

—Gracias, Gail. Hasta luego.

Holman colgó el teléfono. Gail tenía claro lo que era importante, pero Holman tenía sus propias ideas. El mundo del delito era un mundo que conocía. Y sabía cómo usarlo.

8

Los delincuentes no tienen amigos. Tienen socios, proveedores, peristas, furcias, viejos verdes puteros, prestamistas, camellos, colaboradores, conspiradores, víctimas y jefes. Todos ellos pueden delatarlos y no hay ni uno del que se puedan fiar. Casi ningún recluso de los que Holman había conocido en el patio durante sus diez años en Lompoc había sido detenido y acusado porque Dick Tracy o Sherlock Holmes hubieran hecho su trabajo, simplemente habían sido delatados por alguien a quien conocían y de quien se fiaban. El trabajo policial no llegaba más lejos. Holman quería encontrar a alguien que delatara a Warren Juárez.

Esa tarde, Gary *L'Chee* Moreno dijo:

—Debes de ser el gringo más imbécil que ha cagado nunca entre los dos pies.

—Dime que me quieres, hermano.

—Lo que te digo es esto, Holman: ¿por qué no corriste? He estado esperando diez años para preguntarte esto, capullo.

—No tenías que esperar diez años, Chee. Podrías haber venido a verme a Lompoc.

—Por eso te pillaron, por pensar así. Yo habría salido zumbando de ese banco como si me hubieran metido guindillas por el culo y no habría parado hasta Zacatecas. Ven aquí. Dale un abrazo a tu hermano.

Chee rodeó el mostrador de su taller en la zona este de

Los Ángeles. Abrazó a Holman con fuerza. Hacía diez años que no se veían, desde el día en que Chee estaba esperando a Holman fuera del banco cuando llegó la policía y el FBI; con lo cual, por mutuo acuerdo, Chee se había largado.

Holman había conocido a Chee cuando cumplían una condena de la Autoridad de Menores de California y ambos tenían catorce años. Holman estaba por una serie de hurtos en tiendas y detenciones por robo; para Chee era su segunda condena por robo de coche. Chee, pequeño pero intrépido, estaba rodeado por tres tipos en el patio principal cuando Holman, grande y fuerte, con cuello y hombros gruesos, intervino y tumbó a los matones. Desde entonces Chee y su familia estaban dispuestos a hacer cualquier cosa por él. Chee era miembro de quinta generación de la banda White Fence, sobrino de los infames Chihuahua Brothers de Pacoima, dos guatemaltecos diminutos que se abrieron paso a machetazos hasta la cima del mercado de coches robados en el Los Ángeles de los años setenta. En sus tiempos, Holman proporcionaba a Chee los Porsche y Corvette cuando estaba lo bastante sobrio para robarlos, que hacia el final no era muy frecuente, y Chee incluso había conducido en unos pocos atracos a bancos; Holman sabía que lo había hecho sólo por el subidón de vivir alocadamente fuera de la ley con su buen colega Holman.

Ahora, Chee dio un paso atrás, y Holman vio que su mirada era seria. Holman realmente significaba algo para él; significaba algo profundo por todos esos tiempos pasados.

—Joder, me alegro de verte, hermano. ¿Estás loco o qué? Sólo que estés ahí de pie es una violación de la libertad vigilada.

—Soy un liberado federal, tío. No es como la condicional del estado. No dicen con quién he de estar.

Chee se mostró dubitativo.

—¿En serio?

—En serio.

Chee estaba claramente confundido e impresionado por los caprichos del sistema federal.

—Ven aquí atrás, que hay menos ruido.

Chee hizo pasar a Holman detrás del mostrador y lo llevó a un pequeño despacho. Esas mismas oficinas habían sido en cierta ocasión el centro de un taller de desguace que Chee controlaba para sus tíos, donde desmontaban los componentes de los coches robados. Sus tíos habían muerto tiempo atrás, y ahora Chee, más adulto y más prudente, regentaba un taller en su mayor parte legítimo que empleaba a sus hijas y sobrinos. Holman miró teatralmente el taller desde la oficina.

—Parece diferente.

—Es diferente, colega. Mi hija trabaja aquí tres días por semana. No le gustaba ver fotos de tetas en las paredes. ¿Quieres una cerveza?

—Estoy sobrio.

—No jodas. Bueno, tío, eso está muy bien. Coño, nos estamos haciendo viejos.

Chee rio al dejarse caer en la silla. Cuando Chee reía, su piel curtida se plisaba con cráteres de acné y tatuajes de su época en las bandas. Todavía era un White Fence, un veterano reconocido, pero alejado de la vida de la calle. El rostro curtido de Chee se entristeció, sin mirar a nada hasta que finalmente miró a Holman.

—¿Necesitas dinero? Te ayudaré, colega. Ni siquiera has de devolvérmelo. En serio.

—Quiero a un pandillero llamado Warren Alberto Juárez.

Chee se balanceó en su silla para coger un grueso listín de entre los trastos. Pasó unas cuantas páginas, rodeó un nombre y luego empujó el libro por encima de la mesa.

—Aquí lo tienes. Sírvete.

Holman miró la página. Warren A. Juárez. Una dirección en Cypress Park. Un número de teléfono. Cuando levantó la mirada, Chee lo estaba mirando como si Holman fuera estúpido.

—¿Por eso has venido aquí, colega, para cobrar la recompensa? ¿Crees que está aquí escondido en un armario? ¡Por favor!

—¿Sabes adónde ha ido?

—¿Por qué crees que iba a saber algo así?

—Tú eres Little Chee. Siempre sabes cosas.

—Esos días pasaron, hermano. Ahora soy el señor Moreno. Mira alrededor. Ya no estoy en esa vida. Pago impuestos. Tengo hemorroides.

—Aún eres White Fence.

—Hasta la muerte y más allá, y te diré esto, si supiera dónde está el chico me embolsaría los cincuenta mil yo mismo; él no es White Fence. Es Frogtown, colega, de río arriba, y ahora mismo no es para mí más que un incordio. Esta mañana, la mitad de mis chicos ha llamado para decir que estaban enfermos porque quieren esa pasta. Mi plan de trabajo se ha ido a la mierda.

Chee mostró las palmas, como si ya tuviera bastante de Warren Juárez, y continuó con su perorata.

—Olvídate de ese cuento de la recompensa, Holman. Ya te lo he dicho, te daré dinero si quieres.

—No busco un préstamo.

—¿Entonces qué?

—Uno de los polis que mataron era mi hijo. Richie se hizo poli, ¿te lo imaginas? Mi pequeño.

Chee puso los ojos como platos. Había visto al chico algunas veces, la primera cuando Richie tenía tres años. Holman había convencido a Donna de que le dejara llevar al chico al muelle de Santa Mónica para subirlo a la noria. Holman había dejado a Richie con la chica de Chee para que él y su amigo pudieran robar un Corvette que vieron en el aparcamiento. ¡El padre del año!

—Joder, lo siento.

—Fue por su madre, Chee. Rezaba por eso. «No dejes que sea un mierda como yo, haz que sea como su madre.»

—Dios respondió.

—La policía dice que Juárez lo mató. Dicen que Juárez los mató a los cuatro sólo para cargarse a uno llamado Fowler, por una venganza por el hermano de Juárez.

—No sé nada de eso, tío. Bueno es Frogtown.

—Da igual. Quiero encontrarlo. Quiero saber quién lo ayudó y encontrarlos también a ellos.

Chee se movió en la silla, haciendo que crujiera. Se frotó una mano áspera por la cara, musitando y pensando. Las bandas latinas tomaban sus nombres de sus barrios: Happy Valley Gang, Hazard Street, Geraghty Lomas. Frogtown derivaba su nombre de los viejos tiempos del río Los Ángeles, cuando los chicos del barrio se quedaban dormidos con el croar de ranas toro antes de que el ayuntamiento canalizara el río con hormigón y las ranas murieran. El hecho de que Juárez fuera miembro de la banda de Frogtown no pasó inadvertido a Holman. Los agentes habían sido asesinados junto al río.

Chee lentamente clavó la mirada en Holman.

—¿Vas a matarlo? ¿Eso quieres hacer?

Holman no estaba seguro de lo que haría. No estaba seguro de qué estaba haciendo sentado con Chee. Todo el Departamento de Policía de Los Ángeles estaba buscando a Warren Juárez.

—¿Holman?

—Era mi hijo. Si alguien mata a tu hijo no te vas a quedar de brazos cruzados.

—No eres un asesino, Holman. Un hijoputa duro, sí, pero ¿un hombre que mataría? Nunca he visto eso en ti, colega, y, créeme, he visto muchos asesinos de sangre fría, tipos que acuchillan a un niño y luego se van a comer un filete, pero tú no. ¿Te vas a cargar a ese chico y luego vas a volver a prisión en el autobús de los asesinos pensando que has hecho lo que tenías que hacer?

—¿Qué harías tú?

—Matar a ese hijoputa, colega. Cortarle la cabeza y colgarla del retrovisor para que todos la vieran y darme una vuelta por Whittier Boulevard. ¿Quieres hacer algo así? ¿Podrías?

—No.

—Entonces deja que la pasma haga su trabajo. Han perdido a cuatro de los suyos. Van a hacer lo que sea por encontrar a ese chico.

Holman sabía que Chee tenía razón, pero trató de expresar con palabras su necesidad.

—En el departamento, los agentes han de rellenar un formulario del pariente más cercano. Donde tenía que poner el nombre del padre, Richie escribió «desconocido». Estaba tan avergonzado de mí que ni siquiera me reconoció, escribió que su padre era un desconocido. No puedo soportarlo, Chee. Soy su padre. Ésta es la forma que tengo de responder.

Chee se recostó otra vez, pensativo y en silencio mientras Holman continuaba.

—No puedo dejarle esto a nadie más. Ahora mismo están diciendo que Juárez hizo esto solo. Vamos, Chee, ¿cómo un pandillero iba a ser lo bastante bueno para cargarse él solito a cuatro agentes armados tan deprisa que no les dio tiempo a repeler el fuego?

—Ahora hay muchos chavales que vuelven de Irak, hermano. Si el chico aprendió en el extranjero, podría saber exactamente cómo hacer lo que hizo.

—Entonces quiero saber eso. Necesito comprender cómo ocurrió y encontrar a los cabrones que lo hicieron. No estoy haciendo una carrera contra los polis. Sólo quiero que encuentren a este cabrón.

—Bueno, tendrás un montón de ayuda. En la puerta de su casa en Cypress Park hay una convención de polis. Mi mujer y mi hija pasaron por allí a la hora de comer sólo para ver, ¡son un par de cotillas incorregibles! Su mujer también se ha escondido. La dirección de la casa que te di está vacía ahora mismo.

—¿Adónde puede haber ido su mujer?

—¿Cómo voy a saber algo así, Holman? Ese chico no es White Fence. Si lo fuera y mató a tu hijo, lo mataría yo mismo, amigo. Pero está con los Frogtown.

—¿Little Chee?

Testigos de los asaltos habían visto a Holman meterse en coches conducidos por otro hombre. Después de la detención de Holman, el FBI lo había apretado para que dijera el nombre de su cómplice. Habían preguntado, pero Holman no había abierto la boca.

—Después de mi detención —dijo Holman—, ¿cuánto tiempo perdiste preocupado por que fuera a delatarte?

—Ni una noche. Ni una sola noche, colega.

—¿Y por qué?

—Porque sabía que eras una roca. Eras mi hermano.

—¿Eso ha cambiado?

—Sigue igual. Eres mi hermano.

—Ayúdame, Little Chee. ¿Dónde puedo encontrar a la chica?

Holman sabía que a Chee no le gustaba, pero su amigo no vaciló. Levantó el teléfono.

—Prepárate un café, colega. He de hacer unas llamadas.

Holman salió al cabo de una hora, pero Chee no lo acompañó. Diez años después, algunas cosas seguían igual, pero otras eran diferentes.

9

Holman decidió pasar antes en coche por la casa de Juárez para ver la convención policial. Aunque Chee le había advertido que la policía comandaba la escena, Holman se sorprendió. Había tres furgonetas de televisión y una blanca y negra del Departamento de Policía de Los Ángeles aparcadas delante de un pequeño bungaló. Las antenas parabólicas giraban encima de las furgonetas como palmeras larguiruchas al viento, mientras los agentes uniformados y los reporteros charlaban en la acera. A Holman le bastó una mirada para saber que Juárez no volvería aunque los agentes se marcharan. Se había formado una pequeña aglomeración de vecinos que miraban boquiabiertos desde el otro lado de la calle y la cola de coches que circulaban despacio por delante de la casa hizo que Holman se sintiera como si estuviera pasando junto a un accidente de tráfico en la 405. No era de extrañar que la mujer de Juárez se hubiera marchado.

Holman continuó conduciendo.

Chee había averiguado que María Juárez se había trasladado a la casa de su primo en Silver Lake, al sur de Sunset, en una zona llena de centroamericanos. Holman supuso que la policía conocería también su paradero, y probablemente incluso la habían ayudado a mudarse para protegerla de los medios; si ella hubiera decidido esconderse por sí misma, la habrían declarado fugitiva y habrían dictado una orden.

La dirección que le proporcionó Chee le condujo a una casa cuadrada hecha de listones de madera, agazapada detrás de una fila de cipreses desiguales, en una calle empinada de aceras rotas. Holman pensó que la casa parecía como escondida. Aparcó dos manzanas colina arriba y trató de pensar en qué hacer. La puerta estaba cerrada y las cortinas corridas, pero lo mismo ocurría con la mayoría de las casas. Holman se preguntó si Juárez estaría en la casa. No lo descartó. Holman conocía a decenas de tipos a los que pillaban en sus propios garajes, porque no tenían otro sitio adonde ir. Los delincuentes siempre vuelven con sus novias, sus mujeres, sus madres, vuelven a sus casas, a sus caravanas, a sus coches, corren hacia lo que sea o quien sea que les haga sentirse seguros. A él probablemente también lo habrían pillado en su casa, si hubiera tenido casa.

Se le ocurrió a Holman que la policía sabía esto y podría estar vigilando la vivienda. Se volvió en redondo para examinar las casas y los coches vecinos, pero no vio nada sospechoso. Bajó del vehículo y se dirigió a la puerta de la calle. No veía razón para ponerse dramático a no ser que no respondiera nadie. Si no le abrían, rodearía la casa y entraría por la parte de atrás. Llamó a la puerta.

Holman no esperaba que alguien respondiera tan deprisa, pero una mujer joven abrió la puerta enseguida. No podía tener más de veinte o veintiún años, era incluso más joven que Richie. Era fea con ganas, con la nariz aplanada, dientes grandes y el pelo negro aceitado en patillas serpenteantes.

—¿Está bien? —dijo ella.

Pensó que Holman era un poli.

—¿María Juárez?

—Dígame que está bien. ¿Lo ha encontrado? Dígame que no está muerto.

Acababa de decirle a Holman todo lo que necesitaba saber. Juárez no estaba allí. La policía había ido antes y la mujer había cooperado con ellos. Holman le ofreció una sonrisa tranquilizadora.

—He de hacerle unas preguntas. ¿Puedo pasar?

La mujer retrocedió del umbral y Holman entró. Había una tele en la que se veía Telemundo, pero al margen de eso la casa estaba en silencio. Escuchó para ver si había alguien en la parte de atrás de la vivienda, pero no oyó nada. A través del comedor y la cocina se veía una puerta cerrada en la parte de atrás. La casa olía a chorizo y cilantro. Desde la sala de estar partía un pasillo central que probablemente conducía a un cuarto de baño y a un par de habitaciones. Holman se preguntó si habría alguien en los dormitorios.

—¿Hay alguien más aquí? —dijo Holman.

Los ojos de la joven parpadearon, y Holman se dio cuenta de que había cometido su primer error. La pregunta la hizo sospechar.

—Mi tía. Está en la cama.

Holman la cogió por el brazo para llevarla al pasillo.

—Echemos un vistazo.

—¿Quién es usted? ¿Es policía?

Holman sabía que muchas de esas chicas podían matarte con la misma rapidez que cualquier veterano, y algunas más deprisa todavía, así que la agarró del brazo con más fuerza.

—Sólo quiero ver si está aquí Warren.

—No está aquí. Sabe que no está aquí. ¿Quién es usted? Usted no es uno de los detectives.

Holman la llevó por el pasillo, mirando en primer lugar al cuarto de baño y luego al dormitorio principal. Había una mujer mayor envuelta en chales y mantas sentada en la cama, tan arrugada y minúscula como una pasa. Dijo algo en castellano que Holman no entendió. Él le ofreció una sonrisa de disculpa, luego llevó a María hacia el segundo dormitorio, cerrando la puerta de la habitación de la anciana al salir.

—No entre ahí —dijo María.

—Warren no está aquí, ¿verdad?

—Mi niña. Está durmiendo.

Holman sostuvo a la mujer de Juárez delante de él y entreabrió la puerta. La habitación se hallaba en penumbra. Distinguió una pequeña figura durmiendo en una cama de adulto, un niña pequeña de unos tres o cuatro años. Holman se quedó escuchando otra vez, sabiendo que Juárez podía estar escondido debajo de la cama o en el armario, pero sin querer despertar a la niña. Oyó el zumbido de un suave ronquido infantil. Algo en la pose inocente de la niña hizo que Holman pensara en Richie a esa edad. Holman trató de recordar si había visto alguna vez a Richie dormido, pero no lo consiguió. Los recuerdos no se reavivaban porque no existían. Nunca estuvo el tiempo suficiente para ver a su hijito durmiendo.

Holman cerró la puerta y llevó a María a la sala de estar.

—No estaba aquí con los policías —dijo ella—. Quiero saber quién es.

—Me llamo Holman. ¿Conoce ese nombre?

—Salga de esta casa. No sé dónde está. Ya se lo he dicho a ellos. ¿Quién es usted? No me ha enseñado su placa.

Holman la obligó a sentarse en el sofá. Se inclinó sobre ella, nariz contra nariz y señaló su propio rostro.

—Mire esta cara. ¿Ha visto esta cara en las noticias?

La joven estaba llorando. No entendía lo que Holman le estaba diciendo y estaba asustada. Holman se dio cuenta, pero fue incapaz de detenerse. Su voz nunca se elevó por encima de un susurro. Igual que cuando estaba robando bancos.

—Me apellido Holman. Uno de los agentes también se apellidaba Holman. El cabrón de su marido asesinó a mi hijo. ¿Entiende eso?

—¡No!

—¿Dónde está?

—No lo sé.

—¿Se ha ido a México? He oído que cruzó la valla.

—Él no lo hizo. Ya se lo he enseñado a ellos. Estaba con nosotras.

—¿Dónde está?

—No lo sé.

—Dígame quién lo está escondiendo.

—No lo sé. Se lo dije a ellos. Se lo enseñé a ellos. Estaba con nosotras.

Holman no había pensado en sus acciones y ahora se sintió atrapado. Los psicólogos de la prisión habían insistido en eso: los delincuentes eran gente incapaz de anticipar las consecuencias de sus acciones. Sin control de impulsos, decían. Holman de repente agarró a la mujer de Juárez por la garganta. Su mano la envolvió de oreja a oreja como si actuara por voluntad propia. La agarró sin ningún sentido de lo que estaba haciendo o de por qué lo hacía...

... pero entonces ella tosió y Holman se vio a sí mismo en ese momento. La soltó y retrocedió, con la cara quemándole de vergüenza.

—¿Mamá?

La niña estaba de pie en el pasillo, ante la puerta de la anciana, tan pequeña que parecía una miniatura de persona. Holman quiso echar a correr, asqueado consigo mismo y humillado por la idea de que la niña pudiera haberlo visto.

—No pasa nada, cielo —dijo María—. Vuelve a la cama. Yo iré enseguida. Vete a acostar.

La niña pequeña regresó a su habitación.

Otra vez pensó en Richie, dándole la espalda mientras Donna lo maldecía a él por ser un perdedor.

—Lo siento —dijo Holman—. ¿Está bien?

María lo miró sin emitir sonido alguno. Se tocó la garganta en el lugar en que él la había agarrado. Se tocó un rizo enganchado a su mejilla.

—Escuche, lo siento —dijo Holman—. Estoy nervioso. Él mató a mi hijo.

Ella se recompuso y negó con la cabeza.

—Anteayer era su cumpleaños. Estuvo con nosotras. No mató a ningún policía.

—¿Su cumpleaños? ¿De la niña?

—Puedo probarlo. Les enseñé la cinta. Warren estuvo con nosotras.

Holman negó con la cabeza, luchando por desembarazarse de los depresivos recuerdos de pérdida mientras trataba de comprender lo que ella estaba contando.

—No sé qué me está diciendo. ¿Hicieron una fiesta para la niña? ¿Tuvieron invitados?

Holman no creería a ningún testigo que la mujer se sacara y tampoco los polis, pero ella hizo una señal hacia la televisión.

—Warren nos compró una de esas videocámaras. Está en mi casa. Hicimos vídeos de la niña soplando las velas y jugando con nosotros. Anteayer.

—Eso no prueba nada.

—No lo entiende. Estaban dando ese programa, el que sale el humorista. Warren se la puso a la espalda para llevarla a caballito y daba vueltas por la sala delante de la tele. Se ve el programa cuando Warren estuvo aquí. Eso prueba que estuvo con nosotras.

Holman no tenía ni idea de qué programa era ese del que estaba hablando.

—A esos agentes los mataron a la una y media de la madrugada.

—¡Sí! El programa empieza a la una. Lo daban por la tele cuando Warren estaba llevándola a caballo. Se ve en la cinta.

—¿Estaban haciendo una fiesta para su hija en plena noche? Vamos.

—Está en busca y captura, ¿sabe? Ha de tener cuidado de cuándo viene. Mi padre vio la cinta que hice. Dice que el programa prueba que estaba en casa con nosotras.

Parecía creer lo que estaba diciendo, y sería bastante fácil de comprobar. Si su cinta de vídeo mostraba un programa de televisión en la tele, lo único que había que hacer era llamar a la cadena y preguntar a qué hora se emitió el programa.

—Vale. Déjeme verlo. Enséñemelo.

—La policía se la llevó. Dijeron que era una prueba.

Holman reflexionó sobre lo que ella le estaba contando. La policía se llevó la cinta, pero claramente no creía que fuera una coartada válida para Warren, porque habían dictado la orden. Aun así, Holman pensó que estaba siendo sincera, así que supuso que probablemente le estaba diciendo la verdad respecto a que no conocía el paradero de su marido.

—Mamá —dijo la niña pequeña.

La niña pequeña estaba otra vez en el pasillo.

—¿Cuántos años tienes? —dijo Holman.

La niña pequeña miró al suelo.

—Respóndele al señor, Alicia —dijo María—. ¿Qué modales son ésos?

La niña levantó una mano, mostrando tres dedos.

—Siento que mataran a su hijo, pero no fue Warren. Sé lo que siente ahora, pero si lo mata, eso también estará en su corazón.

Holman apartó la mirada de la niña.

—Siento lo que le he hecho.

Abrió la puerta y salió de la casa. El sol era cegador después de haber estado en la vivienda oscura. Caminó de nuevo hasta el coche de Perry, sintiéndose como un barco sin timón, a merced de la corriente. No tenía ni sitio adonde ir ni idea de qué hacer. Pensó que quizá debería volver a trabajar y empezar a ganar dinero. No se le ocurría ninguna otra cosa que hacer.

Todavía estaba tratando de decidirse cuando llegó al coche de Perry. Puso la llave en la cerradura, y de repente lo golpearon por detrás con tanta fuerza que perdió la respiración. Impactó con el lateral del coche al tiempo que alguien le dio una patada que le levantó los pies del suelo y lo hizo caer. En un instante, lo pusieron boca abajo con la habilidad de auténticos profesionales.

Cuando Holman levantó la mirada, vio a un tipo pelirrojo con gafas de sol y vestido de calle que mostraba una placa.

—Policía de Los Ángeles. Está detenido.

Holman cerró los ojos al tiempo que las esposas se cerraban en torno a sus muñecas.

10

Fueron cuatro agentes de paisano los que lo detuvieron, pero sólo dos de ellos lo llevaron al Parker Center: el agente pelirrojo, cuyo nombre era Vukovich, y un agente latino llamado Fuentes. Holman había sido detenido por la policía de Los Ángeles en doce ocasiones y en todos los casos salvo el último (cuando fue arrestado por una agente del FBI llamada Katherine Pollard) había sido procesado a través de alguna de las diecinueve divisiones del departamento. Había estado dos veces en el calabozo central y otras tres en el centro de detención federal. Cuando lo llevaron al Parker Center, Holman supo que estaba bien jodido.

Parker Center era el cuartel general del Departamento de Policía de Los Ángeles: un edificio blanco y acristalado que albergaba al jefe de policía, la brigada de Asuntos Internos, varias administraciones civiles y agencias de administración, así como a la elitista división de Robos y Homicidios del departamento, encargada de homicidios, robos y delitos sexuales de características especiales. Cada una de las diecinueve divisiones contaba con detectives de homicidios, robos y delitos sexuales, pero esos detectives trabajaban únicamente en sus respectivas jurisdicciones; en cambio, los detectives de Robos y Homicidios trabajaban en casos que abarcaban la ciudad.

Vukovich y Fuentes condujeron a Holman a una sala situada en la tercera planta y lo interrogaron durante más de una hora, después de la cual se hizo cargo otro conjunto de detectives. Holman sabía de qué iba. Los polis siempre hacían las mismas preguntas una y otra vez, esperando que tus respuestas cambiaran. Si tus respuestas cambiaban, sabían que estabas mintiendo. Holman les dijo la verdad en todo salvo en lo que afectaba a Chee. Cuando el tipo pelirrojo, Vukovich, preguntó cómo sabía que María Juárez estaba con sus primos, Holman les dijo que lo había oído en un bar: un Frogtown que alardeaba de que se había tirado a María en el instituto, él y otros sesenta y dos tíos. El hispano contaba que la tía era una zorra y soltó que los polis a los que mató Warren probablemente también se habían pasado por la piedra a aquella puta. Cubrir a Chee era algo que Holman había hecho antes, y esta vez fue la única mentira que dijo. Una mentira era fácil de recordar, aunque le aterrorizara decirla.

A las ocho y cuarenta de la noche, Holman seguía en la sala. Había sido interrogado con algunas pausas durante más de seis horas sin que le ofrecieran un abogado ni presentaran cargos. A las ocho y cuarenta y uno, la puerta se abrió otra vez y Vukovich entró con alguien nuevo.

El nuevo tipo estudió un momento a Holman antes de tenderle la mano. Holman pensó que le resultaba familiar.

—Señor Holman, soy John Random. Lamento lo de su hijo.

Random era el primer detective que le tendía la mano. Vestía camisa blanca de manga larga y corbata, sin chaqueta. Llevaba una placa dorada de detective enganchada en el cinturón. Random ocupó un asiento enfrente de Holman mientras que Vukovich fue a apoyarse en la pared.

—¿Me acusan de algo? —dijo Holman.

—¿El detective Vukovich no le ha explicado el motivo de su detención?

—No.

Holman cayó en la cuenta de por qué Random le sonaba familiar. Random había participado en la conferencia de prensa que había visto en el bar. No conocía el nombre de Random, pero lo reconoció.

—Los agentes comprobaron la matrícula de su vehículo —dijo Random— y se encontraron con treinta y dos multas de aparcamiento impagadas y otras nueve destacadas infracciones de tráfico.

—Joder —dijo Holman.

Vukovich sonrió.

—Sí, y la descripción que nos dieron en Tráfico del propietario del vehículo, un varón negro de setenta y cuatro años, no coincidía con usted. Pensamos que era un coche robado.

—Hablamos con el señor Wilkes —dijo Random—. Está a salvo respecto al coche, aunque ha estado conduciéndolo sin licencia. Así que olvídese del coche y volvamos a la señora Juárez. ¿Por qué fue a verla?

La misma pregunta que le habían hecho tres docenas de veces. Holman dio la misma respuesta.

—Estaba buscando a su marido.

—¿Qué sabe de su marido?

—Le vi a usted en la tele. Lo están buscando.

—Pero ¿por qué lo estaba buscando usted?

—Mató a mi hijo.

—¿Cómo encontró a la señora Juárez?

—Su dirección estaba en el listín. Fui a su casa, pero el sitio estaba lleno de gente. Empecé a ir a algunos bares vecinos y encontré a algunos tipos que los conocían, y enseguida terminé en Silver Lake y me encontré con este tipo que decía que conocía a la mujer. Me dijo que estaba con sus primos, y supuse que estaba diciendo la verdad: allí es donde la encontré.

Random asintió con la cabeza.

—¿Él conocía la dirección?

—La operadora de información me dio la dirección. El tipo que me encontré sólo me dijo con quién estaba ella. No fue nada del otro mundo. Los números de la mayoría de la gente están en la guía.

Random sonrió, todavía mirándolo.

—¿Qué bar era ése?

Holman miró a Random a los ojos, luego como si tal cosa miró a Vukovich.

—No conozco el nombre del bar, pero está en Sunset, un par de manzanas al oeste de Silver Lake Boulevard. En el lado norte. Estoy casi seguro de que tenía un nombre mexicano.

Holman había pasado antes conduciendo. Sunset estaba repleto de locales mexicanos.

—Ajá, entonces ¿podría llevarnos allí?

—Claro. Le dije al detective Vukovich hace tres o cuatro horas que podría llevarles.

—Y este hombre con el que habló, si lo viera otra vez, ¿podría identificarlo?

Holman de nuevo sostuvo la mirada de Random, pero relajado, sin hacer hincapié en ello.

—Sin ninguna duda. Si todavía está allí después de todo este tiempo.

Vukovich sonrió otra vez.

—¿Me está tocando los cojones o qué?

Random no hizo caso del comentario de Vukovich.

—Así que dígame, señor Holman, y hablo muy en serio al hacerle esta pregunta, ¿María Juárez le dijo algo que podría ayudarnos a encontrar a su marido?

Holman de repente sintió que le caía bien Random. Le gustaba la intensidad del hombre y su deseo de encontrar a Warren Juárez.

—No, señor.

—¿Ella no sabía dónde se escondía?

—Me dijo que no.

—¿Le dijo por qué su marido mató a los agentes? ¿O algún detalle de los crímenes?

—Dijo que no fue él. Me contó que estaba con ella cuando se cometieron los asesinatos. Tienen una hija. Dijo que era el cumpleaños de la niña y que hicieron un vídeo que prueba que Warren estuvo con ellos en el momento de los asesinatos. Me dijo que se lo dio a ustedes. Y nada más.

—¿No admitió conocer el paradero de su marido? —preguntó Random.

—Sólo repetía que él no lo hizo. No sé qué más decirles.

—¿Qué pensaba hacer después de irse de su casa?

—Lo mismo que había hecho antes. Hablar con gente para ver si podía enterarme de algo más. Pero entonces me encontré con el señor Vukovich.

Vukovich rio y cambió su posición contra la pared.

—¿Puedo hacerle una pregunta? —dijo Holman.

Random se encogió de hombros.

—Puede preguntar. No digo que vaya a responder, pero ya veremos.

—¿De verdad tenían una cinta?

—Ella nos dio una cinta, pero no muestra lo que ella dice que muestra. Hay dudas acerca de cómo se hizo la cinta.

—No tenían que hacer su vídeo a la una de la mañana del martes —explicó Vukovich—. Nuestra analista la está estudiando. Ella cree que grabaron el programa, luego lo reprodujeron en el equipo de vídeo para usarlo como coartada. Ve el vídeo, no ve el programa cuando se emitió originalmente; está viendo una grabación de la grabación. Creemos que grabaron la cinta la mañana después de los asesinatos.

Holman torció el gesto. Entendió cómo podía haberse producido esa cinta, pero también había visto el temor en los ojos de María cuando la agarró por la garganta. Había estado ojo con ojo con gente aterrorizada cuando robaba coches y atracaba bancos, y se había ido de la casa de Silver Lake con la sensación de que ella le decía la verdad.

—Espere un momento. ¿Está diciendo que conspiró con su marido?

Random estuvo a punto de responder, pero se lo pensó mejor. Miró el reloj, luego se levantó como si alzara una pesada carga.

—Dejémoslo en lo que he dicho. Es una investigación en curso.

—Vale, una cosa más. El jefe de Richie me dijo que fue

una disputa personal entre Juárez y uno de los otros agentes, Fowler. ¿Fue ésa la causa?

Random miró a Vukovich, dejando que éste respondiera.

—Exacto. Empezó hace aproximadamente un año. Fowler y su subalterno pararon a un chico por una infracción de tráfico. Era Jaime Juárez, el hermano pequeño de Warren. Juárez se puso beligerante. Fowler sabía que estaba colocado, lo sacó del coche, y le encontró unas pocas piedras de *crack* en los pantalones. Juárez, por supuesto, aseguró que Fowler le colocó la droga, pero aun así le cayeron tres años en una prisión del estado. En el segundo mes entre rejas, hubo una pelea entre reclusos negros y latinos, y mataron a Jaime. Warren culpó a Fowler. Recorrió todo el Eastside diciendo que se iba a cargar a Fowler por matar al chico. No lo mantuvo en secreto. Tenemos una lista de testigos de dos hojas de gente que oyó las amenazas.

Holman lo asimiló. No le costaba imaginarse a Juárez matando al hombre al que culpaba por la muerte de su hermano, pero no era eso lo que le preocupaba.

—¿Han identificado a otros sospechosos?

—No hay otros sospechosos. Juárez actuó solo.

—Eso no tiene sentido. ¿Cómo pudo hacerlo solo? ¿Cómo sabía que estaban allí abajo? ¿Cómo los encontró? ¿Cómo un tipo de la calle se carga a cuatro agentes de policía armados y ninguno de ellos dispara siquiera?

El tono de voz de Holman fue subiendo y lo lamentó. Random parecía irritado. Frunció los labios, luego miró de nuevo el reloj como si alguien lo estuviera esperando o llegara tarde a algún sitio. Tomó una decisión y miró de nuevo a Holman.

—Se aproximó a ellos desde el este, usando los pilares del puente como protección. Así es como se acercó. Estaba justo a diez metros cuando empezó a disparar. Usó una escopeta de combate Benelli que dispara perdigones de calibre doce. ¿Sabe qué es un perdigón de máxima potencia, señor Holman?

Holman asintió con la cabeza. Se sentía mareado.

—Dos de los agentes fueron alcanzados en la espalda, lo cual indica que no lo vieron venir. El tercer agente probablemente estaba sentado en el capó del coche. Saltó, se volvió y recibió el disparo de cara. El cuarto agente consiguió desenfundar su arma, pero estaba muerto antes de poder devolver el fuego. No me pregunte cuál era su hijo, señor Holman. No se lo diré.

Holman sintió frío. Le faltaba el aire. Random miró otra vez el reloj.

—Sabemos que hubo un asesino y sólo uno porque todos los casquillos pertenecían a la misma arma. Era la de Juárez. Este vídeo es un intento chapucero de cubrirse las espaldas. Por lo que a usted respecta, voy a dejarle en libertad. No ha sido una decisión unánime, pero puede irse. Le llevaremos hasta su coche.

Holman se levantó, pero todavía tenía preguntas, y por primera vez en su vida no tenía prisa por irse de una comisaría de policía.

—¿Creen que encontrarán a ese hijo de puta? ¿Tienen alguna pista?

Random miró a Vukovich. Éste no expresó nada. Random miró a Holman.

—Ya lo tenemos. A las seis y veinte de esta tarde Warren Alberto Juárez fue hallado muerto por una herida de bala autoinfligida.

Vukovich se tocó la parte inferior de la barbilla.

—La misma escopeta que usó para matar a su hijo. Se disparó hacia arriba y se arrancó la tapa de los sesos. Todavía tenía el arma en las manos.

Random extendió el brazo una vez más. Holman se sentía entumecido por la noticia, pero le estrechó la mano automáticamente.

—Lo siento, señor Holman. Lamento mucho haber perdido de este modo a cuatro agentes. Es una desgracia.

Holman no respondió. Lo habían retenido allí toda la tarde, y Juárez estaba muerto.

—Entonces —dijo Holman—, ¿por qué demonios me preguntan si su mujer sabía dónde estaba y qué haría yo?

—Para ver si ella me mintió a mí. Ya sabe cómo funciona.

Holman estaba cada vez más enfadado, pero se tragó la rabia. Random abrió la puerta.

—Asegurémonos de que está claro, no vuelva a acercarse a la señora Juárez. Su marido puede estar muerto, pero ella todavía es objeto de una investigación activa.

—¿Cree que está implicada en las muertes?

—Ella le ayudó con la coartada. Si lo sabía o no antes del hecho todavía está por determinar. No se implique otra vez. Le estamos dando otra oportunidad porque ha perdido a su hijo, pero esa consideración termina ahora. Si volvemos a traerle a esta sala, Holman, le acusaré y me ocuparé de llevarlo a juicio. ¿Está claro?

Holman asintió.

—Quédese tranquilo, señor Holman. Tenemos a ese malnacido.

Random se fue sin esperar una respuesta. Vukovich se separó de la pared y le dio un golpecito en la espalda a Holman como si fueran dos colegas que han pasado apuros juntos.

—Vamos, amigo. Le llevaré a su coche.

Holman siguió a Vukovich hacia la salida.

11

Holman pensó en María Juárez al pasar junto a la casa de camino a su coche. Buscó para ver si quedaba una parte del equipo de vigilancia, pero no vio a nadie.

—Random habla en serio respecto a esa mujer, Holman. Manténgase alejado de ella.

—Si dice que falsificaron esa cinta, supongo que la falsificaron, pero a mí la mujer me pareció sincera.

—Gracias por su experta opinión. Ahora, dígame algo: cuando estaba esperando para robar esos bancos, ¿parecía inocente o culpable?

Holman lo dejó pasar.

—Uno a cero, Holman —dijo Vukovich.

Pararon junto al Mercury y Holman abrió la puerta.

—Gracias por acercarme.

—Quizá debería llevarlo a su casa en lugar de dejarle conducir. Ni siquiera tiene carnet.

—Lo primero que oí cuando me pusieron en libertad fue que habían matado a Richie. Tenía otras cosas en mente antes de ir a Tráfico.

—Hágalo. No hablo en broma. Si le paran, terminará teniendo problemas.

—Mañana. A primera hora.

Holman se quedó en la calle mientras veía alejarse a Vukovich. Miró a la casa de María Juárez. Las ventanas estaban iluminadas y muy probablemente los primos continuaban en casa. Holman se preguntó de qué estarían hablando. Se preguntó si la policía la habría informado de que su marido estaba muerto. Se dijo a sí mismo que no le importaba, pero saber que aquella pequeña casa estaba repleta de dolor le inquietó. Se subió al coche y se dirigió al motel.

Holman regresó al Pacific Gardens sin que lo pararan, y dejó el coche de Perry en el callejón. En cuanto entró en el vestíbulo, se encontró con que Perry estaba despierto y esperando, recostado tras su escritorio con los brazos cruzados y con mala cara. Estaba tan tieso que a Holman le recordó una araña esperando para lanzarse sobre el primer bicho que pasara.

—Me ha jodido bien —dijo Perry—. ¿Sabe cuánto he de pagar en multas atrasadas?

Holman tampoco estaba del mejor humor. Se acercó y se colocó al borde del escritorio de Perry.

—A la mierda usted y sus multas. Tendría que haberme dicho que iba conduciendo en un coche con orden de búsqueda. Me alquiló un trozo de mierda que podría haberme devuelto a prisión.

—¡Váyase usted a la mierda! ¡No sabía nada de esas multas! Tipos como usted no paran de conducirlo y ni siquiera me lo dicen. Ahora estoy jodido con la factura: ¡dos mil cuatrocientos dieciocho dólares!

—Debería haberles dicho que se lo quedaran. Es una mierda.

—Iban a llevárselo y a cobrarme la grúa y el depósito. He tenido que ir al centro en hora punta para aflojar la pasta.

Holman sabía que Perry se moría de ganas de hacerle pagar la multa, pero también sabía que el viejo estaba preocupado por las repercusiones. Si llegaba a oídos de Gail Manelli, ella sabría que Perry alquilaba ilegal y conscientemente su vehículo a conductores sin licencia, y perdería a los inquilinos que le llegaban a través del Departamento de Prisiones.

—Vaya mierda —dijo Holman—. Yo también he estado

en el centro, gracias a su puto coche. ¿Me ha traído mi televisión hoy?

—Está en su habitación.

—Será mejor que no sea robada.

—Se está quejando como una nena. Mire, está ahí arriba. Tendrá que jugar con las antenas.

Holman empezó a subir por la escalera.

—Eh, espere un momento. Tengo un par de mensajes para usted.

Holman inmediatamente se animó, pensando que la mujer de Richie había llamado finalmente. Hizo un giro de ciento ochenta grados hasta el escritorio en el que Perry parecía nervioso.

—Llamó Gail. Quiere que la llame.

—¿Quién más llamó?

Perry estaba sosteniendo una nota, pero Holman no podía leerla.

—Escuche —dijo Perry—, si habla con Gail no mencione el maldito coche. No debería haberlo conducido y yo no debería habérselo alquilado. Ninguno de los dos necesita esa clase de problemas.

Holman se estiró a por la nota.

—No voy a decir nada. ¿De quién era la otra llamada?

Holman agarró la nota y Perry se la dejó arrebatar.

—Una mujer de un cementerio. Dijo que usted sabría de qué se trataba.

Holman leyó la nota. Era una dirección y un número de teléfono.

Richard Holman
42 Berke Drive, #216
LA, CA 90024
310-555-2817

Holman había supuesto que Richie pagó por el entierro de su madre, pero eso lo confirmaba.

—¿Ha llamado alguien más? Estaba esperando otra llamada.

—Sólo ésta. A no ser que llamaran mientras yo estaba pagando esas malditas multas por usted.

Holman se guardó la nota en el bolsillo.

—Voy a volver a necesitar el coche mañana.

—No le diga nada a Gail, por el amor de Dios.

Holman no se molestó en responder. Subió por la escalera, encendió la televisión y esperó a las noticias de las once.
La televisión, de una marca americana menor, tenía veinte
años. La imagen temblaba con vagos fantasmas. Holman pe-
leó con las antenas tratando de hacer que los fantasmas desa-
parecieran, pero no lo consiguió.

12

A la mañana siguiente, Holman saltó de la cama a las cinco y cuarto. Le dolía la espalda por culpa de aquella porquería de colchón y por una noche de sueño intermitente. Decidió que o bien tenía que colocar una tabla entre el colchón y el somier o bien poner el colchón en el suelo. Las camas de Lompoc eran mejores.

Bajó a buscar un diario y leche chocolateada, y volvió a su habitación a leer los artículos de los sucesos de la noche anterior.

El periódico informaba de que tres chicos habían descubierto el cadáver de Juárez en una casa abandonada de Cypress Park, a un kilómetro del domicilio de Juárez. Aparecía una foto de los tres muchachos posando delante de un edificio en ruinas, con agentes de policía en segundo plano. Uno de los agentes tenía el aspecto de Random, pero la foto tenía demasiado grano para que Holman lo supiera a ciencia cierta. La policía afirmaba que un vecino que vivía cerca de la casa abandonada declaró que había oído un disparo de escopeta durante la mañana posterior a los asesinatos. Holman se preguntó por qué el vecino no había llamado a la policía cuando oyó el disparo, pero lo dejó estar. Sabía por experiencia que la gente oye cosas todo el tiempo pero no lo denuncia; el silencio es el mejor amigo de un ladrón.

Según las declaraciones hechas tanto por los chicos como

por los agentes en la escena, Juárez estaba sentado en el suelo, con la espalda apoyada en la pared y una escopeta de calibre doce agarrada en su mano derecha. Un representante de la oficina del forense afirmaba que la muerte fue instantánea a causa de una vasta herida en la cabeza tras un disparo hacia arriba a través de la mandíbula. Holman sabía por la descripción de Random que la escopeta era corta, así que Juárez podía habérsela colocado fácilmente bajo la barbilla. Imaginó el cuerpo y concluyó que el dedo de Juárez habría quedado atrapado en la guarda del gatillo o de lo contrario la escopeta se habría caído. El perdigón le habría volado la tapa de los sesos y probablemente le había arrancado la mayor parte de la cara. Holman podía imaginar con facilidad el cuerpo, pero algo al respecto le inquietaba y no estaba seguro del motivo. Continuó leyendo.

El artículo dedicaba unos pocos párrafos a explicar el vínculo entre Warren Juárez y Michael Fowler, pero no ofrecía nada que Random y Vukovich no le hubieran dicho ya. Holman conocía a reclusos que cumplían cadena perpetua por matar a otros hombres por ofensas mucho menores que la muerte de un hermano; veteranos que no se lamentaban ni un solo día por su condena, porque su noción de orgullo había exigido la respuesta que habían dado. Holman estaba pensando en esos hombres cuando comprendió qué lo inquietaba en la naturaleza de la muerte de Juárez. El suicidio no cuadraba con lo que María Juárez había descrito. Random había insinuado que Juárez y su mujer prepararon el vídeo la mañana siguiente a los asesinatos. Si Random estaba en lo cierto, Juárez había cometido los crímenes, había pasado la mañana siguiente llevando a caballito a su hija y posando para la cámara, luego había huido a la casa abandonada donde se había desanimado tanto que se había suicidado. El suicidio no era el resultado de la suma de posar y pasear a caballito. Juárez habría gozado de la admiración de sus compañeros de banda por vengar la muerte de su hermano, y su hija habría sido protegida por ellos como una reina. Juárez tenía mucho por lo que vivir, aunque tuviera que pasar el resto de sus días entre rejas.

Holman todavía estaba pensando en ello cuando el informativo de las seis abrió con la misma noticia. Dejó a un lado el periódico para mirar la grabación en vídeo de la conferencia de prensa que se había celebrado la noche anterior, mientras él estaba siendo interrogado. El subdirector Donnelly era de nuevo quien más hablaba, pero Holman reconoció a Random en segundo plano.

Todavía estaba mirando la tele cuando sonó su teléfono. El sonido repentino le sobresaltó tanto que dio un respingo. Era la primera llamada que recibía desde que lo detuvieron en el banco. Holman respondió de manera tentativa.

—¿Hola?

—¡Hermano! Pensaba que estabas en el calabozo, tío. He oído que te detuvieron.

Holman vaciló, luego se dio cuenta de lo que Chee quería decir.

—¿Te refieres a anoche?

—Cabronazo, ¿a qué crees que me refiero? ¡Todo el barrio vio que te detenían, tío! ¡Pensaba que te habían roto el culo! ¿Qué hiciste ahí?

—Sólo hablé con la señora. No hay ninguna ley que impida llamar a una puerta.

—Qué cabrón. Tendría que haber ido yo mismo a darte una patada en el culo por preocuparme así.

—Estoy bien, hermano. Sólo hablaron conmigo.

—¿Necesitas un abogado? Puedo ocuparme.

—Estoy bien, tío.

—¿Mataste a su pariente?

—No tengo nada que ver con eso.

—Estaba seguro de que fuiste tú, tío.

—Se suicidó.

—No me creo ese rollo del suicidio. Pensaba que le habías volado el culo.

Holman no sabía qué decir, así que cambió de tema.

—Eh, Chee. He estado alquilando el coche de un tipo por veinte dólares al día y me está matando. ¿Me puedes conseguir un buga?

—Claro, hermano, lo que quieras.

—No tengo carnet de conducir.

—Yo me encargo. Lo único que necesitamos es la foto.

—Uno de verdad de Tráfico.

—Tranqui, hermano. Incluso tengo la cámara.

En tiempos, Chee había falsificado licencias de conducir, tarjetas de residencia y tarjetas de la Seguridad Social para sus tíos. Aparentemente, todavía conservaba esa habilidad.

Holman quedó en pasarse más tarde y colgó. Se duchó y se vistió, luego embutió el resto de su ropa en una bolsa de colmado para ir a buscar una lavandería. Eran las seis y cincuenta cuando salió de su habitación.

La dirección de Richie correspondía a un edificio de apartamentos de cuatro pisos al sur de Wilshire Boulevard, en Westwood, cerca de la Universidad de California en Los Ángeles. Como la dirección se remontaba al entierro de Donna dos años antes, Holman había pasado buena parte de la noche preocupado por la posibilidad de que Richie se hubiera mudado. Pensó en usar el número de teléfono, pero la mujer de Richie no le había llamado, así que estaba claro que no quería verlo. Si la telefoneaba, ella podría negarse a recibirlo y podría incluso llamar a la policía. Holman supuso que su mejor ocasión era pillarla temprano y no avisar de su llegada. Si todavía vivía allí.

La entrada principal del edificio era una puerta de vidrio de seguridad que requería una llave. Los buzones estaban en el lado de la calle, junto con un interfono de seguridad al que los invitados podían llamar. Holman se acercó a los buzones y buscó con la esperanza de encontrar el nombre de su hijo en el apartamento 216.

Lo encontró.

Holman.

Donna le había puesto al chico el apellido de Holman

aunque no estaban casados y al verlo ahora le conmovió. Tocó el nombre de Holman, pensando: «Éste era mi hijo.» La tristeza le provocó un dolor físico en el pecho y se volvió abruptamente.

Holman esperó junto a la puerta de seguridad durante casi diez minutos hasta que un joven asiático con una mochila abrió la puerta para irse a clase. Holman agarró la puerta antes de que se cerrara y entró.

El patio interior era pequeño y estaba lleno de frondosas plantas de aves del paraíso. El interior del edificio estaba bordeado por pasarelas a las que podía accederse a través de un ascensor común que se tomaba en el patio o por cualquier escalera adjunta. Holman usó la escalera. Subió al segundo piso y fue mirando los números hasta que encontró el 216. Llamó con suavidad, luego llamó otra vez, más fuerte, envolviéndose en un aturdimiento concebido para protegerse de sus propios sentimientos.

Una mujer joven abrió la puerta, y su aturdimiento desapareció.

El rostro de la mujer mostraba una expresión intensa y contenida, como si se estuviera concentrando en algo más importante que abrir la puerta. Era delgada, de ojos oscuros, rostro enjuto y orejas prominentes. Llevaba unos *shorts* tejanos, una blusa verde claro y sandalias. Tenía el pelo húmedo, como si no hiciera mucho que había salido de la ducha. Holman pensó que parecía una niña.

Ella lo miró con curiosa indiferencia.

—¿Sí?

—Soy Max Holman. El padre de Richie.

Holman esperó a que ella descargara. Esperaba que le dijera que era un cabrón podrido y un padre repugnante, pero la indiferencia se desvaneció y la joven inclinó la cabeza como si lo viera por primera vez.

—Oh, Dios mío. Esto es incómodo.

—Es incómodo para mí también. No conozco tu nombre.

—Elizabeth. Liz.

—Me gustaría hablar un poco contigo, si no te importa. Significaría mucho para mí.

Liz Holman abrió la puerta de repente.

—He de disculparme. Iba a llamar, pero..., bueno, no sabía qué decir. Pasa, por favor. Me estaba preparando para ir a clase, pero tengo unos minutos. Hay café...

Holman pasó al lado de ella y esperó en la sala de estar hasta que la joven cerró la puerta. Le dijo que no se molestara, pero ella fue a la cocina de todos modos y cogió dos tazas del armario, dejando a Holman en la sala de estar.

—Es tan extraño... Lo siento. No tomo azúcar. Puede que haya sacarina...

—Solo está bien.

—Tengo leche desnatada.

—Solo está bien.

Era un apartamento grande. La sala de estar, una zona para comer y la cocina compartían el mismo ambiente. Holman se sintió de repente superado por encontrarse en la casa de Richie. Se había dicho a sí mismo que fuera al grano, que se limitara a hacer las preguntas y salir, pero ahora la vida de su hijo le rodeaba y quería llenarse con ella: un sofá y un sillón que no hacían juego estaban de cara a una tele situada en un pedestal en la esquina; estanterías llenas de cedés y DVD apoyados contra la pared: Green Day, Beck, *Jay y Bob el Silencioso contraatacan*; una chimenea de gas empotrada, con la repisa llena de filas de fotos superpuestas. Holman se acercó.

—Es una casa bonita —dijo.

—Es más de lo que podíamos permitirnos, pero está cerca del campus. Me estoy sacando un máster en psicología infantil.

—Eso suena muy bien.

Holman se sentía como un muñeco y lamentó que no se le ocurriera nada mejor que decir.

—Acabo de salir de prisión.

—Lo sé.

Estúpido.

Las fotos mostraban a Richie y Liz juntos, solos, y con otras parejas. En una imagen aparecían en un barco; en otra llevando parkas brillantes en la nieve; en otra, estaban en un pícnic donde todo el mundo llevaba camisetas del Departamento de Policía de Los Ángeles. Holman se descubrió sonriendo, pero entonces vio una foto de Richie con Donna y su sonrisa se desvaneció. Donna había sido más joven que Holman, pero en la foto ella parecía mayor. Tenía el pelo mal teñido y el rostro marcado por profundas arrugas y sombras. Holman se volvió, ocultándose de los recuerdos y del repentino rubor de vergüenza, y se encontró a Liz a su lado con el café. La joven le ofreció una taza, y Holman la aceptó. Hizo un gesto con los hombros, como para abarcar el apartamento.

—Es una casa bonita. Me gustan las fotos. Es como conocerlo un poco.

Los ojos de Liz nunca se separaron de los de Holman, que ahora se sintió observado. Al ser una estudiante de psicología, se preguntó si ella lo estaba analizando.

Liz de repente dejó la taza.

—Te pareces mucho a él. Él era un poco más alto, pero no mucho. Tú eres más pesado.

—He engordado.

—No quería decir gordo. A Richard le gustaba correr. Eso es lo que quería decir.

Los ojos de Liz se llenaron de lágrimas, y Holman no supo qué hacer. Levantó una mano, pensando en tocarle el hombro, pero tenía miedo de asustarla. La joven se recompuso enseguida y se frotó los ojos con el dorso de la mano que tenía libre.

—Lo siento. Esto es horroroso. Escucha... —Se frotó el ojo otra vez, luego le tendió la mano—. Me alegro de conocerte finalmente.

—¿De verdad crees que me parezco a él?

Liz esbozó una sonrisa.

—Clones. Donna siempre decía lo mismo.

Holman cambió de tema. Si empezaban a hablar de Donna, él también se echaría a llorar.

—Oye —dijo—, sé que has de ir a clase y eso, pero ¿puedo hacerte un par de preguntas sobre lo que ocurrió? No tardaré mucho.

—Encontraron al hombre que los mató.

—Lo sé. Sólo estoy tratando de... He hablado con el detective Random. ¿Lo has visto?

—Sí, he hablado con él y con el capitán Levy. Levy era el jefe de Richard.

—Exacto. Yo también he hablado con él, pero aún tengo algunas preguntas acerca de cómo pudo ocurrir esto.

—Juárez culpaba a Mike por lo que le ocurrió a su hermano. ¿Conoces toda esa historia?

—Sí, está en el periódico. ¿Conocías al sargento Fowler?

—Mike fue el agente instructor de Richard. Todavía eran buenos amigos.

—Random me dijo que Juárez había estado haciendo amenazas desde que mataron a su hermano. ¿Mike estaba preocupado por eso?

Liz frunció el ceño al pensarlo, tratando de recordar, luego negó con la cabeza.

—Mike nunca parecía preocupado por nada. No es que yo lo viera a menudo, cada dos meses o así, pero no parecía preocupado por nada de ese estilo.

—¿Quizá Richie mencionó que Mike estaba preocupado?

—Lo primero que oí de este asunto de la banda fue cuando dictaron la orden. Richard nunca dijo nada, pero bueno, tampoco traía a casa esa clase de cosas.

Holman suponía que si alguien se llenaba la boca y hacía amenazas le haría una visita. Dejaría que el tipo tuviera el tiro fácil o lo pondría en su lugar, pero en cualquier caso se ocuparía de ello. Se preguntó si eso era lo que los cuatro oficiales estaban haciendo esa noche, forjando un plan para tratar con Juárez, sólo que Juárez se adelantó. Parecía posible, pero Holman no quería sugerírselo a Liz.

En cambio, Holman dijo:

—Fowler probablemente no quería preocupar a nadie. Tipos como Juárez siempre están amenazando a policías. Los polis han de vivir con eso.

Liz asintió, pero sus ojos empezaron a enrojecerse otra vez y Holman supo que había cometido un error. Ella estaba pensando que esta vez no fueron sólo amenazas, esta vez, el tipo como Juárez lo había cumplido y ahora su marido estaba muerto. Holman cambió rápidamente de tema.

—Otra cosa que me estoy preguntando... Random me dijo que Richie no estaba de servicio esa noche.

—No. Estaba aquí trabajando. Yo estaba estudiando. Salía a veces a reunirse con los chicos, pero nunca tan tarde. Me dijo que tenía que reunirse con ellos. Es lo único que dijo.

—¿Dijo que iba al río?

—No. Yo supuse que se encontrarían en un bar.

Holman lo asimiló, pero todavía no le ayudaba.

—Supongo que lo que me está inquietando es cómo los encontró Juárez. La policía todavía no ha sabido explicarlo. Sería difícil seguir a alguien en el lecho del río sin que te vieran, así que me estaba preguntando que quizá si ellos iban siempre allí, no sé, como algo regular, quizá Juárez se enteró y sabía dónde encontrarlos.

—No lo sé. No puedo creer que fueran siempre allí y no me dijera nada, está tan fuera de lugar...

Holman coincidió. Podrían haberse sentado a emborracharse en cualquier parte, pero habían ido a un lugar desierto y prohibido como el lecho del río. Esto implicaba que no querían que los vieran, sin embargo, Holman también sabía que los polis eran como todos los demás, podían haber bajado allí sólo por la emoción de estar en un sitio donde nadie más podía ir, como los chicos que se cuelan en una casa vacía o trepan al cartel de Hollywood.

Holman todavía estaba reflexionando sobre eso cuando recordó algo que ella había mencionado antes y le preguntó al respecto.

—Dices que casi nunca salía tan tarde, pero esa noche lo hizo. ¿Qué era diferente esa noche?

Liz pareció sorprendida, pero enseguida su expresión se ensombreció y una única arruga vertical se dibujó en su frente. Apartó la mirada un momento y luego volvió a observarlo como si lo estuviera estudiando. La joven estaba serena, pero Holman sintió el furioso movimiento de piñones, ruedas dentadas y palancas detrás de sus ojos mientras pugnaba por dar con una respuesta.

—Tú —dijo Liz.

—¿Qué?

—Iban a ponerte en libertad al día siguiente. Eso es lo que era diferente esa noche, y los dos lo sabíamos. Sabíamos que ibas a salir al día siguiente. Richard nunca hablaba de ti conmigo. ¿Te importa que te diga estas cosas? Es espantoso lo que tenemos que pasar ahora. No quiero hacértelo más difícil.

—Te he preguntado. Quiero saberlo.

—Traté de hablar con él de ti —continuó Liz—, tenía curiosidad. Tú eras su padre. Eras mi suegro. Cuando Donna estaba viva las dos lo intentábamos, pero él no quería. Yo sabía que la fecha de tu puesta en libertad se acercaba. Richard lo sabía, pero aun así no quería hablar de ello, y yo sabía que eso le inquietaba.

Holman tenía frío y se estaba mareando.

—¿Dijo algo? ¿En qué le inquietaba?

Ella bajó otra vez la cabeza, dejó su taza y se volvió.

—Ven a ver.

Holman la siguió a un dormitorio reconvertido en oficina. Había dos escritorios, uno para él y el otro para ella. El primer escritorio, el de Liz, estaba lleno de libros de texto apilados, carpetas y papeles. La mesa de Richie estaba arrinconada en una esquina, con paneles de corcho fijados a las paredes adjuntas. Los tableros estaban cubiertos con tantos recortes, notas adhesivas y trocitos de papel que se sobreponían los unos a los otros como las escamas de un pez. Liz lo llevó al escritorio de Richie y señaló los recortes.

—Echa un vistazo.

«Tiroteo termina con ola de crímenes; Atracadores detenidos; Transeúnte muerto en robo.» Los artículos que Holman hojeó eran sobre un par de lunáticos llamados Marchenko y Parsons. Holman había oído hablar de ellos en Lompoc. Marchenko y Parsons se vestían de comando y disparaban a diestro y siniestro en los bancos antes de escapar con el botín.

—Estaba fascinado con los robos a bancos —dijo Liz—. Recortaba artículos, sacaba noticias de Internet y se pasaba todo su tiempo aquí con este material. No hace falta un doctorado para averiguar por qué.

—¿Por mí?

—Queriendo conocerte. Supongo que era una forma de estar cerca de ti sin estar cerca de ti. Sabíamos que se estaba acercando la fecha de tu puesta en libertad. No sabíamos si ibas a tratar de contactar con nosotros o si deberíamos contactar nosotros o qué hacer contigo. Está bastante claro que él estaba tratando de solventar su ansiedad respecto a ti.

Holman sintió una punzada de culpa y deseó estar equivocado.

—¿Dijo eso?

Liz no lo miró, se le había ensombrecido el rostro. Examinó los recortes y cruzó los brazos.

—No. Nunca hablaba de ti conmigo ni con su madre, pero cuando me dijo que iba a ver a esos tipos, había estado aquí toda la tarde. Creo que necesitaba hablar con ellos. No podía hablar conmigo de eso, y ahora mira. Ahora mira...

Su rostro se tensó todavía más con la dureza que da la rabia. Holman vio que los ojos de su nuera se llenaban de lágrimas, pero estaba demasiado asustado para tocarla.

—Eh... —dijo.

Ella negó con la cabeza y Holman lo tomó como una advertencia —como si percibiera que él quería consolarla— y se sintió todavía peor. El cuello y los brazos de Liz parecían arcos tensados por la rabia.

—Maldita sea, tenía que salir. Tenía que salir. Maldita sea...

—Quizá deberíamos volver a la sala.

Liz cerró los ojos y negó otra vez con la cabeza, pero esta vez le estaba diciendo que estaba bien: estaba combatiendo el terrible dolor y estaba determinada a vencerlo. Finalmente abrió los ojos y terminó de exponer su idea original.

—A veces a un hombre le cuesta menos mostrar lo que siente como una debilidad a otro hombre que a una mujer. Es más fácil pretender que es trabajo que tratar honradamente con las emociones. Creo que es lo que hizo esa noche. Creo que es por eso que murió.

—¿Hablando de mí?

—No, no de ti específicamente, de esos atracadores de bancos. Era su forma de hablar de ti. El trabajo era como una misión extra. Quería ser detective y ascender.

Holman miró a la mesa de Richie, pero no se sintió tranquilizado. Esparcidos por la mesa había lo que parecían copias de informes policiales y archivos de casos. Holman pasó las primeras páginas y se dio cuenta de que todo era sobre Marchenko y Parsons.

En el corcho había un pequeño mapa de la ciudad pegado con chinchetas, con líneas que conectaban las crucecitas numeradas del 1 al 13 para trazar un tosco recorrido. Richie había llegado lejos, hasta el punto de trazar en un mapa sus atracos.

Holman de repente se preguntó si Richie y Liz creían que él había sido como ellos.

—Yo robaba bancos —dijo—, pero nunca hice nada semejante. Nunca hice daño a nadie. No era como estos tipos.

La expresión de ella se suavizó.

—No quería decir eso. Donna nos contó cómo te pillaron. Richard sabía que no eras como ellos.

Holman apreció el esfuerzo de la joven, pero la pared estaba llena de recortes sobre dos degenerados que disfrutaban dando culatazos a sus víctimas. No hacía falta un doctorado.

—No quiero ser ruda —dijo Liz—, pero he de terminar de prepararme o me perderé la clase.

Holman se volvió reticentemente, luego vaciló.

—¿Estaba trabajando en esto antes de salir?

—Sí. Había estado aquí toda la tarde.

—¿Esos otros tipos también estaban en lo de Marchenko?

—Quizá Mike. Hablaba mucho de eso con Mike. De los demás no lo sé.

Holman asintió con la cabeza, echando un último vistazo al lugar de trabajo de su difunto hijo. Quería saber por qué un agente de uniforme con sólo un par de años en el departamento estaba implicado en una gran investigación, y por qué su hijo se había ido de casa en plena noche. Había llegado allí en busca de respuestas, pero tenía más preguntas.

Holman se volvió por última vez.

—Todavía no me han informado de los preparativos. Para el funeral.

Detestaba preguntar y lo detestó todavía más cuando vio el rostro de Liz. Pero enseguida la joven se tragó la rabia y negó con la cabeza.

—Van a hacer un homenaje para los cuatro este sábado en la Academia de Policía. El departamento aún no ha dado los cuerpos para el entierro. Supongo que todavía están...

Su voz se fue apagando, pero Holman entendió el porqué. Los agentes habían sido asesinados. El forense probablemente todavía estaba recogiendo pruebas y no podrían ser enterrados hasta que se completaran todas las pruebas necesarias para la investigación.

Liz le tocó el brazo de repente.

—¿Vendrás, verdad? Me gustaría que estuvieras allí.

Holman se sintió aliviado. Había estado preocupado por que ella tratara de mantenerlo al margen de los servicios. Tampoco se le pasó por alto que ni Levy ni Random le habían dicho nada de la ceremonia.

—Me gustaría, Liz. Gracias.

La joven lo miró un momento, luego se puso de puntillas y besó a Holman en la mejilla.

—Ojalá hubiera sido de otra forma.

Holman había pasado los últimos diez años deseando que todo hubiera sido diferente.

Le dio las gracias otra vez cuando ella lo dejó salir, y volvió a su coche. Se preguntó si Random asistiría a la ceremonia. Holman tenía preguntas. Esperaba que Random tuviera respuestas.

13

El servicio fúnebre se celebró en el auditorio de la academia del Departamento de Policía de Los Ángeles en Chavez Ravine, situada entre dos colinas cerca de la entrada al Dodger Stadium por Stadium Way. Años antes, los Dodgers erigieron su propia versión del cartel de Hollywood en la colina, separando la academia del estadio. Rezaba: «Piensa en azul», el color de los Dodgers. Al ver el cartel esa mañana, a Holman le pareció un recordatorio de los cuatro agentes fallecidos. El azul también era el color de la policía de Los Ángeles.

Liz había invitado a Holman a acompañarla a ella y a su familia al servicio, sin embargo, Holman había rechazado la invitación. Sus padres y hermana habían venido desde la zona de la Bahía, pero Holman se sentía incómodo con ellos. El padre de Liz era médico y su madre, trabajadora social; eran educados, prósperos y normales de una forma que Holman admiraba, pero que le recordaba todo aquello que él no era. Al pasar junto a la verja del Dodger Stadium, Holman se acordó de que él y Chee frecuentaban el aparcamiento en busca de coches que robar durante las entradas centrales. El padre de Liz probablemente tenía recuerdos de noches enteras estudiando, fiestas de fraternidad y bailes de la facultad, pero lo mejor que a Holman se le ocurrió eran recuerdos de robar y colocarse.

Holman aparcó bastante lejos de los terrenos de la academia y subió por Academy Road, siguiendo las indicaciones que le había proporcionado Liz. El aparcamiento ya estaba lleno. Los coches se alineaban a ambos lados de la calle y la gente fluía colina arriba hacia la academia. Holman miró por encima de las cabezas, con la esperanza de localizar a Random o Vukovich. Había telefoneado tres veces a Random para discutir lo que había averiguado por medio de Liz, pero el detective no le había devuelto las llamadas. Holman supuso que Random no le hacía caso, pero no se quedaba satisfecho con que no le hicieran caso. Todavía tenía preguntas y todavía quería respuestas.

Liz le había dicho que se reunieran en el jardín alpestre del auditorio. La marea de peatones lo condujo a través de la academia al jardín, donde había una gran multitud reunida en pequeños corros. Los equipos de cámaras grababan a la multitud mientras los periodistas entrevistaban a los políticos locales y a los jefes máximos del Departamento de Policía de Los Ángeles. Holman se sentía cohibido. Liz le había prestado uno de los trajes oscuros de Richie, pero los pantalones le quedaban demasiado ajustados, así que los llevaba desabrochados por debajo del cinturón. Había sudado el traje antes incluso de llegar al jardín y ahora se sentía como un borrachín con ropa heredada.

Holman encontró a Liz y su familia con el superior de Richie, el capitán Levy. Éste estrechó la mano de Holman y los llevó a todos a encontrarse con otras familias. Liz pareció percibir la incomodidad de Holman y se quedó atrás con él.

—Tienes buen aspecto, Max. Me alegro de que estés aquí.

Holman se las arregló para sonreír.

Levy le presentó a la viuda y los cuatro hijos de Mike Fowler, la mujer de Mellon y los padres de Ash. Todos ellos parecían exhaustos y Holman pensó que la mujer de Fowler probablemente estaba sedada. Todo el mundo lo trató con educación y respeto, pero aún sentía que llamaba la atención y estaba fuera de lugar. Pilló a los demás mirándolo en varias ocasiones y —cada vez— se ruborizó, convencido de que estaban pensando: «Ése es el padre de Holman, el delincuente.» Se sentía más avergonzado por Richie que por él mismo. Había conseguido avergonzar a su hijo incluso después de muerto.

Levy regresó al cabo de unos minutos, tocó el brazo de Liz y los condujo al interior a través de unas puertas dobles abiertas. El auditorio estaba lleno de sillas. En el escenario habían instalado una tarima y un podio, así como grandes fotografías de los cuatro agentes envueltas en banderas estadounidenses. Holman se lo pensó un momento ante las puertas, miró por encima del hombro a la multitud y vio a Random y a otros tres hombres en el borde de la aglomeración. Cambió inmediatamente de dirección. Estaba a medio camino de Random cuando Vukovich le cerró el paso de repente. Vukovich llevaba un lúgubre traje azul marino y gafas de sol. Era imposible verle los ojos.

—Es un día triste, señor Holman —dijo Vukovich—. No sigue conduciendo sin licencia, ¿verdad?

—He telefoneado a Random tres veces, pero no me ha devuelto las llamadas. Tengo más preguntas sobre lo que ocurrió esa noche.

—Sabemos lo que ocurrió esa noche. Se lo hemos dicho.

Holman miró más allá de Vukovich, a Random. Éste le sostuvo la mirada, pero enseguida reanudó su conversación. Holman volvió a fijar su atención en Vukovich.

—Lo que me ha dicho no cuadra. ¿Richie estaba trabajando en la investigación de Marchenko y Parsons?

Vukovich lo estudió un momento, luego se volvió.

—Espere aquí, señor Holman. Voy a ver si el jefe tiene tiempo para hablar con usted.

Se estaba corriendo la voz de que era el momento de sentarse. La gente del jardín alpestre estaba dirigiéndose al auditorio, pero Holman se quedó donde estaba. Vukovich se acercó a Random y los tres hombres. Holman supuso que eran jefes de alto rango, pero no lo sabía y tampoco le importaba. Cuando Vukovich los alcanzó, Random y dos de los hombres miraron un momento a Holman antes de darle la espalda y continuar hablando. Al cabo de un momento, Random y Vukovich se acercaron. El primero no parecía feliz, pero le ofreció la mano.

—Vamos a un lado, señor Holman. Será más fácil hablar si nos apartamos del paso.

Holman los siguió al borde del jardín, flanqueado por ellos. Se sentía como si lo estuvieran cacheando.

Cuando estuvieron separados del resto de la gente, Random cruzó los brazos.

—Muy bien, entiendo que tiene algunas preguntas.

Holman describió su conversación con Liz y la enorme colección de material referente a Marchenko y Parsons que había encontrado en el escritorio de Richie. Todavía no se creía la explicación de la policía acerca de Juárez. Los robos de bancos parecían una conexión más probable si Richie estaba implicado en la investigación. Holman planteó su teoría, pero Random negó con la cabeza antes incluso de que Holman terminara.

—No estaban investigando a Marchenko y Parsons. Marchenko y Parsons están muertos. Ese caso se cerró hace tres meses.

—Richie le dijo a su mujer que tenía una asignación extra. Pensaba que Mike Fowler también podría haber estado implicado.

Random parecía impaciente. El auditorio se estaba llenando.

—Si su hijo estaba investigando a Marchenko y Parsons, lo estaba haciendo como hobby o quizá como trabajo para alguna clase que estuviera tomando, pero nada más. Era un agente de patrulla uniformado. Los agentes de patrulla no son detectives.

Vukovich asintió con la cabeza.

—¿Qué diferencia habría de un modo u otro? Ese caso estaba cerrado.

—Richie estaba en casa esa noche. Estuvo toda la tarde en casa hasta que recibió una llamada y fue a reunirse con sus amigos a la una de la madrugada. Yo en su lugar, si me llamaran los colegas a esa hora de la noche sólo para ir a beber, los habría mandado al cuerno, pero si estuviéramos haciendo trabajo policial, entonces quizás habría ido. Si estaban debajo del puente por Marchenko y Parsons, podría estar conectado con su asesinato.

Random negó con la cabeza.

—Ahora no es momento para esto, señor Holman.

—He estado llamando, pero no me ha devuelto las llamadas. Ahora me parece un momento perfecto.

Random parecía estar estudiándolo. Holman pensó que el hombre estaba tratando de calibrar su fuerza y debilidad, de la misma forma en que calibraría a un sospechoso en un interrogatorio. Finalmente asintió, como si hubiera llegado a una decisión que no disfrutaba.

—Muy bien, mire, ¿sabe cuál es la mala noticia? Fueron allí abajo a beber. Voy a decirle algo ahora, pero si lo repite y se hace público, negaré haberlo dicho. ¿Vuke?

Vukovich asintió con la cabeza, accediendo a negarlo él también.

Random frunció los labios, como si lo que estuviera a punto de decir fuera a tener mal gusto, y bajó la voz.

—Mike Fowler era un borracho. Ha sido un borracho durante años y era un agente de policía vergonzoso.

Vukovich miró a su alrededor para asegurarse de que nadie estaba mirando y se mostró incómodo.

—Calma, jefe.

—El señor Holman ha de entenderlo. Fowler radió que iba a tomarse un descanso, pero no debería haber estado bebiendo y no tenía por qué llamar a esos jóvenes oficiales para que se reunieran con él en un lugar de acceso prohibido. Quiero que no pierda esto de vista, Holman. Fowler era supervisor. Se supone que tenía que estar disponible para los agentes de patrulla de su zona cuando necesitaran su ayuda, pero en cambio decidió ir a beber. Mellon también estaba de servicio y sabía que no debía hacerlo, pero también era un agente mediocre, ni siquiera estaba dentro de la zona correspondiente a su división. Ash estaba fuera de servicio, pero tampoco era candidato a Agente del Año.

Holman sintió que Random lo estaba presionando, pero no sabía por qué, y no le gustaba.

—¿Qué me está diciendo, Random? ¿Qué tiene todo esto que ver con Marchenko y Parsons?

—Está buscando una razón para entender por qué esos oficiales estaban bajo el puente, así que se la estoy dando. Culpo a Mike Fowler de lo sucedido, por ser un supervisor, pero nadie estaba allí abajo para resolver el crimen del siglo. Eran agentes problemáticos con un expediente penoso y una actitud de mierda.

Holman sintió que se ruborizaba. Levy le había dicho que Richie era un agente excepcional... uno de los mejores.

—¿Me está diciendo que Richie era un poli corrupto? ¿Es eso lo que está diciendo?

Vukovich levantó un dedo.

—Calma, amigo. Ha sido usted quien ha preguntado.

—Señor —dijo Random—, no quería decirle nada de esto. Esperaba no tener que hacerlo.

El dolor pulsante en la cabeza de Holman se extendió a sus hombros y brazos y deseaba cerrar los puños. Visceralmente quería lanzar puñetazos y derribar a Random y Vukovich por decir que Richie era corrupto, pero Holman ya no era así. Se dijo a sí mismo que no era así. Se tragó la rabia y habló con lentitud.

—Richie estaba trabajando en algo sobre Marchenko y Parsons. Quiero saber por qué tenía que hablar con Fowler a la una de la madrugada.

—Lo que necesita es concentrarse en cumplir con éxito su libertad vigilada y dejarnos hacer nuestro trabajo. Esta conversación ha terminado, señor Holman. Le propongo que se calme y le presento mis respetos.

Random se volvió sin decir una palabra más y se dejó arrastrar por la multitud hacia el auditorio. Vukovich se quedó un momento con Holman antes de seguirlo.

Holman no se movió. Se sentía como si fuera a hacerse añicos por la horrenda rabia que de repente le había vuelto quebradizo. Quería gritar. Quería robar un Porsche y quemar neumáticos por la ciudad lo más deprisa que pudiera. Quería colocarse, trincarse una botella del mejor tequila y ponerse a gritar en plena noche.

Holman se acercó a las puertas dobles, pero no pudo entrar. Observó a aquellos que iban ocupando sus asientos sin verlos realmente. Se fijó en los cuatro agentes muertos mirándolo desde fotografías gigantes. Sintió los ojos sin vida y en dos dimensiones de Richie.

Se volvió y caminó deprisa hacia su coche, sudando. Se quitó la chaqueta y la corbata y se desabotonó la camisa, las lágrimas le llenaron los ojos con grandes gotas calientes que cayeron como si salieran directamente de su corazón aplastado.

Richie no era malo.

No era como su padre.

Holman se limpió las lágrimas de la cara y caminó más deprisa. No lo creía. No se permitiría creerlo.

«Mi hijo no era como yo.»

Holman se juró a sí mismo que lo demostraría. Ya había pedido ayuda a la última y única persona en la que confiaba y esperaba que ella le respondiera. Necesitaba su ayuda. La necesitaba y rezó para que ella respondiera.

SEGUNDA PARTE

14

La agente especial retirada del FBI Katherine Pollard estaba de pie en la cocina de su pequeña vivienda, mirando el reloj de encima del fregadero. Cuando contuvo el aliento, un silencio perfecto impregnó la casa. Pollard observó el segundero avanzando silenciosamente hacia las doce. Las agujas marcaban justamente las once y treinta y dos. El segundero llegó al doce. El minutero se soltó como un percutor y saltó: las once y treinta y tres.

¡Toc!

El chasquido del paso del tiempo rompió el silencio.

Pollard se enjugó una gota de sudor de la cara mientras contemplaba los restos que se habían acumulado en la cocina: tazas, cartones de zumo de uva, cajas abiertas de cereales y boles que mostraban el primer estadio de la leche entera al cuajarse por el calor. Pollard vivía en Simi Valley, donde la temperatura, a veintisiete minutos del mediodía, ya había alcanzado los cuarenta grados. Hacía seis días que el aire acondicionado no funcionaba y no pintaba que fueran a arreglarlo pronto: Katherine Pollard estaba seca. Se deleitaba en la insolación a fin de prepararse antes de hacer la inevitable y humillante llamada para pedir dinero a su madre.

Pollard había abandonado el FBI años atrás, después de casarse con un compañero agente llamado Marty Baum y quedar embarazada de su primer hijo. Había abandonado el trabajo por las razones adecuadas: amaba a Marty y ambos deseaban que ella fuera una madre a tiempo completo para su hijo. Pollard sentía la importancia de la condición de madre a tiempo completo quizás incluso más que Marty y, con el salario de éste, no les faltaba dinero. Pero eso fue entonces. Más tarde vinieron los dos hijos y una separación legal. Cinco años después, Marty había muerto de un ataque cardiaco cuando practicaba submarinismo en Aruba con su entonces novia, una camarera de veinte años de Huntington Beach.

¡Toc!

Pollard había rascado algo de la póliza de defunción de Marty, pero cada vez más necesitaba ayuda de su madre, lo cual era humillante y frustrante, y ahora el aire acondicionado llevaba una semana sin funcionar. Quedaba una hora y veintiséis minutos para que los niños, David y Lyle, de siete y seis años, llegaran a casa desde el campamento de verano, sucios y quejándose del calor. Pollard se secó más sudor del rostro, cogió el teléfono inalámbrico y se lo llevó al coche.

El sol abrasador le quemó como un soplete. Katherine abrió el Subaru, introdujo la llave de contacto e inmediatamente bajó las ventanillas. Debía de haber sesenta y cinco grados en el interior del vehículo. Puso el aire acondicionado a tope hasta que empezó a salir frío, y subió las ventanillas. Dejó que el aire helado le golpeara con fuerza en la cara, luego se levantó la camiseta para sentirlo en la piel.

Cuando creyó que ya no corría riesgo de un ataque cardiaco, encendió el teléfono y marcó el número de su madre. Respondió el contestador, como Pollard esperaba. Su madre filtraba las llamadas mientras jugaba a póquer por Internet.

—Mamá, soy yo. ¿Estás ahí?

Su madre se puso al aparato.

—¿Te ha pasado algo?

Que era la forma en que su madre siempre respondía a sus llamadas, poniendo a Pollard de inmediato a la defensiva con la insinuación de que su vida era un cúmulo interminable de emergencias y dramas. Pollard sabía que no le convenía charlar. Se armó de valor y fue al grano de inmediato.

—Se nos ha estropeado el aire acondicionado. Me piden mil doscientos dólares por arreglarlo. No los tengo, mamá.

—Katherine, ¿cuándo vas a encontrar otro hombre?

—Necesito mil doscientos dólares, mamá, no otro hombre.

—¿Alguna vez te he dicho que no?

—No.

—Entonces sabes que vivo para ayudarte a ti y a esos preciosos niños, pero tú has de ser la primera en ayudarte, Katherine. Esos niños ya son más grandes y tú no vas a ser más joven.

Pollard se apartó el teléfono de la oreja. Su madre todavía continuaba hablando, pero Pollard no podía entender lo que estaba diciendo. Vio que se acercaba la furgoneta del correo y observó que el cartero echaba la ración diaria de facturas en su buzón. El cartero llevaba un salacot, gafas oscuras y *shorts*, y tenía aspecto de irse de safari. Cuando se alejó, Pollard volvió a colocarse el auricular en la oreja.

—Mamá —dijo—, deja que te pregunte algo. Si vuelvo a trabajar, ¿querrás quedarte con los niños?

Su madre dudó. A Pollard no le gustaba el silencio. Su madre nunca estaba en silencio.

—¿Trabajar haciendo qué? ¿No será otra vez en el FBI?

Pollard había estado pensando en ello. Si regresaba al FBI era poco probable que le dieran un puesto en la oficina de campo de Los Ángeles. Los Ángeles era un destino muy ambicionado, con más solicitantes que plazas disponibles. Sería más probable que Pollard se encontrara destinada en medio de ninguna parte, pero ella no quería estar en cualquier sitio; Katherine Pollard había pasado tres años trabajando en la elitista Brigada de Bancos del FBI, en la capital mundial de los robos de bancos: Los Ángeles. Echaba de menos la acción. Echaba de menos la nómina. Echaba de menos lo que recordaba como los mejores años de su vida.

—Podría conseguir un puesto de asesora de seguridad en una de las cadenas bancarias o en una empresa privada como

Kroll. Yo era buena en el FBI, mamá. Todavía tengo amigos que lo recuerdan.

Su madre vaciló otra vez y en esta ocasión su tono era de desconfianza.

—¿De cuántas horas estamos hablando? ¿Cuánto tiempo tendría que estar con los niños?

Pollard bajó el teléfono una vez más, agotada. Observó al cartero yendo a la casa de al lado y luego a la siguiente. Cuando volvió a levantar el teléfono, su madre la estaba llamando.

—¿Katherine? ¿Katherine, estás ahí? ¿Se ha cortado?

—Necesitamos dinero.

—Por supuesto, te arreglaré el aire acondicionado. No puedo dejar que mis nietos vivan en...

—Estoy hablando de volver a trabajar. La única manera de que pueda volver a trabajar es que te quedes con los niños...

—Ya hablaremos, Katherine. Me gusta la idea de que vuelvas a trabajar. Podrías conocer a alguien...

—He de llamar al técnico. Ya hablaremos luego.

Pollard colgó. Observó que el cartero se alejaba y fue a recoger el correo. Fue pasando las cartas al volver al coche, encontrándose con las previsibles facturas de Visa y MasterCard junto con algo que la sorprendió: un sobre marrón con el remite del FBI en Westwood, su antigua oficina. Katherine no había recibido nada del FBI en Westwood en varios años.

Cuando estuvo de nuevo en el coche, rasgó el sobre y encontró otro sobre blanco dentro. Lo habían abierto y vuelto a cerrar, como se hacía en el FBI con todo el correo que se reenviaba a actuales o antiguos agentes. Un impreso amarillo acompañaba la carta: «Este paquete ha sido probado por toxinas y riesgo biológico, y se ha determinado apto para su reenvío. Gracias.»

El segundo sobre estaba dirigido a su atención en la oficina de Westwood. Llevaba un remite de Culver City que no reconoció. Rasgó el sobre, sacó una carta manuscrita de una página doblada en torno a un recorte de periódico, y leyó:

Max Holman
Pacific Gardens Motel Apartments
Culver City, CA 90232

Pollard se detuvo cuando vio el nombre y esbozó una sonrisa torcida, cargada de sus recuerdos de la brigada de Bancos.

—Oh, Dios mío. ¡Max Holman!

Continuó leyendo...

Querida agente especial Pollard:

Espero que esta carta la encuentre en buena salud. Espero que no haya dejado de leer después de ver mi nombre. Soy Max Holman. Usted me detuvo por atraco a bancos. Sepa que no le guardo rencor y que todavía aprecio que hablara en mi nombre al fiscal federal. He cumplido con mi encarcelación y ahora estoy en libertad vigilada y empleado. Otra vez le doy las gracias por sus palabras amables y de apoyo, y espero que me recuerde ahora.

Katherine recordaba a Holman y tenía tan buen concepto de él como un poli puede tenerlo de un hombre que ha atracado nueve bancos. No sentía cariño hacia él por sus atracos, sino por la forma en que lo detuvo en el noveno golpe. Max Holman se había hecho famoso por la forma en que cayó, incluso entre los hastiados agentes de la brigada de Robos del FBI.

Continuó leyendo...

Mi hijo era el agente de policía de Los Ángeles Richard Holman, del que puede leer en el artículo adjunto. Mi hijo y otros tres agentes fueron asesinados. Le escribo ahora para pedirle ayuda, y espero que me escuche.

Pollard desdobló el artículo. Inmediatamente reconoció que era una noticia sobre los cuatro agentes que habían sido asesinados mientras estaban bebiendo en la cuenca del río, en el centro de la ciudad. Pollard lo había visto en las noticias de la tarde.

No se molestó en leer el recorte, pero miró las fotos de los cuatro agentes fallecidos. La última fotografía correspondía al agente Richard Holman. Habían dibujado un círculo en torno a esa foto y al lado habían escrito dos palabras: «Mi hijo.»

Pollard no recordaba que Holman tuviera un hijo, pero tampoco podía recordar qué aspecto tenía. Al examinar la foto, el recuerdo se avivó. Sí, lo veía: la boca fina y el cuello grueso. El hijo de Holman se parecía a su padre.

Pollard negó con la cabeza, pensando: «Dios, el pobre cabrón sale de prisión y matan a su hijo, ¿no podían darle un respiro al hombre?»

Continuó leyendo con interés...

La policía cree que han identificado al asesino, pero yo todavía tengo preguntas y no obtengo respuestas. Creo que la policía me tiene en cuenta mi condición de delincuente convicto y por eso no me escuchan. Como usted es agente especial del FBI, espero que consiga esas respuestas. Es lo único que quiero.

Mi hijo no era como yo. Era un buen hombre. Por favor, llámeme si quiere ayudarme. También puede hablar con mi agente del Departamento de Prisiones, que responderá por mí.

Sinceramente suyo,

MAX HOLMAN

Debajo de la firma, Holman había escrito el número de teléfono de su casa, el de la oficina de Pacific Gardens y el número de su trabajo. Debajo de sus números telefónicos había anotado el nombre y número de Gail Manelli. Pollard echó otro vistazo al recorte. Se imaginó a sus propios hijos más mayores y deseó no recibir nunca la noticia que había recibido Max Holman. Ya había sido bastante malo cuando le informaron sobre Marty, y eso que su matrimonio había concluido y estaban en trámites de divorcio. En ese momento singular, los malos momentos se desvanecieron y Pollard se sintió como si hubiera perdido un trozo de ella misma. Para Holman, perder a su hijo tenía que haber sido peor.

Pollard de repente sintió una oleada de irritación y apartó la carta y el recorte, perdidos los sentimientos nostálgicos por Holman y el día en que lo detuvo. Creía lo que todos los polis aprendían finalmente: los delincuentes eran capullos degenerados. Podías detenerlos, empapelarlos o aconsejarles, pero los delincuentes nunca cambiaban, así que era casi seguro que Holman estaba urdiendo algún tipo de trampa y era casi igual de cierto que Pollard casi había caído en ella.

Completamente cabreada, levantó el teléfono y las facturas. Cerró el coche y corrió bajo el sol abrasador hacia su casa. Se había humillado al pedirle dinero a su madre, luego se había humillado otra vez al caer en la historia lacrimógena de Holman. Ahora tenía que suplicarle al técnico estirado que moviera el culo e hiciera que su casa de pesadilla resultara habitable. Pollard ya estaba dentro y marcando el número del técnico cuando colgó, volvió al coche y cogió la carta miserable y estúpida de Max Holman.

Llamó al técnico, pero luego llamó a Gail Manelli, la supervisora de la condicional de Holman.

15

Holman encontró a Chee detrás del mostrador en su taller de la zona este de Los Ángeles, junto con una guapa joven que le sonrió con timidez cuando entró. El rostro curtido de Chee esbozó una sonrisa, con los dientes marrones por el café de la mañana.

—Eh, colega. Ésta es Marisol, mi hija pequeña. Cariño, dile hola al señor Holman.

Marisol le dijo a Holman que era un placer conocerlo.

—Cielo, dile a Raúl que suba a mi oficina, ¿quieres? Vamos, hermano, entra.

Marisol llamó a Raúl por un interfono al tiempo que Holman seguía a Chee a su oficina. Chee cerró la puerta tras de sí, dejando a su hija fuera.

—Una chica muy guapa, Chee. Enhorabuena —dijo Holman.

—¿Por qué te sonríes, hermano? Será mejor que no tengas malas ideas.

—Sonrío porque el notorio Lil' Chee llama a su hija «cariño».

Chee se acercó a un archivador y sacó una cámara.

—La niña es mi corazón, hermano, ésta y las otras. Doy gracias a Dios cada día por el aire que respira y el suelo que pisa. Anda, ponte aquí y mírame.

—¿Me has buscado un buga?

—¿Acaso no soy Chee? Terminemos con esta licencia.

Chee situó a Holman ante una pared azul oscuro, luego preparó la cámara.

—Es digital, tío. Lo último de lo último. Maldita sea, Holman, esto no es para la ficha policial, trata de no poner cara de que quieres matarme.

Holman sonrió.

—Mierda. Parece que estés pasando *crack*.

El *flash* se disparó en el momento en que alguien llamaba a la puerta. Entró un hombre bajo, de mirada dura. Tenía los brazos y la cara manchados de grasa de trabajar en el taller. Chee estudió la imagen digital en la cámara, y a regañadientes decidió que serviría. Le pasó la cámara al recién llegado.

—Carnet de conducir de California. Fecha de emisión, hoy, sin restricciones. No llevas gafas, ¿verdad, Holman? Ahora que ya tienes una edad.

—No.

—Sin restricciones.

Raúl miró a Holman.

—Voy a necesitar una dirección, fecha de nacimiento, los datos y una firma.

Chee sacó una libreta y un boli del escritorio y se los pasó a Holman.

—Aquí. Pon también la altura y el peso. Firma en una hoja distinta.

Holman obedeció.

—¿Cuánto tardaré en tener la licencia? Tengo una cita.

—En cuanto salgas con el coche, hermano. No tardará.

Chee tuvo una breve conversación en castellano con Raúl, luego Holman lo siguió por el taller hasta la zona de entrada de vehículos, donde había una fila de coches. Chee se fijó en el cacharro.

—Tío, no es extraño que te pillaran. Es la típica cafetera que llevan los que están de permiso penitenciario.

—¿Puedes conseguir a alguien que lo lleve al motel por mí?

—Sí, claro. Esto es lo que tengo para ti aquí: un bonito

Ford Taurus o este Highlander a estrenar. Los dos son muy de clase media aburrida. Están registrados a nombre de una empresa de alquiler que tengo sin órdenes de búsqueda ni multas de tráfico, no como ese montón de chatarra. Si te paran, yo te alquilé el coche. Punto.

Holman nunca había visto antes un Highlander. Era negro y reluciente, y los neumáticos grandes le daban una perspectiva elevada. Le gustaba la idea de poder ver lo que venía.

—Creo que el Highlander.

—Buena elección, hermano. Negro, interiores de piel, techo solar. Vas a parecer un *yuppie* de camino a un Whole Foods. Vamos, sube. Tengo otra cosa para ti, para hacerte la vida un poco más fácil ahora que has vuelto al mundo. Mira en la guantera.

Holman no sabía qué era un Whole Foods, pero estaba cansado de dar permanentemente la impresión de que acababa de pasar diez años a la sombra, y no quería que su estancia en el taller se prolongara demasiado tiempo. Se subió a su coche nuevo y abrió la guantera. En el interior había un teléfono móvil.

Chee sonrió con orgullo.

—Te he conseguido un móvil, hermano. No es como hace diez años que tenías que parar en los teléfonos públicos y buscar monedas, has de estar listo veinticuatro horas al día, siete días a la semana. El libro de instrucciones y el número están ahí. Conectas ese cable al mechero para mantenerlo cargado.

Holman miró a Chee.

—¿Recuerdas que me ofreciste algo de pasta? —dijo—. Odio hacerlo, tío, después de que seas tan amable con el coche y este teléfono, pero he de comerme lo que dije. Necesito un paquete.

Un paquete eran mil dólares. Cuando los bancos usaban billetes de veinte, juntaban cincuenta billetes para formar un paquete. Mil dólares.

Chee no pestañeó. Miró a Holman, luego se tocó la nariz.

—Lo que quieras, tío, pero te he de preguntar, ¿te has vuelto a meter? No quiero ayudar a que te jodas.

—No es nada de eso. Hay una persona que me va a ayudar en este asunto de Richie; una profesional, hermano; ella sabe lo que hace. Quiero estar preparado por si hay gastos.

Holman se había sentido aliviado y preocupado al mismo tiempo cuando la agente especial Pollard había contactado con él por medio de Gail Manelli. No había albergado demasiadas esperanzas de volver a tener noticias de ella, pero las había tenido.

Al estilo paranoide propio del FBI, ella había pedido informes tanto a Manelli como a Wally Figg del CCC antes de llamarlo, y se había negado a darle su número de teléfono, pero Holman no se quejaba; finalmente Pollard había accedido a reunirse con él en un Starbucks, en Westwood, para escuchar su caso.

A Holman no se le pasó por alto que ella le diera una dirección cerca de la oficina del FBI.

Chee entrecerró los ojos.

—¿Qué quiere decir «ella»? ¿Qué clase de profesional?

—La federal que me detuvo.

Los ojos de Chee se apretaron aún más y movió las manos.

—¡Hermano! Holman, ¿has perdido el juicio, tío?

—Ella me trató bien, Chee. Respondió por mí ante la fiscalía federal, tío. Me ayudó a conseguir una condena reducida.

—Eso es porque casi te entregaste, imbécil. Recuerdo a esa zorra entrando en el banco, Holman. Te va a joder, colega. Sólo con que te tires un pedo, esa zorra te va a empapelar.

Holman decidió no mencionar que Pollard ya no era agente. Se había sentido decepcionado cuando ella se lo dijo, pero creía que todavía tendría las conexiones y podría ayudarle a obtener respuestas.

—Chee, escucha —dijo—, he de irme. He quedado con ella. ¿Vas a poder ayudarme con ese dinero?

Chee movió la mano otra vez, como para alejar la sensación de asco.

—Sí. Te conseguiré la pasta. No le menciones mi nombre, Holman. No dejes que mi nombre pase por tus labios en su presencia, tío. No quiero que sepa que estoy vivo.

—No te mencioné hace diez años cuando me estaban presionando, tío. ¿Por qué iba a mencionarte ahora?

Chee parecía avergonzado y movió otra vez la mano al irse.

Holman se familiarizó con el Highlander y trató de averiguar cómo usar el móvil mientras esperaba. Cuando Chec volvió, le tendió a Holman un sobre blanco y el carnet de conducir.

Holman no miró el sobre. Lo metió en la guantera y examinó el carnet. Era un permiso de conducir de California perfecta, que mostraba una fecha de caducidad de siete años y el sello del estado sobre la foto de Holman. Habían insertado una versión en miniatura de su firma bajo su dirección y descripción.

—Joder, parece real —dijo Holman.

—Es real, hermano. Es un número de licencia de conducir de California legítimo en el sistema. Si te paran y comprueban esa licencia a través de Tráfico, mostrará tu dirección con un carnet de conducir nuevo de hoy. ¿La banda magnética de atrás? Muestra lo que se supone que ha de mostrar.

—Gracias, tío.

—Dame las llaves de esa mierda que estabas conduciendo. Pediré a un par de chicos que lo devuelvan.

—Gracias, Chee. Te lo agradezco de veras.

—No menciones mi nombre a esa poli, Holman. Mantenme alejado de esto.

—Tranquilo, Chee.

Chee puso las manos en la puerta del Highlander, se apoyó en la ventanilla y lo miró con dureza.

—Por si acaso. No me fío de esa mujer, Holman. Ella te puso una vez en el trullo, hermano. No te fíes de ella.

—He de irme.

Chee retrocedió, observando a Holman con cara de asco, y Holman le oyó murmurar.

—El Bandido Heroico, hay que joderse.

Holman se metió en el tráfico, pensando que hacía años que no lo llamaban el Bandido Heroico.

16

Holman llegó quince minutos antes y se sentó a una mesa que ofrecía una visión clara de la puerta. No estaba seguro de que fuera a reconocer a la agente Pollard, pero lo más importante era que ella pudiera verlo sin obstrucciones cuando entrara. Quería que se sintiera segura.

El Starbucks estaba repleto como era predecible, pero Holman sabía que ésa era una de las razones por las cuales ella había elegido ese lugar de reunión. Se sentiría más segura con otra gente alrededor y probablemente creía que él se sentiría intimidado por la proximidad del edificio federal.

Holman se acomodó, convencido de que le tocaría esperar. Pollard se retrasaría para establecer su autoridad y para dejarle claro que era ella la que comandaba la situación. A Holman no le importaba. Se había recortado el pelo esa mañana, se había afeitado dos veces para tener un buen apurado y se había limpiado los zapatos. Había lavado a mano su ropa la noche anterior y había alquilado una plancha y una tabla de planchar por dos dólares, todo para tener un aspecto lo menos amenazador posible.

Estaba observando la puerta doce minutos después de la hora cuando la agente Pollard entró finalmente. Al principio, no estaba seguro de que fuera Pollard. La agente que lo había detenido era más huesuda y tenía un perfil más anguloso, con una cara delgada y el pelo claro, muy corto. Esa mujer era más pesada de lo que él recordaba y llevaba el pelo oscuro hasta los hombros. El cabello más largo era bonito. Pollard llevaba una chaqueta de color paja encima de unos pantalones y una camisa oscura y gafas de sol. Su expresión la delataba. La expresión seria de jugador de póquer decía a gritos que era una agente federal. Holman se preguntó si la habría estado practicando por el camino.

Holman colocó las manos en la mesa y esperó a que ella se fijara en él. Cuando Pollard lo vio finalmente, Holman le sonrió, pero ella no le devolvió la sonrisa. Pollard pasó entre la gente que esperaba sus cafés con leche y se acercó a la silla vacía que había enfrente de Holman.

—Señor Holman —dijo ella.

—Hola, agente Pollard. ¿Le importa si me levanto? Quiero ser educado, pero no quiero que piense que quiero atacarla ni nada. ¿Puedo pedirle una taza de café?

Holman mantuvo las manos sobre la mesa, dejando que ella las viera, y sonrió otra vez. Pollard todavía no le devolvió la sonrisa ni le ofreció la mano, sino que tomó asiento, brusca y a por faena.

—No ha de levantarse y no tengo tiempo para un café. Quiero asegurarme de que entiende las reglas básicas. Me alegro de que haya completado su condena y que tenga un trabajo y todo, felicitaciones. Lo digo en serio, Holman, felicidades. Pero quiero que entienda que, aunque la señora Manelli y el señor Figg hayan respondido por usted, estoy aquí por respeto a su hijo. Si abusa de ese respeto de cualquier modo, me voy.

—Sí, señora. Si quiere cachearme o algo, me parece bien.

—Si pensara que iba a intentar algo así, no habría venido. Le repito que siento lo de su hijo. Es una pérdida terrible.

Holman sabía que no dispondría de mucho tiempo para exponer su caso. Pollard ya estaba ansiosa, y probablemente no se sentiría satisfecha de haber accedido a verlo. Los polis nunca tenían contacto con los delincuentes que detenían. Simplemente no se hacía. La mayoría de los delincuentes —incluso los auténticos deficientes mentales— sabían que era mejor no buscar a los agentes que les habían detenido, y los pocos que lo hacían normalmente terminaban detenidos otra vez o muertos. Durante su única conversación telefónica, Pollard había tratado de tranquilizarlo respecto a que la escena del crimen que la policía describía y sus conclusiones referidas a Warren Juárez eran razonables, pero ella sólo había tenido una familiaridad pasajera con el caso y no había podido responder a su aluvión de preguntas ni había visto las pruebas que él había acumulado. A regañadientes, Pollard finalmente había accedido a familiarizarse con los artículos de noticias y a dejar que él le presentara el caso en persona. Holman sabía que ella no había accedido a verlo porque creyera que la policía se equivocaba; lo estaba haciendo para ayudar a un padre apenado con la pérdida de su hijo. Pollard probablemente sentía que él se había ganado el tiempo cara a cara por la forma en que lo detuvieron, pero ésta sería su última consideración. Holman sabía que sólo contaba con una oportunidad, de manera que se había guardado el mejor anzuelo para el final, un anzuelo al que esperaba que ella no pudiera resistirse.

Abrió el sobre en el cual guardaba su creciente colección de recortes y documentos, y agitó el grueso fajo de papeles.

—¿Ha tenido ocasión de revisar lo que ocurrió?

—Sí. He leído todo lo que apareció en el *Times*. ¿Puedo hablar con franqueza?

—Eso es lo que quiero, saber su opinión.

Pollard se recostó y entrelazó los dedos en su regazo, con un lenguaje corporal que le decía a Holman que quería terminar con aquello lo antes posible. Holman lamentó que no se quitara las gafas de sol.

—Muy bien. Empecemos con Juárez. Describió su conversación con María Juárez y expresó sus dudas de que Juárez se hubiera suicidado después de los crímenes, ¿correcto?

—Eso es. Es un tipo con mujer e hija, ¿por qué iba a matarse así?

—Si he de conjeturar, que es lo único que estoy haciendo

aquí, diría que Juárez estaba nervioso, tomando droga, probablemente había fumado *crack*. Los tipos así siempre se cargan antes de apretar el gatillo. Las drogas contribuyen a la paranoia y en ocasiones incluso inducen un brote psicótico, lo cual explicaría el suicidio.

Holman ya lo había considerado.

—¿El informe de la autopsia revelaría todo eso?

—Sí...

—¿Puede conseguir el informe de la autopsia?

Holman vio que ella apretaba la mandíbula. Se advirtió a sí mismo no volver a interrumpirla.

—No, no puedo conseguir el informe de la autopsia. Sólo le estoy ofreciendo una explicación plausible basada en mi experiencia. Usted estaba preocupado por el suicidio, así que le explico que era posible.

—Sólo para que lo sepa, pedí a la policía que me dejaran hablar con el forense o alguien y me dijeron que no.

La boca de Pollard permaneció firme, pero ahora sus dedos entrelazados se tensaron.

—La policía tiene cuestiones legales, como el derecho a la intimidad. Si abrieran los archivos, podrían demandarles.

Holman decidió seguir adelante y fue pasando sus papeles hasta que encontró lo que quería. Se volvió para que ella pudiera verlo.

—El periódico traía este esquema de la escena del crimen. ¿Ve cómo dibujaron los coches y los cadáveres? Fui allí para verlo yo mismo...

—¿Se metió en el lecho del río?

—Cuando robaba coches, eso fue antes de que empezara con los bancos, pasaba tiempo en esas explanadas. Eso es lo que son, explanadas. El lecho a ambos lados del canal es una extensión vacía de hormigón, como un aparcamiento. La única forma de bajar allí es por el camino de servicio que usa el personal de mantenimiento.

Pollard se inclinó hacia delante para seguir sobre el plano las explicaciones de Holman.

—Muy bien. ¿Adónde quiere llegar?

—El camino baja del muro de contención justo aquí, plenamente a la vista desde el lugar donde habían aparcado los agentes. ¿Lo ve? El asesino tuvo que bajar por el camino, pero si bajó por el camino, ellos lo habrían visto.

—Era la una de la madrugada. Estaba oscuro. Además, eso probablemente no está dibujado a escala.

Holman sacó un segundo plano, uno que había dibujado él mismo.

—No. Así que hice éste yo mismo. El camino de servicio era mucho más visible desde debajo del puente de lo que parece en el dibujo del periódico. Y algo más: hay una verja ahí, encima del camino, ¿lo ve? Hay que escalar la valla o cortar el candado. En cualquier caso se armaría un escándalo.

Holman observó que Pollard comparaba los dos dibujos. Parecía estar pensando en ello, y que pensara era una buena señal. Que pensara significaba que se estaba implicando. Sin embargo, finalmente apoyó de nuevo la espalda en el asiento y se encogió de hombros.

—Los agentes dejaron la puerta abierta cuando bajaron.

—Pregunté a los polis cómo encontraron la puerta, pero no me lo dijeron. No creo que Richie y esos agentes la dejaran abierta. Si dejas la puerta abierta, corres el riesgo de que una patrulla de seguridad la vea, y entonces estás jodido. Nosotros siempre cerrábamos la puerta y volvíamos a colocar la cadena, y apuesto a que es lo que hicieron Richie y los otros tipos.

Pollard se recostó.

—Cuando robaba coches.

Holman la estaba preparando para el anzuelo y pensaba que lo estaba haciendo bastante bien. Ella estaba siguiendo su argumentación, aunque no sabía adónde se dirigía. Se sintió animado.

—Si la puerta estaba cerrada, el asesino tuvo que abrirla o saltar la valla, y eso hace ruido. Sé que esos tipos estaban bebiendo, pero sólo tenían un paquete de seis cervezas. Eran cuatro hombres adultos y un paquete de seis, ¿cómo de borrachos podían estar? Si Juárez estaba colocado como ha sugerido, ¿cómo de silencioso pudo ser? Esos agentes habrían oído algo.

—¿Qué está diciendo, Holman? ¿Cree que Juárez no lo hizo?

—Estoy diciendo que no importa lo que oyeran los agentes. Creo que conocían al que disparó.

Ahora Pollard cruzó los brazos, la señal última de que quería poner una barrera entre ellos. Holman sabía que la estaba perdiendo, pero estaba preparado con el anzuelo y ella tendría que morderlo o pasar de largo.

—¿Ha oído hablar de dos atracadores de banco llamados Marchenko y Parsons?

Holman vio que la ex agente se ponía tensa y que finalmente se interesaba. Ya no estaba simplemente siendo amable o matando el tiempo hasta que pudiera largarse. Se quitó las gafas de sol. Holman se fijó en algunas patas de gallo en torno a los ojos. Había cambiado mucho desde la última vez que él la había visto, pero había algo distinto más allá de su apariencia que Holman no era capaz de situar.

—He oído hablar de ellos —dijo Pollard—. ¿Y?

Holman colocó delante de ella el plano que había hecho Richie y que mostraba los robos de Marchenko y Parsons.

—Mi hijo hizo esto. Su mujer, Liz, me dejó hacer una copia.

—Es un mapa de sus robos.

—La noche en que murió, Richie recibió una llamada de Fowler y fue entonces cuando salió. Fue a ver a Fowler para hablar de Marchenko y Parsons.

—Marchenko y Parsons están muertos. Ese caso debería haberse cerrado hace meses.

Holman sacó copias de los artículos e informes que había encontrado en la mesa de Richie y los puso delante de ella.

—Richie le dijo a su mujer que estaban trabajando en el caso. El escritorio de su casa estaba lleno de material como éste. Le pregunté a la policía qué estaba haciendo Richie. Traté de ver a los detectives que trabajaron en el caso de Marchenko y Parsons, pero ninguno quiso hablar conmigo. Me dijeron lo que usted acaba de decirme, que el caso estaba cerrado, pero Richie le dijo a su mujer que iba a ver a Fowler por eso, y ahora está muerto.

Holman observó que Pollard hojeaba las páginas. Vio que movía la boca, como si estuviera mordiéndose la parte interior del labio. Finalmente, ella levantó la mirada, y Holman pensó que sus ojos tenían demasiadas patas de gallo para una mujer tan joven.

—No estoy segura de qué quiere de mí —dijo.

—Quiero saber por qué Richie estaba trabajando en un caso cerrado. Quiero saber cómo estaba conectado Juárez con un par de atracadores de bancos. Quiero saber por qué mi hijo y sus amigos dejaron que alguien se acercara lo suficiente para matarlos. Quiero saber quién los mató.

Pollard lo miró y Holman le sostuvo la mirada. No dejó que sus ojos mostraran hostilidad ni rabia. Mantuvo esa parte oculta. Ella se humedeció los labios.

—Supongo que puedo hacer un par de llamadas. Estoy dispuesta a hacer eso.

Holman volvió a guardar los papeles en el sobre, luego apuntó su nuevo número de móvil.

—Esto es todo lo que encontré en la biblioteca sobre Marchenko y Parsons, lo que salió en el *Times* sobre la muerte de Richie y parte del material de su casa. He hecho copias. Éste es mi nuevo número de móvil. Debería tenerlo.

Pollard miró el sobre sin tocarlo. Holman sintió que estaba batallando con la decisión que ya había tomado.

—No espero que lo haga gratis, agente Pollard —dijo él—. Le pagaré. No tengo mucho, pero podemos hacer un plan de pagos o algo.

Ella se humedeció los labios otra vez. A Holman le asombró su vacilación, pero luego ella negó con la cabeza.

—Eso no será necesario. Puede que nos lleve unos cuantos días, pero sólo he de hacer unas pocas llamadas.

Holman asintió con la cabeza. Su corazón latía con fuerza, pero mantuvo su excitación oculta junto con el miedo y la rabia.

—Gracias, agente Pollard. Se lo agradezco de veras.

—Probablemente no debería llamarme agente Pollard. Ya no soy agente especial.

—¿Cómo he de llamarla?

—Llámame Katherine.

—Vale, Katherine. Yo soy Max.

Holman le tendió la mano, pero ella no la aceptó, sino que cogió el sobre.

—Esto no significa que seamos amigos, Max. Lo único que significa es que creo que mereces respuestas.

Holman bajó la mano. Estaba dolido, pero no lo mostró. Se preguntó por qué ella había accedido a perder su tiempo si tenía esa opinión de él, pero también mantuvo estos sentimientos ocultos.

—Claro, lo entiendo.

—Probablemente pasarán unos días hasta que te llame.

—Entiendo.

Holman se quedó mirándola cuando salió del Starbucks. Pollard fue ganando velocidad al pasar entre la multitud y luego se alejó deprisa por la acera. Todavía la estaba observando cuando recordó la sensación de que había algo diferente en ella y ahora se dio cuenta de qué.

Pollard parecía asustada. La joven agente que lo había detenido diez años antes no había sentido temor, pero ahora había cambiado. Pensar estas cosas le llevó a pensar en lo mucho que él también había cambiado, y en si todavía tenía lo que había que tener para afrontar aquella situación.

Holman se levantó y salió al brillante sol de Westwood, pensando que se sentía bien de no estar más solo. Le gustaba Pollard, aunque pareciera vacilante. Esperaba que no resultara herida.

17

Pollard no estaba segura de por qué había accedido a ayudar a Holman, pero no tenía prisa por volver a Simi Valley. En Westwood había diez grados menos y su madre se ocuparía de los niños cuando volvieran del campamento de verano, así que era como tener un día libre del resto de su vida. Pollard se sentía como si estuviera en libertad condicional.

Fue a Stan's Donuts y pidió un donut de azúcar con agujero de los de toda la vida: sin espolvorear con azúcar ni mermelada ni caramelo ni chocolate; nada que interrumpiera el gusto suave del azúcar fundido y la masa caliente. El trasero de Pollard necesitaba un donut como un manco un guante, pero no había estado en Stan's desde que dejó el FBI. Cuando Pollard trabajaba en la oficina de Westwood, ella y otra agente llamada April Sanders se escapaban a Stan's al menos dos veces por semana. El descanso del donut, lo llamaban.

La mujer de detrás del mostrador le ofreció un donut del estante, pero enseguida iban a sacar más de la freidora, así que Pollard optó por esperar. Se llevó el archivo de Holman a una de las mesas exteriores para leer mientras esperaba, pero se encontró a sí misma pensando en Holman. Siempre había sido un tipo grande, pero el Holman que detuvo pesaba diez kilos menos y tenía el pelo greñudo, un bronceado profundo y la piel estropeada de un adicto a las anfetas. Ahora ya no tenía aspecto de delincuente. Parecía un hombre de cuarenta y tantos que estaba pasando una mala racha.

Pollard sospechaba que los policías habían respondido a las preguntas de Holman lo mejor que habían podido, pero él se mostraba reacio a aceptar los hechos. Había trabajado con familiares apenados durante su periodo en el FBI, y todos ellos sólo habían visto preguntas en ese terrible lugar de pérdida donde no existen las buenas respuestas. La hipótesis de trabajo de toda investigación criminal es que no se pueden responder todas las preguntas; lo máximo a lo que puede aspirar cualquier poli es a tener las suficientes respuestas para cimentar una acusación.

Pollard finalmente cogió el sobre de Holman y leyó los artículos. Anton Marchenko y Jonathan Parsons, ambos de treinta y dos años, eran dos desempleados solitarios que se conocieron en un gimnasio de West Hollywood. Ninguno de los dos estaba casado ni tenía pareja significativa. Parsons era un tejano que había vagado hasta Los Ángeles como adolescente fugado. A Marchenko le había sobrevivido su madre viuda, una inmigrante ucraniana que, según el periódico, tan pronto cooperaba con la policía como amenazaba con demandar al ayuntamiento. En el momento de sus muertes, Marchenko y Parsons compartían un pequeño apartamento en Beachwood Canyon, donde la policía encontró doce pistolas, un depósito de municiones con más de seis mil balas, una extensa colección de vídeos de artes marciales y novecientos diez mil dólares en efectivo.

Pollard ya no trabajaba cuando Marchenko y Parsons se abrieron paso a tiros en trece bancos, pero había seguido las noticias de la pareja y se sintió atrapada al leer los artículos. Leer sobre sus golpes en los bancos cargó a Pollard con la misma sensación adrenalínica que había conocido en el trabajo. Se sintió viva por primera vez en años y se descubrió pensando en Marty. Su vida desde la muerte de éste había sido una ininterrumpida lucha entre las facturas que se acumulaban y su deseo de educar a sus hijos sola. Después de que perdieran a su padre, Pollard se había prometido a sí misma que no perderían a su madre a cambio de niñeras y guarderías. Era un compromiso que le había hecho sentir impotente, especialmente cuando los niños se hicieron mayores y sus gastos aumentaron, pero el solo hecho de leer sobre Marchenko y Parsons la reanimó.

Marchenko y Parsons habían cometido trece robos en un periodo de nueve meses, todos con el mismo método de operación: entraban en los bancos como un ejército invasor, obligaban a todo el mundo a echarse al suelo y vaciaban los cajones de efectivo de los cajeros. Mientras uno se ocupaba de los cajeros, el otro obligaba al director de la agencia a abrir la cámara acorazada.

En los artículos que Holman había copiado había imágenes borrosas de figuras vestidas de negro portando rifles, captadas por las cámaras de seguridad. Sin embargo, las descripciones de los testigos de los dos hombres habían sido esbozos y no se identificó a ninguno de los dos hasta su muerte. No fue hasta el octavo asalto que un testigo describió el vehículo de fuga, un coche importado compacto de color azul claro. El coche no volvió a describirse hasta el décimo robo, cuando se confirmó que se trataba de un Toyota Corolla de color azul pálido. Pollard sonrió al verlo, sabiendo que en la brigada de Bancos lo habrían celebrado. Los profesionales habrían usado un coche diferente en cada robo; el uso del mismo coche indicaba que aquellos tipos eran aficionados con suerte. Una vez que sabes que son afortunados, sabes que algún día se les acabará la suerte.

—Los donuts están preparados. ¿Señora? Sus donuts están listos.

Pollard levantó la mirada.

—¿Qué?

—Los donuts calientes están listos.

Pollard estaba tan sumida en los artículos que había perdido la noción del tiempo. Entró, recogió su donut y una taza de café solo y luego volvió a la mesa para seguir leyendo.

Marchenko y Parsons se quedaron sin suerte en su decimotercer atraco.

Cuando entraron en el California Central Bank de Culver City para cometer su decimotercer atraco a mano armada, no sabían que detectives de Robos Especiales del Departamento de Policía de Los Ángeles, agentes de Investigaciones Especiales y agentes de patrulla estaban vigilando un pasillo de cinco kilómetros que se extendía desde el centro de Los Ángeles hasta el extremo oriental de Santa Mónica. Cuando Marchenko y Parsons irrumpieron en el banco, los cinco cajeros dispararon alarmas silenciosas. Aunque la noticia no contenía detalles, Pollard sabía lo que había ocurrido a partir de ese punto: la empresa de seguridad del banco notificó al Departamento de Policía de Los Ángeles, que a su vez alertó al equipo de vigilancia. El equipo convergió en el banco para tomar posiciones en el aparcamiento. Marchenko fue el primero en salir de la oficina. En la mayoría de los casos los atracadores tienen tres movimientos típicos: se rinden, tratan de huir o se retiran al interior del banco para entablar una negociación. Marchenko no eligió ninguna de las tres. Abrió fuego. Los equipos de vigilancia —armados con rifles de 5,56 milímetros— devolvieron el fuego y mataron a Marchenko y Parsons en la escena.

Pollard terminó el último artículo y se dio cuenta de que se le había enfriado el donut. Dio un mordisco. Era delicioso incluso frío, pero le prestó escasa atención.

Pollard leyó por encima los artículos que trataban del asesinato de los cuatro agentes y encontró lo que parecían ser varias cabeceras de informes del Departamento de Policía de Los Ángeles sobre Marchenko y Parsons. A Pollard le resultó curioso. Tales informes eran de la oficina de detectives, pero Richard Holman era un agente de patrulla uniformado. Los detectives del departamento utilizaban agentes de patrulla para que les ayudaran en búsquedas y entrevistas personales en la calle después de un atraco, pero estos trabajos no requerían acceso a informes ni declaraciones de testigos, y los oficiales de patrulla rara vez permanecían implicados en un caso después de un día o dos de que se produjera el atraco. Marchenko y Parsons llevaban tres meses muertos y se había recuperado su botín. Pollard se preguntó por qué la policía mantenía abierta una investigación tres meses después del hecho y por qué ésta incluía a agentes de patrulla, pero sentía que podía averiguar la respuesta con suficiente facilidad. Pollard había conocido a varios policías de Robos del Departamento de Policía de Los Ángeles durante su tiempo en la brigada. Decidió preguntarles a ellos.

Pollard pasó unos minutos recordando sus nombres, luego llamó a información del departamento para pedir sus destinos de servicio actuales. Los dos primeros detectives por los que preguntó se habían retirado, pero el tercero, Bill Fitch, estaba asignado a Robos Especiales, la unidad de elite que operaba desde el Parker Center.

—¿Quién es? —dijo Fitch cuando se puso al teléfono.

—Katherine Pollard. Estaba en la brigada de Bancos del FBI. Trabajamos juntos hace unos años.

Pollard enumeró a varios de los atracadores a los que habían investigado: el Atracador de la Major League, Dolly Parton, los Munchkins. A los bandidos en serie les daban nombres cuando eran sujetos desconocidos porque así resultaba más fácil referirse a ellos. El Atracador de la Major League siempre llevaba una gorra de los Dodgers; Dolly Parton, una de las dos únicas atracadoras que Pollard había investigado, era una ex *stripper* de grandes pechos; y los Munchkins habían sido una banda de atracadores bajitos.

—Ah, claro, la recuerdo. Oí que dejó el trabajo —dijo Fitch.

—Eso es correcto. Escuche, tengo una pregunta sobre Marchenko y Parsons, ¿tiene un minuto?

—Están muertos.

—Lo sé. ¿Todavía tienen el caso abierto?

Fitch vaciló y Pollard sabía que era una mala señal. Aunque los equipos de Bancos del FBI y el Departamento de

Policía de Los Ángeles disfrutaban de una buena relación laboral, las reglas dejaban claro que no se compartía información con ciudadanos particulares.

—¿Ha vuelto al FBI? —dijo.

—No, estoy haciendo una investigación personal.

—¿Qué significa una investigación personal? ¿Para quién trabaja?

—No trabajo para nadie, estoy haciendo averiguaciones para un amigo. Quiero saber si los cuatro agentes que mataron la semana pasada estaban en el caso de Marchenko y Parsons.

Por el tono de voz de Fitch, Pollard lo imaginó poniendo los ojos en blanco.

—Ah, ahora lo pillo. El padre de Holman. Ese tío es un auténtico grano en el culo.

—Perdió a su hijo.

—Escuche, ¿cómo demonios la ha metido en esto?

—Yo lo mandé a prisión.

Fitch rio, pero su risa enseguida se cortó, como si hubiera pulsado un interruptor.

—No sé de qué está hablando Holman y no puedo responder a sus preguntas. Es usted una civil.

—El hijo de Holman le dijo a su mujer que estaba trabajando en algo.

—Marchenko y Parsons están muertos. No me vuelva a llamar, ex agente Pollard.

Pollard oyó el pitido de la línea.

Se sentó con el teléfono apagado y el donut frío a repasar su conversación. Fitch le había dicho repetidamente que Marchenko y Parsons estaban muertos, pero no había negado que estuviera en marcha una investigación. Se preguntó por qué y pensó que sabía cómo descubrirlo. Abrió el teléfono móvil otra vez y llamó a April Sanders.

—Agente especial Sanders.

—Adivina dónde estoy.

Sanders bajó la voz. Siempre había sido la costumbre de

Sanders cuando atendía una llamada personal. No habían hablado desde la muerte de Marty y a Pollard le complació ver que Sanders no había cambiado.

—Oh, Dios mío, ¿de verdad eres tú?

—¿Estás en la oficina?

—Sí, pero no por mucho tiempo. ¿Dónde estás?

—En Stan's, con una docena de donuts para ti. Manda una placa.

El edificio federal en Westwood era el cuartel general de los mil cien agentes del FBI que servían en Los Ángeles y los condados circundantes. Era una única torre de acero y cristal en medio de hectáreas de aparcamientos en una de las zonas inmobiliarias más caras del país. Los agentes solían bromear con que Estados Unidos podría saldar su deuda externa si convirtiera sus oficinas en condominios.

Pollard aparcó en el aparcamiento civil y pasó por el puesto de seguridad del vestíbulo para esperar a su escolta. Ya no bastaba con que alguien bajara un pase. Pollard no podía simplemente subir a un ascensor y pulsar el botón de alguna de las ocho plantas que ocupaba el FBI; los visitantes y agentes tenían que mostrar sus tarjetas de seguridad y entrar un número de placa válido para que el ascensor se pusiera en marcha.

Al cabo de un momento, se abrió un ascensor y salió un empleado civil. Reconoció a Pollard por la caja de Stan's y le aguantó la puerta.

—¿Señora Pollard?

—Soy yo.

—Va a Bancos, ¿verdad?

—Exacto.

Oficialmente, se conocía como la Brigada de Bancos de la Oficina de Campo de Los Ángeles del FBI, pero los agentes que trabajaban allí lo llamaban Bancos. El escolta de Pollard la llevó a la planta decimotercera y abrió con un código la puerta de seguridad. Pollard no había franqueado esa puerta en ocho años, pero se sintió como si no se hubiera ido nunca.

La brigada de Bancos ocupaba una amplia oficina moderna, dividida en espaciosos cubículos por medio de mamparas de color verde mar. Las oficinas eran pulcras, limpias y corporativas, y podrían haber pertenecido a una firma de seguros o a una gran empresa, salvo porque en las paredes colgaban las fotos de ficha policial de los diez ladrones de bancos más buscados. Pollard sonrió al ver las fotos. Alguien había pegado notas adhesivas encima de los tres sospechosos, nombrándolos Larry, Moe y Curly.

Los Ángeles y los siete condados circundantes sufrían un promedio de más de seiscientos atracos a bancos al año, lo cual significaba más de dos robos cada día laborable, cinco días por semana, cincuenta y dos semanas al año. (Los ladrones de bancos descansaban los sábados y domingos cuando la mayoría de los bancos estaban cerrados.) Se robaban tantas sucursales que en cualquier momento dado la mayoría de los diez agentes especiales que trabajaban en Bancos estaban fuera de la oficina, y ese día no era diferente. Pollard sólo vio a tres personas cuando entró. Un agente afroamericano calvo, de piel clara, llamado Bill Cecil estaba conversando con un agente joven al que Pollard no reconoció. Cecil sonrió al verla al tiempo que April Sanders corría hacia ella.

Sanders, con cara de pánico, se tapó la boca por si acaso había especialistas en lectura de labios observando. Sanders era una paranoica profunda. Creía que le monitorizaban las llamadas, que le leían los mensajes de correo electrónico y que había micrófonos en los lavabos de mujeres. También creía que los lavabos de hombres estaban vigilados, pero eso no le preocupaba.

—Debería haberte advertido. Leeds está aquí.

Christopher Leeds era el supervisor de la brigada de Bancos. Había dirigido la brigada con brillantez durante casi veinte años.

—No has de susurrar —dijo Pollard—. Estoy bien con Leeds.

—Chsss.

—Nadie está escuchando, April.

Ambas miraron a su alrededor y se encontraron a Cecil y su compañero, ambos con una mano en la oreja, para hacer ver que escuchaban. Pollard rio.

—Basta, *Big* Bill.

Big Bill Cecil se levantó lentamente. Cecil no era un hombre alto; lo llamaban *Big* Bill porque era grueso. Sólo Leeds llevaba más tiempo que él en la brigada de Bancos.

—Me alegro de verla, señora. ¿Cómo están esos niños?

Cecil siempre la había llamado señora. Cuando Pollard se incorporó a la brigada, Leeds (entonces y ahora) era un tirano de pesadilla en la misma medida en que era brillante. Cecil la había tomado bajo su tutela, la aconsejaba y consolaba, y le enseñaba cómo sobrevivir a las demandas exigentes de Leeds. Cecil era uno de los hombres más amables que había conocido nunca.

—Están bien, Bill, gracias. Tú estás engordando.

Cecil miró la caja de donuts.

—Estoy a punto de engordar más. Espero que uno de esos donuts sea para mí.

Pollard sostuvo la caja para Cecil y su compañero, que se presentó como Kevin Delaney.

Todavía estaban charlando cuando Leeds apareció por la esquina. Delaney regresó de inmediato a su escritorio y Sanders volvió a su cubículo. Cecil, que ya se había ganado la pensión, dirigió su sonrisa de buzón a su jefe.

—Eh, Chris. Mira quién ha venido a visitarnos.

Leeds era un hombre alto y carente de humor, conocido por sus trajes inmaculados y su brillantez en hacer perfiles de atracadores en serie. A los ladrones múltiples los cazaban casi de igual modo que a los asesinos en serie. Se confeccionaban perfiles para establecer sus patrones, y una vez que se reconocían éstos, se hacían predicciones sobre cuándo y dónde actuarían de nuevo. Leeds era un *profiler* legendario. Los bancos eran su pasión, y los agentes que trabajaban en la brigada eran sus elegidos. Todo el mundo llegaba antes que él; nadie se marchaba hasta que se iba Leeds. Y Leeds rara vez se iba. La carga de trabajo era horrenda, pero la brigada de Bancos del FBI en Los Ángeles simbolizaba la cúspide, y Leeds lo sabía. Trabajar en esa brigada era un honor. Cuando Pollard renunció, Leeds se lo tomó como un rechazo personal. El día en que vació su escritorio, Leeds se negó a hablar con ella.

Ahora la examinó como si no pudiera situarla, pero luego asintió.

—Hola, Katherine.

—Hola, Chris. He pasado a saludar. ¿Cómo estás?

—Ocupado. —Miró al otro lado de la sala a Sanders—. Te quiero con Dugan en Montclair. Necesita ayuda con los uno a uno. Tendrías que haber salido hace diez minutos.

Los uno a uno eran las entrevistas cara a cara de posibles testigos. Tenderos de la zona, trabajadores y peatones eran interrogados con la esperanza de que proporcionaran una descripción de los sospechosos o de su vehículo.

Sanders se asomó por encima de su cubículo.

—Estoy en ello, jefe.

Éste se volvió hacia Cecil y tamborileó con los dedos en la esfera de su reloj.

—Reunión. Vamos.

Cecil y Delaney se apresuraron hacia la puerta, pero Leeds se volvió hacia Pollard.

—Agradecí la tarjeta —dijo—. Gracias.

—Lo lamenté mucho cuando me enteré.

La mujer de Leeds había muerto tres años antes, casi dos meses exactamente después de Marty. Cuando Pollard se enteró, le escribió una breve nota. Leeds nunca había respondido.

—Me he alegrado de verte, Katherine. Espero que todavía sientas que tomaste la decisión correcta.

Leeds no esperó a que ella respondiera. Siguió a Cecil y a Delaney por la puerta como un sepulturero de camino a la iglesia.

Pollard llevó los donuts al cubículo de Sanders.

—Joder, algunas cosas nunca cambian.

Sanders se estiró hacia la caja.

—Ojalá pudiera decir lo mismo de mi trasero.

Se rieron y disfrutaron del momento, pero Sanders enseguida torció el gesto.

—Mierda, ya has oído lo que ha dicho. Lo siento, Kat. He de irme.

—Escucha, no he pasado sólo a traer donuts. Necesito una información.

Sanders la miró con sospecha, luego bajó de nuevo la voz.

—Deberíamos comer. Comer distorsionará las voces.

—Sí, comamos.

Cogieron un par de donuts.

—¿Habéis cerrado el caso de Marchenko y Parsons?

Sanders habló con la boca llena.

—Están muertos, tía. Se los cepillaron. ¿Por qué quieres saber de Marchenko y Parsons?

Pollard sabía que Sanders preguntaría, y se había preocupado por cómo iba a responderle. Sanders ya estaba en la brigada cuando siguieron y detuvieron a Holman. Aunque Holman se ganó cierto respeto por las circunstancias de su detención, muchos de los agentes se sintieron resentidos por la publicidad que consiguió cuando el *Times* lo llamó el Bandido Heroico. En la brigada, el nombre de Holman había sido el Surfero por su intenso bronceado, sus camisas de Tommy Bahama y las gafas de sol. Los ladrones de bancos no eran héroes.

—He cogido un trabajo —dijo ella—. Educar a dos niños es caro.

Pollard no quería mentir, pero no sabía otra forma de hacerlo. Y no era completamente una mentira. Era casi la verdad.

Sanders se terminó el primer donut y empezó con otro.

—Entonces ¿dónde estás trabajando?

—Es un trabajo privado, seguridad de bancos, esa clase de cosas.

Sanders asintió. Los agentes retirados solían trabajar para empresas de seguridad en las cadenas bancarias más pequeñas.

—Da igual —dijo Pollard—. Me dijeron que el Departamento de Policía de Los Ángeles todavía lleva un caso. ¿Sabes algo de eso?

—No. ¿Por qué iban a hacerlo?

—Eso es lo que esperaba que pudieras decirme.

—Nosotros no. Ellos tampoco. Es un caso cerrado.

—¿Estás segura?

—¿Un caso para qué? Los jodimos. Marchenko y Parsons no tenían cómplices dentro ni fuera de los bancos. Lo llevamos aquí, tía, digo que lo llevamos, o sea que lo sabemos. No encontramos prueba de ninguna otra parte involucrada ni antes ni después del hecho, así que no había razón para continuar la investigación. El Departamento de Policía lo sabe.

Pollard volvió a pensar en su conversación con Holman.

—¿Marchenko y Parsons estaban conectados con la banda Frogtown?

—No. Nunca surgió.

—¿Alguna otra banda?

Sanders pellizcó el donut entre el pulgar y el índice, y marcó los puntos que quería señalar con el resto de los dedos.

—Interrogamos a la madre de Marchenko, a sus caseros, a sus carteros, a un *freaky* de una tienda de vídeos que frecuentaban, a los vecinos de su casa de apartamentos. Estos tíos no tenían amigos ni colaboradores. No contaron a nadie (a nadie) lo que estaban haciendo, así que está clarísimo que no tenían cómplices. Y salvo por una colección cutre de collares de oro y un Rolex de dos mil dólares, se guardaron el dinero. Ni coches ostentosos, ni anillos de diamantes; vivían en una pocilga.

—Debieron de gastar algo. Sólo recuperasteis novecientos mil.

Novecientos mil dólares era un montón de pasta, pero Marchenko y Parsons habían vaciado doce cámaras acorazadas. Pollard había hecho los cálculos mientras leía los artículos en Stan's. Los cajones de los cajeros podían contener un par de miles a lo sumo, pero en una caja fuerte se guardaban doscientos o trescientos mil dólares, a veces más. Si Marchenko y Parsons se llevaron trescientos mil de cada una de las doce cajas fuertes, eso eran 3,6 millones, lo que dejaba más de dos millones y medio desaparecidos. A Pollard no le había resultado inusual, porque una vez había detenido a un ladrón que gastaba veinte mil dólares por noche en *strippers* y bailarinas eróticas, y una banda de South Central que había volado a Las Vegas después de sus golpes para celebrar orgías de doscientos mil dólares en *jets* privados, *crack* y póquer. Pollard suponía que Marchenko y Parsons se habían fundido el dinero restante.

Sanders se terminó el donut.

—No, no se lo fundieron. Lo escondieron. Esos novecientos mil los encontramos en una escena *freaky*. Parsons se hizo una cama con ellos. Le gustaba dormir encima y machacársela.

—¿Cuánto calculan?

—Dieciséis doscientos, menos los novecientos.

Pollard silbó.

—Joder, es un montón. ¿Qué hicieron con la pasta?

Sanders miró los donuts que quedaban, pero finalmente cerró la caja.

—No encontramos pruebas de compras, depósitos, transferencias, regalos. Nada. Ni recibos ni consumo ostentoso. Estudiamos sus llamadas telefónicas de un año entero, investigamos a todos los que llamaron, nada. Trabajamos con esa señora mayor, la madre de Marchenko, tía, menuda perra asquerosa es. ¿Ucraniana? Leeds estaba convencido de que ella sabía lo que pasaba, pero, mira, al final la descartamos. Ni siquiera podía pagarse sus medicinas. No sabemos lo que hicieron con el dinero. Probablemente está guardado en algún almacén.

—¿Así que lo dejasteis?

—Claro. Hicimos lo que pudimos.

El trabajo de la brigada era detener ladrones de bancos. Una vez que los autores de un delito concreto eran detenidos, la brigada podía intentar recuperar los fondos faltantes, pero en última instancia su atención se volvía a los otros cincuenta o sesenta canallas que aún estaban robando bancos. A no ser que surgieran nuevas pruebas que indicaran un cómplice suelto, Pollard sabía que la recuperación de fondos robados quedaría a las aseguradoras.

—Quizás el departamento todavía lleve el caso —dijo Pollard.

—No, trabajamos paso a paso con Robos Especiales, así que los dos nos topamos con un muro al mismo tiempo. Ese caso está cerrado. Los bancos podrían haber hecho un fondo común para financiar una investigación, pero no lo sé. Podría averiguarlo si quieres.

—Sí. Eso sería genial.

Pollard consideró sus opciones. Si Sanders decía que el caso estaba cerrado, entonces estaba cerrado, pero el hijo de Holman le dijo a su mujer que estaba trabajando en ello. Pollard se preguntó si el departamento había encontrado alguna pista del dinero desaparecido.

—Oye, ¿puedes conseguir una copia del informe del departamento?

—No lo sé. Quizá.

—Me gustaría ver sus listas de testigos. También me gustaría ver las vuestras. Puede que tenga que hablar con esa gente.

Sanders vaciló, luego se levantó de repente para asegurarse de que la oficina estaba vacía. Miró el reloj.

—Leeds me va a matar. He de irme.

—¿Y la lista?

—Será mejor que no dejes que se entere Leeds. Me cortaría el cuello.

—Sabes que no.

—Tendré que mandártela por fax.

Pollard salió del edificio con Sanders y se dirigió a su coche. Era la una y cuarenta y cinco. Su madre estaría insistiendo a los niños para que ordenaran su habitación y el día todavía era joven. Pollard tenía una idea de cómo podía descubrir lo que quería saber, pero necesitaría la ayuda de Holman. Encontró su número de móvil en el sobre y lo llamó.

18

Después de separarse de la agente Pollard, Holman regresó a su Highlander y llamó a Perry para comunicarle lo que estaba pasando con su Mercury.

—Un par de tipos le devolverán el coche. Lo dejarán en el callejón.

—Espere un momento. ¿Ha dejado que algún capullo conduzca mi coche? Me tiene harto.

—Tengo coche nuevo, Perry. ¿De qué otra forma podía devolverle el Mercury?

—Será mejor que al cabrón no le metan una multa o se la haré pagar.

—También tengo un móvil. Deje que le dé el número.

—¿Por qué? ¿Por si he de llamarle para decirle que sus putos amigos me han robado el coche?

Holman le dio el número y colgó. Perry lo estaba sacando de quicio.

Holman caminó por Westwood buscando un sitio para almorzar. La mayoría de los restaurantes por los que pasó parecían demasiado elegantes. Estaba empezando a tener noción de su apariencia desde su encuentro con la agente Pollard. Aunque había planchado su ropa, sabía que tenía un aspecto barato. Era ropa de prisión, comprada en tiendas de segunda mano con dinero de prisión, diez años pasada de moda. Holman paró delante de un Gap y observó a los chicos que entraban y salían con grandes bolsas. Probablemente podría equiparse con un nuevo par de tejanos y un par de camisas, pero le inquietaba gastarse el dinero de Chee en ropa, así que desistió. Una manzana más adelante le compró unas Ray-Ban Wayfarers a un vendedor ambulante por nueve dólares. Le gustaba cómo le quedaban, pero no se dio cuenta hasta que estaba dos manzanas más allá de que eran del mismo estilo de gafas que llevaba cuando estaba robando bancos.

Holman encontró un Burger King enfrente de la puerta principal de la UCLA, se pidió una hamburguesa con patatas fritas y se puso a leer el manual de instrucciones de su nuevo móvil. Configuró el buzón de voz y estaba programando en la memoria del teléfono la lista de números que había guardado en su billetera cuando éste sonó como un repique de campana.

Holman pensó que había causado el sonido él mismo al pulsar el botón equivocado, pero entonces se dio cuenta de que tenía una llamada. Tardó un momento en recordar que se respondía pulsando el botón Enviar.

—¿Hola? —dijo.

—Holman, soy Katherine Pollard. Tengo una pregunta para ti.

Holman se preguntó si algo iba mal. Hacía sólo una hora que se habían separado.

—Sí. Claro.

—¿Has visto o hablado con la viuda de Fowler?

—Sí. La conocí en el funeral.

—Bien. Vamos a ir a verla.

—¿Ahora mismo?

—Sí. Ahora tengo tiempo libre, así que ahora está bien. Quiero que nos reunamos otra vez en Westwood. Hay una librería de novelas de misterio en Broxton, justo al sur de Weyburn, con un garaje al lado. Aparca en el garaje y espérame en la puerta de la librería. Conduciré yo.

—Vale, pero ¿por qué vamos a ir a verla? ¿Has descubierto algo?

—He preguntado a dos personas si el departamento estaba llevando una investigación y las dos lo han negado, pero creo que es posible que esté ocurriendo algo. Tal vez ella pueda decírnoslo.

—¿Por qué crees que la mujer de Fowler lo sabe?

—Tu hijo se lo dijo a su mujer, ¿no?

La simplicidad de la idea impresionó a Holman.

—¿Deberíamos llamarla antes? ¿Y si no está en casa?

—Nunca los llames, Holman. Cuando llamas, siempre dicen que no. Correremos el riesgo. ¿Cuánto tiempo tardarás en volver a Westwood?

—Ya estoy aquí.

—Entonces te veo en cinco minutos.

Holman colgó, lamentando no haber comprado ropa nueva en Gap.

Cuando Holman salió del garaje, Pollard estaba esperándolo delante de la librería en un Subaru azul, con las ventanillas subidas y el motor en marcha. El coche tenía varios años y necesitaba una limpieza. Holman subió al lado del pasajero y cerró la puerta.

—Vaya, has vuelto muy rápido —dijo.

Pollard arrancó.

—Sí, gracias, ahora escucha; hemos de tratar tres cuestiones con esta mujer. Si su marido participaba en algún tipo de investigación relacionada con Marchenko y Parsons. Si le dijo por qué salió de casa para reunirse con tu hijo y los demás esa noche, y qué iban a hacer. Y si en alguna de esas conversaciones o en cualquier otro momento mencionó que Marchenko y Parsons estuvieran relacionados con los Frogtown o con cualquier otra banda. ¿Entendido? Eso debería decirnos lo que necesitamos saber.

Holman la miró.

—¿Así era cuando estabas con los Hombres G?

—No los llames los Hombres G, Holman. Yo puedo llamarlos los Hombres G, pero no quiero oír esa clase de falta de respeto por tu parte.

Holman se volvió para mirar por la ventanilla. Se sentía como un niño al que le dan un bofetón en la mano por masticar con la boca abierta.

—No te enfurruñes —dijo Pollard—. Por favor, no te enfurruñes, Holman. Estoy yendo deprisa porque tenemos mucho que hacer y no tengo mucho tiempo. Tú acudiste a mí, ¿recuerdas?

—Sí, lo siento.

—Vale. La señora Fowler vive en Canoga Park. Tardaremos unos veinte minutos, si no pillamos tráfico.

Holman estaba irritado, pero le gustaba que ella llevara el mando y tirara para delante. Lo tomó como una señal de su experiencia y profesionalidad.

—Bueno, ¿por qué dices que está pasando algo aunque tus amigos dicen que el caso está cerrado?

Pollard giró la cabeza como un piloto de caza en patrulla, luego aceleró el Subaru en la 405, dirigiéndose al norte. Holman esperó, preguntándose si siempre conducía así.

—Nunca recuperaron el dinero —dijo Pollard.

—Los periódicos decían que encontraron novecientos mil dólares en el apartamento de Marchenko.

—Calderilla. Esos tipos se llevaron más de dieciséis millones en sus golpes.

Holman la miró.

—Eso es mucha pasta.

—Sí.

—Uf.

—Sí.

—¿Qué pasó con el dinero?

—Nadie lo sabe.

Subieron por la rampa de la 405 en Westwood hacia el paso de Sepúlveda. Holman se volvió en su asiento para contemplar la ciudad, que se extendía hasta el horizonte.

—¿Todo ese dinero está desaparecido? —dijo.

—No menciones el dinero a esta mujer, ¿vale, Holman? Si ella lo menciona, perfecto, entonces sabremos algo, pero se trata de averiguar lo que ella sabe. No le metas ideas en la cabeza. Eso se llama contaminación de testigos.

Holman todavía estaba pensando en los dieciséis millones de dólares. En su mejor golpe se había embolsado tres mil ciento veintisiete dólares. El botín conjunto de sus nueve atracos había sido de dieciocho mil novecientos cuarenta y dos dólares.

—¿Crees que estaban tratando de encontrar el dinero?

—Encontrar el dinero no es trabajo del departamento. Pero si tenían una pista de que alguien conscientemente había recibido dinero robado o lo guardaba para Marchenko y Parsons, o estaba en posesión de efectivo robado, entonces sí les correspondería llevar a cabo una investigación.

Iban en dirección norte, alejándose de las montañas y hacia el nudo de Ventura. El valle de San Fernando se extendía ante ellos hacia el este y el oeste, y al norte, hacia las montañas de Santa Susana, un gran valle plano lleno de edificios y gente. Holman no paraba de pensar en el dinero. No podía quitarse de la cabeza los dieciséis millones. Podrían estar en cualquier parte.

—Estaban tratando de encontrar el dinero —dijo Holman—. No puedes dejar que se pierda tanta pasta.

Pollard rio.

—Holman, no creerías la cantidad de pasta que perdemos. No con tipos como tú a los que pillamos vivos, si trincas a un tipo, renunciará a lo que le quede tratando de hacer un trato, pero ¿los tipos como Marchenko y Parsons que mueren? Un kilo doscientos aquí, quinientos mil allí, simplemente desaparecen, y nadie lo encuentra nunca. Al menos nadie que lo denuncie.

Holman la miró. Ella estaba sonriendo.

—Es una pasada. Nunca lo había pensado.

—Los bancos no quieren que pérdidas así salgan en los periódicos. Sólo animaría a más capullos a robar bancos. En fin, escucha, una amiga mía va a sacar el archivo del departamento sobre este asunto. En cuanto lo tengamos, sabremos qué es qué o sabremos a quién preguntar, así que no te preocupes por eso. Entretanto, veremos qué sacamos de esta mujer. Por lo que sabemos, Fowler le contaba todo.

Holman asintió con la cabeza, pero no respondió. Observó el paisaje del valle que iba quedando atrás: una piel de casas y edificios que cubría la tierra y se extendía hasta las montañas, interrumpida por cañones remotos y sombras. Algunos hombres harían cualquier cosa por dieciséis millones de dólares. Matar a cuatro polis no era nada.

Los Fowler tenían una pequeña casa con terreno en una urbanización de casas similares, todas con los laterales de estuco, tejados de material compuesto y pequeños jardines típicos del *boom* inmobiliario que siguió a la Segunda Guerra Mundial. En la mayoría de los patios se alzaban naranjos, tan viejos que los troncos eran negros y retorcidos. Holman supuso que la urbanización había sido en tiempos un naranjal. Los árboles eran más viejos que las casas.

La mujer que abrió la puerta era Jacki Fowler, pero parecía una versión ordinaria de la mujer que Holman había conocido en el funeral. Sin maquillaje, su rostro ancho estaba fofo y lleno de manchas, su mirada, dura. La mujer lo observó sin reconocerlo, de una forma que hizo que Holman se sintiera incómodo. Lamentó no haber llamado.

—Soy Max Holman, señora Fowler, el padre de Richard Holman. Nos conocimos en el funeral.

Pollard le entregó un ramo de margaritas. Había parado en un Vons Market para comprarlas cuando llegaron a Canoga Park.

—Me llamo Katherine Pollard, señora Fowler. La acompaño en el sentimiento.

Jacki Fowler cogió las flores sin comprender. Miró a Holman.

—Ah, sí. Usted perdió a su hijo.

—¿Le importa que pasemos unos minutos, señora Fowler? —dijo Pollard—. Nos gustaría presentarle nuestros respetos, y a Max le gustaría hablar de su hijo, si tiene tiempo.

Holman admiró a Pollard. En el tiempo que tardaron en caminar desde el coche a la puerta, la conductora frenética que hablaba a toda velocidad se había transformado en una mujer tranquilizadora, con una voz suave y expresión amable. Holman se alegró de tenerla a su lado. Él no habría sabido qué decir.

La señora Fowler los condujo a una sala de estar limpia y ordenada. Holman vio una botella de vino tinto abierta en una mesita al otro lado del sofá, pero ningún vaso. Miró a Pollard en busca de orientación. Ella todavía seguía con la señora Fowler.

—Esto ha de ser realmente duro para usted ahora mismo —dijo Pollard—. ¿Se encuentra bien? ¿Necesita algo?

—Tengo cuatro hijos, ¿sabe? El mayor está pensando en ingresar en la policía. Le he dicho, ¿estás loco?

—Dígale que sea abogado. Los abogados se llevan todo el dinero.

—¿Tiene usted hijos?

—Dos niños.

—Entonces lo sabe. Esto va a sonar terrible, pero ¿sabe lo que solía decir? Si lo van a matar, entonces, por favor, Dios, que lo atropelle alguna estrella de cine borracha con millones de dólares. Al menos podría demandar al hijo de puta. Pero no, tenía que matarlo un cholo de mierda que no tiene dónde caerse muerto. —Miró a Holman—. Sigo pensando que deberíamos ver qué se puede hacer: usted, yo y las demás familias. Dicen que de donde no hay no se puede sacar, pero ¿quién sabe? ¿Quiere un vaso de vino? Yo iba a tomar uno, el primero del día.

—No, gracias, pero sírvase.

—Yo tomaré uno —dijo Pollard.

La señora Fowler les invitó a sentarse y continuó su camino al comedor. Había una segunda botella de vino abierta en la mesa. Sirvió dos vasos y volvió ofreciendo uno de los vasos a Pollard. Holman se dio cuenta de que ni mucho menos era el primero del día.

—¿Conocía a Mike? —preguntó Jacki Fowler después de sentarse—. ¿Por eso ha venido?

—No, señora. Tampoco conocía muy bien a mi hijo. Es más por eso que he venido, por mi hijo. Mi nuera, la mujer de Richie, me dijo que su marido era el agente instructor de mi hijo. Supongo que eran buenos amigos.

—No lo sé. Es como si viviéramos dos vidas en esta casa. ¿Usted también es policía?

—No, señora.

—¿Usted era el que estaba en prisión? Alguien en el funeral dijo que había un preso.

Holman sintió que se ruborizaba y miró a Pollard, pero Pollard no lo estaba mirando.

—Sí, señora. Ése soy yo. El padre del agente Holman.

—¡Caray! ¿Qué hizo?

—Robé un banco.

—Yo era policía, señora Fowler —dijo Pollard—. No sé a usted, pero estos asesinatos han dejado a Max con un montón de preguntas, como por qué salió su hijo en plena noche. ¿Mike le habló de eso?

La señora Fowler dio un sorbo al vino, luego hizo un gesto de rechazo con el vaso.

—Mike siempre salía en plena noche. Casi nunca estaba en casa.

Pollard miró a Holman haciendo una señal de asentimiento con la cabeza para indicarle que era su turno de decir algo.

—Max, ¿por qué no le cuentas a Jacki lo que dijo tu nuera? De la llamada de esa noche.

—Mi nuera me dijo que le llamó su marido. Richie estaba en casa, pero recibió una llamada de su marido y salió para reunirse con él y los otros dos.

La viuda de Fowler resopló.

—Bueno, está clarísimo que Mike no me llamó. Estaba trabajando esa noche. Tenía el turno perro. Venía a casa cuando venía, aquí las cosas funcionaban así. Nunca tenía la cortesía de llamar.

—Me dio la impresión de que estaban trabajando en algo.

La señora Fowler gruñó otra vez y tomó más vino.

—Estuvieron bebiendo. Mike era un borracho. ¿Conoce a los otros dos, Mellon y Ash? Mike también había sido su agente instructor.

Pollard miró a Holman, y éste se encogió de hombros.

—No lo sabía.

—¿Por qué no le enseñas las facturas telefónicas? —dijo Pollard.

Holman desdobló su copia de la factura telefónica de Richie.

—¿Qué es esto? —dijo la señora Fowler.

—Las facturas de teléfono de mi hijo de los últimos dos meses. ¿Ve los puntitos rojos?

—Es el teléfono de Mike.

—Sí, señora. Los puntos amarillos son de Ash, y los verdes, de Mellon. Richie estuvo llamando a su marido dos o tres veces al día, casi todos los días. Apenas llamaba a Ash o a Mellon, pero hablaba mucho con Mike.

La mujer examinó la factura como si leyera la letra pequeña de un contrato, luego se puso en pie.

—Quiero enseñarles algo. Esperen aquí. ¿Está seguro de que no quiere nada de vino?

—Gracias, señora Fowler, pero he estado sobrio diez años. Era un borracho además de ser ladrón de bancos.

La mujer gruñó otra vez y se alejó como si eso no le hubiera causado más impresión que saber que había estado en prisión.

—Lo estás haciendo bien —dijo Pollard.

—No sabía el asunto de los agentes instructores.

—No te preocupes por eso. Lo estás haciendo bien.

La señora Fowler volvió revolviendo varios papeles y regresó a su lugar en el sofá.

—¿No es extraño que comprobara los registros telefónicos de su hijo? Yo también lo hice. No los de su hijo, claro, los de Mike.

Pollard dejó su vaso. Holman vio que no había probado el vino.

—¿Mike había dicho algo que le hiciera sospechar?

—Lo que me hacía sospechar es que no dijera nada. Recibía esas llamadas, pero no en el número de casa, sino en el móvil. Siempre llevaba encima ese condenado móvil. El chisme sonaba y él se iba...

—¿Qué decía?

—Que salía. Era lo único que decía. Me voy. ¿Qué iba a pensar? ¿Qué pensaría cualquiera?

Pollard se inclinó hacia delante tranquilamente.

—Que tenía una aventura.

—Que se estaba follando a alguna puta, eso es lo que pensé, perdone mi lenguaje, así que decidí ver a quién llamaba y quién lo llamaba a él. Lo ve aquí... en la factura de su móvil...

La mujer finalmente encontró lo que quería y se inclinó hacia delante para mostrarle las facturas a Holman. Pollard se acercó y se sentó al lado de Holman para mirar. Holman reconoció los números de teléfono de la casa y del móvil de Richie.

—No reconocí ninguno de los números —dijo la señora Fowler—, así que ¿sabe lo que hice?

—¿Llamó a los números? —dijo Pollard.

—Exacto. Pensaba que estaba llamando a mujeres, pero llamaba a su hijo y a Ash y a Mellon. Ojalá se me hubiera ocurrido lo de los puntitos. Le pregunté si se había vuelto maricón. No quería decir nada con eso, señor Holman, sólo intentaba ser amenazante. ¿Sabe qué me dijo? Me dijo que me ocupara de mis asuntos.

Holman no hizo caso del comentario. Richie había estado llamando a Fowler a diario, pero Fowler también había estado llamando a Richie, Ash y Mellon. Estaba claro que estaban haciendo algo más que preparar fiestas cerveceras.

La señora Fowler se había recuperado de la rabia del momento y continuó.

—No sé qué demonios estaban haciendo. Me enfurecía, pero no dije gran cosa hasta que me tocó limpiar. Por ahí sí que no iba a pasar. Llegó en plena noche, dejando barro en toda la casa. No lo encontré hasta el día siguiente y me puse furiosa. Ni siquiera se preocupaba de limpiar. ¡Ésa es la consideración que me tenía!

Holman no sabía de qué estaba hablando, así que se lo preguntó, por si podía tener alguna relación con Richie.

La señora Fowler se levantó otra vez, pero esta vez tuvo que esforzarse más.

—Vengan, se lo enseñaré.

La siguieron a través de la cocina hasta un pequeño patio trasero cubierto. Había una barbacoa llena de polvo en una esquina del patio y un par de botas de trabajo, llenas de suciedad y ramas. La señora Fowler señaló las botas.

—¿Lo ven?, pisó todo el suelo en plena noche con estas botas. Cuando vi el desastre le pregunté si había perdido el juicio. Las tiré ahí y le dije que podía limpiarlas él mismo. Tendrían que haber visto cómo puso la casa.

Pollard se agachó para mirar las botas más de cerca.

—¿Qué noche fue eso?

La viuda dudó, puso ceño.

—Supongo que fue el jueves, hace dos jueves.

Cinco días antes de que fueran asesinados. Holman se preguntó si Richie, Mellon y Ash también habrían salido esa noche. Se propuso preguntárselo a Liz.

Pollard, leyéndole el pensamiento, se levantó.

—¿Fue una noche que salió con los otros?

—No le pregunté y no lo sé. Le dije que si tanto detestaba estar aquí que se fuera al infierno. Estaba harta de su grosería. Ya había tenido bastante descortesía con que viniera a casa así y ni siquiera limpiara después. Tuvimos una pelea terrible y no lamento ni una de las palabras que le dije, ni siquiera ahora que está muerto.

De repente, Pollard sorprendió a Holman.

—¿Mike mencionó alguna vez los nombres de Marchenko y Parsons? —dijo.

—No, ¿son policías?

Pollard pareció estudiarla un momento, luego esbozó una sonrisa amable.

—Sólo es gente a la que Mike conocía. Pensaba que él podría haberlos mencionado.

—Michael nunca me decía nada de nada. Era como si yo no existiera.

Pollard volvió a mirar a Holman e hizo una señal hacia la casa, con la sonrisa sustituida por una expresión de tristeza.

—Deberíamos irnos, Max.

Cuando llegaron a la puerta de la calle, Jacki Fowler cogió la mano de Holman y la sostuvo durante un periodo incómodo.

—Hay más de una clase de prisión, ¿sabe? —dijo.

—Sí, señora —dijo Holman—. Yo también he estado allí.

19

Holman estaba enfadado e inquieto cuando salieron. Había deseado encontrar a una viuda apenada con respuestas listas para explicar la muerte de su hijo, pero ahora imaginaba a Mike Fowler manteniendo conversaciones telefónicas en secreto, tapando el auricular con la mano. Veía a Fowler escabulléndose de su casa demasiado temprano para que los vecinos lo vieran y luego regresando al abrigo de la oscuridad. «¿Qué estabas haciendo, cariño? «Nada.» «¿Adónde has ido?» «A ningún sitio.» Holman había pasado la mayor parte de su vida cometiendo delitos. Lo que hubiera ocurrido en casa de los Fowler tenía un tufillo delictivo.

Pollard aceleró el Subaru en la rampa de acceso a la autovía entre un tráfico cada vez más denso. El viaje de regreso sería desagradable, pero cuando Holman la miró, ella estaba brillando como si acabaran de encenderle una bombilla dentro.

—¿Qué opinas? —dijo Holman.

—Habla con tu nuera. Pregúntale si Richard salió el jueves antes de que les dispararan y si sabe algo de adónde iban o qué hacían. Pregúntale por la conexión Frogtown, también. No te olvides de eso.

Holman estaba pensando que quería dejarlo todo.

—No estaba preguntando eso. Dijiste que no correspondía a la policía recuperar el dinero.

Pollard metió el Subaru entre dos camiones con remolque, buscando el carril reservado.

—Depende de ellos, pero recuperar botín no es una prioridad. Nadie tiene tiempo para eso, Holman, estamos demasiado ocupados tratando de impedir que ocurran nuevos delitos.

—Pero si alguien lo descubriera, ¿tendría una recompensa? ¿Una recompensa legal?

—Los bancos recompensan con una prima de recuperación, sí, pero los policías no tienen derecho a recibirla.

—Bueno, si lo estaban haciendo en su tiempo libre...

Pollard le interrumpió.

—No te adelantes. Trata con lo que conoces, y ahora mismo lo único que sabemos es que Fowler trajo barro a casa el jueves por la noche y que no le importaba una mierda lo que pensara su mujer de eso. Es lo único que sabemos.

—Pero he comprobado las fechas cuando nos ha enseñado las facturas del teléfono. Todas las llamadas empezaron a los ocho días de la muerte de Marchenko y Parsons, igual que en la factura de Richie. Fowler llamó a Richie, Mellon y Ash, uno detrás de otro. Como si estuviera diciendo, eh, vamos a encontrar algo de dinero.

Pollard se enderezó tras el volante.

—Holman, escucha, sólo hemos tenido una entrevista con una mujer que aguantaba un mal matrimonio. No sabemos lo que estaban haciendo ni por qué.

—Parece que estuvieran planeando algo. No es esto lo que esperaba encontrar.

—Oh, por el amor de Dios.

Holman la miró y vio que ella arrugaba el entrecejo. Dio un volantazo desde el carril reservado para rodear a dos mujeres en un sedán, luego las cortó cuando volvió a meterse en el carril delante de ellas. Holman nunca había conducido tan rápido a no ser que estuviera colocado.

—No sabemos suficiente para pensar de manera distinta sobre tu hijo, así que para —dijo ella—. Has oído a esta mujer deprimida con su marido escabulléndose y sabes que falta dinero, así que has saltado a esta conclusión. Quizá sólo querían dar una vuelta. Quizás esta fascinación con Marchenko y Parsons era sólo un hobby.

Holman no lo creía y le irritaba que ella intentara animarlo.

—Eso es una chorrada.

—¿Has oído hablar de la Dalia Negra? ¿El caso de homicidio sin resolver?

—¿Qué tiene eso que ver?

—Ese caso se ha convertido en un hobby para un montón de detectives. Había tantos polis del Departamento de Policía metidos en ese caso que se juntaron y formaron un club para hablar de sus teorías.

—Todavía creo que es una chorrada.

—Vale, olvídalo. Pero sólo porque se escabulleran no significa que estuvieran haciendo nada ilegal. Se me ocurren un montón de formas en las que podríamos relacionar lo que estaban haciendo con Marchenko y Parsons y Juárez.

Holman la miró, dubitativo.

—¿Cómo?

—¿Has leído los obituarios de Fowler, Ash y Mellon?

—Sólo el de Richie.

—Si hubieras leído el de Fowler habrías visto que pasó dos años en una unidad de control de las bandas. Voy a llamar a un amigo mío que trabajaba en esa unidad. Le preguntaré qué clase de contacto tuvo Fowler con los Frogtown.

—Fowler mató al hermano de Juárez. Juárez y su hermano estaban en los Frogtown.

—Sí, pero quizás haya una conexión más profunda. ¿Recuerdas cuando hablamos de una posible conexión interna con Marchenko y Parsons?

—Sí.

—La pasta de verdad está en la cámara acorazada, pero la cantidad de pasta en las cámaras varía durante la semana. La gente entra, ingresa sus nóminas y retira dinero, ¿sí?

—Eso lo sé. Robaba bancos, ¿recuerdas?

—Así que una o dos veces por semana, los bancos reciben

un furgón para disponer de suficiente efectivo para cumplir con los clientes. Decías que no veías cómo un par de comandos como Marchenko y Parsons podían tener un cómplice dentro, pero lo único que hace falta es alguien que conozca cuándo está programado que las sucursales de la zona reciban sus cargamentos: una secretaria, la ayudante de alguien, una chica Frogtown digamos, y su novio se lo pasa a Marchenko y Parsons para sacar su tajada.

—Pero atracaron diferentes bancos.

—Sólo hace falta un cómplice interno para tener al FBI y la policía encima. Sólo estoy formulando hipótesis, Holman, no saltando a conclusiones. La policía se entera de una conexión con los Frogtown, así que se dirigen a polis con experiencia con los Frogtown para buscar nuevas pistas, por ejemplo, Fowler. Eso podría explicar por qué el hecho de que tu hijo se fuera de casa para discutir acerca de Marchenko y de Parsons con Fowler llevó a Warren Juárez.

Holman sintió un rayito de esperanza.

—¿Tú crees?

—No, no lo creo, pero quiero que entiendas lo poco que sabemos. Cuando le preguntes a tu nuera por el jueves por la noche, coge los informes del caso que tenía tu hijo, el material que se llevó de la oficina de detectives. Me diste las cabeceras, pero quiero ver los informes. Eso debería decirnos en qué estaba interesado.

—Vale.

—Sabremos más mañana, cuando empiece a hablar con gente y lea esos informes. Podría terminar con este asunto con un par de llamadas más.

Holman estaba sorprendido.

—¿Crees que sólo hará falta eso?

—No, pero me parecía una buena cosa que decir.

Holman la miró y entonces rompió a reír.

Atravesaron el paso de Sepúlveda y se metieron en la ciudad cuando ya oscurecía. Holman observó a Pollard maniobrando entre el tráfico.

—¿Por qué conduces tan deprisa? —dijo.

—Tengo a dos hijos pequeños esperando en casa. Están con mi madre, pobres niños.

—¿Y tu marido?

—Dejemos lo personal al margen, Max.

Holman volvió a mirar los coches que pasaban.

—Una cosa más, sé que has dicho que no querías que te pagara, pero mi oferta sigue en pie. No esperaba que te metieras en tantos problemas.

—Si te pidiera que me pagaras, me asustaría que robaras otro banco.

—Encontraría otra forma. Nunca robaré otro banco.

Pollard lo miró, y Holman se encogió de hombros.

—¿Puedo hacerte una pregunta? —dijo ella.

—Mientras no sea nada personal.

Ahora Pollard se rio, pero luego la risa se ensombreció.

—Te metí diez años a la sombra. ¿Cómo es que no estás cabreado conmigo?

Holman lo pensó.

—Me diste una oportunidad de cambiar.

Después de esto circularon en silencio. Las luces estaban empezando a titilar en las sombras.

20

Cuando Holman entró en el vestíbulo, Perry seguía en su despacho. El rostro curtido del anciano temblaba ligeramente y Holman interpretó que algo iba mal.

—Eh —dijo Perry—, quiero hablar con usted.

—Le han devuelto el coche, ¿no?

Perry se inclinó hacia delante enlazando y desenlazando los dedos. Tenía la mirada vidriosa y parecía muy nervioso.

—Aquí está el dinero que le cobré, los sesenta pavos, esos tres días de coche. Aquí lo tiene.

Cuando Holman llegó a la mesa vio los tres billetes de veinte boca arriba, esperándole. Perry desenlazó los dedos y empujó los tres billetes hacia él.

—¿Qué es esto? —dijo Holman.

—Los sesenta que pagó por el coche. Se los devuelvo.

Holman vio las tres caras del presidente Jackson mirándole y se preguntó qué demonios estaba haciendo Perry con el dinero.

—¿Me devuelve el dinero?

—Sí. Aquí está. Llévese su maldito dinero.

Holman siguió sin moverse hacia el dinero. Miró a Perry. El viejo parecía preocupado, pero también enfadado.

—¿Por qué me lo devuelve? —dijo Holman.

—Esos espaldas mojadas me dijeron que se lo devuelva, así que dígales que lo he hecho.

—¿Los tipos que devolvieron el coche?

—Cuando entraron aquí para darme las llaves, esos pandilleros cabrones. Yo le estaba haciendo un favor alquilándole el coche, no quería desplumarle. Esos cabrones dijeron que mejor que le devolviera la pasta si no quería que me jodieran bien, así que aquí la tiene.

Holman miró el dinero, pero no lo tocó.

—Teníamos un trato, más claro el agua. Quédeselo.

—No, ni hablar, ha de cogerlo. No quiero esa clase de problemas en mi casa.

—Es su dinero, Perry. Yo lo arreglaré con esos tipos.

Tendría que hablar con Chee por la mañana.

—No me gusta que dos gorilas entren así aquí.

—Yo no tengo nada que ver con eso. Hicimos un trato, sencillo y claro. Yo no mandé dos matones a acojonarle por sesenta pavos.

—Bueno, no me gusta, es todo. Sólo se lo estoy diciendo. Si creía que le estaba desplumando, debería habérmelo dicho.

Holman sabía que el daño estaba hecho. Perry no le creía y probablemente siempre le tendría miedo.

—Quédese el dinero, Perry. Siento que haya ocurrido esto.

Holman dejó los sesenta dólares en la mesa de Perry y subió a su habitación. El viejo y anticuado aparato de aire acondicionado de la ventana mantenía el cuarto como un congelador. Miró la foto de la cómoda. Richie a los ocho años, sonriendo. Todavía tenía una mala sensación en el estómago que la charla de Pollard no había logrado sacudir.

Apagó el aire acondicionado, luego bajó otra vez, con la esperanza de pillar a Perry todavía en su escritorio.

Perry estaba cerrando con llave la puerta de la calle, pero se paró al ver a Holman.

—Los sesenta aún están en la mesa —dijo.

—Pues guárdeselos en el bolsillo. Yo no le habría acojonado. Mi hijo era agente de policía. ¿Qué habría pensado si hiciera algo así?

—Supongo que pensaría que es algo muy rastrero.

—Supongo que sí. Quédese los sesenta pavos. Son suyos.

Holman volvió a subir y se metió en la cama, diciéndose que a buen seguro Richie habría pensado que era rastrero, acojonar a un anciano por sesenta malditos dólares.

Pero decirlo no lo convertía en realidad, y el sueño no llegó.

TERCERA PARTE

21

A Pollard nunca le habían sentado bien las mañanas. Cada mañana durante lo máximo que alcanzaba a recordar —meses, años quizá— se despertaba sintiéndose cansada y temiendo empezar el día. Se tomaba dos tazas de café solo para recuperar el pulso.

Sin embargo, cuando Pollard se levantó aquella mañana, se adelantó al despertador en más de una hora e inmediatamente fue al pequeño escritorio que compartía con Marty. La noche anterior se había quedado hasta casi las dos comparando números y horas de llamadas entre las facturas telefónicas de Fowler y Richard Holman, y buscando en Internet información de Marchenko y Parsons. Había releído y organizado el material que le había dado Holman, pero se sentía frustrada por no tener los informes completos del Departamento de Policía. Esperaba que Holman los consiguiera por medio de su nuera. Pollard admiraba el compromiso de Holman con su hijo. Notó una repentina sensación de satisfacción por haber hablado en su defensa ante el ayudante del fiscal federal tantos años atrás. Leeds había estado un mes cabreado y un par de agentes más cínicos le habían dicho que era gilipollas, pero Pollard pensaba que el tipo se había ganado un respiro, y ahora lo sentía de manera aún más fuerte. Holman había sido un delincuente profesional, pero las pruebas indicaban que básicamente era un tipo decente.

Pollard revisó sus notas de la noche anterior y empezó a elaborar un plan de trabajo para el día. Todavía estaba trabajando en ello cuando su hijo mayor, David, le tiró del brazo. David tenía siete años y parecía una versión en miniatura de Marty.

—¡Mamá! ¡Vamos a llegar tarde al campamento!

Pollard miró su reloj. Eran las ocho menos diez. El autobús del campamento llegaba a las ocho. Ni siquiera había hecho café ni percibido el paso del tiempo y llevaba más de una hora trabajando.

—¿Está vestido tu hermano?

—No quiere salir del baño.

—¡Lyle! Que se vista, David.

Pollard se puso unos tejanos y una camiseta y preparó dos sándwiches de salchicha ahumada.

—David, ¿está listo Lyle?

—¡No se quiere vestir!

Lyle, que tenía seis años, gritó más alto que su hermano.

—¡Odio el campamento! ¡Nos pegan con palos!

Pollard oyó que sonaba el fax mientras estaba guardando los sándwiches en bolsas de papel. Volvió al dormitorio oficina para ver salir la primera página. Sonrió al ver el emblema del FBI en la página de portada: April estaba entregando el botín.

Pollard volvió corriendo a la cocina, puso dos *tuppers* de cóctel de frutas, dos bolsas de Cheetos y un par de *briks* de zumo encima de los sándwiches.

David llegó corriendo sin aliento desde la sala.

—¡Mamá! ¡Oigo el autobús! ¡Se nos va a escapar!

Todo tenía que ser un drama.

Pollard mandó a David a parar el autobús, luego metió una camiseta por la cabeza de Lyle. Consiguió pasar a Lyle y los almuerzos por la puerta de la calle justo cuando el autobús se detenía con un estruendo.

—Echo de menos a papá —dijo Lyle.

Pollard bajó la mirada hacia su hijo, todo ojos heridos y

frente arrugada. Se agachó para colocarse a su misma altura. Le tocó la mejilla y pensó que era tan suave como cuando era un recién nacido. Mientras que David se parecía a su padre, Lyle se parecía a ella.

—Ya lo sé, peque.

—Soñé que se lo había comido un monstruo.

—Eso tuvo que asustar mucho. Tendrías que haber venido a mi cama.

—Tú das patadas y empujas.

El autobús hizo sonar el claxon. Tenía que cumplir un horario.

—Yo también lo echo de menos, hombrecito —dijo Pollard—. ¿Qué vamos a hacer con eso?

Era un guión que habían representado antes.

—¿Mantenerlo en nuestros corazones?

Pollard sonrió y tocó el pecho de su hijo menor.

—Sí. Está aquí mismo en tu corazón. Ahora vamos a coger el bus.

Los guijarros y la arenilla del sendero se clavaban en los pies descalzos de Pollard al llevar a Lyle al bus. Besó a sus hijos, los vio partir y se apresuró a regresar a la casa. Volvió directamente al trabajo y examinó el fax. April había enviado dieciséis páginas, incluida una lista de testigos, resúmenes de interrogatorios y un resumen del caso. La lista de testigos contenía nombres, direcciones y números de teléfono, que era lo que quería Pollard. Pollard iba a comparar los números con las llamadas que aparecían en las facturas telefónicas de Richard Holman y Mike Fowler. Si Holman y Fowler estaban llevando a cabo su propia investigación de Marchenko y Parsons, habrían llamado a los testigos. Si era así, Pollard preguntaría a los testigos de qué hablaron, y entonces lo sabría.

Llamó a su madre y arregló que se quedara con los niños cuando volvieran a casa desde el campamento.

—¿Por qué estás pasando tanto tiempo en la ciudad, de repente? ¿Has cogido un trabajo?

A Katherine siempre le molestaban las preguntas de su

madre. Tenía treinta y seis años y su madre todavía le preguntaba.

—Tengo cosas que hacer. Estoy ocupada.

—¿Hacer qué? ¿Estás viendo a un hombre?

—Estarás aquí a la una, ¿verdad? ¿Te quedarás con los niños?

—Espero que estés viendo a un hombre. Has de pensar en esos chicos.

—Adiós, mamá.

—Cuidado con los postres, Katherine. Tu trasero ya no es como antes.

Pollard colgó y volvió a su escritorio. Todavía no había preparado café, pero no se tomó el tiempo para hacerlo. Ya no necesitaba café.

Se sentó con su plan del caso y hojeó los documentos que había leído y releído la noche anterior. Estudió el plano de la escena del crimen que Holman había esbozado, luego lo comparó con el dibujo que había aparecido en el *Times*. El FBI le había enseñado que todas las investigaciones empiezan con la escena del crimen, de manera que sabía que tendría que ir hasta allí. Sola en su casita de Simi Valley, Pollard prorrumpió en una sonrisa.

Estaba otra vez en el juego.

Estaba otra vez en la caza.

22

Perry no estaba en su escritorio cuando Holman bajó por la escalera esa mañana. Holman se sintió aliviado. Quería recoger los informes en casa de Liz antes de que ella se fuera a clase y no quería entretenerse con otra discusión con Perry.

Sin embargo, cuando Holman salió a buscar el coche, Perry estaba regando la acera.

—Le llamaron ayer —dijo Perry—, olvidé decírselo. Supongo que se me olvidó al tener que pelear con sus matones.

—¿Quién era, Perry?

—Tony Gilbert. De la imprenta. Dijo que es su jefe y quiere que le llame.

—Vale, gracias. ¿Cuándo llamó?

—Durante el día, supongo. Suerte que no fue cuando esos cabrones pandilleros me estaban poniendo la mano encima, si no habría perdido el mensaje.

—Perry, mire... yo no les dije a esos tipos que lo hicieran. Lo único que tenían que hacer era devolver el coche y darle las llaves. Nada más. Ya me disculpé.

—Si quiere saber mi opinión, creo que Gilbert estaba cabreado. Yo lo llamaría. Y como tiene un trabajo, podría pensar en comprarse un contestador. Mi memoria ya no es lo que era.

Holman empezó a decir algo, luego se lo pensó mejor y rodeó el lateral del motel hasta su coche. Tampoco es que quisiera empezar el día con Gilbert, pero no había ido al trabajo en una semana y no quería perder el empleo. Holman se subió a su Highlander para hacer la llamada y se sintió agradecido de poder encontrar el número de Gilbert en la memoria sin recurrir al manual de instrucciones. Lo sintió como un paso adelante en la vida real.

En cuanto Gilbert se puso al aparato, Holman supo que se le estaba acabando la paciencia.

—Voy a volver. Es que tenía un montón de cosas que hacer.

—Max, estoy tratando de ser comprensivo, con lo de tu hijo y todo, pero ¿qué diablos estás haciendo? La policía estuvo aquí.

Holman estaba tan sorprendido que no respondió.

—¿Max?

—Estoy aquí. ¿Qué quería la policía?

—Acabas de salir, tío. ¿Vas a tirar diez años por la alcantarilla?

—No voy a tirar nada por la alcantarilla. ¿Por qué estuvo ahí la policía?

—Querían saber si habías estado viniendo a trabajar y con qué clase de gente te relacionabas, cosas así. Preguntaron si habías estado consumiendo.

—No he estado consumiendo, ¿de qué está hablando?

—Bueno, preguntaron, y preguntaron si sabía cómo te mantenías sin trabajar. ¿Qué tengo que pensar? Eh, escucha, amigo, estoy tratando de llevar un negocio y tú desapareciste. Les dije que te di un poco de tiempo libre por tu hijo, pero ya ha pasado una semana.

—¿Quién estaba preguntando por mí?

—Unos detectives.

—¿Los mandó Gail?

—No eran del Departamento de Prisiones. Eran polis. Ahora escucha, ¿vas a volver a trabajar o no?

—Sólo necesito unos pocos días más.

—Ah, demonios. —Gilbert colgó.

Holman cerró su teléfono, sintiendo un dolor seco en el estómago. Se esperaba que Gilbert le mordiera por haber perdido tantos días de trabajo, pero la llamada de la policía era una sorpresa. Decidió que los polis estaban haciendo un seguimiento de su visita a María Juárez, pero también le inquietaba que alguien le hubiera relacionado con Chee. No quería que le cayera presión a Chee, sobre todo porque no estaba seguro de que Chee estuviera completamente limpio.

Holman sopesó llamar a Gail Manelli respecto a la policía, pero le preocupaba que se le escapara Liz, así que guardó el teléfono y se dirigió a Westwood. Al salir del aparcamiento, vio a Perry todavía en la acera, observándolo. Perry esperó hasta que Holman hubo pasado antes de levantarle el dedo corazón. Holman lo vio por el retrovisor.

Al acercarse a Westwood, Holman llamó a Liz para contarle que estaba llegando.

Cuando ella respondió, dijo:

—Eh, Liz, soy Max. Necesito pasar a verte unos minutos. ¿Puedo llevarte un café?

—Estoy saliendo.

—Es importante. Es sobre Richie.

Ella vaciló, y cuando habló de nuevo su voz era fría.

—¿Por qué estás haciendo esto?

—¿Haciendo qué? Necesitaba...

—No quiero verte más. Por favor, deja de molestarme.

Ella colgó.

Holman se quedó sentado en el tráfico con el teléfono sin línea. Volvió a llamar, pero esta vez se conectó el contestador.

—¿Liz? ¿Quizá debería haber llegado antes? No quería ser rudo. ¿Liz? ¿Puedes oírme?

Si estaba escuchando no lo cogió, así que Max colgó. Como estaba a sólo cinco manzanas de Veteran Avenue, continuó hasta el apartamento de Liz. No se tomó el tiempo de encontrar un lugar para aparcar, sino que dejó su coche en zona prohibida junto a una boca de incendios. Si le ponían una multa se limitaría a pagarle a Chee con su propio dinero.

El habitual aluvión matinal de estudiantes de camino a clase sirvió para que Holman no tuviera que esperar mucho antes de poder entrar en el edificio. Subió los escalones de dos en dos, pero frenó cuando llegó a su apartamento, recuperando el aliento antes de llamar.

—¿Liz? Por favor, dime qué pasa.

Llamó suavemente otra vez.

—¿Liz? Es importante. Por favor, es por Richie.

Holman esperó.

—¿Liz? ¿Puedo entrar, por favor?

Ella abrió finalmente la puerta. Tenía una expresión tensa, y ya estaba vestida para salir. Su mirada era crispada, gélida.

Holman no se movió. Permaneció con las manos en los costados, confundido por su hostilidad.

—¿He hecho algo? —dijo Holman.

—Hagas lo que hagas, no quiero saber nada.

Holman mantuvo la voz calmada.

—¿Qué crees que estoy haciendo? No estoy haciendo nada, Liz. Sólo quiero saber qué le ocurrió a mi hijo.

—La policía estuvo aquí. Limpiaron el escritorio de Richard. Se llevaron todas sus cosas y me interrogaron sobre ti. Querían saber lo que estabas haciendo.

—¿Quién? ¿Levy?

—No, Levy no, el detective Random. Quería saber qué estabas preguntando y me dijo que debería tener cuidado contigo. Me advirtieron que no te dejara entrar.

Holman no estaba seguro de cómo responder. Dio un paso para separarse de ella y habló cuidadosamente.

—He estado dentro contigo, Liz. ¿Crees que te haría daño? Eras la mujer de mi hijo.

Los ojos de Liz se ablandaron y la joven negó con la cabeza.

—¿Por qué vinieron? —dijo.

—¿Había alguien con Random?

—No recuerdo su nombre. Pelirrojo.

Vukovich.

—¿Por qué vinieron? —preguntó ella.

—No lo sé. ¿Qué te dijeron?

—No me dijeron nada. Dijeron que te estaban investigando. Querían saber...

Se abrió la puerta del apartamento contiguo y salieron dos hombres. Eran jóvenes, ambos llevaban gafas y mochilas de libros. Holman y Liz se quedaron en silencio mientras pasaban.

—Supongo que puedes entrar —dijo Liz cuando los hombres se fueron—. Es una estupidez.

Holman entró y esperó hasta que ella cerró la puerta.

—¿Estás bien? —dijo Holman.

—Preguntaron si dijiste algo que indicara que estabas implicado en alguna actividad criminal. No sabía de qué demonios estaban hablando. ¿Qué ibas a decirme, eh, conoces algún buen banco para robar?

Holman pensó en describir su conversación con Tony Gilbert, pero descartó la idea.

—¿Dices que se llevaron cosas del escritorio? ¿Puedo verlo?

Liz lo llevó al despacho compartido, y Holman miró el escritorio de Richie. Los recortes de periódico todavía colgaban de un corcho, pero Holman se dio cuenta de que faltaban elementos en el escritorio de Richie. Holman lo había revisado todo él mismo y recordaba cómo lo había dejado. Los informes y documentos del Departamento de Policía habían desaparecido.

—No sé qué se llevaron —dijo ella.

—Algunos informes, parece. ¿Dijeron por qué?

—Sólo dijeron que era importante. Querían saber si habías estado aquí. Les dije la verdad.

Holman deseó que no lo hubiera hecho, pero asintió con la cabeza.

—Está bien. No importa.

—¿Por qué revisaron sus cosas?

Holman quería cambiar de tema. Los informes ya no estaban, y lamentó no haberlos leído cuando tuvo la ocasión.

—¿Richie salió con Fowler el jueves antes de que lo mataran? —dijo—. Habría sido por la noche, tarde.

Su nuera arrugó el entrecejo, como si tratara de recordar.

—No estoy segura... ¿El jueves? Creo que Richie trabajó esa noche.

—¿Volvió a casa sucio? Fowler salió esa noche y volvió a casa con las botas manchadas de barro y hierbas. Sería tarde.

Liz pensó más, luego negó lentamente con la cabeza.

—No, yo... espera, sí, el viernes por la mañana cogí el coche. Había hierba y barro en el suelo del conductor. Richie tuvo turno de noche el jueves. Dijo que había perseguido a alguien. —La mirada de Liz recuperó la expresión de dureza—. ¿Qué estaban haciendo?

—No lo sé. ¿No te lo dijo Richie?

—Estaba de servicio.

—¿Richie mencionó alguna vez que Marchenko y Parsons estuvieran conectados con bandas latinas?

—No lo creo. No lo recuerdo.

—¿Con los Frogtown? Juárez era miembro de la banda Frogtown.

—¿Qué tenía que ver Juárez con Marchenko y Parsons?

—No lo sé, pero estoy tratando de averiguarlo.

—Espera un momento. Pensaba que Juárez los mató por Mike, porque Mike mató a su hermano.

—Eso es lo que está diciendo la policía.

Liz cruzó los brazos, y Holman pensó que parecía preocupada.

—¿No lo crees? —dijo ella.

—He de preguntarte algo más. En todo este tiempo, cuando te estaba hablando de Marchenko y Parsons, ¿te dijo alguna vez qué estaba haciendo exactamente?

—Sólo... que estaba trabajando en el caso.

—¿Qué caso? Estaban muertos.

La mirada de Liz reflejó una expresión de pérdida y desesperanza, y Holman se dio cuenta de que la chica no lo recordaba. Finalmente Liz negó con la cabeza, apretándose los brazos aún más.

—Una investigación. No lo sé.

—Tratando de encontrar a un cómplice, ¿quizá?

—No lo sé.

—¿Mencionó dinero desaparecido?

—¿Qué dinero?

Holman la estudió, y en parte quería explicarse, pensando que quizás así se dispararía algún recuerdo en ella que pudiera ayudarle, pero sabía que había terminado. No quería transmitirle a ella esa parte del caso. No quería dejarla pensando en el dinero y preguntándose si su marido estaba trabajando como poli en una investigación o estaba tratando de encontrar el dinero desaparecido para él.

—No es nada. Escucha. No sé de qué estaba hablando Random, todo ese rollo de investigarme. No he hecho nada ilegal y no voy a hacer nada ilegal, ¿entiendes? No os haría eso a Richie y a ti. No podría.

Ella lo miró un momento, y luego asintió.

—Lo sé. Sé lo que estás haciendo.

—Entonces sabes mucho más que yo.

Liz se puso de puntillas y le besó en la mejilla.

—Estás tratando de cuidar de tu pequeño.

La mujer de Richie le dio un largo y fuerte abrazo. Holman se alegró por eso, pero se maldijo por haber llegado demasiado tarde.

23

Holman estaba furioso cuando cruzó la calle, dirigiéndose otra vez a su coche. Estaba cabreado por que Random hubiera interrogado a Liz acerca de él y hubiera insinuado que estaba implicado en algún tipo de actividad delictiva. Holman supuso ahora que Random era el poli que lo había metido en problemas con Tony Gilbert, pero estaba todavía más furioso de que Random hubiera advertido a Liz que no se fiara de él. Random había puesto en peligro la única conexión que le quedaba con Richie, y Holman no sabía por qué. No creía que Random lo estuviera acosando, lo que significaba que Random sospechaba algo de él. Quería conducir hasta el Parker Center y enfrentarse al hijo de puta, pero cuando llegó al Highlander sabía que no sería sensato. Necesitaba tener una mejor idea de lo que Random estaba pensando antes de acusarlo.

Después del inicio asqueroso de su mañana, Holman esperaba encontrar una multa aguardándole en el limpiaparabrisas del Highlander, pero el parabrisas estaba limpio. Confió en no haber gastado su buena suerte del día salvándose de una asquerosa multa de tráfico.

Holman se metió en el coche, arrancó el motor y pasó unos minutos pensando acerca del resto de su día. Tenía mucho que hacer, y no podía permitir que un capullo como Random lo hiciera descarrilar. Quería llamar a Pollard, pero todavía era temprano y no sabía a qué hora se despertaba ella.

Había comentado algo de que tenía niños, así que las mañanas probablemente serían duras, haciendo que los niños se levantaran y desayunaran, que se vistieran y se prepararan para el día. Todas las cosas que Holman se había perdido con Richie. Era un hilo inevitable de lamentos que dejaba a Holman cagado de miedo cuando cometía el error de seguirlo. Decidió llamar a Chee para hablar de Perry. Chee probablemente pensaba que le estaba haciendo un favor, pero Holman no necesitaba esa clase de favores. Ahora tendría que tratar con el rencor de Perry además de todo lo demás.

Holman encontró el número de Chee en la memoria, y estaba escuchando la línea de Chee sonando cuando un coche gris se deslizó rápidamente a su lado, bloqueándolo contra el bordillo. Holman vio que las puertas se abrían cuando Chee respondía...

—¿Hola?

—Espera...

—¿Colega?

Random y su chófer bajaron del coche gris al mismo tiempo que Holman captó un destello de movimiento del bordillo. Vukovich y otro hombre estaban bajando de la acera, uno desde delante y otro desde atrás. Sostenían pistolas a los costados. La débil voz de Chee graznó desde el teléfono...

—Holman, ¿eres tú?

—No cuelgues. Los polis están llegando...

Holman dejó que el teléfono se deslizara en el asiento y puso ambas manos en el volante, inmóvil y plenamente a la vista. La voz de Chee sonó como un chillido electrónico.

—¿Colega?

Random abrió la puerta y se apartó. Su chófer era más bajo que Holman, pero ancho como un armario. Arrancó a Holman de detrás del volante y lo empujó de cara contra el Highlander.

—No te muevas.

Holman no se resistió. El tipo bajo le cacheó mientras que Random metía la cabeza en el coche. Random apagó el motor y se apartó del coche con el teléfono de Holman en la mano. Se lo llevó a la oreja, escuchó, luego cerró el teléfono y lo arrojó otra vez al coche.

—Bonito móvil —dijo Random.

—¿Qué está haciendo? ¿Por qué hacen esto?

—Bonito coche, también. ¿De dónde ha sacado un coche así? ¿Lo ha robado?

—Lo alquilé.

El tipo bajo empujó a Holman con más fuerza contra el coche.

—No levantes la cara.

—Está caliente.

—Lástima, te jodes.

—Vuke —dijo Random—, comprueba el coche. No se puede alquilar un coche sin carnet de conducir ni tarjeta de crédito. Creo que lo ha robado.

—Tengo carnet de conducir, maldita sea —dijo Holman—. Lo saqué ayer. Los papeles del alquiler están en la guantera.

Vukovich abrió la puerta del pasajero para mirar en la guantera mientras el hombre bajo sacaba la cartera de Holman.

—Lo del coche no cuela —dijo Holman—. ¿Por qué están haciendo esto?

Random dio la vuelta a Holman para que estuvieran cara a cara mientras el tipo bajo se llevaba la cartera a su vehículo para verificar los datos en el ordenador. Tres estudiantes se detuvieron en la acera, pero a Random no pareció importarle. Sus ojos eran nudos oscuros concentrados en Holman.

—¿No cree que Jacki Fowler ya ha sufrido suficiente?

—¿De qué está hablando? He ido a verla, ¿y qué?

—Es una viuda con cuatro hijos y un marido muerto, pero usted ha de invadir su intimidad. ¿Por qué quería inquietar así a una mujer, Holman? ¿Qué espera ganar?

—Estoy tratando de averiguar lo que le ocurrió a mi hijo.

—Le dije lo que ocurrió cuando le dije que me dejara hacer mi trabajo.

—No creo que esté haciendo su trabajo. No sé qué coño está haciendo. ¿Por qué fue a ver a mi jefe? ¿Qué coño era eso de preguntarle si me estaba drogando?

—Usted era drogadicto.

—Era. Era.

—Los drogadictos siempre quieren más, y creo que por eso está detrás de las familias. Está buscando sacar pasta. Incluso de su nuera.

Holman pugnó por mantener el autocontrol.

—Es la mujer de mi hijo, cabronazo. Ahora soy yo el que le dice que se mantenga lejos de ella. Déjela en paz.

Random se acercó más y Holman se dio cuenta de que lo estaba provocando. Random quería que actuara. Quería detenerlo.

—No tiene derecho a decirme nada. No era nada para su hijo, o sea que no se dé aires. Ni siquiera conocía a la chica hasta la semana pasada, así que no finja que ella es su familia.

Holman sintió un latido profundo en las sienes. Su visión se nubló por los bordes cuando la tensión subió. Random flotaba delante de él como un objetivo, pero se obligó a contenerse. ¿Por qué quería detenerlo Random? ¿Por qué quería Random apartarlo del camino?

—¿Qué había en esos informes que se llevó? —dijo Holman.

La mandíbula de Random se movió, pero no respondió, y Holman supo que los informes eran importantes.

—Mi nuera afirma que se llevó de la casa algo que pertenecía a mi hijo. ¿Tenía una orden, Random? ¿Enumeraba lo que entró a buscar allí o simplemente se llevó lo que quiso? Suena a robo, si no tenía orden.

Random todavía lo estaba mirando cuando Vukovich salió del coche con los papeles de alquiler. Se los mostró a Random.

—Tiene un contrato de alquiler a su nombre. Parece legal.

—Es legal, detective —dijo Holman—, igual que su orden de registro. Llámelos a ver.

Random examinó los papeles.

—Quality Motors de Los Ángeles. ¿Alguna vez has oído hablar de Quality Motors?

Vukovich se encogió de hombros al tiempo que Random decía por encima del hombro.

—¿Teddy? ¿Tienes la matrícula?

El tipo bajito era Teddy. Teddy volvió y le entregó a Random la licencia de conducir y la cartera de Holman.

—Vehículo registrado a Quality Motors, sin requerimientos, órdenes ni citaciones. El carnet de conducir también parece bueno.

Random miró al carnet de conducir y luego a Holman.

—¿De dónde lo ha sacado?

—Del Departamento de Tráfico. ¿De dónde sacó usted su orden?

Random guardó el carnet de conducir en la cartera de Holman, pero se quedó con ésta y con los papeles de alquiler. Random había retrocedido, y ahora Holman supo que los informes eran importantes. El detective no estaba presionando, porque no quería que Holman montara un número por los informes.

—Quiero asegurarme de que entiende la situación, Holman —dijo Random—. Se lo pediré una vez más. Es la segunda vez que se lo digo. No voy a dejar que haga las cosas más difíciles a estas familias. Manténgase alejado de ellas.

—Yo soy una de esas familias.

Algo parecido a una sonrisa apareció en los labios de Random. Se acercó y susurró.

—¿Qué familia? ¿Frogtown?

—Juárez era Frogtown. No sé de qué está hablando.

—¿Prefiere a los White Fence?

Holman se mantuvo inexpresivo.

—¿Cómo está su amigo Gary *L'Chee* Moreno?

—No lo he visto en años. Quizá vaya a verlo.

Random arrojó la cartera y los papeles de alquiler de Holman en el Highlander.

—Me está jodiendo, Holman, y no puedo tolerarlo ni admitirlo. No lo permitiré por los cuatro hombres que murieron. Y no lo permitiré por sus familias, en las cuales, como todos sabemos, no se incluye.

—¿Puedo irme ahora?

—Asegura que quiere respuestas, pero está complicando que consiga esas respuestas, y me lo tomo personalmente.

—Pensaba que conocía las respuestas.

—La mayoría de las respuestas, Holman. La mayoría. Pero ahora por su culpa una puerta importante acaba de cerrarse en mis narices, y no sé cuándo podré abrirla otra vez.

—¿De qué está hablando?

—María Juárez ha desaparecido. Se ha largado. Podría habernos dicho cómo lo hizo Warren, pero ahora se ha ido y es culpa suya. Así que si siente ganas de debilitarme con su nuera otra vez, si tiene la urgencia de hacer que esas familias duden de lo que estamos haciendo y mantengan el dolor fresco, explíqueles por qué retrasó el caso siendo un capullo. ¿Está claro?

Holman no respondió.

—No ponga a prueba mi paciencia. Esto no es un puto juego.

Random volvió a su coche. Vukovich y el otro tipo desaparecieron. El coche gris arrancó. Los tres chicos de la acera se habían ido. Holman volvió a subir al Highlander y cogió su teléfono. Escuchó, pero ya no había línea. Salió otra vez, rodeó el lado del pasajero y palpó bajo el asiento. Comprobó las tablas del suelo y la guantera y el bolsillo de panel de la puerta, luego examinó las puertas de atrás y los asientos traseros, preocupado de que le hubieran plantado algo en el coche.

Holman no creía en la falsa preocupación de Random por las familias ni siquiera que Random creyera que él intentaba sacar partido. A Holman le habían confrontado cientos de polis y sentía que había algo más profundo en juego. Random quería apartarlo del camino, pero Holman no sabía por qué.

24

Pollard iba de camino al centro para verificar la escena del crimen. Había elegido la autovía de Hollywood y se había metido en el vientre de la ciudad cuando llamó April Sanders.

—Eh —dijo Sanders—. ¿Has recibido bien el fax?

—Iba a llamar para darte las gracias, niña. Eres genial.

—Espero que no cambies de opinión cuando te cuente el resto. El Departamento de Policía de Los Ángeles me ha dado con la puerta en las narices. No puedo conseguir el expediente.

—¡Estás de broma! Han de tener algo en marcha.

Pollard estaba sorprendida. La brigada de Bancos del FBI y el equipo de Robos a Bancos de la policía de Los Ángeles colaboraban en tantos casos que compartían la información libremente.

—No sé por qué no nos pasan la información. Le pregunté al memo... ¿recuerdas a George Hines?

—No.

—Probablemente llegó después de que tú te fueras. Bueno, el caso es que le dije: «¿Qué te pasa, pensaba que éramos colegas, qué ha pasado con la cooperación entre agencias?»

—¿Qué dijo?

—Dijo que ya no tenían el caso.

—¿Cómo no van a tener el caso? Son el equipo de Robos a Bancos.

—Lo que oyes. Después de que cerraran el caso alguien de arriba se lo llevó todo. Yo dije, ¿quién de arriba, el jefe, Dios? Me dijo que ya no era su caso y que era lo único que podía decirme.

—¿Cómo puede no ser un caso de Robos? Fueron trece robos.

—Si esos tipos supieran lo que hacen serían nosotros, no ellos. No sé qué decirte.

Pollard continuó conduciendo durante unos segundos, pensando.

—Pero ¿dijo que el caso estaba cerrado?

—Ésas fueron sus palabras. Mierda, he de colgar. Leeds...

La línea quedó muda en la oreja de Pollard. Si el Departamento de Policía había cerrado el caso de Marchenko y Parsons, eso incrementaba las posibilidades de que Richard Holman hubiera estado implicado con Fowler y los demás en una actuación extraoficial. Era una mala noticia para Holman, pero Pollard ya tenía malas noticias que compartir: la lista de testigos de April enumeraba a las treinta y dos personas que habían sido interrogadas por el FBI en el asunto de Marchenko y Parsons. La madre de Marchenko, Leyla, estaba entre ellas. Pollard había comprobado los treinta y dos números de teléfono con los números salientes que aparecían en las facturas tanto de Richard Holman como de Mike Fowler y había dado resultado. Fowler había telefoneado dos veces a la madre de Marchenko. Era altamente improbable que un sargento de uniforme tuviera una razón legítima para contactar con una testigo, así que Pollard estaba convencida de que Fowler estaba llevando a cabo algún tipo de investigación ilegal. Las llamadas de Fowler a la madre de Marchenko indicaban, casi con certeza, que el hijo de Holman estaba involucrado en algo inapropiado o ilegal. Pollard no tenía ganas de contárselo a Holman. Sentía que su necesidad de creer en su hijo era conmovedora.

Salió de la autovía de Hollywood en Alameda y circuló hacia el sur, en paralelo al río. Cuando alcanzó la calle Cuarta, cruzó por el puente al margen este del río. El lado este estaba lleno de almacenes y vías muertas y congestionado con camiones de dieciocho ruedas. Pollard había estado en el río sólo dos veces antes, en una operación cuyo objetivo era impedir la importación de droga iraní y la otra como parte de un operativo que seguía a un pedófilo que traía niños desde México y Tailandia. En el caso de narcotráfico, Pollard había llegado a la escena después de que el cadáver ya hubiera sido encontrado, pero no había tenido tanta suerte en el caso del pedófilo. Había descubierto tres pequeños cadáveres en un contenedor, un niño y dos niñas, y no había dormido después de eso durante dos semanas. No se le escapaba a Pollard que ahí estaba otra vez, arrastrada al río por la muerte. El río Los Ángeles la dejó sintiéndose asustada e intranquila. Quizá más ahora porque sabía que podría vulnerar la ley.

Pollard era una agente del orden; aunque había dejado el FBI ocho años antes, todavía se sentía parte de la comunidad policial. Se había casado con un agente del FBI, la mayoría de sus amigos eran polis y, como casi todos los polis a los que conocía, no quería meterse en problemas con otros polis. El río Los Ángeles era una zona restringida. Saltar la valla para comprobar la escena del crimen sería una falta, pero Pollard sabía que tenía que comprobar si la descripción de Holman se sostenía. Tenía que verlo por sí misma.

Pollard condujo por Mission Road, siguiendo la valla y pasando por delante de camiones y trabajadores hasta que encontró la puerta de servicio. Aparcó junto a la valla, cerró el coche y se acercó a la verja. Soplaba una brisa seca del este que olía a queroseno. Pollard llevaba tejanos, unas Nike y un par de guantes de trabajo por si acaso tenía que escalar. La verja estaba cerrada y había sido asegurada con una cadena secundaria, lo cual ya se lo esperaba. También esperaba que se hubieran incrementado las patrullas de seguridad, pero hasta el momento no había visto ninguna. Había confiado en que la escena se vería suficientemente bien desde arriba, pero en cuanto llegó a la verja supo que tendría que escalar.

El lecho del río era una amplia explanada de cemento separada por un hilo de agua y bordeada por taludes pavimentados y coronados por vallas y alambre de espino. Veía el puente de la calle Cuarta desde la verja, pero no lo bastante bien para representarse mentalmente la escena del crimen. Los coches cruzaban el puente en ambas direcciones y los peatones caminaban por las aceras.

El brillante sol de la mañana proyectaba una sombra estrecha debajo del puente, atravesando el río. Pollard pensó que todo en la escena era feo e industrial; el desagradable canal de hormigón con su falta de vida: el hilo de agua fangosa que parecía una alcantarilla; las malas hierbas que brotaban sin esperanza de las rendijas en el hormigón.

Parecía un mal lugar para morir, y un lugar todavía peor para que una ex agente del FBI fuera detenida por entrar sin autorización.

Pollard estaba sacándose los guantes cuando una furgoneta blanca salió de uno de los muelles de carga e hizo sonar el claxon. Pollard pensó que era una patrulla de seguridad, pero cuando la furgoneta se acercó, vio que pertenecía a una de las compañías de transporte. El conductor frenó con fuerza junto a la puerta. Era un hombre de mediana edad con el pelo gris y cuello carnoso.

—Sólo para que lo sepa, no se puede estar aquí.

—Lo sé. Soy del FBI.

—Sólo se lo cuento. Tuvimos unos asesinatos ahí abajo.

—Por eso estoy aquí. Gracias.

—Tienen patrullas de seguridad.

—Gracias.

Pollard deseó que se ocupara de una vez de sus asuntos y la dejara en paz, pero el tipo no se movió.

—¿Tiene alguna identificación?

Pollard se quitó los guantes y caminó hacia la furgoneta, mirándolo por el camino de la misma forma en que había mirado a los delincuentes a los que estaba a punto de esposar.

—¿Tiene usted alguna autoridad para preguntar?

—Bueno, trabajo allí, y nos pidieron que estuviéramos vigilantes. No quiero decir nada con eso.

Pollard sacó la billetera, pero no la abrió. Había entregado la placa y las credenciales del FBI al dejar la agencia federal, pero su billetera era un regalo de Marty. La había comprado en la tienda de regalos del FBI en Quantico porque llevaba el sello del FBI. Pollard mantuvo su mirada dura en el transportista al tiempo que tocaba su cartera, sin hacer ningún movimiento para abrirla, pero dejándole ver el sello rojo, blanco y azul.

—Tenemos información de que alguien estaba llevando a turistas de gira por la escena del crimen. Turistas, por el amor de Dios. ¿Sabe algo de eso?

—Nunca he oído nada de eso.

Pollard lo estudió como si sospechara de él por semejante crimen.

—Oímos que era alguien con una furgoneta blanca.

Al hombre le tembló el cuello carnoso cuando negó con la cabeza.

—Bueno, tenemos un millón de furgonetas blancas por aquí. No sé nada de eso.

Pollard lo estudió como si estuviera tomando una decisión de vida o muerte antes de guardarse la cartera en los tejanos.

—Si quiere mantenerse alerta, vigile la furgoneta blanca.

—Sí, señora.

—Una cosa más. ¿Está aquí por la noche o sólo durante el día?

—De día.

—Vale, pues olvídelo. Está haciendo un buen trabajo vigilando esto. Ahora apártese y déjeme hacer el mío.

Pollard esperó a que el hombre se alejara antes de volver a la verja. La escaló sin mucha dificultad, y recorrió el sendero de servicio. Entrar en el lecho del río era como bajar a una trinchera. Muros de hormigón se elevaban en torno a ella, cortando la vista de la ciudad, y pronto lo único que atisbaba eran las partes superiores de unos pocos rascacielos del centro.

El canal plano se extendía en ambas direcciones y el aire permanecía calmado. La brisa de queroseno no se notaba allí abajo. Pollard alcanzaba a ver los puentes de la calle Sexta y la calle Séptima al sur y el puente de la calle Primera detrás del de la calle Cuarta al norte. Los muros del canal en esta parte del río eran verticales de seis metros rematadas por la valla. A Pollard le recordó una prisión de máxima seguridad, y de hecho el propósito era el mismo. Los muros estaban pensados para contener el río en la estación pluvial. Con las lluvias, el ridículo hilo de agua rápidamente desbordaba su cauce y escalaba las altas paredes como una bestia rabiosa, que lo devoraba todo a su paso. Pollard sabía que una vez que se alejara de la seguridad de la rampa de servicio, las paredes también se convertirían en su prisión. Si surgía un torrente de agua del canal, no tendría escapatoria. Si un coche de policía se detenía junto a la valla, no tendría lugar donde ocultarse.

Pollard se acercó al puente y pasó del sol a la sombra. Hacía más fresco. Pollard había llevado el dibujo del *Times* de la escena del crimen y el esbozo de Holman, pero no los necesitaba para saber dónde habían yacido los cadáveres. En el hormigón, debajo del puente, se distinguían cuatro siluetas irregulares donde el suelo era más brillante y limpio que el pavimento circundante. Siempre ocurría así. Una vez que se retiraban los cadáveres y la policía terminaba con su trabajo en la escena del crimen, un equipo especializado en materiales de riesgo desinfectaba la zona. Pollard los había visto trabajando en una ocasión. Secaban la sangre mediante gránulos absorbentes que luego aspiraban a contenedores especiales para retirar tejido humano. Las zonas contaminadas se pulverizaban con desinfectante y luego se limpiaban con vapor a alta presión. Más de una semana después, el suelo donde habían muerto los agentes refulgía con un brillo espectral. Pollard, que se preguntó si Holman lo habría reconocido, rodeó cuidadosamente los sitios limpios para no pisarlos.

Pollard se quedó entre las siluetas de los cadáveres y pensó en la rampa de servicio. Se hallaba a unos ochenta metros de distancia y se inclinaba directamente hacia ella. Gozaba de una vista ininterrumpida de la rampa, pero sabía que eso era a la luz diurna y sin coches aparcados en la zona. Las perspectivas con frecuencia cambiaban en la oscuridad.

No quedaban marcas que permitieran localizar las posiciones de los coches, así que Pollard abrió el plano publicado en el *Times*. Los tres coches estaban dibujados bajo el puente, formando un triángulo entre las pilastras de la orilla este y el río, con el coche en la cúspide situado en el lado norte del puente. El vehículo que formaba el vértice izquierdo de la base del triángulo se encontraba completamente debajo del puente, y el último coche, situado en ángulo, con la parte de atrás un poquito hacia el este para formar el vértice derecho de la base. En el dibujo los cuerpos de las víctimas, cuyos nombres se identificaban, estaban situados en relación con los coches y las pilastras.

Mellon y Ash se hallaban juntos en la parte de atrás del coche patrulla de Ash, que era el vehículo en el vértice del triángulo. En el maletero se había encontrado un *pack* de seis de Tecate junto con cuatro de las botellas que faltaban. El coche de Fowler era el vértice izquierdo de la base del triángulo; completamente bajo el puente y el más cercano al río. Su cadáver se mostraba cerca del guardabarros derecho. El vehículo de Richard Holman formaba la parte derecha de la base del triángulo, y su cuerpo se encontraba a medio camino entre su coche y Fowler. Pollard concluyó que Mellon y Ash habían llegado antes, y por eso habían aparcado en el lado norte del puente, dejando espacio para los demás. Probablemente Fowler había sido el segundo en llegar y Holman el último.

Pollard dobló el plano y lo apartó. Estudió los cuatro lugares rociados con vapor sobre el hormigón. Ya no eran dibujos en una hoja, sino los restos evanescentes de cuatro vidas: Mellon y Ash juntos y Richard Holman el más cercano a la columna. Pollard estaba de pie junto al lugar en el que había caído Fowler. Se apartó y trató de formarse una imagen de sus coches y de cómo estaban en el momento en que les dispararon. Si los cuatro hombres estaban hablando, tanto Fowler como Holman se habrían hallado de espaldas a la rampa. Fowler probablemente estaba apoyado en el guardabarros delantero. Holman podría haber estado apoyado en su coche, pero Pollard no tenía forma de saberlo. De uno u otro modo, se hallaban de espaldas a la rampa y no habrían visto que alguien se acercaba. El asesino había llegado desde atrás.

Pollard se colocó en la posición de Mellon y Ash. Se posicionó donde había estado aparcado su coche. Habían estado mirando al sur, hacia Fowler. Pollard se imaginó apoyada contra el coche, tomando una cerveza. Mellon y Ash tenían una visión clara de la rampa.

Pollard se alejó para rodear las columnas. Quería ver si había otra forma de bajar más al norte, pero las paredes eran verticales hasta más allá del puente de la calle Cuarta. Todavía estaba mirando al norte cuando oyó que la puerta tintineaba con un ruido como de arrastrar cadenas. Volvió a situarse debajo del puente y vio a Holman bajando por la rampa.

Pollard estaba sorprendida. No le había dicho que iba a ir al puente y no esperaba verlo aparecer. Se estaba preguntando qué estaba haciendo cuando se dio cuenta de que había oído la verja. Entonces oyó el ruido que hacían sus zapatos en la superficie arenosa de hormigón. Estaba a una distancia de medio campo de fútbol, pero oía sus pisadas, y entonces supo por qué. Los altos muros atrapaban el sonido igual que atrapaban el agua y la canalizaban como el río.

Pollard observó que se aproximaba, pero esperó hasta que llegó para darle su experta opinión.

—Tenías razón, Holman. Lo habrían oído llegar como te he oído yo a ti. Conocían a la persona que los mató.

Holman miró a la rampa.

—Una vez que estás aquí abajo, no hay otra forma de verlo. Y de noche ha de estar aún más silencioso.

Pollard cruzó los brazos y se sintió mareada. Ése era el problema: no había otra forma de verlo, pero la policía aseguraba que lo había visto de otra forma.

25

Pollard todavía estaba tratando de decidir lo que eso significaba cuando Holman la interrumpió. Parecía nervioso.

—Escucha, no deberíamos entretenernos aquí abajo. Esos tipos de los muelles de carga podrían llamar a la policía.

—¿Cómo sabías que estaría aquí?

—No lo sabía. Estaba arriba, en el puente, cuando bajaste por la rampa. Te vi saltar la valla.

—¿Casualmente estabas ahí?

—He venido una docena de veces desde que ocurrió. Vamos a subir. Iba a llamarte...

Pollard no quería volver a la verja; quería entender por qué la policía había pasado por alto un error tan obvio en su caso, y estaba pensando en algo que había dicho Holman.

—Espera un momento, Holman. ¿Has estado aquí de noche?

Holman se detuvo al borde de la sombra del puente, partido en dos por la luz.

—Sí. Dos o tres veces.

—¿Cómo es la luz a esa hora de la noche?

—Había una luna creciente con nubes dispersas la noche en que los mataron. Comprobé el parte meteorológico. Se podía leer el periódico ahí abajo. —Se volvió otra vez hacia la verja—. Será mejor que nos vayamos. Podrían detenerte por estar aquí.

—A ti también.

—A mí me han detenido antes. No te gustará.

—Holman, si quieres esperar en la verja, adelante. Estoy tratando de entender lo que ocurrió aquí.

Holman no se fue, pero era obvio que no le hacía gracia quedarse. Pollard rodeó la escena del crimen, tratando de imaginar a los coches y los agentes la noche en que los mataron. Cambió sus posiciones como maniquíes en un escaparate, volviéndose en cada ocasión para mirar a la rampa. Reordenó los coches en el ojo de su mente, pensando que quizá se le había pasado por alto una explicación lógica.

—¿Qué estás tratando de averiguar? —dijo Holman.

—Estoy tratando de ver si hay alguna forma de que no lo hubieran visto.

—Lo vieron. Acabas de decirme que lo vieron.

Pollard fue al borde del canal y miró al agua. El canal era una hoya rectangular de poco más de medio metro de profundidad y con un asqueroso chorro en el fondo. El asesino podía haberse escondido ahí o quizá detrás de una de las pilastras, pero sólo si sabía dónde y cuándo esperar a los cuatro agentes, y las dos posibilidades eran absurdas. Pollard sabía que era inverosímil. La regla principal de una investigación es que la explicación más simple es la más probable. Que el asesino se hubiera escondido esperando a su presa no era más probable a que hubiera saltado desde el puente como un ninja.

—¿Me has oído? —dijo Holman.

—Estoy pensando.

—Has de escucharme. He ido a ver a Liz esta mañana para coger los expedientes, pero la policía había llegado antes. Limpiaron el despacho de Richie. Se llevaron los expedientes.

Pollard se volvió desde el canal, sorprendida.

—¿Cómo sabían que ella tenía los expedientes?

—No sé si fueron a por los expedientes, pero sabían que ella me había estado ayudando. Han dado a entender que tenían que registrar sus cosas porque yo había estado allí, como si quisieran ver qué pretendía. Quizá fue entonces cuando vieron los expedientes.

—¿Quién?

—Ese detective del que te hablé, Random.

—¿Random es el detective de Homicidios que dirige el operativo?

—Exacto. Cuando me iba, me salieron Random y otros tres tipos. Me dijeron que María Juárez se había largado y me culparon por eso, pero no creo que fuera ése el motivo. Sabían que fuimos a ver a la mujer de Mike Fowler y no les gustó. No te mencionaron, pero sabían que yo fui.

A Pollard le importaba una mierda que supieran de ella o no, pero se preguntaba por qué un detective de Homicidios se había llevado expedientes de Robos sobre Marchenko y Parsons. Los mismos expedientes que April le había dicho que no estaban disponibles en Robos Especiales porque los habían subido.

Pollard supuso que conocía la respuesta, pero formuló la pregunta de todos modos.

—¿Has tenido ocasión de hablar con los familiares de Ash y Mellon?

—Llamé después de salir de casa de Liz, pero no querían hablar conmigo. Random ya los había visitado. Me dijo que no molestara más a Liz, la mujer de Richie, y me dijo que me mantuviera alejado de ella.

Pollard rodeó otra vez la escena del crimen, sacudiendo la cabeza, con cuidado de no pisar en los sitios limpios donde habían caído los agentes. Estaba contenta de que Holman no le hubiera preguntado por eso.

—Quiero ver qué hay en esos informes —dijo.

—Se los llevaron.

—Por eso quiero saber qué hay en ellos. ¿Qué dijo tu nuera del jueves por la noche?

Pollard describió el círculo hasta el punto de partida y se dio cuenta de que Holman no había respondido.

—¿Te has acordado de preguntarle por el jueves?

—Dijo que el suelo del coche de Richie estaba sucio de barro y hierbas.

—Así que Richard salió con Fowler.

—Supongo. ¿Crees que estuvieron aquí abajo?

Pollard ya había pensado en el río y había descartado esa posibilidad.

—No hay hierbas y muy poco barro, Holman. Aunque saltaran al agua y caminaran por ahí, no habrían enganchado tanto barro y hojas como vimos en las botas de Fowler.

Pollard miró otra vez a la rampa y luego a Holman. Donde estaba de pie quedaba perfectamente partido por la sombra del puente, la mitad a la luz y la otra mitad en penumbra.

—Holman, tú y yo no somos Sherlock Holmes. Estamos aquí en la zona de los disparos y es obvio que el asesino no pudo acercarse sin que lo vieran. No se estaba escondiendo aquí abajo y no estaba esperando, bajó por esa rampa, se acercó aquí y les disparó. Es trabajo de detective elemental. Fowler, tu hijo, Mellon y Ash dejaron que se acercara.

—Lo sé.

—Ésa es la cuestión. Tú y yo no somos las únicas personas que lo hemos visto. Los polis que bajaron aquí también tuvieron que verlo. Sabrían que Juárez no les montó una emboscada a estos hombres, pero todas sus declaraciones en la prensa aseguran que es así como ocurrió. O sea que o bien no ven lo obvio o están mintiendo o hay algún factor mitigador que lo explica, pero no veo cuál podría ser.

Holman retrocedió y quedó completamente en la sombra.

—Entiendo.

Pollard no estaba segura de que entendiera. Si no existía un factor mitigador, entonces la policía había estado mintiendo sobre lo ocurrido ahí abajo. Pollard no quería permitirse creerlo hasta que hubiera visto los informes. Todavía tenía la esperanza de que algo en los informes lo hiciera encajar todo.

—Vale —dijo—, aquí es donde estamos. Repasé la lista de testigos del caso Marchenko y la cotejé con las llamadas que hicieron tu hijo y Fowler. La mala noticia es que Fowler llamó dos veces a la madre de Marchenko.

—Eso significa que estaban investigando los robos.

—Significa que estaban investigando los robos. No nos dice si lo estaban haciendo en condición oficial o por ellos mismos. Deberíamos hablar con esta mujer y descubrir qué quería Fowler.

Holman pareció pensar en ello y luego apartó la mirada.

—Quizá mañana. Hoy no puedo.

Pollard miró el reloj y sintió una punzada de irritación. Ahí estaba ella, humillándose con su madre para ayudar a Holman y él no podía.

—Mira —dijo—, yo no tengo todo el tiempo del mundo para esto, Holman. Me he organizado para ayudarte hoy, así que hoy es un buen día para hacer esto.

La boca de Holman se tensó y se puso colorado. Empezó a decir algo, luego miró a la rampa antes de volverse otra vez hacia ella. Pollard pensó que Holman parecía abochornado.

—Estás yendo hasta el final —dijo—. Lo aprecio...

—Entonces vamos a verla.

—He de ver a mi jefe. No he ido a trabajar en una semana y el tipo me ha llamado hoy. También ha sido muy bueno conmigo, pero Random ha ido a verlo. No puedo perder este trabajo, agente Pollard. Si pierdo el trabajo estoy jodido con mi puesta en libertad.

Pollard observó que Holman estaba avergonzado y se sintió fatal por haberle presionado. También se preguntó una vez más por qué Random la tenía tomada con un pobre desgraciado que acababa de perder a su hijo. Miró el reloj otra vez y se sintió una idiota por ser tan esclava del tiempo.

—Vale, podemos ir a ver a la madre de Marchenko mañana. Conozco a un hombre que podría ayudarnos a conseguir los informes. Supongo que puedo hacer eso hoy.

Holman miró a la rampa.

—Deberíamos irnos. No quiero que te metas en líos.

Ninguno habló cuando caminaron de regreso, pero las pisadas resonaban en el silencio. Con cada pisada, Pollard se convencía más de que la investigación del asesinato de los cuatro agentes no encajaba, y quería descubrir la verdad.

Pensó en el detective Random. Estaba bloqueando las fuentes de información de Holman, lo cual nunca era un movimiento inteligente por parte de un agente. Pollard había tratado con decenas de periodistas y familiares demasiado ansiosos durante sus propias investigaciones y cerrarles la puerta siempre era la peor elección: siempre cavaban más hondo. Pollard sintió que Random también lo sabría, pero quería proteger algo con tanta desesperación que iba a correr el riesgo.

Era un riesgo muy alto. Ella quería saber qué estaba protegiendo y seguiría cavando hasta descubrirlo.

26

Pollard dejó a Holman en el río, pero no fue muy lejos. Volvió a cruzar el puente y siguió por Alameda Street en dirección norte hasta Chinatown, donde el Pacific West Bank tenía su sede central en un alto edificio acristalado. Pollard creía que sólo tenía una posibilidad de ver los informes que Random había confiscado del apartamento de Richard Holman, y era a través del Pacific West Bank; si lo lograba.

Pollard, que ya no tenía el número de teléfono, llamó a Información y la conectaron con una recepcionista del Pacific West.

—¿Peter Williams sigue en la compañía? —dijo Pollard.

Habían pasado nueve años, pero esperaba que él la recordara.

—Sí, señora. ¿Le paso con su oficina?

—Sí, por favor.

Una segunda voz se puso en la línea.

—Oficina del señor Williams.

—¿Está disponible para Katherine Pollard? La agente especial Pollard del FBI.

—Espere, por favor, iré a ver.

La detención más espectacular que había hecho Pollard durante su periodo en la brigada de Bancos fue la de los XXL, una banda de cuatro ucranianos que fueron identificados después como Craig y Jamison Bepko, su primo Vartan Bepko y un asociado llamado Vlad Stepankutza. Leeds los llamó XXL por su tamaño; Vartan Bepko, el más ligero, pesaba ciento veinte kilos; Stepankutza fijaba la aguja en ciento veintisiete kilos; y los hermanos Craig y Jamison llegaban a ciento cuarenta y tres y ciento cuarenta y cuatro kilos respectivamente. Los XXL robaron en dieciséis sucursales del Pacific West durante un periodo de dos semanas y casi hicieron quebrar al banco.

Los cuatro XXL eran atracadores independientes que trabajaban en equipo. Entraban juntos en un banco, se ponían en la cola del cajero e intimidaban a otros clientes para que salieran de la fila. Se acercaban a los cajeros disponibles en masa, llenando el mostrador con un muro de carne, y hacían sus demandas. Los XXL no susurraban ni pasaban notas como la mayoría de los atracadores uno a uno; gritaban, maldecían y con frecuencia agarraban del brazo a los cajeros o los golpeaban sin que aparentemente les importara que todos supieran que se estaba atracando el banco. Cada hombre robaba el dinero de su cajero particular, y nunca intentaban robar la cámara acorazada. Una vez que tenían el dinero, salían en grupo, pegando y pateando por igual a clientes y empleados en su camino de salida. Los XXL robaron cuatro sucursales del Pacific West en su primer día de actividad. Tres días después, robaron en otras tres sucursales. Continuaron de este modo durante dos semanas, un reino de noticias de la noche de terror que se convirtió en una pesadilla de relaciones públicas para el Pacific West Bank, una pequeña cadena regional con sólo cuarenta y dos sucursales.

Leeds asignó el caso a Pollard después del primer conjunto de atracos. Al final del segundo conjunto de robos, Pollard tenía una buena pista sobre cómo podría identificar a los bandidos y resolver el caso. En primer lugar, sólo estaban atacando sucursales del Pacific West Bank, lo cual indicaba una relación con el Pacific West, y muy probablemente algún tipo de rencor: no solamente estaban robando dinero; estaban intentando dañar al Pacific West. En segundo lugar, los cajeros del Pacific West estaban preparados para colar paquetes de tinta explosivos camuflados entre el efectivo con el dinero normal. Los XXL reconocieron con éxito y descartaron esos paquetes de tinta antes de salir de las ventanillas de los cajeros. En tercer lugar, una vez que los XXL alcanzaban los cajeros y exigían el dinero, nunca se quedaban en un banco más de dos minutos. Pollard estaba convencida de que un empleado informado del Pacific West había enseñado a esos tipos acerca de los paquetes de tinta y la regla de los dos minutos. Por el factor de rencilla, Pollard empezó a buscar empleados disgustados con el banco. En la mañana del día en que los XXL cometieron los atracos quince y dieciséis, Pollard y April Sanders cuestionaron a una tal Kanka Dubrov, una mujer de mediana edad que había sido despedida recientemente como ayudante del director de una sucursal del Pacific West en Glendale. Pollard y Sanders no tuvieron que recurrir a la tortura ni al suero de la verdad; en el momento en que mostraron sus credenciales y le dijeron a la señora Dubrov que querían preguntarle por los atracos recientes rompió en lágrimas. Vlad Stepankutza era su hijo.

Ese mismo día, cuando Stepankutza y sus compañeros llegaron a casa, los estaban esperando Pollard, Sanders, tres detectives de la policía de Los Ángeles y un equipo táctico del SWAT que se había desplegado para ayudar en el arresto. El director general y el jefe de operaciones del Pacific West, un hombre llamado Peter Williams, galardonó a Pollard con su premio del año al servicio meritorio del West Bank.

—Soy Peter. Katherine, ¿es usted?

Sonó complacido de oírla.

—La misma. No estaba segura de que me recordaría.

—Recuerdo a aquellos monstruos enormes que casi me dejaron sin empleo. ¿Sabe cómo la llamamos después de que detuviera a esos tipos? Kat *la Matagigantes*.

«Perfecto», pensó Pollard.

—Peter, necesito hablar con usted cinco minutos. Estoy en Chinatown ahora. ¿Puede hacerme un hueco?

—¿Ahora mismo?

—Sí.

—¿Puedo preguntarle de qué se trata?

—Marchenko y Parsons. He de hablar de ellos con usted, pero preferiría hacerlo cara a cara. No nos llevará mucho.

Williams se distrajo un momento, y Pollard esperaba que le estuviera haciendo un hueco en la agenda.

—Claro, Katherine. Puedo hacerlo. ¿Cuándo puede venir?

—En cinco minutos.

Pollard dejó el coche en un aparcamiento contiguo al edificio, luego tomó un ascensor hasta el piso superior. Se sintió ansiosa e irritada por haber dejado a Williams con la impresión de que todavía estaba en el FBI. A Pollard no le gustaba mentir, pero no se atrevía a decir la verdad. Si fracasaba con Williams, no tenía más esperanza de ver los informes que Random estaba tratando de ocultar.

Cuando Pollard salió del ascensor, vio que habían ascendido a Peter. Una placa pulida lo identificaba como presidente y CEO. Pollard lo consideró un golpe de suerte; si tenía que mentir, mejor mentirle al jefe.

Peter Williams era un hombre bajo y calvo, con un bronceado de tenista. Se mantenía en forma a punto de cumplir los sesenta. Parecía genuinamente complacido y la llevó a su oficina para mostrarle las vistas amplias que le permitían divisar toda la cuenca de Los Ángeles. Peter no se retiró a su escritorio. La llevó a una pared cubierta de fotografías y placas enmarcadas. Señaló una de las fotos, en la esquina derecha.

—Ve. Aquí está.

Era una imagen de Peter obsequiándola con el premio de servicio meritorio del Pacific West nueve años antes. Pollard pensaba que parecía mucho más joven en la foto. Y más delgada.

Peter la invitó a sentarse en el sofá, y él tomó asiento en un sillón de piel.

—Muy bien, agente. ¿Qué puedo hacer por Kat *la Matagigantes* en esta ocasión?

—Ya no estoy en el FBI. Por eso necesito su ayuda.

Peter pareció ponerse tenso, así que Pollard le ofreció su sonrisa más encantadora.

—No estoy hablando de un préstamo. No es nada de eso.

Peter rio.

—Los préstamos son cosa fácil. ¿Qué puedo hacer?

—Estoy trabajando para una empresa privada como especialista en seguridad. Marchenko y Parsons tienen el perfil más alto de los recientes equipos de atracos, así que necesito conocer bien a esos tipos.

Peter no había dejado de asentir en ningún momento.

—Nos atracaron dos veces.

—Sí. Les atracaron en sus golpes cuarto y séptimo, dos de trece.

—Animales.

—Necesito la historia íntima en detalle, pero el Departamento de Policía no quiere compartir sus archivos con una civil.

—Pero era agente del FBI.

—Entiendo su punto de vista. Han de poner los puntos sobre las íes, y el FBI es aún peor. Leeds detesta que un agente se vaya al sector privado. Nos considera traidores. Pero traidora o no, tengo dos hijos que mantener y quiero este trabajo, así que si puede ayudarme se lo agradecería.

Pollard pensó que había hecho un buen trabajo con la sutil insinuación de que el bienestar de sus hijos dependía de su cooperación. La mayoría de los bancos mayores y cadenas de bancos tenían su propia oficina que trabajaba mano a mano con las autoridades para identificar, localizar y detener a atracadores de bancos, así como para prevenir o disuadir a futuros atracadores. Con ese fin, bancos y autoridades compartían abiertamente información en una evolución constante que empezaba con el robo inicial. Lo que se aprendía durante el robo número dos o seis o nueve podría muy bien ayudar a la policía a capturar a los delincuentes durante el atraco número dieciséis. Pollard lo sabía porque ella misma había formado parte del proceso. La oficina de seguridad del Pacific

West probablemente había copiado en todo o en parte los informes detallados del Departamento de Policía. Puede que no los tuvieran todos, pero podrían tener algunos, aunque fuera en forma resumida.

Peter arrugó el entrecejo, y Pollard se dio cuenta de que lo estaba meditando.

—Sabe que tenemos contratos de seguridad con estas agencias.

—Lo sé. Firmó algunos de esos formularios para mí cuando estaba trazando el perfil de los XXL y compartí nuestros resúmenes de interrogatorios.

—Se supone que son sólo para nuestro uso interno.

—Si quiere que los lea en su oficina de seguridad, estaría bien. No hace falta que salgan del banco.

Pollard le sostuvo un momento la mirada, luego miró la foto de Kat *la Matagigantes*. La miró durante varios segundos antes de volver a mirarlo a él.

—Y si quiere que firme un contrato de confidencialidad, por supuesto estaré encantada. —Lo miró, esperando.

—No lo sé, Katherine.

Pollard sintió que su esfuerzo se iba al traste, y de repente se preocupó de que pudiera pedir permiso antes al Departamento de Policía. Su oficina de seguridad mantenía un contacto casi diario con los detectives de Robos y con agentes del FBI. Si los tipos de Robos Especiales se enteraban de que estaban yendo por la puerta de atrás para encontrar algo que le habían negado, estaría jodida.

Pollard estudió la foto de nuevo y lo intentó por última vez.

—Esos cabrones van a salir dentro de dos años.

Peter se encogió de hombros de manera evasiva.

—¿Sabe qué?, pásele sus datos de contacto a mi ayudante. Déjeme pensarlo y la mantendré informada.

Peter se levantó y Pollard se levantó con él. No se le ocurrió ninguna otra cosa que decir. Él la acompañó a la salida. Pollard dejó la información y bajó sola en el ascensor, sintiéndose como un vendedor de cepillos al que han echado con cajas destempladas.

Pollard echaba de menos la placa y las credenciales que la identificaban como agente del FBI. Las credenciales le daban el peso y la autoridad moral para hacer preguntas y exigir respuestas, y ella nunca había dudado en llamar a cualquier puerta o formular cualquier pregunta y casi siempre había obtenido las respuestas. Se sentía peor que un vendedor de cepillos. Se sentía como el que roba sobres de azúcar de una cafetería. Se sentía como nada.

Pollard volvió en coche a Simi Valley para preparar la cena de sus hijos.

27

Holman observó que Pollard se alejaba del río con una sensación de entumecimiento en el pecho. No le había dicho la razón real por la que la había visto debajo del puente. Iba de camino al taller de Chee. Y también le había mentido al decirle que había estado en el puente una decena de veces. Había ido al puente varias veces cada día y dos o tres veces cada noche. En ocasiones, se encontraba en el puente como si se hubiera quedado dormido al volante y el coche hubiera ido por sí solo. No siempre saltaba la valla. La mayoría de las veces circulaba lentamente por el puente sin detenerse, pero otras aparcaba, se inclinaba sobre la barandilla para ver aquellas terribles manchas borradas desde todos los ángulos posibles. Holman no le había dicho la verdad acerca de aquellas visitas, y sabía que nunca podría decírsela a nadie, nunca podría hablar de sus terribles momentos con aquellos parches de luz brillante.

Holman pensó en todo lo que él y Pollard habían hablado y decidió no ir a ver a Chee. Todavía necesitaba hablar con Chee, pero quería mantenerlo al margen del resto.

Volvió hacia Culver City y llamó a Chee desde el móvil.

—Colega. Pasa, tío. ¿Qué tal el carro?

—Preferiría que no hubieras mandado a tus chicos contra ese viejo. Me has hecho quedar mal.

—Vamos, tío. El cabrón te cobraba veinte pavos al día por

un imán para polis como ése, a un tipo en tu posición. Sabía lo que estaba haciendo, hermano, no podía dejar que se saliera de rositas.

—Es un viejo, Chee. Teníamos un trato. Sabía en qué me estaba metiendo.

—¿Sabes que había órdenes sobre ese cacharro?

—No, pero no es la cuestión.

—¿Qué querías que hiciera, que le mandara flores? ¿Una notita diciendo que lo sentía?

—No, pero...

Holman sabía que no iba a llegar a ninguna parte y ya se arrepentía de haber sacado el tema. Tenía cosas más importantes que discutir.

—Mira, no te estoy pidiendo que hagas nada. Supongo que sólo quería mencionarlo. Sé que tenías buena intención.

—Te guardo la espalda, hermano, no lo olvides.

—Otra cosa, he oído que María Juárez ha desaparecido.

—¿Se ha ido de la casa de sus primos?

—Sí. Los polis han dictado una orden, y ahora me culpan a mí de que se largara. ¿Crees que podrás preguntar?

—Claro, hermano. Veré qué averiguo. ¿Necesitas algo más?

Holman necesitaba algo, pero no de Chee.

—Algo más —dijo—. Los polis me han encarado por la cuestión de Juárez. ¿Han hablado contigo?

—¿Por qué iban a hablar conmigo los polis?

Holman le dijo que Random lo había mencionado por su nombre. Chee se quedó en silencio un momento antes de hablar en voz baja.

—Eso no me gusta, hermano.

—A mí tampoco. No sé si me han estado siguiendo o han pinchado el teléfono de mi habitación, pero no me llames más a ese número. Sólo al móvil.

Holman colgó el teléfono y circuló en silencio por la ciudad. Pasó casi una hora conduciendo desde el puente de la calle Cuatro a la City of Industry. El tráfico siempre era denso al final del día, cuando la gente salía de trabajar. Holman se preocupó por si llegaba demasiado tarde, pero llegó a la imprenta unos minutos antes de la hora de cierre.

No se metió en el aparcamiento y no pretendía ver a Tony Gilbert. Aparcó en una zona prohibida al otro lado de la calle y se quedó en el coche, a esperar a las cinco en punto. La jornada terminaba a las cinco.

Holman miró el reloj de su padre, con las manecillas paradas. Quizá por eso lo llevaba: el tiempo no tenía ningún sentido. Miró el reloj del salpicadero y observó el paso de los minutos.

Exactamente a las cinco en punto, hombres y mujeres salieron de la imprenta y enfilaron el aparcamiento hacia sus coches. Holman observó a Tony Gilbert dirigiéndose a un Cadillac y que las dos chicas de la oficina se metían en un Jetta. Tres minutos después vio que Pitchess salía del edificio y se metía en un Dodge Charger que estaba casi tan mal como la cafetera de Perry.

Holman esperó a que Pitchess arrancara para incorporarse al tráfico unos coches por detrás. Siguió al Charger durante más de un kilómetro, hasta asegurarse de que no había nadie de la imprenta alrededor. Adelantó a los coches que tenía por delante y volvió a su carril para quedar directamente detrás de Pitchess.

Holman tocó el claxon y vio los ojos de Pitchess en el espejo retrovisor, pero Pitchess siguió conduciendo.

Holman tocó de nuevo el claxon y cuando Pitchess miró, le hizo un gesto para que aparcara.

Pitchess captó el mensaje y se metió en el aparcamiento de un supermercado Safeway. Se detuvo cerca de la entrada, pero no bajó del coche. Holman pensó que el hijo de puta probablemente estaba asustado.

Holman aparcó detrás de él, bajó del coche y se acercó. La ventanilla de Pitchess descendió cuando Holman llegó a su altura.

—¿Puedes conseguirme una pistola? —dijo Holman.

—Sabía que volvería a verte.

—¿Puedes conseguirme una pistola o no?

—¿Tienes el dinero?

—Sí.

—Entonces puedo conseguirte lo que necesites. Sube.

Holman rodeó el coche y subió en el lado del pasajero.

28

Cuando Holman llegó a casa esa noche, el lugar de aparcamiento habitual de Perry estaba vacío. El Mercury no estaba.

Holman esquivó el agua que llovía desde los aparatos de aire acondicionado de las ventanas y entró por la puerta de la calle como siempre. Eran casi las diez, pero Perry todavía estaba en su puesto con los pies sobre la mesa, leyendo una revista.

Holman decidió darse prisa y se dirigió a la escalera sin hablar, pero Perry bajó la revista con una gran sonrisa.

—Eh, esos chicos han vuelto hoy. Tiene que haberlo arreglado con ellos muy bien, Holman. Gracias.

—Bien. Me alegro de que funcionara.

Holman no quería saber nada de eso ahora. Quería subir, así que continuó caminando, pero Perry bajó los pies de la mesa.

—Eh, espere, espere ahí. ¿Qué hay en esa bolsa, su cena?

Holman se paró, pero mantuvo la bolsa de papel de Safeway junto a la pierna como si no fuera nada.

—Sí, oiga, Perry, hace frío.

Perry dejó la revista a un lado y sonrió tan ampliamente que los labios dejaron ver sus encías.

—Si quiere acompañarlo con una cerveza, tengo un par en mi habitación. Podemos cenar juntos, si quiere.

Holman dudó. No quería ser maleducado, pero tampoco

quería relacionarse con Perry. Quería subir la bolsa a la habitación.

—Es sólo un poco de comida china. Casi me la he terminado.

—Bueno, todavía podemos tomar esa cerveza.

—No tomo alcohol, ¿recuerda?

—Sí. Escuche, estoy tratando de darle las gracias por lo que hizo. Cuando esos tipos entraron, pensé: «Mierda, me van a dar una buena.»

De repente, Holman sintió curiosidad. También supuso que cuanto antes lo soltara Perry antes podría subir.

—No sabía que iban a volver.

—Bueno, mierda, ha tenido que decirles algo. ¿Se ha fijado en que no está el Mercury?

—Sí.

—Van a arreglármelo, es una especie de disculpa. Van a quitarle esos bollos y el óxido que se está comiendo los faros y lo van a pintar. Dijeron que me lo devolverán nuevo.

—Eso está muy bien, Perry.

—Joder, Holman. Se lo agradezco.

—No hay problema. De verdad, quiero subir esto.

—Vale, socio, sólo quería que lo supiera. Si cambia de opinión sobre esa cerveza, venga y llame.

—Claro, Perry. Gracias.

Holman subió a su habitación, pero dejó la puerta abierta. Apagó el aire acondicionado para cortar el sonido del aparato y volvió al umbral. Oyó que Perry cerraba la puerta delantera y a continuación que avanzaba por el vestíbulo apagando las luces antes de dirigirse por el pasillo a su habitación. Cuando Holman oyó que se cerraba la puerta de Perry, se quitó los zapatos. Se escabulló hasta el armario de servicio situado al final del pasillo, donde Perry guardaba mopas, jabones y utensilios de limpieza. Holman había revisado un par de veces el armario en busca de lejía y un desatascador.

Además de los artículos de limpieza, Holman se había fijado en una válvula de agua situada en un hueco rectangular cortado en la pared. Metió la bolsa en el agujero, debajo de la válvula. No quería guardar la pistola en su habitación ni en el coche. Del modo en que habían ido las cosas, los polis registrarían su habitación. Si hubieran encontrado algo durante el registro de su coche esa mañana, ya estaría otra vez bajo custodia federal.

Holman cerró el armario de servicio y volvió a su habitación. Estaba demasiado cansado para darse una ducha. Se lavó lo mejor que pudo en el lavabo, luego volvió a encender el aire acondicionado y se subió a la cama.

Cuando Holman vio por primera vez problemas en la forma en que la policía estaba explicando la muerte de Richie, pensó que eran incompetentes; ahora estaba convencido de que se hallaba ante un caso de conspiración y asesinato. Si Richie y sus amigos habían estado tratando de encontrar los dieciséis millones del dinero desaparecido, Holman estaba casi seguro de que no eran los únicos que estaban tratando de encontrarlo. Y puesto que el dinero desaparecido era un secreto, los únicos que podían tener conocimiento de él eran policías.

Holman trató en vano de imaginar cuánto ocuparían dieciséis millones en efectivo. Lo máximo que había tenido en su posesión en un momento dado eran cuatro mil doscientos pavos. Se preguntó si podría levantarlo. Se preguntó si podría meterlo en su coche. Había hombres capaces de hacer cualquier cosa por tanta pasta. Se preguntó si Richie era de esa clase de hombres, pero pensarlo le provocó un dolor en el pecho y se obligó a olvidarlo.

Holman volvió a pensar en Katherine Pollard y en lo que habían discutido debajo del puente. Le gustaba ella y lamentó haberla implicado. Pensó que tal vez le gustaría conocerla un poco mejor, pero no tenía ninguna esperanza real de hacerlo. Ahora allí estaba con la pistola. Esperaba no tener que usarla, pero la usaría aunque significara volver a prisión. La usaría en cuanto encontrara al asesino de su hijo.

29

A la mañana siguiente, Pollard llamó para decirle a Holman que irían a visitar a Leyla Marchenko. La señora Marchenko vivía en Lincoln Heights no muy lejos de Chinatown, así que Pollard lo recogería en Union Station e irían juntos.

—Así están las cosas, Holman —dijo Pollard—. Esta mujer odia a la policía, o sea que le he dicho que éramos periodistas.

—No sé nada de periodistas.

—¿Qué hay que saber? La cuestión es que odia a los polis, y ésa es nuestra entrada. Le dije que estábamos escribiendo un artículo sobre cómo los polis la maltrataron cuando estaban investigando a su hijo. Por eso quiere hablar con nosotros.

—Bueno, vale.

—¿Quieres que lo haga sola? No hay razón para que tengas que acompañarme.

—No, no, quiero ir.

Holman ya se sentía bastante mal por el hecho de que estuviera trabajando gratis; no quería que pensara que se lo dejaba todo a ella.

Holman se dio una ducha rápida, luego esperó hasta que oyó a Perry regando la acera antes de volver al armario. Le había estado dando vueltas durante la noche, lamentando haberse conseguido la pistola. Ahora Pitchess sabía que él tenía un arma y si detenían a Pitchess por algo no dudaría en cerrar un trato delatando a Holman. Holman sabía que detendrían a Pitchess porque a tipos como Pitchess siempre los detenían. Sólo era cuestión de tiempo.

Holman quería comprobar su escondite a la luz del día. La válvula de agua y las tuberías expuestas estaban cubiertas por una gruesa capa de polvo y telarañas, de manera que era poco probable que Perry o algún otro metiera la mano en el hueco. Holman estaba satisfecho. Si Pitchess lo delataba, lo negaría todo y los polis tendrían que encontrar la pistola. Holman colocó la mopa y la escoba delante de la válvula antes de ir a reunirse con Pollard.

A Holman siempre le había gustado Union Station, aunque estaba a una manzana de la cárcel. Le gustaba el aire colonial del vestíbulo, con sus arcos de estuco y baldosa, que le recordaban las raíces de la ciudad en el antiguo oeste. A Holman le gustaba ver *westerns* por la tele cuando era niño, que era la única cosa que recordaba haber hecho con su padre. El viejo lo llevó unas cuantas veces a Olvera Street, sobre todo para ver a los mexicanos que se paseaban vestidos como vaqueros del oeste. Compraban churros y luego cruzaban la calle para contemplar los trenes en Union Station. Olvera Street, los vaqueros y Union Station con aspecto de vieja misión española: todo parecía encajar allí, en la cuna de la ciudad de Los Ángeles. Su madre lo había llevado una vez, pero sólo una. Lo condujo a la terminal de pasajeros con su enorme techo alto y se sentaron en uno de los bancos de madera donde esperaba la gente. Le compró una Coca-Cola y una golosina. Holman tendría cinco o seis años, algo así, y después de unos minutos le dijo que la esperara mientras ella iba al lavabo. Cinco horas después, su padre lo fue a recoger a los guardas de la estación porque su madre no había vuelto. Dos años más tarde, ella murió y el viejo finalmente le contó que su madre había tratado de abandonarlo. Había subido a un tren, pero sólo había llegado a Oxnard antes de quedarse sin agallas. Así era como lo expresó su padre, se quedó sin agallas. De todos modos, a Holman todavía le gustaba Union Station. Le recordaba el viejo oeste que siempre tenía buen aspecto cuando lo veía en la tele con su padre.

Holman dejó el coche en el aparcamiento que había junto a la terminal de pasajeros y caminó hasta la entrada principal. Pollard lo recogió al cabo de unos minutos y fueron a Lincoln Heights. Sólo estaba a unos minutos de distancia.

La madre de Anton Marchenko vivía en un barrio de gente de pocos ingresos entre Main y Broadway, no lejos de Chinatown. Las casitas se hallaban mal conservadas, porque la gente allí no tenía dinero. Las viviendas estarían superpobladas con dos o tres generaciones, y en ocasiones convivía más de una familia, y les costaba todo lo que tenían sólo en ir tirando. Holman había crecido en una casa similar en otra parte de la ciudad y la calle le resultaba deprimente. Cuando Holman robaba no se molestaba con barrios como aquél, porque sabía de primera mano que no habría nada que mereciera la pena robar.

—Vale —dijo Pollard—, ahora escucha. Va a despotricar acerca de cómo los polis mataron a su hijo, así que nos limitaremos a escucharla. Deja que yo dirija la conversación a Fowler.

—Tú mandas.

Pollard buscó en el asiento de atrás y sacó una carpeta. La puso en el regazo de Holman.

—Lleva esto. Ya estamos, a la derecha. Trata de actuar como un periodista.

Leyla Marchenko era baja y retacona con una cara ancha, muy eslava, de ojos pequeños y labios finos. Abrió la puerta ataviada con un vestido negro y zapatillas de felpa de estar por casa. Holman pensó que tenía un aspecto sospechoso.

—¿Son los del periódico?

—Sí —dijo Pollard—. Habló conmigo por teléfono.

—Somos periodistas —dijo Holman.

Pollard carraspeó para que se callara, pero la señora Marchenko abrió la puerta y les invitó a pasar.

La sala de estar de la señora Marchenko era pequeña, con muebles desiguales juntados de ventas de garaje y tiendas de segunda mano. La casa no tenía aire acondicionado. Había tres ventiladores eléctricos colocados por la habitación para agitar el aire caliente. Un cuarto ventilador permanecía inmóvil en la esquina, con el armazón de seguridad roto y colgando de las aspas. Salvo por los ventiladores, a Holman le recordaba su vieja casa, y no se sentía cómodo. El pequeño espacio cerrado le hacía sentirse como en una celda. Realmente quería irse.

La señora Marchenko se dejó caer en una silla como un fardo. Pollard se sentó en el sofá y Holman a su lado.

—Muy bien, señora Marchenko —dijo Pollard—, como le he dicho por teléfono vamos a hacer un artículo explorando cómo la policía maltrató...

Pollard no tuvo que decir nada más. La señora Marchenko se puso colorada y disparó sus quejas.

—Fueron desagradables y rudos. Entraron aquí y armaron un lío; yo estaba sola, una mujer anciana. Rompieron una lámpara en mi habitación. Me rompieron el ventilador...

Hizo un gesto hacia el ventilador inmóvil.

—Entraron en la casa como un ejército y aquí estaba yo sola, pensando que podrían violarme. No creo ni una cosa de las que dijeron y todavía no las creo. Anton no cometió todos esos robos como dicen, quizás el último, pero no esos otros. Lo culpan a él para poder decir que resolvieron todos esos casos. Lo asesinaron. Ese hombre de la tele dijo que Anton estaba tratando de rendirse cuando lo mataron. Dice que usaron demasiada fuerza. Cuentan esas horribles mentiras para cubrirse las espaldas. Voy a demandar al ayuntamiento. Voy a hacerles pagar.

Los ojos y el rostro de la anciana se enrojecieron y Holman se encontró a sí mismo mirando al ventilador roto. Era más fácil que mirar el dolor de la mujer.

—¿Max?

—¿Qué?

—¿La carpeta? ¿Puedes darme la carpeta, por favor?

Pollard había extendido la mano, esperando la carpeta. Holman se la pasó. Pollard sacó una hoja y se la tendió a la señora Marchenko.

—Me gustaría enseñarle unas fotografías. ¿Reconoce a alguno de estos hombres?

—¿Quiénes son?

—Policías. ¿Alguno de esos policías vino a verla?

Pollard había recortado del periódico las fotografías de Richie, Fowler y los demás y las había pegado en la hoja. Holman pensó que era una buena idea y sabía que a él probablemente no se le habría ocurrido.

La señora Marchenko miró las fotos, luego tocó la de Fowler.

—Quizás él. No de uniforme. De paisano.

Holman miró a Pollard, pero ésta no mostró reacción alguna. Holman sabía que era un momento decisivo. Fowler había llevado ropa civil porque quería pasar por detective. Había ocultado el hecho de que era un agente uniformado y estaba simulando ser otra cosa.

—¿Y los demás? —dijo Pollard—. ¿Alguno de ellos vino con el primer hombre o en otra ocasión?

—No. Vino otro hombre con él, pero no éstos.

Ahora Pollard miró a Holman, y éste se encogió de hombros. Se estaba preguntando quién demonios era ese quinto hombre y si la anciana estaba cometiendo un error o no.

—¿Está segura de que el otro hombre no era uno de los tipos de las fotos? —dijo Holman—. ¿Por qué no vuelve a mirar para estar segura?

La señora Marchenko entrecerró los ojos con enfado.

—No necesito volver a verlas. Era otro hombre, no uno de éstos.

Pollard se aclaró la garganta e intervino. Holman se alegró.

—¿Recuerda su nombre?

—A esos cabrones no les doy ni la hora. No lo sé.

—¿Qué me dice de cuando vinieron aquí? ¿Cuánto tiempo hace?

—No hace mucho. Dos semanas, creo. ¿Por qué me pregunta por ellos? Ellos no me rompieron la lámpara. Fue otro.

Pollard apartó las fotografías.

—Digamos simplemente que podrían ser más desagradables que la mayoría, pero nos concentraremos en todos en el artículo.

Holman estaba impresionado con lo bien que mentía Pollard. Era una habilidad que había visto con frecuencia antes en los polis. Muchas veces mentían mejor que los delincuentes.

—¿Qué querían? —dijo Pollard.

—Querían saber de Allie.

—¿Y quién es Allie?

—La amiga de Anton.

Holman estaba sorprendido y se dio cuenta de que Pollard también lo estaba. Los periódicos habían descrito a Marchenko y Parsons como una pareja de solitarios sin amigos y habían insinuado una relación homosexual. Pollard miró un momento la carpeta antes de continuar.

—¿Anton tenía una novia?

La anciana se puso tensa y se inclinó hacia delante.

—¡Yo no me lo estoy inventando! Mi Anton no era un marica como dice esa gente horrible. Muchos hombres jóvenes tienen compañeros de habitación para compartir los costes. ¡Muchos!

—Estoy segura, señora Marchenko, un joven atractivo como él... ¿Qué querían saber de ella los agentes?

—Sólo hicieron preguntas, preguntaron si Anton la veía mucho, dónde vive, pero no voy a ayudar a la gente que asesinó a mi hijo. Hice ver que no la conocía.

—Entonces usted no les habló de ella.

—Dije que no conocía a ninguna chica llamada Allie. No voy a ayudar a esos asesinos.

—Nos gustaría hablar con ella por el artículo, señora Marchenko. ¿Puede darme su número de teléfono?

—No sé su número.

—Está bien. Podemos buscarlo. ¿Cuál es su apellido?

—Yo no me lo estoy inventando. Él la llamaba cuando estaba aquí viendo la televisión. Era muy simpática, una chica simpática, estaba riendo cuando él me daba el teléfono.

La señora Marchenko se había ruborizado una vez más, y Holman vio hasta qué punto estaba desesperada por que ellos la creyeran. Se había quedado atrapada en su casita por la muerte de su hijo, y nadie la estaba escuchando. Nadie la había escuchado en tres meses y estaba sola. Holman se sintió tan mal que quería levantarse y echar a correr, pero en cambio sonrió y puso una voz más suave.

—La creemos. Sólo queremos hablar con la chica. ¿Cuándo fue que habló con ella?

—Antes de que asesinaran a mi Anton. Hace mucho tiempo. Anton venía y miraba la televisión. A veces la llamaba y me pasaba el teléfono, aquí, «mamá, habla con mi chica».

Pollard hizo un mohín, pensando, luego miró al teléfono que estaba en el extremo del sofá de la señora Marchenko.

—Quizá si nos mostrara sus viejas facturas telefónicas podríamos averiguar qué número pertenece a Allie. Así podríamos ver si el detective Fowler la trató tan mal como a usted.

La señora Marchenko se encendió.

—¿Eso me ayudaría a demandarlos?

—Sí, señora, creo que sí.

La señora Marchenko se levantó de su silla y salió de la habitación caminando como un pato.

Holman se inclinó hacia Pollard y bajó la voz.

—¿Quién es ese quinto hombre?

—No lo sé.

—Los periódicos no decían nada de una novia.

—No lo sé. Tampoco estaba en la lista de testigos del FBI.

La señora Marchenko los interrumpió al volver con una caja de cartón.

—Pongo aquí las facturas después de pagarlas. Está todo mezclado.

Holman se acomodó y observó a las dos mujeres repasando las facturas. La señora Marchenko no hacía muchas llamadas y no marcaba muchos números diferentes: su casero, sus médicos, un par de ancianas que eran amigas suyas, su hermano menor en Cleveland y su hijo. Cuando Pollard encontraba un número que la señora Marchenko no podía identificar, Pollard lo marcaba en su móvil, pero los tres primeros que llamó eran dos técnicos y un Domino's. La señora Marchenko recordaba a los técnicos, pero puso mala cara cuando Pollard llegó al Domino's.

—Yo nunca como pizza. Debió de ser Anton.

La llamada al Domino's era de cinco meses antes. El siguiente número de la lista también era un número que Marchenko no podía identificar, pero entonces asintió.

—Ése debe de ser el de Allie. Ahora recuerdo la pizza. Le dije a Anton que estaba mala. Cuando el hombre la trajo, Anton me dio el teléfono para ir a abrir la puerta.

Pollard sonrió a Holman.

—Bueno, ahí vamos. A ver quién responde.

Pollard marcó el número y Holman observó que su sonrisa se desvanecía. Cerró el teléfono.

—Está fuera de servicio.

—¿Está mal? —dijo la señora Marchenko.

—Quizá no. Estoy casi segura de que podremos usar ese número para encontrarla.

Pollard copió el número en su libreta junto con la hora, fecha y duración de la llamada, luego miró las facturas restantes, pero sólo encontró el número otra vez en una llamada efectuada tres semanas antes de la primera.

Pollard miró a Holman y acto seguido sonrió a la señora Marchenko.

—Creo que hemos abusado bastante de su tiempo. Muchas gracias.

La decepción se reflejó en el rostro de la señora Marchenko.

—¿No quieren hablar del ventilador ni de cómo mintieron?

Pollard se levantó y Holman se levantó con ella.

—Creo que hemos tenido suficiente. Veremos qué tiene que decir Allie y luego volveremos. Vamos, Holman.

La señora Marchenko caminó con torpeza para acompañarlos a la puerta.

—No tenían que matar a mi Anton. No creo ninguna de las cosas que dijeron. ¿Pondrá eso en su artículo?

—Adiós, y gracias otra vez.

Pollard caminó hasta el coche, pero Holman vaciló. Se sentía incómodo marchándose simplemente.

—Anton estaba tratando de rendirse —dijo la señora Marchenko—. Ponga en su artículo cómo mataron a mi hijo.

Pollard estaba haciéndole señas a Holman para que se le uniera, pero allí estaba aquella mujer mayor con ojos implorantes, pensando que iban a ayudarle y ellos iban a dejarla sin nada. Holman se sintió avergonzado de sí mismo. Miró el ventilador roto.

—¿No puede arreglarlo?

—¿Cómo voy a arreglarlo? Mi Anton está muerto. ¿Cómo voy a arreglarlo hasta que los demande y consiga el dinero?

Pollard tocó el claxon. Holman la miró, luego se volvió hacia la señora Marchenko.

—Déjeme echar un vistazo.

Holman volvió a entrar en la casa y examinó el ventilador. El armazón de seguridad tenía que estar unido a la parte de atrás del motor mediante un pequeño tornillo, pero el tornillo estaba roto. Probablemente había saltado cuando los polis tiraron el ventilador. La cabeza del tornillo había saltado y el cuerpo permanecía en el agujero. Tendrían que perforarlo y hacer otra rosca. Quizá fuera más barato comprar un ventilador nuevo.

—No puedo arreglarlo, señora Marchenko. Lo siento.

—Esto es un ultraje, lo que le hicieron a mi hijo. Voy a demandarlos.

Sonó el claxon.

Holman volvió a la puerta y vio a Pollard haciéndole señas, pero todavía no se fue. Allí estaba aquella mujer con su hijo, que había robado trece bancos, asesinado a tres personas y herido a otras cuatro; su pequeño, que había modificado rifles semiautomáticos para que dispararan como ametralladoras, que se había vestido como un lunático y había disparado a la policía, pero allí estaba ella, defendiendo a su hijo hasta el final.

—¿Era un buen hijo? —dijo Holman.

—Venía y miraba la tele.

—Entonces es lo único que ha de saber. Agárrese a eso.

Holman la dejó y fue a unirse a Pollard.

30

Cuando Holman cerró la puerta, Pollard aceleró de nuevo hacia Union Station.

—¿Qué estabas haciendo? ¿Por qué has vuelto a entrar?

—Para ver si podía arreglarle el ventilador.

—¿Tenemos una pista importante y tú pierdes el tiempo con eso?

—La mujer cree que la estábamos ayudando. No me sentía bien yéndome sin más.

Holman se sentía tan mal que no se dio cuenta de que Pollard se había quedado en silencio. Cuando finalmente la miró, su boca era una línea dura y tenía una arruga vertical en el entrecejo.

—¿Qué? —dijo él.

—Puede que no te hayas dado cuenta, pero no disfruto haciendo esto. No me gusta mentirle a una pobre mujer que ha perdido a su hijo y no me gusta colarme haciendo ver que soy algo que no soy. Esta clase de cosas eran más fáciles y más sencillas cuando estaba en el FBI, pero ya no estoy en el FBI, así que esto es lo que hay. No necesito que me hagas sentir todavía peor.

Holman la miró. Había pasado gran parte de la noche lamentando haberla implicado y ahora se sentía como un tarado.

—Lo siento. No pretendía hacerlo.

—Olvídalo. Ya lo sé.

Pollard estaba claramente de mal humor, pero Holman no sabía qué decir. Cuanto más pensaba en todo lo que ella estaba haciendo por él, más se sentía como un idiota.

—Lo siento.

Al ver que la boca de Pollard se tensaba, Holman decidió no disculparse otra vez. Decidió cambiar de tema.

—Eh, sé que este asunto de Allie es importante. ¿Puedes encontrarla con un número desconectado?

—Pediré a una amiga mía del FBI que lo haga. Pueden comprobar el número en una base de datos que muestra a los anteriores titulares, aunque ya no esté en uso.

—¿Cuánto tardará?

—Son ordenadores. Milisegundos.

—¿Por qué no estaba en la lista de testigos?

—Porque no la conocían, Holman. ¡Buf!

—Lo siento.

—Por eso es importante. Ellos no la conocían, pero Fowler sí. Eso significa que se enteró de ella por alguna otra fuente.

—Fowler y el tipo nuevo.

Pollard lo miró.

—Sí, y el tipo nuevo. Estoy ansiosa por hablar con esa chica, Holman. Quiero descubrir qué les dijo.

Holman se puso pensativo. Iban circulando en dirección oeste por Main Street, hacia el río. Él también estaba pensando en qué podría haberles dicho.

—Quizá les dijo que se reunieran debajo del puente para repartirse el dinero.

Pollard no lo miró. Se quedó en silencio un momento y luego se encogió de hombros.

—Ya veremos. Revisaré sus facturas telefónicas para ver si establecieron contacto y cuándo y veré si consigo encontrarla. Te llamaré después con lo que descubra.

Holman la observó conducir, sintiéndose todavía más culpable de que estuviera pasando su tarde con esto.

—Escucha, quiero darte las gracias otra vez por todo este problema. No pensaba meter la pata antes.

—De nada. Olvídalo.

—Ya sé que has dicho que no, pero me gustaría pagarte algo. Al menos la gasolina, ya que no me dejas conducir.

—Si tenemos que poner gasolina, te dejaré pagar. ¿Eso te hará sentir mejor?

—No quiero ser una molestia. Me siento mal por que dediques tanto tiempo.

Pollard no respondió.

—¿A tu marido no le importa que pases tanto tiempo ocupada?

—No hablemos de mi marido.

Holman sintió que había traspasado una línea con ella, así que retrocedió y se quedó en silencio. Se había fijado en que no llevaba anillo la primera vez que la vio en el Starbucks, pero ella había mencionado a sus hijos, así que no sabía qué pensar. Ahora lamentó haber sacado el tema.

Circularon sin hablar. Al cruzar el río, Holman trató de ver el puente de la calle Cuatro, pero estaba demasiado lejos. Se sorprendió cuando Pollard habló de repente.

—No tengo marido. Está muerto.

—Lo siento. No era asunto mío.

—Suena peor de lo que fue. Estábamos separados. Estábamos de camino a un divorcio que los dos queríamos. —Pollard se encogió de hombros, pero todavía no lo miró—. ¿Y tú? ¿Cómo va entre tú y tu mujer?

—¿La mamá de Richie?

—Sí.

—Nunca nos casamos.

—Típico.

—Si pudiera volver atrás y empezar de nuevo, me casaría; pero así era yo. No aprendí mi lección hasta que estuve en la cárcel.

—Alguna gente no aprende nunca, Holman. Al menos tú lo entendiste. Quizá llevas ventaja.

Holman había caído por la inevitable espiral del miedo, pero cuando miró vio a Pollard sonriendo.

—No puedo creer que volvieras a arreglarle el ventilador.

Holman se encogió de hombros.

—Fue genial, Holman. Fue más que genial.

Holman vio que llegaban a Union Station y se dio cuenta de que él también estaba sonriendo.

31

Holman no se fue inmediatamente de Union Station cuando Pollard lo dejó. Esperó hasta que ella se hubo ido y cruzó a Olvera Street. Una tropa mexicana con atuendos de plumas de colores estaba llevando a cabo danzas toltecas al ritmo de los tambores. Los latidos de tambor eran rápidos y primitivos, y los bailarines se elevaban tan rápidamente en torno a los demás que daban la sensación de estar volando.

Holman observó un rato, luego compró un churro y avanzó entre la multitud. Turistas del mundo entero atestaban callejones y tiendas, comprando sombreros y artesanía mexicana. Holman se mezcló con ellos. Respiró el aire, sintió el sol y saboreó el churro. Vagó por la fila de tiendas, deteniéndose en algunas cuando algo le llamaba la atención y pasando de largo en otras. Sentía una ligereza que no había conocido en mucho tiempo. Cuando los reclusos de larga duración eran puestos en libertad con frecuencia experimentaban una forma de agorafobia, un miedo a los espacios abiertos. Los psicólogos de la prisión tenían un nombre especial para esa clase de agorafobia cuando la aplicaban a reclusos: el temor a la vida. La libertad proporciona al hombre muchas opciones y las opciones pueden ser terroríficas. Cada elección es un fracaso potencial. Cada elección podía ser otro paso para volver a prisión. Decisiones tan sencillas como dejar una habitación o preguntar cómo llegar a una dirección podían humillar a un hombre o incapacitarlo para actuar. Pero ahora Holman sentía la ligereza y sabía que iba a dejar el miedo atrás. Se estaba liberando otra vez y se sentía bien.

Se le ocurrió que podría haberle pedido a Pollard que comiera con él. Puesto que ella no le dejaba pagarle por su tiempo, debería haberse ofrecido a comprarle un sándwich. Se imaginó tomando con ella uno de los famosos bocadillos de carne de Philippe's o unos tacos en algún restaurante mexicano, pero enseguida se dio cuenta de que estaba siendo estúpido. Ella se lo habría tomado mal y probablemente no la habría visto más. Holman se advirtió ser cuidadoso con esa clase de cosas. Quizá no era tan libre como pensaba.

Holman ya no tenía hambre, así que cogió el coche, y se estaba dirigiendo a su casa cuando sonó su teléfono. Deseó que fuera Pollard, pero la pantalla de identificación mostraba que era Chee. Holman abrió el teléfono.

—Eh, hermano.

—¿Dónde estás, Holman?

La voz de Chee era tranquila.

—De camino a casa. Acabo de salir de Union Station.

—Ven a verme, hermano. Pásate por el taller.

A Holman no le gustaba el tono de voz de Chee.

—¿Qué pasa?

—No pasa nada. Sólo ven a verme, ¿vale?

Holman estaba seguro de que pasaba algo y de que tenía que ver con Random.

—¿Estás bien?

—Estaré esperando.

Chee colgó sin aguardar una respuesta.

Holman cogió la autovía y se dirigió al sur. Quería volver a llamar a Chee, pero sabía que Chee ya se lo habría dicho si quisiera contarlo por teléfono, y eso le preocupó todavía más.

Cuando llegó al taller de Chee, se metió en el aparcamiento. Estaba aparcando cuando salió su amigo. En cuanto Holman lo vio, supo que pasaba algo malo. La expresión de Chee era sombría, y no esperó a que Holman aparcara. Le hizo una señal para que se detuviera y se sentó en el asiento del pasajero.

—Vamos a dar una vuelta, hermano. Da la vuelta a la manzana.

—¿Qué pasa?

—Sólo conduce, hermano. Larguémonos de aquí.

Al incorporarse al tráfico, Chee movió la cabeza a derecha e izquierda como si vigilara los coches que les rodeaban. Ajustó el retrovisor externo del pasajero para poder ver detrás de ellos.

—¿Fueron polis los que te dijeron que María Juárez se había largado? —dijo.

—Sí. Han dictado una orden.

—Es mentira, tío. Te la han colado.

—¿De qué estás hablando?

—No se largó, hermano. Los putos polis se la llevaron.

—Dijeron que se fugó. Han dictado una orden.

—¿Anteanoche?

—Sí, sería, sí... anteanoche.

—A tomar por el culo esa orden. Se la llevaron en plena noche. En el barrio lo vieron. Oyeron ruido y vieron a esos dos hijoputas metiéndola en un coche.

—Un coche de policía.

—Un coche coche.

—¿Cómo saben que era la policía?

—Fue el pelirrojo, tío, el mismo tipo que te saltó a ti. Por eso lo saben. Ésos son los tipos que me dijeron que te empapelaron, tío. Ellos dicen que es el mismo cabrón que te cogió a ti.

Holman condujo un rato en silencio. El pelirrojo era Vukovich, y Vukovich trabajaba para Random.

—¿Cogieron la matrícula?

—No, tío, a esa hora de la noche.

—¿Qué clase de coche?

—Un Crown Victoria azul marino o marrón. ¿Conoces a alguien que lleve un Crown Vic y no sea poli?

Holman se quedó en silencio, y Chee negó con la cabeza.

—¿Qué coño están haciendo esos polis, tío? ¿En qué te has metido?

Holman siguió conduciendo. Estaba pensando. Tenía que decírselo a Pollard.

32

Pollard lo llamaba el cosquilleo de la sangre. Se metió en la autovía de Hollywood, dando un manotazo en el salpicadero y apretando el puño, sintiendo la electricidad en los dedos y las piernas que siempre acompañaba al hecho de dar un giro en el caso: el cosquilleo de la sangre. Ahora no sólo estaba cubriendo las viejas notas del caso de otra persona: la novia era algo nuevo. Pollard había encontrado una pista nueva y ahora sentía que la investigación era completamente suya.

Llamó a April Sanders al llegar a Hollywood y enfilar el paso de Cahuenga.

—Eh, chica, ¿puedes hablar?

April respondió susurrando en un tono tan bajo que Pollard apenas la entendió.

—Estoy en la oficina. ¿Tienes más donuts?

—Tengo un número fuera de servicio y estoy en el coche. ¿Puedes averiguarme el titular?

—Sí, creo. Espera.

Pollard sonrió. Sabía que Sanders estaría asomándose por encima de su cubículo para asegurarse de que no la estaban observando.

—Sí, claro. ¿Cuál es?

Pollard leyó el número.

—Código de área trescientos diez.

—Espera. Tengo una cuenta Verizon de una Alison Whitt,

W-H-I-T-T, facturada a lo que parece un apartado postal de Hollywood. ¿Lo quieres?

—Sí, dime.

La dirección parecía de un servicio de correo privado en Sunset Boulevard.

—¿Cuál fue la fecha de conclusión?

—La semana pasada... Hace seis días.

Pollard pensó en ello. Si Fowler había descubierto su número al visitar a Leyla Marchenko, habría podido contactar con ella. Quizás el contacto de Fowler la impulsó a dejar el número.

—April, mira si tiene un nuevo número.

—Ah... espera. No, negativo. No hay ninguna Alison Whitt en las listas.

A Pollard el hecho de que el número no constara le pareció notable, pero no inusual. Los números no listados no aparecían en la base de datos regular, además, era posible que Whitt hubiera cogido un número bajo un nombre diferente o que compartiera un teléfono facturado a otra persona. La mala noticia era que nada de eso ayudaría a Pollard a encontrarla.

—Oye una cosa más. Odio preguntarlo, pero ¿puedes mirar a esta chica en el sistema?

—¿En el NCIC?

—Lo que sea. Con Tráfico estaría bien. Estoy tratando de encontrarla.

—¿Hay algo que tendría que saber?

—Si sale algo, te lo contaré.

Sanders vaciló, y Pollard pensó que podría estar mirando por la oficina otra vez. Una búsqueda en una base de datos federal no era algo que pudiera hacer desde su mesa. Sanders volvió a la línea.

—No puedo ahora mismo. Leeds está aquí, pero no lo veo. No quiero que me pregunte qué estoy haciendo.

—Pues llámame luego.

—Corto.

Pollard se sintió bien sobre el progreso que estaba haciendo. La desconexión del número de Alison tan cercana en el tiempo al interrogatorio de Fowler a la señora Marchenko era demasiada coincidencia. Las coincidencias ocurren, pero, como todos los polis, Pollard había aprendido a sospechar de ellas. Colgó el teléfono, ansiosa por revisar las facturas telefónicas de Fowler y volver a tener noticias de Sanders. Si Sanders fracasaba, sabía que podría intentar conseguir la información de contacto a través del servicio de correos. Averiguar algo del servicio de correos sería difícil sin sus credenciales, pero le dejaba una vía de investigación abierta y se descubrió sonriendo otra vez.

Pollard sabía que quizá no volviera a tener noticias de Sanders hasta el final de la jornada laboral, así que lavó su coche, y se dirigió a Ralphs. Compró comida y papel higiénico y algún capricho para que los niños se dieran un gusto. Comían como lobos hambrientos y parecían comer más cada día. De pronto, se preguntó si Holman habría comprado alguna vez cajas de gominolas para su niño pequeño, y sospechó que no. Eso la entristeció. Holman parecía un buen tipo ahora que ella lo había conocido, pero también sabía que había sido un delincuente durante el resto de su vida. Todos los matones a los que había detenido tenían su historia: deuda, adicción a drogas, padres abusivos, sin padres, problemas de aprendizaje, pobreza, lo que fuera. Nada de eso importaba. Lo único que importaba era si quebrantabas la ley o no. Si la haces, la pagas, y Holman había pagado. Pollard pensó que era una lástima que no tuviera una segunda oportunidad con su hijo.

Una vez que guardó la compra, ordenó la casa y se sentó en el sofá de la sala de estar con las facturas telefónicas de Fowler. Leyó los números marcados, empezando por la fecha en que Fowler visitó a la señora Marchenko, y encontró el número de Alison Whitt sólo unos días después. Fowler la había llamado el mismo jueves en que él y el hijo de Holman habían salido tarde y habían vuelto a casa manchados de barro. Fowler la había llamado, pero la señora Marchenko aseguraba que no le había dado a Fowler ninguna información sobre Allie, lo cual significaba que Fowler había obtenido su número de otra fuente. Pollard leyó el resto de las facturas de Fowler, pero la llamada del jueves era la única que había hecho. Pollard revisó a continuación las facturas de Richie Holman, pero no encontró nada.

Pollard se preguntó cómo había tenido Fowler noticia de Alison Whitt. Revisó la lista de testigos del FBI. Los resúmenes se referían al casero y vecinos de Marchenko, pero no incluían a nadie llamado Alison Whitt. Si alguno de los vecinos hubiera declarado que Marchenko o Parsons tenían una novia, los investigadores habrían seguido la pista y la habrían nombrado en la lista de testigos, pero ocurrió todo lo contrario: los vecinos afirmaron de manera uniforme que ninguno de los hombres tenía amigos, novias u otros visitantes en su apartamento. Aun así, de algún modo, Fowler había tenido noticia de Whitt antes de visitar a la señora Marchenko. Quizá la había conocido el quinto hombre. Quizás el número del quinto hombre estaba en algún lugar de las facturas de Fowler.

Pollard todavía estaba pensando en eso cuando sonó el timbre de la puerta. Juntó los papeles, fue a la puerta, y miró por la mirilla. Todavía era demasiado pronto para que su madre trajera a los niños a casa.

Leeds y Bill Cecil estaban ante la puerta. Leeds miraba algo calle abajo. No parecía contento. Puso ceño al mirar el reloj, se frotó la barbilla y llamó otra vez al timbre.

Aunque Cecil había estado varias veces en su casa cuando ella y Marty hicieron alguna fiesta, para Leeds era la primera visita. Ella no lo había visto fuera de la oficina desde que se marchó del FBI.

Estaba estirando otra vez el brazo hacia el timbre cuando Pollard abrió la puerta.

—Chris, Bill, qué sorpresa.

Leeds no parecía particularmente contento de verla. El traje azul le quedaba suelto y se cernió sobre ella como un espantapájaros larguirucho al que ya no le gustaba su trabajo. Cecil se quedó de pie medio paso por detrás de él, inexpresivo.

—Me lo imagino —dijo Leeds—. ¿Podemos pasar?

—Por supuesto, claro.

Se apartó para dejarlos pasar, pero no sabía qué hacer o decir. Leeds entró primero. Cecil levantó las cejas al pasar, para informarle de que Leeds estaba de mal humor. Pollard se unió a Leeds en la sala de estar.

—Estoy asombrada. ¿Estabais por la zona?

—No. He venido a verte. Esto es muy bonito, Katherine. Tienes un hogar encantador. ¿Están aquí tus niños?

—No, están en el campamento.

—Lástima. Me habría gustado verlos.

Pollard tenía la espantosa sensación de ser otra vez un niño en presencia de su padre. Leeds miró a su alrededor como si estuviera inspeccionando su casa, mientras que Cecil se quedó justo al lado de la puerta. Leeds terminó su lento paseo por la sala de estar y fue a por ella como un barco que se hunde y halla descanso en el fondo.

—¿Has perdido el juicio? —dijo.

—¿Perdón?

—¿Por qué diablos te relacionas con un delincuente condenado?

Pollard sintió que se ponía colorada y se le hizo un nudo en el estómago. Empezó a abrir la boca, pero negó con la cabeza, deteniéndose.

—Sé que estás ayudando a Max Holman.

Había estado a punto de negarlo, pero mintió.

—No iba a negarlo. Chris, perdió a su hijo. Me pidió que hablara con la policía sobre...

—Ya sé lo de su hijo. Katherine, ese tipo es un delincuente. Deberías saberlo.

—¿Y qué? No sé por qué estás aquí, Chris.

—Porque estuviste en mi equipo hace tres años. Yo te escogí y me jodió un montón perderte. Nunca me lo perdonaría si te dejara hacer esto sin hablar.

—¿Hacer qué? Chris, sólo intento ayudar a este hombre a encontrar respuestas de lo que le ocurrió a su hijo.

Leeds negó con la cabeza como si ella fuera la novata más estúpida viva y él pudiera leer en su interior a través de las arrugas y los pliegues de sus secretos más íntimos.

—¿Te has vuelto india?

Pollard sintió que se ruborizaba. Era una vieja expresión. Un poli se volvía indio cuando se volvía delincuente... o se enamoraba de un delincuente.

—¡No!

—Espero que no.

—No es asunto tuyo...

—Tu vida personal no es asunto mío en absoluto, tienes razón, pero todavía me importa, así que aquí estoy. ¿Le has dejado venir a tu casa? ¿Has expuesto a tus hijos a él o le has dado dinero?

—¿Chris? ¿Sabes qué? Deberías irte...

—Quizá deberíamos irnos ahora, Chris —dijo Cecil.

—Cuando haya terminado.

Leeds no se movió. Miró a Pollard, y Pollard de repente recordó los papeles en su sofá. Se dirigió a la puerta para apartar la mirada de Leeds.

—No estoy haciendo nada malo. No he quebrantado ninguna ley ni he hecho nada de lo que mis hijos hayan de avergonzarse.

Leeds juntó las palmas de las manos como si estuviera rezando e inclinó los dedos hacia ella.

—¿De verdad sabes lo que quiere este hombre?

—Quiere saber quién mató a su hijo.

—Pero ¿de verdad es eso lo que quiere? He hablado con la policía, sé lo que les dijo a ellos, y estoy seguro de que a ti te dijo lo mismo, pero ¿puedes estar segura? Lo mandaste a prisión hace diez años. ¿Por qué iba a pedirte ayuda?

—Quizá porque conseguí que le redujeran la sentencia.

—Y quizá te buscó porque sabía que eras blanda. Quizá pensó que podría utilizarte de nuevo.

Pollard sintió un creciente cosquilleo de rabia. Leeds se había puesto furioso cuando el *Times* bautizó a Holman como el Bandido Heroico, y se había enfurecido cuando ella habló en su favor ante el fiscal federal.

—No me utilizó. No lo discutimos y no me pidió que interviniera. Se ganó la reducción.

—No te está contando la verdad, Katherine. No puedes fiarte de él.

—¿De qué no me está contando la verdad?

—La policía cree que está confabulado con un delincuente y miembro activo de una banda llamado Gary Moreno, también conocido como Little Chee o L'Chee. ¿Te suena?

—No.

Pollard se estaba asustando. Sentía que Leeds estaba dirigiendo la conversación. Estaba juzgando sus reacciones y tratando de interpretarla, como si sospechara que estaba mintiendo.

—Pregúntale. Moreno y Holman fueron cómplices conocidos a lo largo de toda la carrera de Holman. La policía cree que Moreno ha proporcionado a Holman efectivo, un vehículo y otros artículos para usarlos en una actividad criminal.

Pollard trató de mantener el ritmo de su respiración. Allí estaba Holman recién salido de prisión con un coche nuevo a estrenar y un móvil. Holman le había dicho que un amigo le había alquilado el coche.

—¿Por qué?

—Sabes por qué. Puedes sentirlo. Aquí...

Leeds se tocó el estómago, luego le dio la respuesta.

—Para recuperar los dieciséis millones de dólares que robaron Marchenko y Parsons.

Pollard se esforzó para no mostrar nada. No quería admitir nada hasta que tuviera tiempo de pensar. Si Leeds tenía razón, quizá tendría que hablar con un abogado.

—No lo creo. Él ni siquiera sabía lo del dinero hasta que...

Pollard se dio cuenta de que ya estaba diciendo demasiado cuando Leeds le ofreció una triste sonrisa conocedora.

—¿Hasta que tú se lo dijiste?

Pollard se obligó a respirar despacio, pero Leeds parecía capaz de interpretar sus miedos.

—Es difícil pensar cuando tus emociones están implicadas, pero has de repensar esto, Katherine.

—Mis emociones no están implicadas.

—Sentías algo por ese hombre diez años atrás y ahora le has dejado volver a tu vida. No te pierdas con este hombre, Katherine. Sabes que no te conviene.

—Sé que me gustaría que os fuerais.

Pollard mantuvo el rostro inexpresivo, mirándolo cuando sonó el teléfono. No el de su casa, sino el móvil. El alto zumbido rompió el silencio como un extraño que entra en la habitación.

—Responde —dijo Leeds.

Pollard no se movió hacia el teléfono. Éste permaneció en el sofá, sonando cerca de los archivos de Holman.

—Por favor, idos. Me habéis dado mucho que pensar.

Cecil, que parecía avergonzado, abrió la puerta, tratando de sacar a Leeds de la casa de Pollard.

—Vamos, Chris. Has dicho lo que querías decir.

El teléfono sonó. Leeds lo estudió como si estuviera pensando en responder él mismo, pero luego se unió a Cecil en la puerta. Se volvió a mirarla.

—La agente Sanders ya no va a ayudarte.

Leeds salió, pero Cecil vaciló, con aspecto triste.

—Lo siento, señora. El hombre... no lo sé, no ha sido él. Tenía buena intención.

—Adiós, Bill.

Pollard observó a Cecil saliendo, luego fue a la puerta y la cerró.

Fue a coger el teléfono.

Era Holman.

33

Holman dejó a Chee a una manzana de su taller y volvió a Culver City. Repasó una y otra vez en su mente la noticia acerca de María Juárez, tratando de verla bajo una luz que le diera sentido. Quería conducir hasta su casa para hablar con sus primos, pero ahora tenía miedo de que los mismos polis estuvieran vigilando. ¿Por qué llevársela y luego asegurar que se había largado? ¿Por qué emitir una orden de detención si ya la habían detenido? La noticia de su fuga y la orden de detención se habían publicado en el periódico.

A Holman no le gustaba nada de eso. Los policías que pensaban que había huido habían sido engañados por otros policías que sabían que no era cierto. La policía que emitió la orden no sabía que otros polis ya conocían su paradero. Polis que mantenían secretos con otros polis, y eso sólo podía significar una cosa: polis corruptos.

Holman condujo un kilómetro y medio desde el taller de Chee y se metió en un aparcamiento. Pulsó la tecla de marcado rápido de Pollard y escuchó sonar el teléfono. El timbre pareció durar una eternidad, pero finalmente ella contestó.

—Ahora no es un buen momento.

Pollard no parecía Pollard. Su voz era remota y agitada, y Holman pensó que podría haberse equivocado de número.

—¿Katherine? ¿Es la agente Pollard?

—¿Qué?

—¿Qué pasa?

—Ahora no es un buen momento.

Sonaba fatal, pero Holman creía que era importante.

—María Juárez no se fugó. Los polis se la llevaron. Ese mismo poli pelirrojo que me detuvo: Vukovich. No es lo que la poli ha estado diciendo. Vukovich y otro poli se la llevaron en plena noche.

Holman esperó, pero sólo oyó silencio.

—¿Estás ahí?

—¿Cómo lo sabes?

—Un amigo conoce a alguna gente que vive en su calle. Lo vieron. Igual que vieron que me cogían a mí.

—¿Qué amigo?

Holman vaciló.

—¿Quién?

Holman todavía no supo qué decir.

—Sólo... un amigo.

—¿Gary Moreno?

Holman sabía que era mejor no preguntar cómo lo sabía. Habría sido defensivo. Ser defensivo implicaba culpabilidad.

—Sí, Gary Moreno. Es un amigo. Katherine, nos conocemos desde niños...

—¿Tanto que te dio un coche?

—Tiene un taller. Tiene un montón de coches...

—¿Y tanto dinero que no necesitas trabajar?

—Conocía a mi hijo...

—¿Un delincuente múltiple y miembro de una banda y no crees que mereciera la pena mencionarlo?

—¿Katherine...?

—¿Qué estás haciendo, Holman?

—Nada...

—No me vuelvas a llamar.

La línea quedó muerta.

Holman marcó el botón de marcado rápido, pero le saltó el buzón de voz. Pollard había desconectado el teléfono. Habló lo más deprisa que pudo.

—Katherine, escucha, ¿qué tendría que haber dicho? Chee es mi amigo, es el apodo de Gary, y sí, es un delincuente convicto, pero yo también. He sido delincuente toda mi vida; la única gente que conozco son delincuentes.

Su buzón de voz sonó, cortándolo. Holman maldijo y pulsó otra vez el botón de marcado rápido.

—Ahora es honrado igual que yo estoy tratando de ser honrado, y es mi amigo, así que acudí a él en busca de ayuda. No conozco a nadie más. No tengo a nadie más. Katherine, por favor, llámame. Te necesito. Necesito tu ayuda en esto. Agente Pollard, por favor...

El buzón de voz sonó otra vez, pero en esta ocasión Holman cerró el teléfono. Se sentó en el aparcamiento, a esperar. No sabía qué más hacer. No sabía dónde vivía Pollard ni cómo contactar con ella salvo a través de su teléfono móvil. Ella lo había mantenido así como forma de protegerse. Holman se sentó en su coche, sintiéndose solo de la misma forma en que había estado solo en su primera noche en prisión. Quería contactar con ella, pero la agente Pollard había apagado el móvil.

34

La madre de Pollard llamó a la hora de cenar, tal y como habían quedado. Su madre iría a recoger a los niños cuando volvieran del campamento, luego se los llevaría a su urbanización en Canyon Country, donde podían jugar al lado de la piscina mientras su abuela jugaba al póquer en línea, al Texas hold'em.

Pollard, sabiendo que sería espantoso y armándose de valor para el dolor, dijo:

—¿Pueden quedarse a dormir contigo esta noche?

—Katie, ¿estás con un hombre?

—Estoy muy cansada, mamá. Sólo estoy agotada, nada más. Necesito un descanso.

—¿Por qué estás cansada? ¿No estás enferma, verdad?

—¿Pueden quedarse?

—¿No habrás pillado nada? ¿Has pillado algo de un hombre? Necesitas un marido, pero no hay razón para ser una zorra.

Pollard bajó el teléfono y lo miró. Oyó que su madre seguía hablando, pero no pudo entender las palabras.

—¿Mamá?

—¿Qué?

—¿Pueden quedarse?

—Supongo que sí, ¿y el campamento? Estarán desolados si se pierden el campamento.

—Perderse un día no les hará nada. Odian el campamento.

—No entiendo a una madre que necesita un descanso de sus hijos. Yo nunca necesité un descanso de ti ni lo quise.

—Gracias, mamá.

Pollard colgó el teléfono y miró el reloj que estaba sobre el fregadero. Estaba en la cocina. La casa estaba otra vez en silencio. Observó la segunda manecilla moverse y esperó el toc.

¡Toc!

Como un disparo.

Se levantó y volvió a la sala de estar, preguntándose si Leeds tendría razón. Había sentido una especie de admiración por Holman tanto en el momento en que lo detuvo como ahora, por cómo cayó y por cómo había vuelto. Y había sentido una especie de atracción, también. A Pollard no le gustaba admitir la atracción. La hacía sentirse estúpida. Quizá se había vuelto india sin saberlo siquiera. Quizás era así como uno se volvía indio. Quizá se trataba de algo que se aparecía cuando no estabas mirando y se apoderaba de ti sin que lo supieras.

Pollard miró los papeles del sofá y se sintió disgustada consigo misma. Su expediente de Holman.

—Joder.

Dieciséis millones de dólares era una fortuna. Era un tesoro enterrado, un billete de la lotería premiado, la olla de oro al final del arco iris. Era la mina del holandés errante y el tesoro de Sierra Madre.

Holman había robado nueve bancos y se había llevado un total de menos de veinte mil. Había cumplido diez años y había salido sin nada, así que ¿por qué no iba a querer el dinero? Pollard quería el dinero. Había soñado con él, se había visto a sí misma en el sueño, abriendo una cochambrosa puerta de garaje en un barrio de mierda, todo cubierto de mugre; levantando la puerta y encontrando el dinero, un enorme paquete de pasta envasado al vacío de dieciséis millones de dólares. Más que suficiente para toda la vida. Y las de los niños. Sus problemas estarían resueltos.

Pollard, por supuesto, no lo robaría. Quedarse el dinero era sólo una fantasía. Como encontrar a un príncipe encantado.

Pero Holman era un delincuente degenerado de toda la vida que había robado coches, desvalijado almacenes y atracado nueve bancos: probablemente no se lo pensaría dos veces antes de quedarse el dinero.

Sonó el teléfono. El teléfono de su casa, no el móvil.

Las tripas de Pollard se tensaron porque estaba segura de que era su madre. Los chicos probablemente habían despotricado por quedarse, y ahora su madre la estaba llamando para descargar los dos cañones de la culpa.

Pollard regresó a la cocina. No quería responder, pero lo hizo. Ya se sentía bastante culpable.

—¿De verdad estás ayudando al Héroe? —dijo April Sanders.

Pollard cerró los ojos y cargó con una nueva dosis de culpa.

—Lo siento mucho, April. ¿Estás en apuros?

—Oh, a la mierda Leeds. ¿Es verdad lo del Héroe?

Pollard suspiró.

—Sí.

—¿Te lo estás tirando?

—¡No! ¿Cómo puedes hacerme una pregunta semejante?

—Yo me lo tiraría.

—April, cállate.

—No me casaría con él, pero me lo follaría.

—April...

—Encontré a Alison Whitt.

—¿Todavía vas a ayudarme?

—Claro. Voy a ayudarte, Pollard. Confía un poco en tu hermana.

Pollard cogió un boli.

—Vale, April. Te debo una, chica. ¿Dónde está?

—En el depósito de cadáveres.

Pollard se quedó paralizada con el boli en el aire al tiempo que la voz de April se tornaba sombría y profesional.

—¿En qué te has metido, Pollard? ¿Por qué estás buscando a una chica muerta?

—Era la novia de Marchenko.

—Marchenko no tenía novia.

—La vio en múltiples ocasiones. La madre de Marchenko habló con ella al menos dos veces.

Bill y yo miramos sus facturas telefónicas, Kat. Si hubiéramos identificado a una novia potencial en las llamadas la habríamos investigado.

—No sé qué decirte. Quizá nunca la llamó desde casa y sólo la llamaba desde la casa de su madre.

Sanders vaciló y Pollard supo que lo estaba pensando.

—En fin —dijo Sanders—. La ficha muestra un par de detenciones por prostitución, hurtos, drogas... lo habitual. Era sólo una chiquilla de veintidós años, y ahora la han matado.

Pollard sintió el cosquilleo en la sangre otra vez.

—¿La asesinaron?

—Encontraron el cuerpo en un Dumpster, cerca de Yucca, en Hollywood. Marcas de ligaduras en el cuello indicaban estrangulación, pero la causa de la muerte fue una parada cardiaca provocada por pérdida de sangre. La apuñalaron doce veces en el pecho y el abdomen. Sí, lo llamaría asesinato.

—¿Alguna detención?

—No.

—¿Cuándo la mataron?

—La misma noche en que mataron al hijo de Holman.

Ninguna de las dos habló durante un momento. Pollard estaba pensando en María Juárez. Se preguntó si María Juárez también aparecería muerta. Finalmente Sanders formuló la pregunta.

—¿Kat? ¿Sabes qué le ocurrió a esa chica?

—No.

—Me lo dirás si lo averiguas.

—Sí, te lo diré. Claro que te lo diré.

—Vale.

—¿Cuál fue la hora de la muerte?

—Entre las once y las once y media de esa noche.

Pollard dudó, insegura de si eso podría significar algo o cuánto debería decir, pero le debía la verdad a April.

—Mike Fowler la conocía o tenía noticias de ella. ¿Reconoces el nombre de Fowler?

—No, ¿quién es?

—Uno de los agentes que mataron esa noche con Richard Holman. Era el oficial más veterano.

Pollard sabía que Sanders estaba tomando notas. Todo lo que dijera ahora formaría parte de los archivos de Sanders.

—Fowler contactó con la madre de Marchenko por una chica llamada Allie. Sabía que Allie y Anton Marchenko estaban relacionados y preguntó por ella a la señora Marchenko.

—¿Qué le dijo la señora Marchenko?

—Negó que conociera a la chica.

—¿Qué te dijo a ti?

—Nos dijo el nombre y nos dejó mirar en sus facturas de teléfono hasta que encontramos el número.

—¿Te refieres a ti y al Héroe?

Pollard cerró los ojos otra vez.

—Sí, Holman y yo.

—Ah.

—Basta.

—¿Cuándo mataron a los cuatro agentes esa noche?

Pollard sabía adónde quería ir a parar Sanders y ya lo había considerado.

—A la una y treinta y dos. Un perdigón rompió el reloj de Mellon a la una y treinta y dos, así que conocen la hora exacta.

—O sea que es posible que Fowler y esos tipos mataran antes a la chica. Tuvieron tiempo de matarla e ir luego al río.

—También es posible que alguien matara a la chica y luego fuera al río a matar a los cuatro agentes.

—¿Dónde estaba el Héroe esa noche?

Pollard también había pensado en eso.

—Tiene un nombre, April. Holman estaba todavía bajo custodia. No lo soltaron hasta el día siguiente.

—Afortunado él.

—Oye, April, ¿puedes conseguir el informe de la policía sobre Alison Whitt?

—Ya lo tengo. Te lo mandaré por fax en cuanto llegue a casa. No quiero hacerlo desde aquí.

—Gracias, nena.

—Tú y el Héroe. Joder, ¡qué pasada!

Pollard colgó el teléfono y volvió a la sala de estar. Su casa ya no parecía en silencio, pero sabía que ahora los sonidos procedían de su corazón. Consideró los papeles de su sofá, pensando en que pronto añadiría más. El expediente de Holman estaba creciendo. Una chica había sido asesinada antes de la puesta en libertad de Holman y ahora éste creía que la policía estaba mintiendo sobre María Juárez. Se preguntó otra vez si María Juárez aparecería muerta y si el quinto hombre tendría algo que ver con ello.

Pollard pensó en los tiempos y se encontró a sí misma deseando que el hijo de Holman no tuviera nada que ver con el asesinato de Alison Whitt.

Había visto a Holman batallar con la culpa que sentía acerca de la muerte de su hijo y sufrir ante los crecientes indicios de que su hijo hubiera estado implicado en un plan ilegal para recuperar el dinero robado. Holman se quedaría aplastado si su hijo era un asesino.

Pollard sabía que tenía que hablarle de Alison Whitt y descubrir más de María Juárez. Pollard cogió el teléfono, pero dudó. La aparición de Leeds se había cobrado un peaje. Sus comentarios acerca de que se había vuelto india la habían dejado sintiéndose estúpida y avergonzada de sí misma. No se había vuelto india, pero había estado pensando en Holman en formas que la inquietaban. Incluso Sanders se había reído. «Tú y el Héroe, joder, qué pasada.»

Pollard tenía que llamarlo, pero todavía no. Arrojó otra vez el teléfono al sofá y volvió al garaje a través de la cocina. Aquello era un horno, y eso que el sol estaba bajo y empezaba a caer la noche. Se abrió paso entre bicicletas, monopatines y la aspiradora hasta un cochambroso armario gris cubierto de polvo. No lo había abierto en años.

Tiró del cajón superior y encontró la carpeta que contenía los recortes de sus viejos casos. Pollard se había guardado recortes de prensa de sus casos y detenciones. Había estado a punto de tirarlo todo un centenar de veces, pero no lo había hecho, y ahora se alegró. Quería leer otra vez acerca de él. Necesitaba recordar por qué el *Times* lo había llamado el Bandido Heroico, y por qué se merecía una segunda oportunidad.

Encontró el recorte y sonrió al leer el titular. Leeds había arrojado el periódico por la sala y había maldecido al *Times* durante una semana, pero Pollard había sonreído ya entonces. El titular decía: «El Surfero, un héroe.»

Pollard leyó los recortes en la cocina y recordó cómo se habían conocido...

El Bandido Surfero

La mujer que estaba delante de él se movió, irritada, haciendo un gruñido de indignación al mirarlo por cuarta vez. Holman sabía que se estaba preparando para decir algo, así que no le hizo caso. No le haría ningún bien. La mujer finalmente disparó.

—Odio este banco. Sólo tres cajeros, y se mueven como sonámbulos. ¿Por qué hay tres cajeros si hay diez ventanillas? ¿No deberían contratar más gente si ven una cola como ésta? Siempre que vengo aquí, la misma mierda.

Holman bajó la mirada de manera que la visera de su gorra le tapara la cara de las cámaras de vigilancia.

La mujer subió el tono de voz, buscando que la oyera otra gente de la fila.

—Tengo cosas que hacer. No puedo pasarme el día en este banco.

Sus modales estaban atrayendo la atención. Todo en

ella llamaba la atención. Era una mujer voluminosa, con un vestido hawaiano brillante de color púrpura, uñas naranjas y una enorme melena de pelo crespo. Holman cruzó los brazos sin responder y trató de hacerse invisible. Llevaba una camisa desgastada de Tommy Bahama, pantalones Armani de color crema, sandalias y una gorra del muelle de Santa Mónica calada sobre los ojos. También llevaba gafas de sol, pero lo mismo que la mitad de la gente de la cola. Aquello era Los Ángeles.

La mujer despotricó otra vez.

—Bueno, al fin. ¡Ya era hora!

Un hombre mayor con piel curtida y camisa rosa avanzó hasta el cajero. A continuación fue la mujer, y luego le llegó el turno a Holman. Trató de calmar la respiración y confió en que los cajeros no percibieran la forma en que estaba sudando.

—Señor, puedo atenderle aquí.

La cajera de la fila final era una mujer enérgica de rasgos tensos, demasiado maquillaje y anillos en los pulgares. Holman se arrastró hasta la ventanilla y se acercó todo lo que pudo. Llevaba una hoja de papel doblada por la mitad en torno a una bolsa de papel marrón. Puso la nota y la bolsa en el mostrador delante de ella. La nota estaba compuesta por palabras que había recortado de una revista. Esperó a que ella lo leyera.

ESTO ES UN ATRACO
PONGA EL DINERO EN LA BOLSA

Holman habló en voz baja para que nadie más le oyera.

—Nada de paquetes de tinta. Sólo deme el dinero y todo irá bien.

Los rasgos de la mujer se tensaron todavía más. Lo miró y Holman le devolvió la mirada; la cajera se humedeció los labios y abrió el cajón del efectivo. Holman miró el reloj que había detrás de la cajera. Supuso que ella ya había pulsado una alarma silenciosa con el pie y la compañía de seguridad del banco estaba alertada. Un ex recluso conocido de Holman le había advertido que sólo contaba con dos minutos para coger el dinero y salir del banco. Dos minutos no era mucho, pero había sido suficiente en las ocho ocasiones anteriores.

La agente especial del FBI Katherine Pollard estaba en el aparcamiento del supermercado Ralphs en Studio City, sudando al sol de la tarde. Bill Cecil, en el asiento del pasajero de su coche federal gris sin identificar, le dijo en voz alta:

—Te va a dar una insolación.

—Ya no aguanto más sentada.

Llevaban en el aparcamiento desde las ocho y media de esa mañana, media hora antes de que abrieran los bancos de la zona. Pollard tenía el trasero cuadrado, así que salía del coche cada veinte minutos para estirar los músculos. Cuando lo hacía, dejaba la ventanilla del conductor bajada para controlar las dos radios del asiento delantero, aunque Cecil se quedaba en el coche. Cecil era el agente más veterano, pero estaba allí sólo para ayudar. El caso del Surfero era de Pollard.

Pollard se puso en cuclillas, tocándose los dedos de los pies. Detestaba estirarse en público con su enorme trasero, pero habían estado rondando en el aparcamiento de Ralphs durante tres días, rezando por que el Surfero actuara otra vez. Leeds había bautizado a aquél como el Surfero, porque llevaba sandalias, camisa hawaiana y el pelo enmarañado recogido en una cola de caballo.

Una voz craqueó en una de las radios.

—¿Pollard?

—Eh, señora —dijo Cecil—, es el jefe.

Era Leeds en el canal del FBI.

Pollard se dejó caer en el asiento y cogió la radio.

—Eh, jefe, estoy lista.

—La policía quiere a su gente en otra cosa. Yo estoy de acuerdo. Voy a desconectar esto.

Pollard miró a Cecil, pero éste sólo se encogió de hombros y negó con la cabeza. Pollard había estado temiendo ese momento. Había cuarenta y dos atracadores en serie conocidos actuando en la ciudad. Muchos de ellos usaban armas y violencia, y la mayoría de ellos había robado muchos más bancos que el Surfero.

—Jefe, va a robar uno de mis bancos. Cada día que no lo ha hecho incrementa las posibilidades de que lo haga. Sólo necesitamos un poco más de tiempo.

Pollard había hecho el perfil de la mayoría de los atracadores en serie que operaban en Los Ángeles. Creía que el modelo del Surfero era más obvio que la mayoría. Los bancos que atracaba siempre estaban situados en intersecciones importantes y tenían un acceso fácil a dos autovías; ninguno empleaba guardias de seguridad, barreras de plexiglás o entradas trampa para atracadores; y todos sus atracos habían seguido una ruta en sentido contrario a las agujas del reloj a lo largo de la red de autovías de Los Ángeles. Pollard creía que su siguiente objetivo estaría cerca del cruce de Ventura y Hollywood, y había identificado seis bancos como objetivos más probables. La operación de vigilancia que ella supervisaba se ocupaba de esos seis bancos.

—No es lo bastante importante —dijo Leeds—. El departamento quiere a su gente con los pistoleros y yo tampoco puedo permitirme tenerte a ti y a Cecil parados más tiempo. Las Estrellas de Rock han actuado hoy en Torrance.

Pollard sintió que se desanimaba. Las Estrellas de Rock eran una banda de ladrones a los que llamaban así porque uno de ellos cantaba durante los atracos. Sonaba estúpido hasta que te enterabas de que el cantante iba completamente colocado y llevaba un subfusil MAC-10. Las Estrellas de Rock habían matado a dos personas en dieciséis robos.

Cecil cogió la radio.

—Dele un día más a la chica, jefe. Se lo ha ganado.

—Lo siento, pero está decidido, Katherine. Se acabó.

Pollard estaba intentando decidir qué más decir cuando la segunda radio cobró vida. Estaba conectada con Jay Dugan, el jefe del equipo de vigilancia de la policía de Los Ángeles.

—Dos once en curso en el First United. En marcha.

Pollard dejó caer la radio del FBI en el regazo de Cecil y puso en marcha su cronómetro. Pulsó el botón del temporizador y arrancó el coche. Acto seguido radió a Dugan.

—¿Tiempo en la pista?

—Un minuto y medio más diez. En marcha.

Cecil ya estaba informando a Leeds.

—Está pasando, Chris. Estamos en marcha. Vamos, señora, conduce este trasto.

El First United California Bank estaba a sólo cuatro manzanas, pero el tráfico era denso. El Surfero tenía al menos noventa segundos de ventaja sobre ellos y probablemente ya estaría saliendo del banco.

Pollard metió la marcha y se incorporó al tráfico.

—Se acaba el tiempo, Jay.

—Estamos a unas manzanas. Irá de poco.

Pollard se incorporó al tráfico con una mano, haciendo sonar el claxon. Condujo deprisa hacia el banco, rezando por llegar a tiempo.

Holman observó que la cajera vaciaba uno a uno los cajones en la bolsa. Se estaba entreteniendo.

—Más deprisa.

La mujer aumentó el ritmo.

Holman miró al reloj y sonrió. La manecilla de los segundos había recorrido setenta segundos. Saldría en menos de dos minutos.

La cajera terminó de meter el dinero en la bolsa. Estaba teniendo cuidado de no establecer contacto visual con otros cajeros. Cuando el último paquete de dinero estuvo en la bolsa, esperó las instrucciones de Holman.

—Bien —dijo éste—. Ahora sólo empuje la bolsa hacia mí. No grite ni se lo diga a nadie hasta que yo haya salido.

La mujer empujó la bolsa hacia él exactamente como Holman quería, pero fue entonces cuando la directora de la sucursal llevó una hoja de crédito. La directora vio la bolsa de papel y la expresión de la cajera y no le hizo falta nada más. Se quedó helada. No gritó ni intentó detenerlo, pero Holman se dio cuenta de que estaba asustada.

—No se preocupe —dijo—. Todo va bien.

—Cójalo y lárguese. Por favor, no haga daño a nadie.

El viejo con la camisa rosa había finalizado su transacción. Estaba pasando por detrás de Holman cuando la directora le dijo a éste que no hiciera daño a nadie. El viejo se volvió para ver qué estaba ocurriendo y, como la directora, se dio cuenta de que estaban robando el banco. A diferencia de la directora, gritó:

—¡Nos están robando!

Su rostro se puso colorado, se agarró el pecho y profirió un gorgoteo agonizante.

—Eh —dijo Holman.

El viejo dio un traspiés hacia atrás y cayó. Cuando golpeó el suelo puso los ojos en blanco y el gorgoteo se convirtió en un suspiro menguante.

—¡Oh, Dios mío! —gritó la mujer ruidosa del vestido hawaiano.

Holman cogió el dinero y echó a correr hacia la puerta, pero nadie se estaba moviendo para ayudar al anciano.

—¡Creo que está muerto! —dijo la mujer—. ¡Que alguien llame a una ambulancia! ¡Creo que está muerto!

Holman siguió corriendo, pero de repente volvió la mirada. El rostro colorado del hombre se había puesto amoratado y el hombre no se movía. Holman sabía que el viejo había sufrido un ataque cardiaco.

—Maldición —dijo Holman—, ¿nadie sabe hacer una reanimación cardiorrespiratoria? ¡Que alguien le ayude!

Nadie se movió.

Holman sabía que el tiempo se estaba agotando. Ya había pasado la barrera de los dos minutos. Se volvió hacia la puerta, pero no pudo hacerlo. Nadie estaba tratando de ayudar.

Holman corrió hacia el anciano, se dejó caer en el suelo y se puso a trabajar para salvarle la vida. Todavía estaba insuflando aire en la boca del anciano cuando entró en el banco una mujer armada con una pistola, seguida por aquel hombre inhumanamente grueso y calvo. La mujer se identificó como agente del FBI y le dijo a Pollard que estaba detenido.

Entre respiraciones, Holman dijo:

—¿Quiere que pare?

La mujer bajó la pistola.

—No —dijo—, lo está haciendo bien.

Holman continuó con la reanimación hasta que llegó la ambulancia. Había quebrantado la regla de los dos minutos por tres minutos y cuarenta y seis segundos.

El anciano sobrevivió.

CUARTA PARTE

35

Holman se encontraba haciendo flexiones cuando alguien llamó a la puerta. Había estado haciéndolo mecánicamente, una serie detrás de otra, durante la mayor parte de la mañana. Había dejado dos mensajes en el contestador de Pollard la tarde anterior y estaba armándose de valor para telefonear otra vez. Cuando oyó que llamaban a la puerta supuso que sería Perry. Nadie más había llamado nunca a la puerta de su habitación.

—Un momento.

Holman se puso los pantalones y fue a abrir, pero no se encontró con Perry, sino con Pollard. No sabía qué pensar de que Pollard se presentara de esa manera, así que la miró, sorprendido.

—Hemos de hablar —dijo ella.

Pollard no estaba sonriendo. Parecía irritada, y sostenía la carpeta con todos los papeles que él le había dado. Holman de repente se dio cuenta de que estaba sin camisa, y lo lamentó al pensar que su piel estaba fofa, blanca y sudorosa.

—Pensaba que era otra persona.

—Déjame pasar, Holman. Hemos de hablar de esto.

Holman retrocedió para dejarla pasar y miró al pasillo. La cabeza de Perry desapareció por detrás de la esquina. Holman volvió a su habitación, pero dejó la puerta abierta. Se sentía avergonzado por su aspecto y la habitación cutre, y estaba seguro de que ella no se sentiría cómoda estando a solas con él allí dentro. Se puso una camiseta.

—¿Recibiste mis mensajes?

Pollard volvió a la puerta y la cerró, pero se quedó con la mano en el pomo.

—Sí, y quiero preguntarte algo. ¿Qué vas a hacer con el dinero?

—No sé de qué estás hablando.

—Si encontramos los dieciséis millones, ¿qué quieres hacer?

Holman la miró. Ella parecía seria. Tenía los labios fruncidos y cara de pocos amigos. Tenía aspecto de haber venido a repartirse el pastel.

—¿Estás de broma? —dijo Holman.

—No estoy de broma.

Holman la estudió un momento más, antes de sentarse en el borde de la cama. Se puso los zapatos únicamente por tener algo que hacer, aunque necesitaba una ducha.

—Sólo quiero averiguar lo que le pasó a mi hijo. Si encontramos el dinero, puedes quedártelo. No me importa lo que hagas con él.

Holman no sabía si ella estaba decepcionada o aliviada. En cualquier caso, le daba igual, salvo por el hecho de que todavía quería su ayuda.

—Escucha, si te lo quieres quedar, yo no voy a delatarte. Pero, eso sí, no voy a dejar que el dinero me impida encontrar al asesino de Richie. Si se trata de elegir el dinero o descubrir lo que ocurrió, entonces el dinero pasa a segundo plano.

—¿Y tu amigo, Moreno?

—¿Has escuchado mis mensajes? Sí, me prestó el coche. ¿Qué pasa con eso?

—Quizás espera una parte.

Holman se estaba irritando.

—¿Qué pasa contigo y Moreno? ¿Cómo has tenido noticias suyas?

—Sólo responde mi pregunta.

—No has hecho ni una sola pregunta. Nunca mencioné el

dinero, pero me importa una mierda si se lo queda. ¿Qué crees que estamos haciendo, planeando un crimen?

—Lo que creo es que la policía os ha juntado a Moreno y a ti. ¿Cómo ha llegado a eso?

—He ido a verlo tres o cuatro veces. Quizá lo tengan bajo vigilancia.

—¿Por qué iban a estar vigilándolo si cumple la ley?

—Tal vez supusieron que me ayudó a encontrar a María Juárez.

—¿Tiene algo que ver con Juárez?

—Le pedí ayuda. Oye, lo siento si no te dije que Chee me prestó el puto coche. No estoy buscando el dinero, estoy buscando al hijo de puta que mató a mi hijo.

Holman terminó de ponerse los zapatos y miró a Pollard. Ella continuaba observándolo, así que le sostuvo la mirada. Sabía que estaba tratando de interpretarlo, pero no estaba seguro de por qué. Finalmente, Pollard pareció decidirse y soltó el pomo.

—Nadie se va a quedar el dinero. Si lo encontramos, lo devolveremos.

—Bien.

—¿Estás conforme?

—Te he dicho que bien.

—¿Y tu amigo Chee?

—Me prestó el puto coche. Por lo que yo sé, ni siquiera sabe lo del dinero. Si quieres ir a verlo, vamos. Puedes preguntárselo tú misma.

Pollard lo estudió un poco más antes de sacar varias hojas de la carpeta.

—La novia de Marchenko se llamaba Alison Whitt. Era una prostituta.

Pollard le pasó las hojas a Holman. Éste examinó la primera mientras Pollard hablaba y vio que se trataba de una copia del historial policial y un documento de identificación sobre una mujer blanca llamada Alison Whitt. La reproducción en blanco y negro de su foto de ficha policial era basta, pero parecía una niña, con el pelo rubio rojizo y una frescura del medio oeste.

—Aproximadamente dos horas antes de que tu hijo y los otros tres agentes fueran asesinados, también asesinaron a Whitt.

Pollard continuó, pero Holman ya no estaba escuchando lo que decía. En su mente fueron saltando fotografías que borraron a Pollard de la escena y lo dejaron aterrado: Fowler y Richie en un callejón oscuro, caras iluminadas por los destellos de sus pistolas. Holman apenas se oyó decir:

—¿La mataron ellos?

—No lo sé.

Holman cerró los ojos, luego los abrió, tratando de contener las imágenes, pero el rostro de Richie sólo se hizo más grande, iluminado por el destello silencioso de su pistola cuando Pollard continuó.

—Fowler la llamó el jueves que volvieron con el barro. Hablaron durante doce minutos esa tarde. Fue la noche que Fowler y Richard llegaron tarde y volvieron con los zapatos sucios.

Holman se levantó y rodeó su cama hasta el aire acondicionado, tratando de alejarse de la pesadilla que se desarrollaba en su cabeza. Se centró en la foto que tenía en la cómoda de Richie a los ocho años, cuando todavía no era un ladrón y un asesino.

—Ellos la mataron. Ella les dijo dónde estaba el dinero o quizá les mintió, pero la mataron.

—No vayas por ese camino, Holman. La policía se está concentrando en clientes o clientes a los que pudiera haber conocido en su trabajo de día. La prostitución era sólo algo ocasional, era camarera en un local de Sunset llamado Mayan Grille.

—Eso es mentira. Sería una coincidencia demasiado grande, que la mataran así, esa misma noche.

—Yo también creo que es mentira, pero los tipos que llevan el caso probablemente no conocen la conexión con Marchenko. No olvides al quinto hombre. Ahora tenemos a cinco personas en el grupo de Fowler y sólo cuatro de ellos están muertos. El quinto hombre podría ser el asesino.

Holman había olvidado al quinto hombre, pero ahora se agarró a esa idea como a un clavo ardiendo. El quinto hombre también había estado intentando encontrar a Allie, y ahora todos los demás estaban muertos. De repente recordó a María Juárez.

—¿Has averiguado algo de la mujer de Juárez?

—He hablado con una amiga esta mañana. El departamento todavía mantiene que se largó.

—No se largó; se la llevaron. Ese tipo que me cogió a mí, Vukovich, la cogió a ella, trabaja para Random.

—Mi amiga está en ello. Está tratando de conseguir la cinta que María hizo de su marido. Sé que me contaste que Random dijo que era falsa, pero nuestra gente también puede examinarla, y tenemos a los mejores expertos del mundo.

Tenemos. Como si aún estuviera en el FBI.

—¿Todavía vas a ayudarme? —dijo Holman.

Pollard vaciló, luego se volvió hacia la puerta con la carpeta.

—Será mejor que no me estés mintiendo.

—No estoy mintiendo.

—Será mejor que no. Dúchate. Te espero abajo en el coche.

Holman observó que Pollard se iba, luego se apresuró a ducharse.

36

El Mayan Grille era un pequeño restaurante de Sunset, cerca de Fairfax, que sólo servía desayunos y almuerzos. El negocio iba bien. La gente esperaba en la acera y las mesas de fuera estaban repletas de jóvenes, gente de buen aspecto comiendo crepes y tortillas. Holman detestó el lugar en cuanto lo vio y aborreció a la gente de la terraza. No lo pensó mucho en el momento, pero sintió asco con sólo mirarlos.

Holman no había hablado de camino al Mayan Grille. Había hecho ver que escuchaba mientras Pollard le ponía al corriente de Alison Whitt, pero sobre todo pensó en Richie. Se preguntó si las tendencias delictivas se heredaban como una vez temió Donna o si una vida familiar nefasta podía conducir a alguien al crimen. En cualquier caso, Holman suponía que la responsabilidad recaía en él. Pensar estas cosas lo puso huraño al seguir a Pollard abriéndose paso entre el gentío hacia el interior del restaurante.

Dentro, también estaba lleno. Holman y Pollard se encontraron ante un muro de gente que esperaba a que les dieran mesa. Pollard tenía problemas para ver más allá de la multitud, pero Holman, más alto que la mayoría, veía bien. La mayoría de los tipos iban vestidos con tejanos sueltos y camisetas, la mayoría de las chicas llevaba camisas atadas que mostraban tatuajes por encima de las nalgas. Todo el mundo parecía más interesado en cotillear que en comer, porque la mayoría de los platos estaban llenos. Holman concluyó que o ninguno tenía trabajo o trabajaban en la industria del ocio o ambas cosas. Holman y Chee solían frecuentar aparcamientos de lugares así para robar coches.

—La policía ha identificado a una de las camareras, una chica llamada Marki Collen, como próxima a Whitt. Es la que estamos buscando.

—¿Y si no está aquí?

—He llamado para asegurarme. Sólo hemos de convencerla para que hable con nosotros. No será fácil con esto tan lleno.

Pollard le pidió que esperara y se abrió camino hasta un camarero que estaba comprobando la reserva de uno de los clientes de la cola. Holman los observó hablar y vio que alguien con aspecto de encargado se les acercaba. El encargado señaló a la camarera que estaba ayudando a un chico a limpiar una mesa en la parte del fondo y negó con la cabeza. Pollard no parecía contenta cuando regresó.

—Tienen a veinte personas esperando mesa, están faltos de personal y no van a dejar que se tome un descanso. Pasará un rato antes de que pueda hablar con nosotros. ¿Quieres tomar un café y volver cuando ella salga?

Holman no quería esperar ni ir a ningún otro sitio. Se suponía que tendría que hacer tiempo mientras un puñado de aspirantes a triunfar en Hollywood sin nada mejor que hacer que hablar sobre su última audición pedían comida que no iban a comer. Holman, que ya estaba de mal humor, se cabreó aún más.

—¿Es aquella del fondo, la que ha señalado el tipo?

—Sí, Marki Collen.

—Vamos.

Holman se abrió paso con los hombros a través de la multitud y se fue derecho a la mesa. El ayudante de camarero acababa de limpiarla y estaba colocando un nuevo cubierto. Holman retiró una silla y se sentó, pero Pollard dudó. La camarera ya había llamado a dos hombres para sentarlos y al ver que Holman había ocupado la mesa lo fulminó con la mirada.

—No podemos hacer esto —dijo Pollard—. Vas a conseguir que nos echen.

Ni hablar, pensó Holman.

—No te preocupes.

—Necesitamos su cooperación.

—Confía en mí. Son actores.

Marki Collen estaba sirviendo la mesa de detrás de Holman. Parecía atareada y presionada, como todas las demás camareras y el ayudante de camarero del local. Holman sacó dinero de Chee, manteniendo el fajo oculto bajo la mesa. Se recostó y tocó la cadera de Marki.

—Estaré con usted en un minuto, señor.

—Mira esto, Marki.

La joven miró alrededor al oír su nombre y Holman le mostró un billete de cien dólares doblado. Observó la mirada de la chica para asegurarse de que ella lo veía bien y se lo deslizó en el delantal.

—Dile a la camarera que soy un amigo y que nos has dicho que nos sentemos.

La camarera había avisado al encargado y ahora estaban volviendo echando humo hacia la mesa con los dos hombres tras ellas. Holman observó cómo Marki los interceptaba, pero parte de él estaba deseando enfrentarse cara a cara con los dos hombres que querían la mesa. Holman quería darles una patada en el culo y mandarlos a Sunset Boulevard.

Pollard le tocó el brazo.

—Para. Basta de mirarlos así. Joder, ¿qué es esta hostilidad?

—No sé de qué estás hablando.

—¿Quieres pelearte con ellos por la puta mesa? Ya no estás en el patio de la cárcel, Holman. Hemos de hablar con esta chica.

Holman se dio cuenta de que Pollard tenía razón. Los estaba mirando con ojos carcelarios. Se obligó a dejar de mirar. Se fijó en las mesas de alrededor. La mayoría del resto de los hombres del local tenía la edad de Richie. Holman comprendió que por eso estaba tan enfadado. Aquella gente estaba rebañando crepes, en cambio, Richie estaba en el depósito de cadáveres.

—Tienes razón. Lo siento.

—Vamos, cálmate.

Marki solucionó la situación con el encargado y volvió a la mesa con una amplia sonrisa y dos menús.

—Eso ha estado bien, señor. ¿Le he atendido alguna vez antes?

—No, no es eso. Hemos de preguntarte por Alison Whitt. Tenemos entendido que erais amigas.

Marki no pareció conmovida ni en un sentido ni en otro cuando Holman mencionó el nombre de Alison. Se limitó a encogerse de hombros y sostener su libreta como si estuviera esperando a que pidieran.

—Bueno, sí, más o menos. Éramos colegas aquí en el trabajo. Escuche, no es el mejor momento. Tengo todas estas mesas.

—Cien pavos cubren muchas propinas, cielo.

Marki se encogió de hombros otra vez y cambió el peso del cuerpo al otro pie.

—La policía ya habló conmigo. Hablaron con todos los de aquí. No sé qué más puedo decir.

—No queremos saber tanto de su asesinato como de un antiguo novio —dijo Pollard—. ¿Sabías que trabajaba de prostituta?

Marki rio nerviosamente, luego miró a las mesas más cercanas para asegurarse de que nadie estaba escuchando antes de bajar la voz.

—Bueno, sí, claro. La policía se lo dijo a todo el mundo. Eso fue lo que nos preguntaron.

—Su ficha muestra dos detenciones hace un año, y luego nada. ¿Todavía estaba trabajando?

—Oh, sí. Esa chica era una lanzada, le encantaba esa vida. Le encantaban todas esas grandes historias.

Holman mantenía un ojo en el encargado, que estaba cabreado y observándolos. Holman estaba casi seguro de que iba a acercarse porque Marki continuaba charlando en lugar de trabajar.

—Mira, Marki —dijo Holman—. Sirve un par de mesas para que tu jefe no se cabree y luego vuelve a contarnos las historias. Nosotros miraremos los menús.

Cuando ella se fue, Pollard se inclinó hacia él.

—¿Le has dado cien dólares a esa chica?

—¿Y qué?

—No estoy buscando pelea, Holman.

—Sí. Cien pavos.

—Joder. Tendría que haber dejado que me pagaras.

—Es dinero de Chee. Tú no querrías contaminarte.

Pollard lo miró. Holman sintió que se ruborizaba y apartó la mirada. Estaba de un humor de perros y tenía que contenerse. Miró el menú.

—¿Quieres comer algo? Ya que estamos aquí, podríamos comer.

—Vete a la mierda.

Holman miró el menú hasta que Marki regresó. Marki les dijo que podía quedarse un minuto y Pollard reanudó las preguntas como si Holman no acabara de comportarse como un capullo.

—¿Alguna vez te habló de sus clientes?

—Tenía historias divertidas de sus clientes. Algunos eran famosos.

—Estamos tratando de averiguar de un tipo con el que ella estuvo hace cuatro o cinco meses. Podría haber sido su novio, aunque es más probable que fuera un cliente. Tenía un nombre inusual: Anton Marchenko. Un tipo ucraniano.

Marki sonrió, reconociendo el nombre enseguida.

—Ése era el pirata. Martin, Marko, Mar-algo.

—Marchenko.

—¿Qué es eso del pirata? —dijo Holman.

La sonrisa de la chica se transformó en una mueca.

—Era su rollo. Allie decía que no podía correrse sin simular que era ese pirata malaleche, no sé, yo-ho-ho y una botella de ron, que era un aventurero y tenía un tesoro escondido.

Holman miró a Pollard y vio que curvaba la comisura de la boca. Ella le devolvió la mirada y asintió. Tenían algo.

Holman volvió a mirar a Marki y puso su sonrisa más amistosa.

—No jodas. ¿Le dijo que tenía un tesoro enterrado?

—Decía toda clase de tonterías. La llevaba al cartel de Hollywood. Le gustaba hacerlo allí. Nunca la llevaba a su casa ni lo hacían en el coche o en un motel. Tenían que ir al cartel de Hollywood para que él pudiera dar esos discursos y contemplar su reino.

Marki rio otra vez, pero Holman vio un problema.

—¿Allie te dijo que iban al cartel?

—Sí. Cuatro o cinco veces.

—No se puede llegar al cartel. Está vallado y plagado de cámaras de seguridad.

Marki pareció sorprendida, luego se encogió de hombros como si no le importara.

—Eso es lo que ella me contó. Decía que era una putada porque había que escalar, pero el tipo estaba forrado. Le pagaba mil dólares sólo por, bueno... oral. Allie decía que subiría todos los días por mil dólares.

Llamaron a Marki de una mesa cercana, y ésta dejó a Holman y Pollard solos de nuevo. Holman estaba empezando a dudar de la historia de Allie respecto al cartel.

—He estado allí arriba —dijo—. Puedes acercarte, pero no puedes llegar al cartel. Hay cámaras de vídeo por todas partes. Incluso tienen sensores de movimiento.

—Espera un momento, Holman, esto tiene sentido. Marchenko y Parsons vivían en Beachwood Canyon. El cartel está justo en la cima de esa colina. Podrían haber escondido el dinero allí.

—No puedes enterrar dieciséis millones de dólares cerca de ese cartel. Dieciséis millones hacen bulto.

—Lo veremos cuando lleguemos allí. Vamos a echar un vistazo.

Holman todavía tenía sus dudas, pero cuando Marki regresó, Pollard continuó con las preguntas.

—Casi hemos terminado, Marki. En un minuto te dejamos en paz.

—Como él ha dicho, cien pavos cubren muchas propinas.

—¿Allie sabía por qué siempre tenía que ser en el cartel?

—No lo sé. Simplemente era donde le gustaba ir.

—Vale, has mencionado algo de discursos. ¿Qué clase de discursos hacía?

Marki arrugó la cara, pensando.

—Quizá no eran realmente discursos, más bien alardeaba. Como que era un pirata que la había raptado para follársela encima de todo su tesoro robado. Ella tenía que actuar como si eso la calentara mucho, ¿sabes?, como si la pusiera un montón que se la tirara encima de esas monedas de oro.

Pollard asintió con la cabeza para darle ánimos.

—¿Como si a él le pusiera hacerlo encima del dinero?

—Supongo.

Pollard miró otra vez a Holman, y esta vez él se encogió de hombros. Follar sobre la pasta podía haber sido la fantasía de Marchenko, pero Holman todavía no veía que fuera posible enterrar dieciséis millones en efectivo en un espacio tan público.

Entonces recordó que Richie y Fowler habían vuelto a casa cubiertos de hierba y barro.

—¿Cuando los polis estuvieron aquí les hablaste de Marchenko? —preguntó Holman.

Marki pareció sorprendida.

—¿Debería? Fue hace mucho tiempo.

—No, sólo quería saber si ellos preguntaron.

Holman estaba preparado para irse, pero Pollard no lo estaba mirando a él.

—Vale, sólo una pregunta más —dijo—. ¿Sabes cómo conoció Allie a ese tipo?

—No.

—¿Tenía una madame o trabajaba para un servicio telefónico?

Marki volvió a arrugar la cara.

—Tenía a alguien que la cuidaba, pero no era un macarra.

—¿Qué quiere decir «alguien que la cuidaba»? —preguntó Holman.

—Suena tonto. Me dijo que no debería decírselo a nadie.

—Allie ya no está. El estatuto de las limitaciones ha vencido.

Marki miró a las mesas vecinas, luego bajó la voz otra vez.

—Bueno. Allie trabajaba para la poli. Dijo que no le preocupaba meterse en problemas porque tenía a este amigo que se encargaría. Incluso le pagaban por hablar de sus clientes.

Esta vez cuando Holman miró a Pollard vio que se había puesto pálida.

—¿Alison era una informante pagada?

Marki hizo una mueca de incomodidad y se encogió de hombros.

—No se estaba haciendo rica ni nada. Me dijo que tenía una especie de tope sobre la cantidad. Cada vez que ella pedía dinero ese tipo tenía que conseguir que lo aprobaran.

—¿Te dijo para quién trabajaba? —dijo Holman.

—No.

Holman volvió a mirar a Pollard, pero Pollard seguía pálida. Holman le tocó el brazo.

—¿Algo más?

Pollard negó con la cabeza.

Holman sacó otro billete de cien y lo deslizó en la mano de Marki.

37

Una actriz deprimida llamada Peg Enwistle se suicidó en 1932 saltando desde lo alto de la letra H. Las letras tenían quince metros de altura entonces, igual que ahora, y el cartel se extendía a lo largo de unos ciento cuarenta metros en la cima del monte Lee, en las colinas de Hollywood. Después de años de desatención, el cartel de Hollywood se reconstruyó a finales de los setenta, pero los gamberros hicieron de las suyas y poco después el ayuntamiento cerró la zona al público. Rodearon el cartel con vallas, cámaras de circuito cerrado, luces infrarrojas y sensores de movimiento. Era como si estuvieran custodiando Fort Knox, lo cual no se le pasó por alto a Holman cuando guio a Pollard a la cima de Beachwood Canyon. Holman había estado subiendo al cartel desde que era niño.

Pollard parecía preocupada.

—¿Sabes cómo llegar allí?

—Sí. Ya casi estamos.

—Pensaba que teníamos que atravesar Griffith Park.

—Este camino es mejor. Estamos buscando una calle más pequeña que conozco.

Holman todavía pensaba que no encontrarían nada, pero sabía que tenían que mirar. Cada nuevo descubrimiento que hacían los llevaba de nuevo a la policía, y ahora sabían que un policía también había estado relacionado con Alison Whitt.

Si Whitt le habló a su agente de contacto de Anton Marchenko, entonces los polis podrían haberse enterado del cartel de Hollywood. Relacionar el cartel con la fantasía de Marchenko les habría llevado a registrar la zona. Richie podría haber formado parte de la búsqueda. Holman se preguntaba si Alison Whitt había visto a Marchenko en las noticias. Era probable. Tal vez se había dado cuenta de que su pirata era el atracador de bancos y le contó lo que sabía a su poli. Y probablemente eso le había costado la vida.

—Estos cañones son una mierda —dijo Pollard—. No hay señal de móvil.

—¿Quieres dar la vuelta?

—No, no quiero dar la vuelta. Quiero comprobar si esta chica era realmente una informante.

—¿Hay alguna línea caliente de informantes a la que puedas llamar?

—No te hagas el gracioso, Holman. Por favor.

Subieron por las estrechas y serpenteantes calles residenciales de Beachwood Canyon. El cartel de Hollywood se alzaba sobre ellos, en ocasiones visible entre casas y árboles y en ocasiones oculto por la montaña. Cuando llegaron a lo alto del risco, Holman le dijo que girara.

—Reduce. Estamos llegando. Puedes aparcar delante de esas casas.

Pollard aparcó y salieron del coche. La calle terminaba abruptamente en una gran verja. La verja estaba cerrada y de ella colgaba un gran cartel que rezaba: «Cerrado al público.»

Pollard pareció tener reservas al estudiar el cartel.

—¿Éste es el atajo? Está cerrado.

—Es una pista forestal. Podemos seguirla alrededor del pico hasta la parte de atrás del cartel. Por este camino hay dos o tres kilómetros menos que por Griffith Park. He estado subiendo aquí desde que era niño.

Pollard tocó el cartel: «Cerrado al público.»

—¿Alguna vez has obedecido la ley?

—La verdad es que no.

—Joder.

Pollard se coló por el lateral de la verja. Holman la siguió y empezaron a subir por la pista forestal. Era más empinada de lo que Holman recordaba, claro que él era más viejo y estaba en baja forma. Al poco rato ya le costaba respirar. Pollard, en cambio, parecía como si tal cosa. La pista forestal se unía a una carretera pavimentada, y la carretera pavimentada se empinaba aún más al curvarse en torno a la parte de atrás del pico. El cartel de Hollywood se perdía de vista, pero la torre de radio que se alzaba sobre éste era cada vez más visible.

—No hay manera de que esos tipos subieran todo ese dinero aquí —dijo Holman—. Está demasiado lejos.

—Marchenko trajo a su novia aquí arriba.

—Ella podía caminar. ¿Dejarías dieciséis millones en un sitio como éste?

—Yo tampoco robaría trece bancos ni me liaría a tiros con la poli.

La carretera se envolvía en torno a la parte de atrás de la montaña cuando se acercaron al pico, pero se curvaba otra vez hacia el lado delantero, y de repente todo Los Ángeles se extendió ante ellos hasta donde a Holman le alcanzaba la vista. La isla de Catalina flotaba en la niebla casi ochenta kilómetros al suroeste. El cilindro rechoncho del edificio de Capitol Records marcaba la ubicación de Hollywood, y apretados grupos de rascacielos se alzaban como islas que punteaban el paisaje marino de la ciudad desde el centro a Century City.

—¡Guau! —exclamó Pollard.

A Holman le importaba un pimiento la vista. El cartel de Hollywood se hallaba unos diez metros por debajo de ellos, tapiado por una alambrada verde de dos metros de altura que recorría el borde de la carretera, repleto de antenas y parabólicas de microondas y rodeado de todavía más vallas. Holman señaló el cartel con la mano.

—Ahí está. ¿Todavía crees que enterraron el dinero ahí?

Pollard metió los dedos en la alambrada y miró el cartel. La pendiente era pronunciada. Las bases de las letras estaban demasiado debajo para verlas.

—Maldición —dijo Pollard—. ¿Puedes bajar ahí?

—Sólo si escalamos la alambrada, pero no es por la alambrada por lo que has de preocuparte. ¿Ves las cámaras?

Había cámaras de circuito cerrado de televisión montadas en pértigas de metal a lo largo de la valla, junto a la estación de comunicaciones. Las cámaras estaban orientadas al cartel.

—Estas cámaras —dijo Holman— vigilan el cartel veinticuatro horas al día. Tienen cámaras a lo largo de la longitud del cartel y más cámaras debajo de la base para verlo desde todos los ángulos. Y están equipadas con infrarrojos para poder grabar de noche, y tienen sensores de movimiento.

Pollard se puso de puntillas, tratando de ver lo más lejos posible pendiente abajo, luego entrecerró los ojos para ver la carretera que subía hasta la estación de comunicaciones. La estación también estaba repleta de cámaras. Una empinada pendiente subía otros ocho o diez metros desde la carretera hasta la cima. Pollard miró colina arriba, y luego otra vez a las cámaras.

—¿Quién controla las cámaras?

—El Servicio del Parque. Los Rangers están observando ese trasto veinticuatro horas al día, siete días a la semana.

Pollard miró colina arriba.

—¿Qué hay ahí arriba?

—Hierba. Es sólo la cima de la colina. Hay una vieja instalación del servicio geológico, pero nada más.

Pollard partió hacia la estación de comunicaciones y Holman la siguió. Ella se detenía de cuando en cuando para mirar al letrero.

—¿Se puede llegar desde debajo del cartel? —preguntó.

—Por eso tienen los sensores de movimiento. Las cámaras de abajo vigilan las laderas de aproximación.

—Maldita sea, es empinado. ¿Se hace más plano en la base de las letras?

—Un poco, pero no mucho. Es más bien un lugar amplio en la senda. El cartel está muy metido en la ladera.

La estación de comunicaciones estaba rodeada por una valla todavía más alta. La valla, de dos metros y medio, estaba coronada por alambre de espino. La carretera en la que estaban llegaba a un punto sin salida justo en una verja que atravesaba la calzada como una pared. Estaban encerrados entre la empinada pendiente en un lado, la valla en el otro, y la verja delante de ellos. Holman pensó que se sentía como en un túnel de alambradas.

—Se supone que hay un helipuerto en el otro lado de la antena, pero nunca lo he visto. Así es como suben si alguien hace saltar la alarma. Mandan un helicóptero.

Pollard levantó la mirada a las cámaras de alrededor, luego volvió a mirar hacia el sitio por el que habían llegado. Parecía decepcionada.

—Tenías razón, Holman. Este sitio es una cárcel.

Holman intentó imaginar a Richie, a Fowler y a los otros dos polis subiendo allí en plena noche, pero simplemente no podía verlo.

Si sospechaban que Marchenko había escondido el dinero en el cartel o cerca de éste, ¿dónde y cómo buscarían? El cartel de Hollywood ocupaba mucho terreno y ni siquiera los polis podían acercarse sin ser vistos por los Rangers. Holman pensó que podrían haber intentado decirles a los Rangers que estaban llevando a cabo una investigación policial oficial, pero las posibilidades de ello eran mínimas. Habría sido un mal movimiento, empeorado incluso al llevar a cabo la búsqueda por la noche. Los Rangers habrían planteado preguntas y se habría corrido la voz más allá del parque. Si habían tratado de mentir para abrirse camino con los Rangers lo habrían hecho durante el día. Salir de noche significaba que la búsqueda había sido secreta.

—¿Sabes en qué estoy pensando? —dijo Pollard.

—¿En qué?

—En mamadas.

Holman sintió que se ruborizaba. Apartó la mirada y se aclaró la garganta.

—¿Sí?

Pollard describió un pequeño círculo, extendiendo los brazos a los lados.

—Así que Marchenko la traía aquí para tener sexo, ¿qué hacía, simplemente bajarse los pantalones aquí mismo en la carretera? Hay cámaras por todas partes. Otra gente podría subir caminando por la carretera. No hay ninguna intimidad. Es un sitio asqueroso para una mamada.

Holman se sentía incómodo con Pollard hablando de sexo. La miró, pero no pudo establecer contacto visual. Ella de repente se volvió y miró por la empinada pendiente que se elevaba sobre ellos.

—¿Hay un camino hasta arriba?

—Sí, pero no hay nada arriba.

—Por eso. Quiero verlo.

Holman se dio cuenta de que el instinto de ella era bueno. La cima era el único sitio privado de la colina.

Se deslizaron entre la ladera y el extremo de la valla que se alzaba junto a la estación de comunicaciones y subieron por un estrecho y empinado sendero. No era fácil de recorrer como la pista forestal. Pollard se cayó dos veces de rodillas, pero enseguida llegaron a la cima y alcanzaron un pequeño calvero en lo alto de la colina. Lo único que había allí arriba era el equipo geológico que Holman recordaba y arbustos. Pollard miró a su alrededor a la vista de 360 grados que les rodeaba y sonrió.

—¡De esto estoy hablando! Si estaban haciendo guarradas, las estaban haciendo aquí.

Pollard tenía razón. Desde el calvero podían ver a cualquiera que se acercara por la pista forestal. Las cámaras que salpicaban la valla estaban por debajo de ellos y orientadas al cartel. Nadie estaba vigilando la cima.

Aun así, Holman todavía no creía que Marchenko y Parsons hubieran enterrado su dinero allí arriba. Cargar tanto efectivo habría requerido varios viajes, y cada viaje habría incrementado las posibilidades de que los descubrieran. Aunque fueran lo bastante estúpidos para llevar el dinero allí, el agujero requerido para enterrarlo habría sido del tamaño de cinco o seis maletas. Habría resultado difícil cavar en el suelo rocoso, y cualquiera que visitara la cima habría reparado con facilidad en la zona de suelo removido.

Holman señaló las huellas de talones y las marcas de rozadura que habían arañado en el calvero.

—Quizás estaba con la chica aquí, pero no hay forma de que subieran el dinero. ¿Ves todas estas huellas? Los excursionistas suben aquí todo el tiempo.

Pollard consideró las huellas, luego caminó en torno a los bordes del calvero. Parecía estar estudiándolo desde diferentes ángulos.

—Esta colina no es tan grande —dijo—. No hay mucho sitio aquí arriba.

—A eso me refiero.

Pollard contempló Hollywood.

—Pero ¿por qué tenía que subir aquí para estar con la chica? Podría haberse hecho pasar por pirata en cualquier otro sitio.

Holman se encogió de hombros.

—¿Por qué robó trece bancos vestido de comando? Hay gente que está zumbada.

Holman no estaba seguro de que ella le hubiera oído. Pollard seguía mirando Hollywood. Entonces negó con la cabeza.

—No, Holman, subir aquí era importante para él. Significaba algo. Es una de las cosas que nos enseñaban en Quantico. Incluso la locura tiene un sentido.

—¿Crees que el dinero estaba aquí arriba?

Pollard negó con la cabeza, pero todavía estaba mirando al cañón.

—No. No, tienes razón en eso. No enterraron dieciséis millones de dólares aquí arriba, y Fowler y tu hijo a buen seguro que no lo encontraron y lo sacaron. Ese agujero parecería el cráter de una bomba.

—Vale.

Pollard señaló a la ciudad.

—Pero él vivía justo debajo en Beachwood Canyon. ¿Lo ves? Cada día cuando salía de su apartamento, podía mirar arriba y ver este cartel. Quizá no guardaron el dinero en su apartamento ni lo escondieron aquí, pero algo en este sitio le hacía sentir seguro y poderoso. Por eso subía a la chica aquí.

—La vista es enorme. Quizá le hacía sentir como en la cofa de uno de esos viejos veleros.

Pollard continuaba sin mirarlo, estaba contemplando Beachwood Canyon, como si las respuestas a todas sus preguntas estuvieran esperando a ser encontradas.

—No lo creo, Holman. ¿Recuerdas lo que Alison le contó a Marki? Siempre tenía que ser aquí. No podía hacerlo sin sus fantasías, y las fantasías eran acerca de su tesoro: tener sexo encima del dinero. El dinero es igual a poder. El poder es igual a sexo. Estar aquí le hacía sentirse cerca de su dinero, y el dinero le daba el poder para tener sexo. —Miró a Holman—. Fowler y tu hijo pudieron coger barro y hierba en cualquier solar de Los Ángeles, pero si sabían lo que sabía Alison, habrían subido aquí. Mira alrededor. No es tan grande. Sólo mira.

Pollard caminó hasta los matorrales, examinó el terreno como si hubiera perdido las llaves del coche. Holman pensaba que estaban perdiendo el tiempo, pero se volvió en la dirección opuesta.

El único artefacto hecho por el hombre que había en la cima era un aparato que a Holman le pareció un espantapájaros de metal. Holman lo había visto antes. Lo habían colocado años atrás y llevaba las marcas del Servicio Geológico de Estados Unidos. Supuso que era algún chisme para controlar la actividad sísmica, aunque no lo sabía.

Holman estaba en una zona de matorrales tres metros detrás de la jaula cuando encontró tierra removida.

—¡Pollard! ¡Agente Pollard!

Era una pequeña depresión en forma de huevo de aproximadamente treinta centímetros de largo. La tierra removida más oscura en el centro destacaba de la tierra sin tocar de alrededor.

Pollard apareció a su lado y se arrodilló en la depresión. Sondeó el terreno removido con los dedos y probó la zona circundante. Cogió un puñado de suelo suelto del centro y luego sacó más. Al apartar ese suelo reveló un perímetro duro. Continuó extrayendo tierra hasta que finalmente se sentó sobre los talones. No había tardado mucho.

—¿Qué es? —preguntó Holman.

Ella lo miró.

—Es un agujero... Holman. ¿Ves el filo donde se clavó la pala? Alguien enterró algo. ¿Has visto que había una hondonada? Alguien sacó alguna cosa, así que no había bastante tierra para rellenar el espacio vacío cuando rellenaron el agujero. De ahí la hondonada.

—Cualquiera podría haber cavado esto.

—Sí, cualquiera podría haberlo cavado. Pero ¿cuánta gente subiría aquí a cavarlo, y qué habría contenido que alguien quisiera llevarse?

—Tenían dieciséis millones. No puedes meter dieciséis millones en un agujerito así.

Pollard se levantó y ambos miraron el agujero.

—No, pero podrías esconder algo que llevara a los dieciséis millones: coordenadas GPS, una dirección, llaves...

—Un mapa del tesoro —dijo Holman.

—Sí. Incluso el mapa del tesoro de un pirata.

Holman levantó la mirada, pero Pollard se estaba alejando. Holman miró al agujero otra vez y sintió que un vacío crecía en su corazón. El agujero en su corazón era más grande que ese hoyo y lo sentía más grande que el cañón que se extendía debajo del cartel. Era el vacío de un padre que le había fallado a su único hijo y eso le había costado la vida al chico.

Richie no había sido un buen hombre.

Richie quería el dinero.

Y Richie había pagado el precio.

Holman oyó la voz de Donna haciendo eco en el cavernoso vacío que lo llenaba, las mismas palabras una y otra vez.

De tal palo, tal astilla.

38

Pollard se sacudió el polvo de las manos, lamentando no tener una toallita húmeda. Tenía tierra metida bajo las uñas y le costaría sacársela, pero no le importaba. Pollard tenía un alto grado de confianza en que el agujero estaba relacionado con Marchenko y Parsons y la búsqueda de su dinero, pero la confianza no es una prueba. Abrió el teléfono. El indicador de barras mostraba que disponían de una excelente cobertura, pero todavía no estableció la llamada. Un hombre acompañado de un perro blanco estaba subiendo por la pista forestal, debajo de la cima. Pollard los observó, pensó en las cámaras fijadas a los postes, y decidió que al menos una de las cámaras probablemente registraba imágenes de la pista forestal. El Servicio de Parques casi con seguridad había grabado el vídeo, pero Pollard sabía que la mayoría de los vídeos de seguridad se almacenaban digitalmente en el disco duro que se grababa encima una vez que la memoria se llenaba. Sabía por experiencia que la mayoría de las capturas de seguridad no se conservaban más de cuarenta y ocho horas. No creía que se guardaran las imágenes de Fowler y los otros agentes subiendo por la pista forestal en plena noche, si es que habían existido. Uno o más de los agentes probablemente habían hecho una visita previa durante el día. Habrían visto las cámaras y habrían preparado una forma de evitarlas, igual que habían planeado cómo y dónde buscar.

Pollard estudió los alrededores y decidió que era posible. Ella y Holman habían seguido la pista forestal que se envolvía en torno al pico para llevarlos a la instalación de comunicaciones situada encima del cartel de Hollywood. Las cámaras probablemente incluían vistas de la carretera al aproximarse al cartel y la antena, pero nadie estaba vigilando la carretera por la parte de atrás de la montaña. Pollard avanzó hasta el borde de la cima y estudió la pendiente que daba atrás. Era empinada, pero Pollard pensó que era factible. Trepar por la pendiente en una noche húmeda con botas deficientes probablemente explicaba el barro en las botas de Fowler.

Pollard abrió el teléfono otra vez y marcó el número del móvil de Sanders de la memoria. Supo que Sanders no estaba en la oficina porque respondió con voz normal.

—Déjame hacerte una pregunta, Pollard, ¿qué coño estáis haciendo tú y el Héroe?

Pollard miró a Holman, al otro lado de la cima. Él todavía estaba de pie en el hoyo. Bajó la voz.

—Lo mismo que estábamos haciendo ayer y anteayer. ¿Por qué?

—Porque Leeds ha estado recibiendo presión en serio de la policía. Han estado llamando del Parker Center y Leeds está yendo a reuniones de las que no informa a nadie, y se está viniendo abajo.

—¿Ha dicho algo específico sobre mí?

—Pues mira, ha dicho que si contactabas con alguno de nosotros teníamos que informarle de inmediato. También decía que si alguno de nosotros estaba usando tiempo y recursos del Gobierno para ayudar una empresa civil, y me miró a mí al decirlo, le aplicaría cargos disciplinarios y lo mandaría a Alaska de una patada en el culo.

Pollard vaciló, considerando cuánto debería decir.

—¿Dónde estás?

—En el puerto. Un vagabundo robó un banco y luego se quedó dormido en el parque al otro lado de la calle.

—¿Vas a informar de esta llamada?

—¿Estás infringiendo la ley?

—Por el amor de Dios, no. No estoy infringiendo la ley.

—Entonces que le den a Leeds. Sólo quiero saber qué está pasando.

—Te lo contaré, pero deja que te pregunte antes: ¿has podido conseguir una copia de la cinta de Juárez?

Sanders no respondió de inmediato, pero cuando lo hizo su tono era cauto.

—Me explicaron que la cinta se ha borrado. Un accidente desafortunado, dijeron.

—Espera, ¿la cinta de coartada de Juárez se destruyó?

—Es lo que dijeron.

Pollard respiró hondo. Primero María Juárez había desaparecido y ahora su cinta había sido destruida, la misma cinta de la que María aseguraba que era la coartada de su marido. Pollard se dio cuenta de que estaba sonriendo, aunque sin ningún humor. Se había levantado una brisa cálida, pero era agradable sentirla en la cara. Le gustaba estar en la cima.

—Voy a decirte algunas cosas —dijo Pollard—. Todavía no lo sé todo, así que no repitas esto.

—Por favor.

—¿Quién está llamando a Leeds?

—No lo sé. Las llamadas llegaron del Parker Center y Leeds no nos ha dicho ni una palabra. No ha estado en la oficina en dos días.

—Muy bien. Creo que estamos ante una conspiración criminal entre agentes de policía que surge de los atracos de Marchenko y Parsons. La conspiración incluye el asesinato del hijo de Holman y los otros tres agentes debajo del puente de la calle Cuarta.

—¿Te estás quedando conmigo?

El teléfono de Pollard sonó con una llamada entrante.

—¿Qué es eso? —dijo Sanders.

—Tengo una llamada.

Pollard no reconoció el número, así que dejó que fuera al buzón de voz. Reanudó su conversación con Sanders.

—Creemos que los cuatro agentes muertos más al menos otro agente estaban llevando a cabo una investigación no oficial para encontrar los dieciséis millones desaparecidos.

—¿Los encontraron?

—Creo que lo hicieron, o identificaron su localización. Mi hipótesis es que una vez que se encontró el dinero, al menos un miembro de la conspiración decidió quedárselo todo. Eso todavía no lo sé, pero estoy segura de la conspiración. Creo que la quinta persona estaba relacionada con Alison Whitt.

—¿Cómo encaja Whitt en esto?

—Alison Whitt aseguraba que era una informante registrada de la policía. Si es verdad, podría haber dicho lo que sabía de Marchenko a su agente de contacto. Ese agente es potencialmente una parte de la conspiración.

Sanders vaciló.

—Quieres que identifique a su agente de contacto.

—Si está registrada, estará en una lista de informantes y lo mismo el nombre del agente con el que se registró.

—Esto va a ser complicado. Ya te he dicho que los tenemos encima.

—Tienes encima al Parker Center. El homicidio de Whitt lo maneja la comisaría de Hollywood. Todavía podrías conseguir cierta cooperación.

—Muy bien. Sí, vale, veré qué puedo hacer. ¿Realmente crees que es un asesinato entre polis?

—Eso es lo que pinta.

—No puedes quedarte con esto, por el amor de Dios. Eres una civil. Estás hablando de asesinato.

—Cuando tenga algo que se sostenga te lo daré. Puedes llevarlo a través del FBI. Ahora una cosa más...

—¿Joder, más?

—Quiero que sepas esto. Mike Fowler dejó un par de botas sucias en el patio de atrás de su casa. Las muestras del suelo y la vegetación deberían sacarse de sus botas y compararse con muestras de la cima que hay sobre el cartel de Hollywood.

—¿El cartel de Hollywood? ¿Por qué en el puto cartel?

—Ahí es donde estoy. Marchenko y Parsons ocultaron algo relacionado con sus robos ahí arriba. Creo que Fowler y Richard Holman vinieron a buscarlo, y creo que encontraron algo. Si terminas llevando esto adelante, querrás ver si las muestras de suelo coinciden.

—Vale. Estoy en ello. Mantenme avisada, ¿sí? Estemos en contacto.

—Llámame cuando tengas algo de Whitt.

Pollard terminó la llamada, luego recuperó el mensaje entrante. Era el ayudante de Peter Williams, que llamaba desde el Pacific West Bank.

«El señor Williams ha dispuesto que acceda a los archivos que solicitó. Tendrá que leerlos en nuestras instalaciones en horas normales de oficina. Por favor, contacte conmigo o con nuestra jefa de seguridad, Alma Wantanabe, para confirmar los preparativos.»

Pollard apartó el teléfono y sintió ganas de dar un puñetazo. Williams había cumplido y ahora todo estaba encajando. Pollard sintió que estaban cerca de dar un vuelco importante en la investigación y quería leer los archivos del Pacific West lo antes posible.

Se volvió hacia Holman y vio que ahora estaba agachado al lado del hoyo. Se apresuró a acercarse.

—¿Qué estás haciendo? —dijo.

—Volviendo a poner la tierra. Alguien podría romperse una pierna.

Holman lentamente estaba recolocando la tierra en el agujero con movimientos medidos y mecánicos.

—Bueno, deja de jugar con la tierra y vamos. El Pacific West tiene una copia de los resúmenes policiales. Eso es bueno, Holman. Si podemos hacer coincidir las cabeceras de los informes con los informes, sabremos lo que se llevó Random del escritorio de tu hijo.

Holman se levantó como si estuviera hecho de plomo y empezó a retroceder por la senda. Pollard relató lo que había averiguado de la cinta de María Juárez. Consideraba ese suceso revelador, y se enfadó cada vez más al ver que Holman no reaccionaba.

—¿Me has oído? —dijo Pollard.

—Sí.

—Nos estamos acercando, Holman. Si encontramos una pista en estos informes, o con el hecho de que Whitt fuera informante, todo encajará. ¿Es lo que querías, no?

Pollard se cabreó al ver que él no respondía. Estaba a punto de decir algo cuando Holman habló por fin.

—Creo que lo hicieron ellos —dijo.

Pollard se dio cuenta de lo que le inquietaba, pero no supo qué decir. Holman probablemente había mantenido la esperanza de que su hijo no fuera un poli corrupto, pero esa esperanza se había desvanecido.

—Todavía hemos de averiguar lo que ocurrió.

—Lo sé.

—Lo siento, Max.

Holman siguió caminando.

Cuando llegaron al coche, Holman entró sin decir una palabra, pero Pollard trató de animarlo. Dio la vuelta y se dirigió de nuevo por el cañón hacia Hollywood, contándole lo que esperaba encontrar cuando llegaran al Pacific West Bank.

—Escucha —dijo—, no quiero ir a Chinatown. Me gustaría que me llevaras a casa.

Pollard sintió un nuevo destello de irritación. Se sentía mal por Holman y por lo que tenía que pasar, pero allí estaba él con aquellos grandes hombros, llenando el otro lado de su coche con su gigante peso deprimente, sin mirarla siquiera. Le recordaba a ella misma cuando se sentaba en la cocina mirando el maldito reloj.

—No estaremos mucho rato en el banco —dijo ella.

—Tengo otra cosa que hacer. Sólo déjame en casa antes.

Estaban en Gower dirigiéndose al sur hacia la autovía, parados en un semáforo. Pollard pensaba meterse en la 101 para llegar rápidamente a Chinatown.

—Holman, escucha, estamos cerca, ¿vale? Estamos cerca de resolver este caso.

Él no la miró.

—Podemos hacerlo después.

—Maldita sea, estamos a medio camino de Chinatown. Si tengo que llevarte a Culver City está realmente a contramano.

—Olvídalo. Cogeré el puto bus.

Holman de repente abrió la puerta y se metió entre los coches. A Pollard la pilló con la guardia baja.

—¡Holman!

Holman trotó entre los coches y empezaron a sonar los cláxones.

—¡Holman! ¿Quieres volver aquí? ¿Qué estás haciendo?

Él no la miró. Siguió caminando.

—¡Vuelve al coche!

Holman caminó hacia el sur por Gower hacia Hollywood. Los conductores que Pollard tenía detrás se apoyaron en las bocinas, y ella finalmente siguió avanzando. Observó a Holman caminando, preguntándose qué era lo que quería hacer tan desesperadamente. Ya no se movía como un zombi ni parecía deprimido. Pollard pensó que parecía furioso. Había visto esa expresión en hombres antes, y le aterrorizaba. Holman parecía que quería matar a alguien.

Pollard no se metió en la autovía. Dejó que el tráfico fluyera en torno a ella, luego se acercó al bordillo, dejando que Holman caminara, pero manteniéndolo a la vista.

Holman no había mentido respecto a tomar el bus. Pollard observó que subía a un autobús en dirección oeste por Hollywood Boulevard. Seguirlo era un incordio, porque paraba en casi todas las esquinas. Cada vez que el bus se detenía, y aunque no hubiera sitio para aparcar, ella se veía obligada a pegar el Subaru al bordillo y sacar la cabeza para ver más allá de peatones y vehículos por si Holman bajaba.

Holman se apeó finalmente al llegar a Fairfax, y cogió un bus en dirección sur. Se quedó en el bus de Fairfax hasta Pico, luego cambió de autobús otra vez, dirigiéndose de nuevo al oeste. Pollard creía que Holman iba a casa como había dicho, pero no podía estar segura y no quería perderlo, así que lo siguió, furiosa consigo misma por malgastar tanto tiempo.

Holman bajó del autobús a dos manzanas de su motel. Pollard estaba preocupada por que pudiera verla, pero él no se volvió ni una vez. A Pollard le resultó extraño, como si no fuera consciente de lo que le rodeaba o ya no le importara.

Cuando Holman llegó a su motel, ella esperó a que entrara, pero él no lo hizo. Continuó por el lado y se metió en su coche. Pollard se puso a seguirlo otra vez.

Holman enfiló Sepulveda Boulevard y se dirigió al sur atravesando la ciudad. Pollard se quedó cinco o seis coches por detrás, siguiéndolo firmemente al sur hasta que Holman la sorprendió. Se detuvo junto a una salida de la autovía y compró un ramo de flores a uno de los vendedores que acechaban las rampas.

«¿Qué demonios está haciendo?», pensó Pollard.

Lo descubrió unas manzanas después, cuando Holman llegó al cementerio.

39

El sol de última hora de la mañana era abrasador cuando Holman se metió en los terrenos del cementerio. Las lápidas pulidas captaban la luz como monedas en la hierba y el césped inmaculado era tan brillante que Holman parpadeó bajo las gafas de sol. La temperatura exterior, según indicaba el salpicadero, era de treinta y siete grados. El reloj del salpicadero indicaba las once y diecinueve. Holman se vio un segundo en el espejo y se quedó de piedra: en ese instante, vio las viejas Ray-Ban Wayfarers con su pelo alborotado sobre las sienes y fue su antiguo yo; el mismo Holman que vivía alocadamente con Chee, metiéndose droga y robando coches hasta que perdió el control de su vida. Holman se quitó las Wayfarers. Había que ser estúpido para comprarse las mismas gafas.

Con semejante calor y siendo día laborable, sólo había unos pocos visitantes dispersos por el cementerio. Se estaba celebrando un entierro en la parte más alejada de los terrenos, pero sólo uno, con un pequeño grupo de dolientes reunidos en torno a una tienda.

Holman siguió el camino hasta la tumba de Donna y aparcó exactamente donde había aparcado la última vez que vino. Cuando abrió la puerta del coche, sintió la bofetada de calor y el brillo le hizo pestañear. Iba a coger las gafas de sol, pero pensó que no quería recordarle a Donna como era.

Holman llevó flores a su tumba. Las que había llevado la

otra vez estaban negras y mustias. Holman cogió las flores viejas y, a continuación, limpió la lápida de hojas muertas y pétalos. Fue a tirar todo en una papelera que había junto al sendero y puso las flores frescas en la tumba.

Se sintió mal por no haber llevado algún tipo de jarrón. Con ese calor y sin agua, las flores estarían marchitas al terminar el día.

Holman se enfadó todavía más consigo mismo, pensando que era de esa clase de gente que la cagaba siempre.

Se agachó y apoyó la mano en la lápida de Donna. El metal caliente le quemó la mano, pero Holman apretó más fuerte. Dejó que le ardiera.

—Lo siento —susurró.

—¿Holman?

Holman miró por encima del hombro y vio que Pollard venía hacia él. Se levantó.

—¿Qué creías que iba a hacer, robar un banco?

Pollard se detuvo junto a él y miró a la tumba.

—¿La madre de Richard?

—Sí, Donna. Debería haberme casado con esta chica, pero...

Holman lo dejó estar. Pollard levantó la mirada y pareció estudiarlo.

—¿Estás bien?

—No muy bien.

Holman examinó el nombre de Donna en la lápida. Donna Banik. Debería haber sido Holman.

—Donna estaba orgullosa de él. Yo también, pero supongo que el chico nunca tuvo una oportunidad, no siendo yo como era.

—Max, no hagas esto.

Pollard le tocó el brazo, pero fue un gesto leve, como la brisa de un coche que pasa cerca. Holman apenas lo sintió. Estudió a Pollard, de la cual sabía que era una mujer brillante y educada.

—Intenté creer en Dios cuando estaba en prisión. Es parte de la fórmula de los doce pasos, has de entregarte a un poder superior. Dicen que no ha de ser Dios, pero, vamos, ¿a quién quieren engañar? Realmente quería que hubiera un cielo; un cielo, ángeles, Dios en un trono.

Holman se encogió de hombros y volvió a mirar la lápida. Donna Banik. Se preguntó si le importaría que lo cambiara. Podría ahorrar dinero y comprar una nueva placa. Donna Holman. Entonces sus ojos se llenaron de repente de lágrimas al pensar que ella probablemente se avergonzaría.

Holman se secó los ojos.

—Tenía una carta, Donna la escribió cuando Richie terminó la Academia de Policía. Me contaba lo orgullosa que se sentía de que no fuera como yo, de que fuera un policía y no como yo. Podrías pensar que ella estaba siendo cruel, pero no lo era. Yo me sentí agradecido. Donna hizo bueno a nuestro hijo y lo hizo sola. Yo no les di nada en absoluto. Los dejé sin nada. Ahora espero que no haya un maldito cielo. No quiero que ella vea esto desde arriba. No quiero que sepa que él se volvió como yo.

Holman se sentía avergonzado de sí mismo por decir tales cosas. Pollard estaba rígida como una estatua. Tenía la boca apretada y una expresión adusta. Cuando Holman la miró, una lágrima resbaló por debajo de las gafas de sol de Pollard hasta su barbilla.

Holman perdió el control al ver la lágrima y su cuerpo se estremeció con un sollozo. Trató de contenerlo, pero jadeó y respiró agitadamente cuando las lágrimas le inundaron los ojos. Lo único que sabía en ese momento era cuánto dolor había causado.

Sintió los brazos de Pollard. Ella murmuró unas palabras, pero Holman no entendió lo que le estaba diciendo. Pollard lo abrazó fuerte, y él también a ella, pero sólo era consciente de los sollozos. No estaba seguro de cuánto tiempo estuvo llorando. Al cabo de un rato, Holman se calmó, pero continuó abrazándola. Se quedaron allí, abrazándose, hasta que Holman se dio cuenta de que él la estaba sosteniendo. Retrocedió.

—Lo siento.

La mano de Pollard se entretuvo en su brazo, pero ella no dijo nada. Holman pensó que lo haría, pero Pollard se volvió de lado para secarse los ojos.

Holman se aclaró la garganta. Todavía necesitaba hablar con Donna y no quería que Pollard le oyera.

—Escucha, quiero quedarme un rato aquí. Estaré bien.

—Claro. Lo entiendo.

—¿Por qué no lo dejamos por hoy?

—No. Quiero ver los informes. Puedo hacerlo sin ti.

—¿No te importa?

—Claro que no.

Pollard le rozó el brazo otra vez y él se estiró para tocarle la mano, pero ella se volvió. Holman la vio caminar hacia el coche bajo aquel sol de justicia y la observó alejarse en el vehículo. Entonces miró la placa de Donna.

Los ojos de Holman se llenaron de lágrimas otra vez, y ahora se alegró de que Pollard se hubiera ido. Se agachó una vez más y enderezó las flores. Ya estaban empezando a marchitarse.

—Malo o no, era nuestro hijo. Haré lo que tenga que hacer.

Holman sonrió, sabiendo que a ella no le gustaría, pero en paz con su destino. No puedes imponerte a la mala sangre.

—De tal palo, tal astilla.

Holman oyó que la puerta de un coche se cerraba detrás de él y miró hacia el sol. Dos hombres se le estaban acercando.

—Max Holman.

Otros dos hombres estaban llegando desde la dirección del entierro, uno de ellos con el pelo rojo brillante.

40

Vukovich y Fuentes estaban aproximándose desde un lado y otros dos hombres desde el otro. Holman no podía llegar a su coche. Se separaron al llegar como si esperaran que echara a correr y estuvieran preparados para eso. Holman se levantó de todos modos, con el corazón latiendo con fuerza. La planicie vacía del cementerio lo dejaba expuesto como una mosca en un plato, sin ningún lugar donde esconderse y sin forma de huir.

—Ahora tranquilo —dijo Vukovich.

Holman echó a correr hacia la verja, y tanto Fuentes como uno de los hombres de detrás de él se desplegaron.

—No sea estúpido —dijo Fuentes.

Holman empezó a trotar y los cuatro hombres de repente corrieron hacia él.

—¡Socorro! ¡Ayuda! —gritó Holman a los congregados.

Holman cambió de dirección hacia su coche, sabiendo que no lo conseguiría aunque lo intentara.

—¡Ayuda! ¡Aquí!

Los dolientes del funeral lejano se volvieron cuando los dos primeros agentes convergieron en él. Holman bajó el hombro en el último momento y golpeó con fuerza al tipo más pequeño, luego giró y corrió hacia su coche al tiempo que Vukovich gritaba:

—¡Tiradlo al suelo!

—¡Ayuda! ¡Ayuda, aquí!

Alguien golpeó a Holman desde detrás, pero él se mantuvo en pie y se volvió cuando Fuentes cargó desde el lado.

—Pare —gritó Vukovich—, maldita sea, ríndase.

Todo se desdibujó en cuerpos y brazos. Holman viró con fuerza, golpeando a Fuentes en la oreja, pero alguien lo placó por las piernas y lo derribó. Las rodillas se clavaron en su espalda y le retorcieron los brazos por detrás.

—¡Ayuda! ¡Ayuda!

—Calle, coño. ¿Qué espera que haga esa gente?

—¡Testigos! ¡Hay gente mirando, cabrones!

—Cálmese, Holman. No sea teatral.

Holman no paró de debatirse hasta que sintió las esposas de plástico en las muñecas. Vukovich le levantó por el pelo y le hizo girar para que se vieran el uno al otro.

—Calma. No va a pasarle nada.

—¿Qué están haciendo?

—Deteniéndolo. Calma.

—¡Yo no he hecho nada!

—Nos está jodiendo, Holman. Tratamos de ser amables, pero no lo captó. Nos está jodiendo.

Cuando lo pusieron en pie, Holman vio que todos los congregados en el funeral los estaban observando. Los dos polis en moto que habían escoltado el coche fúnebre se estaban alejando, pero Fuentes trotaba para ir a su encuentro.

—Son testigos, maldita sea —dijo Holman—. Van a acordarse de esto.

—Lo único que van a recordar es que detuvieron a un capullo. Deje de hacer el estúpido.

—¿Adónde me llevan?

—Está detenido.

—¿Por qué?

—Cálmese. No le va a pasar nada.

A Holman no le gustó la forma en que Vukovich le dijo que no le iba a pasar nada. Sonaba como algo que te dicen antes de asesinarte.

Lo pusieron de pie delante de su coche y le registraron los bolsillos. Cogieron su cartera, llaves y móvil, luego le cachearon los tobillos, cintura y entrepierna. Fuentes volvió y los dos polis de las motocicletas regresaron a su funeral. Holman los observó irse como si fueran salvavidas que se alejan con la corriente.

—Vale, subidlo —dijo Vukovich.

—¿Y mi coche? —dijo Holman.

—Cogeremos su coche. Va en la limusina.

—La gente lo sabe, maldita sea. La gente sabe lo que estoy haciendo.

—No, Holman, nadie sabe nada. Ahora cierre la boca.

Fuentes se alejó en el Highlander de Holman al tiempo que los dos nuevos tipos lo metían en el asiento de atrás de su coche. El hombre más grande se metió detrás con Holman y su compañero se colocó al volante. Arrancaron en cuanto tuvieron las puertas cerradas.

Holman sabía que iban a matarlo. Los dos polis no hablaron entre ellos ni lo miraron, de manera que Holman se obligó a pensar. Estaban en un típico Crown Victoria de detectives. Como todos los vehículos policiales, los asientos de atrás y las ventanas se cerraban desde delante. Holman no podría abrir la puerta ni aunque se soltara las manos. Tendría que esperar hasta que saliera del coche, pero entonces quizá sería demasiado tarde. Comprobó sus muñecas. Las esposas de plástico no cedían y no resbalaban por su piel. Había oído decir a varios reclusos que esas nuevas esposas de plástico eran más fuertes que las de acero, pero a Holman nunca se las habían puesto antes. Se preguntó si sería posible fundirlas.

Holman estudió a los dos polis. Ambos de treinta y tantos, de complexión fuerte y caras bronceadas, como si pasaran tiempo al aire libre. Eran hombres en forma y jóvenes, pero ninguno de ellos tenía los hombros fuertes ni el peso de Holman. El hombre sentado al lado de Holman llevaba anillo de boda.

—¿Alguno de ustedes conoció a mi hijo? —dijo Holman.

El conductor miró por el retrovisor, pero ninguno respondió.

—¿Alguno de vosotros, cabrones, se lo cargó?

El conductor miró otra vez y empezó a decir algo, pero el hombre del asiento de atrás lo cortó.

—Se lo ha de decir Random.

Holman suponía que Random era probablemente el quinto hombre, pero ahora Vukovich, Fuentes y aquellos dos tipos también formaban parte de la acción. Si se añadía a Fowler, Richie y los otros dos, eso sumaba nueve. Holman se preguntó si habría alguien más implicado. Dieciséis millones era un montón de dinero. Todavía había mucho que partir. Holman se preguntó qué sabían de Pollard. Probablemente lo habían seguido desde su apartamento y la habrían visto a ella en el cementerio. Probablemente no les gustaba la idea de mezclar al FBI, pero no correrían el riesgo. Cuando se deshicieran de él, se desharían de ella.

Circularon durante unos quince minutos. Holman pensó que lo sacarían en medio de ninguna parte o quizás en un almacén, pero doblaron por Centinela a una calle abarrotada de clase media en Mar Vista. A ambos lados de la calle se alineaban casitas en parcelas estrechas, separadas por setos y matorrales. Fuentes ya había llegado. Holman vio su Highlander aparcado delante en el bordillo. Fuentes no estaba en el coche y no había nadie cerca. El corazón de Holman empezó a latir y se le enfriaron las palmas de las manos. Se estaba acercando y tendría que actuar pronto. Se sentía como entrando en un banco o rondando un Porsche. Su vida estaba en juego.

Aparcaron delante de una casita amarilla. Un sendero estrecho, bajo un cobertizo, recorría el lateral de la casa hasta un garaje situado en la parte de atrás de la propiedad. Había un sedán azul aparcado bajo el cobertizo. Holman no reconoció el sedán. Fuentes probablemente ya estaba dentro, pero no sabía nada de Vukovich y Random. Toda la casa podría estar repleta de gente.

El conductor apagó el motor y cerró las puertas traseras. Salió el primero, pero el hombre del asiento de atrás esperó. El conductor abrió la puerta de Holman, pero se quedó cerca como si quisiera bloquear el paso a Holman.

—Venga, fuera. Salga, pero no se aleje del coche. Cuando salga, quédese delante, luego dese la vuelta hacia el coche. ¿lo ha entendido?

—Creo que podré hacerlo.

No querían que los vecinos vieran que Holman tenía las manos a la espalda.

—Salga y dese la vuelta.

Holman salió y se volvió. El conductor inmediatamente salió tras él y lo agarró con fuerza por las muñecas.

—Vale, Tom.

Tom era el del asiento de atrás. Salió, luego fue a la parte delantera del coche, esperando a Holman y al conductor.

Holman asimiló las casas de los alrededores. Las bicicletas en los patios delanteros y las sogas con nudos colgando de los árboles le dijeron que era un barrio familiar. Dos casas más allá había una lancha fueraborda en el sendero. Atisbó unas vallas de alambre a través de huecos en los matorrales. No había nadie en el exterior, la gente estaría dentro con el aire acondicionado, la mayoría mujeres con niños pequeños a esa hora del día. Podía gritar todo lo que quisiera, pero nadie le oiría. Si corría, tendría que saltar vallas. Esperaba que nadie tuviera un pitbull.

—Será mejor que me diga lo que quiere que haga para que no me caiga.

—Vamos a rodear el coche por delante.

—¿Vamos a la puerta delantera?

Holman ya había supuesto que usarían la cochera. La puerta delantera estaba abierta, pero probablemente la cocina se abría debajo del arco. La puerta estaría oculta. Holman no iba a dejar que lo metieran en la casa. Suponía que podría morir en la casa. Si tenía que morir prefería morir fuera, donde alguien pudiera verlo, pero Holman no planeaba morir ese día. Miró otra vez al motor fueraborda y luego a su Highlander.

Holman se alejó del coche. El conductor cerró la puerta y empujó a Holman hacia delante. Holman avanzó arrastrando los pies. Tom, que los esperaba en el sendero, echó a andar unos pasos por delante, y alcanzaría la puerta antes.

—Joder, puede caminar más deprisa —dijo el conductor.

—Me está pisando los pies. ¿Por qué no retrocede y me da un poco de espacio, por el amor de Dios? Voy a tropezar.

—Se jode.

El conductor se acercó todavía más tras él, que era lo que Holman quería. Quería al conductor lo más cerca posible en el estrecho espacio entre la casa y el sedán azul.

Tom ya estaba bajo el cobertizo, entre la casa y el coche, e iba hacia la puerta. Esperó a Holman y al conductor antes de abrir la puerta mosquitera. En ese momento, Tom estaba en un lado y Holman y el conductor en el otro, emparedados entre la casa y el sedán azul.

Holman no esperó a que la puerta se abriera del todo. Levantó el pie derecho, lo apoyó en la pared de la casa y empujó al conductor de espaldas contra el sedán con la máxima fuerza y velocidad posibles. Levantó el pie izquierdo para unirlo al derecho, y empujó con fuerza con ambas piernas, presionando con tanta fuerza que el sedán osciló. Echó la cabeza atrás y golpeó con ella en la cabeza del conductor. El sólido impacto de hueso con hueso le hizo ver estrellitas en los ojos. Volvió a martillar hacia atrás, impulsando con su grueso cuello y los hombros y sintiendo que el conductor se desplomaba al tiempo que Tom se daba cuenta de lo que estaba ocurriendo.

—Eh, hijo de puta...

Tom se esforzó por cerrar la puerta, pero Holman ya estaba corriendo. No miró atrás. No cruzó la calle ni se alejó de la casita amarilla. Cruzó el jardín delantero y giró de nuevo, corriendo hacia el trasero. Quería perderse de vista lo antes posible. Se tiró de cabeza a través de los arbustos y matorrales y cayó sobre una valla. Oyó a alguien gritando en el interior de la casa, pero no se detuvo. Cuando alcanzó la parte de atrás de la vivienda, rodó por encima de otra valla hasta el jardín trasero del vecino, y siguió avanzando. Ramas y ramitas le rasgaron la piel, pero no sentía nada. Corrió a través del patio del vecino, se lanzó de cabeza contra un seto de matorrales y se abrió camino a patadas hasta otra valla, como un animal. Aterrizó en una boca de riego. Se levantó y corrió, cayendo sobre un triciclo al atravesar el patio. Dentro, un perrito ladró y le tiró mordiscos desde el otro lado de una ventana. Oyó gritos y voces dos casas más allá y supo que venían, pero avanzó por el lateral de la casa hacia la calle, porque allí era donde había visto la lancha. La lancha estaba en el sendero.

Holman avanzó hasta la esquina de la casa. Vukovich y Tom estaban en la calle junto al coche. Vukovich sostenía una radio.

Holman se acercó a la embarcación, que tenía un gran motor Mercury fueraborda. Se retorció para colocar la brida de plástico en el filo de la hélice y serró lo más fuerte que pudo, esperando que aquel recluso se hubiera equivocado al decir que esas cosas eran más fuertes que el acero.

Empujó con todo su peso y continuó moviéndose para serrar la brida. Empujó tan fuerte que la brida le cortó la piel, pero el dolor sólo le impulsó a empujar más fuerte. La brida se partió y Holman se encontró con las manos libres.

Fuentes y Tom ahora se estaban moviendo en dirección opuesta, pero Vukovich corría por el medio hacia él.

Holman retrocedió desde la lancha y se escabulló por el patio de atrás en la dirección por la que había llegado. Los policías se estaban desplegando en abanico alejándose de la casa y no esperarían que él volviera, pero ése era un viejo truco que había aprendido de adolescente cuando empezó a colarse en apartamentos. Saltó otra vez la valla al siguiente patio y vio una pila de ladrillos. Cogió uno porque lo necesitaría para lo que había planeado. Continuó a lo largo del patio, no cruzándolo al choque como antes, sino moviéndose en silencio y escuchando. Saltó la valla y se encontró de nuevo detrás de la casita amarilla. El patio de atrás estaba vacío y en silencio. Avanzó a lo largo del lateral de la casa hacia la calle, deteniéndose, arrancando, escuchando. No podía tomarse mucho tiempo, porque Vukovich y los demás volverían en cuanto comprendieran que no conseguirían encontrarlo.

Holman recorrió el lateral de la casita amarilla y se quedó detrás de las ventanas. Podía ver el Highlander en la calle. Probablemente lo verían cuando hiciera su movimiento, pero si era afortunado estarían demasiado lejos para pararlo. Se acercó y fue entonces cuando oyó una voz de mujer procedente del interior de la casa.

La voz era familiar. Lentamente se alzó lo suficiente para mirar a la casa.

María Juárez estaba dentro con Random.

Holman no debería haber mirado. Había aprendido a no mirar durante años de colarse en las casas y apartamentos y robar coches, pero cometió el error. Random captó el movimiento, puso los ojos como platos y se volvió hacia la puerta. Holman no esperó. Se levantó de un salto y empujó por los matorrales. Sólo tenía segundos, y ahora esos segundos podrían no ser suficientes.

Corrió hacia el Highlander todo lo que pudo y oyó que la puerta de la casa se abría tras él. Vukovich, que ya estaba volviendo, echó a correr. Holman hizo añicos el cristal del pasajero del Highlander con el ladrillo, metió el cuerpo y abrió la puerta, con Random gritando tras él.

—¡Está aquí! ¡Vuke! ¡Tommy!

Holman se arrojó al interior del coche. Chee le había dado dos llaves y Holman guardaba la de repuesto en la guantera. La abrió, hurgó en busca de la llave y se colocó en el asiento del conductor.

Arrancó y se alejó sin mirar atrás.

41

Holman quería desembarazarse del Highlander lo antes posible. Giró en el siguiente cruce, salió acelerando y tomó velocidad por la calle. Resistió la urgencia de girar otra vez en la siguiente encrucijada porque girar y avanzar en zigzag eran formas seguras de perder en una persecución. Los ladrones aficionados y los borrachos que huyen de detenciones siempre pensaban que podían dar esquinazo a la policía en un laberinto de calles, pero Holman sabía que no era posible. Cada giro costaba velocidad y tiempo y daba a la policía una oportunidad de acercarse. La velocidad era vida y la distancia lo era todo, así que Holman siguió acelerando en línea recta.

Sabía que tenía que salir de los barrios residenciales y entrar en una zona de negocios y tráfico. Llegó a Palms Boulevard en un momento, dobló hacia la autovía y se metió en el primer y más grande centro comercial que encontró, una monstruosidad con aparcamiento al aire libre en torno a un supermercado Albertsons.

El Highlander era grande, negro y fácil de localizar, así que Holman no quería dejarlo en el aparcamiento principal. Se metió en el carril de servicio, detrás de tiendas y almacenes, y recorrió la parte de atrás del centro comercial. Aparcó, paró el motor y se miró a sí mismo. Tenía la cara y los brazos arañados y sangrantes y la camisa rasgada en dos sitios. Toda su ropa estaba manchada de barro y hierba. Holman se sacudió la tierra lo mejor que pudo, luego escupió en la parte inferior de la camisa para limpiarse la sangre, pero seguía teniendo un aspecto horrible. Quería alejarse del Highlander, pero todavía tenía la brida de plástico en torno a la muñeca izquierda. Holman había cortado el lado derecho en la hélice de la lancha y ahora las hebras del lazo cortado colgaban de su muñeca izquierda como dos espaguetis. Estudió el cierre. Las esposas funcionaban como un cinturón, salvo que sólo se movían en un único sentido. La lengüeta podía deslizarse a través de la hebilla, pero los minúsculos dientes impedían su retroceso. Las bridas de plástico había que cortarlas, sólo que Holman no tenía una cuchilla.

Holman arrancó otra vez el motor, puso el aire acondicionado a tope y luego apretó el encendedor. Trató de no pensar en lo que iba a hacer porque sabía que iba a dolerle. Cuando el encendedor saltó, colocó la esposa lo más lejos posible de su piel y apretó el extremo incandescente en el plástico. Apretó los dientes y aguantó firme, pero quemaba como la madre que lo parió. Tuvo que encender el mechero tres veces más antes de que el plástico se fundiera.

Vukovich se había llevado sus llaves, cartera, dinero y móvil. Holman buscó en el suelo y en la guantera y encontró setenta y dos centavos. Eso era todo lo que tenía.

Holman cerró el Highlander y se alejó caminando sin mirar atrás. Se dirigió por una tienda de mascotas llena de pájaros que gorjeaban y encontró un teléfono de pago fuera de Albertsons. Quería advertir a Pollard y necesitaba su ayuda, pero cuando llegó al teléfono no podía recordar el número. Se quedó de pie con el teléfono en la mano, con la mente en blanco. Había programado el número en la memoria del móvil, pero ahora no tenía el teléfono y no podía recordarlo.

Holman empezó a temblar. Colgó de golpe el teléfono y gritó.

—¿Es una broma?

Tres personas que entraron en la tienda lo miraron.

Holman se dio cuenta de que estaba perdiendo los nervios y se dijo a sí mismo que se calmara. Había más gente mirando. Sus cortes estaban sangrando otra vez, así que se secó los brazos, pero lo único que consiguió fue esparcir la sangre. Holman examinó el aparcamiento. No había coches patrulla ni Crown Victoria anónimos que pasaran por la calle. Empezó a calmarse al cabo de unos minutos y decidió llamar a Chee. Tampoco recordaba el número de Chee, pero el taller de Chee estaba en la guía.

Holman metió las monedas, luego esperó mientras el operador de información establecía la conexión.

El teléfono de Chee sonó. Holman esperaba que alguien respondiera al cabo de uno o dos tonos, pero el aparato continuó sonando. Holman maldijo su mala suerte, pensando que el operador le había conectado mal, pero entonces una mujer joven contestó con voz cautelosa.

—¿Hola?

—Llamaba a Chee.

—Lo siento, está cerrado.

Holman vaciló. Estaban en plena jornada laboral. El taller de Chee no debería estar cerrado.

—¿Marisol? ¿Eres Marisol?

Su voz volvió a oírse, más cautelosa si cabe.

—¿Sí?

—Soy Max Holman, el amigo de tu padre. He de hablar con él.

Holman esperó, pero Marisol no respondió. Entonces se dio cuenta de que la chica estaba llorando.

—¿Marisol?

—Se lo han llevado. Vinieron...

La chica rompió a llorar y el nivel de miedo de Holman se disparó.

—¿Marisol?

Holman oyó que un hombre decía algo en el fondo y a Marisol tratando de responder, entonces el hombre se puso en la línea, también con una voz cauta.

—¿Quién es?

—Max Holman. ¿De qué está hablando? ¿Qué está pasando ahí?

—Soy Raúl, tío. ¿recuerdas?

Raúl era el chico que había preparado la licencia de conducir de Holman.

—Sí. ¿De qué estaba hablando Marisol? ¿Dónde está Chee?

—Lo han detenido, tío. Esta mañana...

—¿Quién?

—Putos polis. Lo detuvieron.

El corazón de Holman empezó a latir otra vez y una vez más examinó el aparcamiento.

—¿Qué coño ha pasado? ¿Por qué lo han detenido?

Raúl bajó la voz como si no quisiera que lo oyera Marisol, pero su voz llegó tensa.

—No sé qué coño ha pasado. Entraron esta mañana con órdenes, perros, capullos armados con metralletas...

—¿La policía?

—La policía, el FBI, el SWAT, incluso el puto ATF, todo el abecedario completo. Lo pusieron todo patas arriba y se lo llevaron.

A Holman se le había secado la boca, pero el teléfono estaba resbaladizo. Observó el aparcamiento y se obligó a respirar.

—¿Le han herido? ¿Está bien?

—No lo sé.

Holman casi gritó.

—¿Por qué no lo sabes? Es una simple maldita pregunta.

—¿Crees que nos dejaron quedar por aquí y mirar, hijoputa? Nos tumbaron en el suelo aquí arriba en la puta oficina.

—Vale, vale, tranquilo. ¿Órdenes para qué? ¿Qué estaban buscando?

—Rifles de asalto y explosivos.

—Joder, ¿qué estaba haciendo Chee?

—Nada, hermano. Chee no está metido en nada aquí. ¡Putos explosivos! Joder, su hija trabaja aquí. ¿Crees que guardaría explosivos? Chee ni siquiera nos deja instalar *airbags* robados.

—Pero ¿lo detuvieron?

—Joder, sí. Lo metieron en un coche justo delante de su hija.

—Entonces tienen que haber encontrado algo.

—No sé qué coño encontraron. Metieron no sé qué mierda en un camión. Tenían a la puta brigada de bombas aquí, Holman. Tenían esos perros cabrones olisqueando por todas partes, pero no teníamos nada de eso.

En la línea se oyó una voz computerizada que anunciaba a Holman que sólo le quedaba un minuto. Holman ya no tenía más monedas de veinticinco centavos. Se estaba quedando sin tiempo.

—He de colgar —dijo Holman—, pero una cosa más. ¿Preguntaron por mí? ¿Trataron de relacionar a Chee conmigo de algún modo?

Holman esperó la respuesta, pero la línea ya estaba desconectada. Raúl había colgado.

Holman colgó el teléfono y estudió el aparcamiento. Creía que le habían tendido una trampa a Chee, pero no entendía por qué. Chee no sabía nada de valor sobre Holman que no pudieran averiguar a través de Gail Manelli y Wally Figg o Tony Gilbert. Holman ni siquiera le había hablado a Chee de los dieciséis millones desaparecidos y sus crecientes sospechas de una conspiración policial, pero quizás alguien pensaba que lo había hecho; quizás alguien pensaba que Chee sabía más de lo que sabía, y ésta era su forma de intentar hacerlo hablar. Pensar en eso le provocó dolor de cabeza. Nada tenía sentido, así que Holman dejó de pensar en ello. Tenía problemas más inmediatos. Nadie iba a venir a recogerlo ni a darle más dinero y un coche. Holman iba por libre, y su única esperanza era alcanzar a Pollard. Alcanzar a Pollard también podía ser la única esperanza para ella.

Holman volvió al Albertsons. Buscó la sección de alimentación y se dirigió a la parte de atrás del local. Todas las secciones de alimentación de todos los supermercados de Estados Unidos tenían una puerta giratoria en la parte de atrás a través de la cual los empleados podían empujar sus carros cargados de frutas y verduras. Detrás de la puerta siempre había una cámara refrigerada en la cual se entregaban y almacenaban los productos perecederos, y todas esas cámaras tenían más puertas que se abrían a muelles de carga.

Holman salió y una vez más estuvo en la parte de atrás del centro comercial. Volvió al Highlander, abrió el maletero, y sacó las alfombrillas. El equipo de emergencia tenía un destornillador, alicates y un gato. Holman no había robado un coche desde hacía una docena de años, pero todavía recordaba cómo se hacía.

Volvió al aparcamiento.

42

Cuando Pollard dejó a Holman en el cementerio se metió en la autovía sumida en una sensación de aturdimiento y se dirigió a Chinatown, con la cabeza tan ocupada que apenas se fijó en los coches que la rodeaban.

Pollard no había sabido qué pensar al seguir a Holman desde Hollywood, pero le había sorprendido una vez más. Allí estaba Holman, que se dejaba detener por robo de bancos antes que dejar morir a un anciano. Aquí estaba Holman, pidiendo perdón a su novia muerta por cagarla con su hijo. Pollard no quería irse. Deseaba quedarse, aguantarle la mano y tranquilizarlo, y abandonarse a sus sentimientos.

A Pollard se le rompió el corazón cuando Holman empezó a llorar, no tanto por él como por ella misma. Allí estaba Holman, y ella sabía que podía amarlo. Ahora, alejándose, se enfrentó a la terrorífica sospecha de que ya lo amaba.

«Max Holman es un delincuente profesional degenerado, ex recluso y antiguo adicto a las drogas; sin educación, sin habilidades y sin ninguna perspectiva legítima que no sea una serie interminable de trabajos mal remunerados. No tiene ningún respeto por las leyes elementales y sus únicos amigos son delincuentes conocidos. Casi con toda seguridad terminará en la cárcel antes de un año. Yo tengo dos niños. ¿Qué clase de ejemplo les daría él? ¿Qué diría mi madre? ¿Qué diría todo el mundo? ¿Y si él no me encuentra atractiva?»

Pollard llegó al edificio del Pacific West en Chinatown al cabo de cuarenta y cinco minutos y Alma Wantanabe, la jefa de operaciones, le mostró una sala de reuniones sin ventanas del tercer piso. Dos cajas azules la esperaban en una mesa.

Wantanabe explicó que los expedientes del Departamento de Policía de Los Ángeles se dividían en dos grupos distintos. Un grupo estaba formado por archivos divisionales específicos de los atracos en aquellas divisiones: detectives de Robos de la división de Newton investigando robos que se habían cometido en Newton. El segundo grupo de archivos estaba compilado por Robos Especiales, que había sintetizado los informes divisionales en su investigación mayor de ámbito municipal. Pollard sabía por experiencia que era una cuestión de recursos. Aunque Robos Especiales estaba a cargo de la investigación a escala municipal, empleaban a detectives divisionales de Robos para ponderar el terreno en robos de sus divisiones locales. Después, siguiendo la cadena jerárquica, los detectives de las diferentes divisiones enviaban sus informes a Robos Especiales, que trabajaba por encima de las fronteras divisionales para coordinar y dirigir una investigación de ámbito más amplio.

Wantanabe le advirtió otra vez que no sacara ni copiara ningún material de los archivos cuando dejó a Pollard para que trabajara sola.

Pollard abrió su propia carpeta para sacar las copias de las cabeceras que Holman había hecho antes de que Random confiscara los informes. Las cabeceras no informaban de nada salvo de los números de caso y testigos, y los números de los testigos no le decían nada sin la lista de identificación de testigos:

Caso 11-621
Testigo 318
Marchenko/Parsons
Resumen de interrogatorio

Pollard esperaba identificar a los testigos a través de las listas de testigos, y luego ver lo que tenían que decir. No conocía la fuente de las cabeceras, así que empezó con la caja de informes divisionales. Vació la caja y buscó metódicamente las listas de testigos. Encontró tres listas, pero enseguida quedó claro que el sistema de numeración divisional no coincidía con el de las cabeceras. Dejó a un lado los informes de las distintas divisiones y volvió a los del Parker Center.

Su interés se disparó en el instante en que abrió la segunda caja. La primera página era una introducción del expediente firmada por el comandante de Robos Especiales y por los dos detectives jefes a cargo del caso. El segundo detective al cargo era John B. Random.

Pollard miró su nombre. Conocía a Random por su investigación del asesinato de cuatro agentes de policía. Había supuesto que era un detective de Homicidios, sin embargo, estaba a cargo de una investigación de Robos. El mismo robo que ahora se solapaba con los homicidios.

Pollard pasó los siguientes informes hasta que encontró la lista de testigos. Era un documento de treinta y siete páginas que enumeraba trescientos cuarenta y seis nombres, empezando con el testigo número uno, que era identificado como un cajero empleado en el primer banco que robaron Marchenko y Parsons. El número de testigo más bajo en las hojas de cubierta de Pollard era el 318, seguido en orden consecutivo por el 319, 320, 321, 327 y 334. Todos sus testigos habían surgido al final del caso.

Pollard empezó a cuadrar los números de sus cabeceras con nombres e inmediatamente vio un patrón.

El número 318 se identificaba como Lawrence Trehorn, que dirigía el edificio de cuatro apartamentos de Beachwood Canyon en el que vivían Marchenko y Parsons.

Los siguientes tres testigos eran sus vecinos.

El 327 era un dependiente del gimnasio de West Hollywood que visitaba Marchenko.

Y el 334 era la madre de Anton Marchenko.

Pollard localizó los resúmenes individuales, pero no los leyó inmediatamente. Comprobó los nombres de los detectives que llevaron a cabo el interrogatorio. Random había firmado el de Trehorn y la señora Marchenko, y Vukovich había firmado el de uno de los vecinos. Vukovich había sido uno de los agentes que iba con Random cuando confrontaron a Holman fuera del apartamento de su nuera, otro detective que investigaba los asesinatos que también había investigado a Marchenko y Parsons.

Pollard pensó en Fowler y el quinto hombre yendo a ver a la señora Marchenko. Se preguntó si Fowler también habría ido a ver a esas otras cinco personas.

Pollard copió los nombres y la información de contacto de los cinco nuevos testigos y a continuación leyó los resúmenes. Había medio sospechado que al menos uno de los resúmenes haría referencia a Alison Whitt, al cartel de Hollywood o al Mayan Grille, pero los informes no proporcionaron nada salvo una lista de personas a quienes Marchenko y Parsons conocían personalmente. Pollard decidió que esto era la clave. Ninguno de esos informes era específico de los robos en sí, pero todos eran potencialmente relevantes para establecer lo que Marchenko y Parsons habían hecho con el dinero. Ése habría sido el motivo por el cual los había guardado Richard Holman, pero los interrogantes permanecían: ¿cómo los había conseguido él y por qué se los había llevado Random de su apartamento? Era como si Random no quisiera que nadie tuviera pruebas de que Fowler y su grupito habían estado tratando de hacerse con el dinero.

Cuando terminó, Pollard colocó los resúmenes en el expediente en su orden adecuado y luego puso los expedientes en sus cajas. Seguía pensando en Random cogiendo los archivos. Pollard consideró la posibilidad de que Random le hubiera dado los archivos a Richard, pero algo la inquietaba. Random sabía lo que contenían los resúmenes. Si estaba implicado con Richard y Fowler, podía haberles contado lo que sabía, no tenía que darles los expedientes.

Pollard dejó las cajas en la mesa y le dio las gracias a Alma Wantanabe, que la acompañó al ascensor. Cuando Pollard bajaba, comprobó los mensajes, pero Sanders todavía no la había llamado. Sintió un destello de frustración, hasta que se dio cuenta de que tenía algo casi igual de bueno con lo que trabajar: la señora Marchenko. Si Random era el quinto hombre, Pollard no necesitaba la lista de informantes, la señora Marchenko podría identificarlo, lo cual uniría a Random con Fowler. Encontrar al agente de contacto de Alison Whitt sería entonces la guinda del pastel.

Pollard decidió llamar a Holman. Quería contarle lo que había descubierto y luego ir a ver a la señora Marchenko. Estaba marcando el número cuando se abrió el ascensor.

Holman estaba en el vestíbulo, sucio y manchado con sangre seca.

43

Holman recordó que ella iba al edificio del Pacific West, pero no sabía si estaría todavía allí o cómo alcanzarla, y no tenía dinero para hacer una llamada. No quería ir al edificio. Si alguien había seguido a Pollard desde el cementerio, Holman se estaría entregando a ellos de nuevo, pero no conocía otra forma de alcanzarla.

Rodeó el edificio hasta que tuvo miedo de perderla, luego esperó en el vestíbulo como un perro nervioso. Estaba a punto de irse cuando el ascensor se abrió y salió Pollard. En ese momento de reacción en que ella lo vio, su cara se puso blanca.

—¿Qué te ha pasado? Mírate, ¿qué ha ocurrido?

Holman todavía estaba temblando. La condujo lejos de los ascensores. Un vigilante de seguridad del vestíbulo ya le había interrogado dos veces y Holman quería irse.

—Hemos de salir de aquí. Vukovich y esos tipos... me cogieron otra vez.

Pollard también vio al vigilante y bajó la voz.

—Estás sangrando...

—Podrían haberte seguido. Te lo contaré fuera...

Holman quería irse desesperadamente.

—¿Quién?

—Los polis. Me saltaron en el cementerio después de que te fuiste...

El temblor se agudizó. Holman trató de llevarla hacia la puerta, pero Pollard tiró de él en sentido contrario.

—Por aquí. Ven conmigo...

—Hemos de irnos. Me están buscando.

—Estás hecho unos zorros, Max. Llamas la atención. Entra aquí...

Holman dejó que Pollard lo arrastrara al cuarto de baño de mujeres. Ella lo llevó al lavabo, arrancó toallas de papel de un dispensador y las humedeció en la pila. Holman quería correr, pero no podía moverse: sentía que el cuarto de baño era una ratonera con el muelle a punto de saltar.

—Me llevaron a una casa. Fue Vukovich, y Random estaba allí. No me detuvieron. No era un puto arresto. Se me llevaron, joder.

—Chsss. Estás temblando. Trata de calmarte.

—¡Hemos de salir de aquí, Katherine!

Ella le limpió la sangre de la cara y los brazos, pero Holman no podía evitar hablar, igual que no podía suprimir el temblor en su voz. Entonces recordó que su teléfono había desaparecido y el terrible sentimiento de impotencia que había sentido al no poder alcanzarla.

—Necesito algo para escribir... Un boli. ¿Tienes un boli? Traté de llamarte, pero no podía recordar tu número. Joder, no podía recordar...

El temblor se intensificó hasta que Holman sintió que se iba a desmembrar. Estaba perdiendo el control de sí mismo, pero no parecía ser capaz de parar.

Pollard arrojó las toallas ensangrentadas y le agarró los brazos.

—Max.

Los ojos de Pollard parecieron atraerlo. Lo miró a los ojos y Holman le devolvió la mirada. Los dedos de ella se hundieron en sus brazos, pero su expresión era serena y su voz balsámica.

—Max, ahora estás conmigo...

—Estaba asustado. Tenían a María Juárez...

Holman no podía dejar de mirarla a los ojos mientras ella le masajeaba los brazos.

—Estás a salvo. Ahora estás conmigo. Estás a salvo.

—Joder, estaba tan asustado...

Holman continuó mirándola a los ojos, pero las comisuras de los labios de Pollard tenían una suave mueca que lo frenó como un ancla frena a un barco a la deriva.

Su temblor se calmó.

—¿Estás bien?

—Sí. Sí, estoy mejor.

—Bien. Te quiero bien.

Pollard encontró un boli en su chaqueta y le cogió el brazo a Holman. Le escribió el número de su móvil en la cara interna de su antebrazo. Le sonrió.

—Ahora tienes mi número. ¿Lo ves, Max? Ahora no puedes perderlo.

Holman sentía que ahora había algo diferente. Pollard se le acercó más, deslizó los brazos en torno a él y apoyó la cabeza en su pecho. Holman se quedó rígido como un maniquí. Estaba inseguro y no quería ofenderla. Ella susurró en su pecho.

—Sólo un momento.

Holman vacilantemente le tocó la espalda. Ella no echó a correr ni se apartó de un salto. Él la abrazó y apoyó la mejilla en su cabeza. Poco a poco, se permitió abrazarla y respiró el olor de su cabello y sintió que todo el temor desaparecía. Al cabo de un rato, Holman sintió que ella se ponía tensa, y se separaron al mismo tiempo. Pollard sonrió.

—Ahora podemos irnos. Cuéntame en mi coche lo que ha pasado.

Pollard había aparcado en el sótano del edificio. Holman describió cómo lo habían cogido en el cementerio y cómo se había escapado y lo que había visto. Ella arrugó el entrecejo al escuchar, pero no hizo ningún comentario ni preguntas hasta que él hubo terminado, ni siquiera cuando le dijo que había robado un coche. Pollard no habló hasta que él hubo terminado, pero incluso entonces se mostró escéptica.

—Muy bien, fue Vukovich y otros tres hombres (uno llamado Fuentes y uno llamado Tom) los que te arrestaron en el cementerio.

—No me arrestaron. Me raptaron, pero no me llevaron a una comisaría, me llevaron a una casa. No fue un maldito arresto.

—¿Qué querían?

—No sé qué querían. Me largué de ahí.

—¿No dijeron nada?

—Nada.

Entonces Holman recordó.

—En el cementerio, Vukovich dijo que los estaba jodiendo, que querían ser amables conmigo, pero que los estaba jodiendo. Me dijo que me iban a detener, pero en cambio me llevaron a una maldita casa. Vi esa casa, no estaba dispuesto a entrar allí, ni hablar.

Pollard frunció más el entrecejo, como si estuviera tratando de desentrañar el sentido pero no pudiera.

—Muy bien, ¿y Random estaba en la casa?

—Sí. Con María Juárez. Chee dijo que los polis la cogieron y tenía razón. Y ahora tienen a Chee. Lo detuvieron esta mañana.

Pollard no respondió. Todavía parecía inquieta y finalmente negó con la cabeza.

—No pillo lo que está ocurriendo aquí. Cogieron a María Juárez y luego te cogieron a ti, ¿qué iban a hacer, tenerte prisionero? ¿Qué esperaban obtener?

Holman pensaba que era obvio.

—Se desembarazan de todos los que les molestan en el caso de Random contra Warren Juárez. Piénsalo. Random le cargó los asesinatos a Warren Juárez y cerró el caso, pero María dijo que Warren no lo hizo, así que la cogieron. Luego yo no me tragué la historia. Trataron de apartarme y, al ver que eso no funcionaba, también me cogieron a mí. Ahora tienen a Chee.

—¿Random lo detuvo?

—Una fuerza especial entró en su taller esta mañana buscando armas y explosivos. Es mentira. Conozco a Chee de toda mi vida y te estoy diciendo que es mentira. Esos cabrones le han tendido una trampa.

Pollard todavía no parecía convencida.

—Pero ¿por qué implicar a Chee?

—Quizá pensaban que le hablé del dinero. Quizá porque me ha estado ayudando. No lo sé.

—¿Podrías encontrar la casa otra vez, a la que te llevaron?

—Sin duda. Puedo llevarte ahora mismo.

—No vamos a ir allí ahora.

—Hemos de ir. Ahora que sabemos que la tienen se largarán. Y se llevarán a la mujer con ellos.

—Max, escúchame, tienes razón. Se irían en cuanto te fuiste tú, y si estaban reteniendo a María Juárez contra su voluntad, entonces se la llevaron con ellos. Si volvemos ahora encontraremos una casa vacía. Si vamos a la policía con esto, ¿qué podemos decirles? ¿Que cuatro polis del departamento la secuestraron, que podían tener o no intención de matarla?

Holman sabía que Pollard tenía razón. Él era un delincuente. No tenía pruebas ni razón para pensar que nadie fuera a creerle.

—Entonces ¿qué hacemos?

—Hemos de encontrar al quinto hombre. Si podemos probar que Random es el quinto hombre y podemos relacionarlo con Fowler y cimentar una acusación...

Pollard hojeó en su carpeta y sacó un recorte de diario acerca del asesinato de Richard. El recorte incluía una foto de dos polis haciendo una declaración en el Parker Center, y uno de los polis era Random.

—Quiero enseñarle esta foto a la señora Marchenko. Si señala a Random como el quinto hombre, podré llevar lo que sé a mis amigos del FBI. Podré presentar cargos con esto, Max.

Holman miró el rostro granulado de Random, luego asintió a Pollard. Una vez más, sabía que ella tenía razón. Conocía el terreno que pisaba. Era una profesional.

Holman se estiró para tocarle la curva de la mejilla. Ella no se apartó.

—Es curioso cómo funcionan las cosas.

—Sí.

Holman se volvió para abrir la puerta.

—Te veré allí.

Pollard le agarró el brazo antes de que pudiera salir.

—Eh. Tú vienes conmigo. No puedes ir en un coche robado. ¿Quieres que te detengan por robo de coches?

Pollard tenía razón otra vez, pero Holman sabía que él tenía razón en otro sentido. Random y Vukovich habían ido a por él. Volverían a por él. Por lo que sabía, todos los polis de la ciudad lo estaban buscando, y le tenderían una trampa como habían hecho con Chee.

Holman suavemente le levantó la mano.

—Quizá tenga que huir, Katherine. No quiero huir en tu coche. No quiero que te pillen conmigo.

Holman le apretó la mano.

—Te veré en casa de la señora Marchenko.

Él no le dio oportunidad de responder. Holman salió de su coche y se alejó al trote.

44

Holman salió de la estructura del aparcamiento como si se escabullera de un banco que acabara de robar. Todavía le preocupaba que alguien hubiera seguido a Pollard desde el cementerio, así que estudió los coches y a los peatones que había fuera del edificio, pero no encontró a nadie sospechoso. Esperó en su coche robado hasta que Pollard se incorporó al tráfico, luego la siguió hasta la casa de la señora Marchenko.

Holman se sentía mejor ahora que había hablado con Pollard. Sentía que estaban cerca de descubrir quién había matado a Richie y por qué, y sospechaba que por eso Random había actuado contra él. Random había sido un protagonista en el caso Marchenko y ahora controlaba la investigación del asesinato de los cuatro agentes. Muy oportuno. Random habría estado informado de los dieciséis millones desaparecidos y probablemente había reunido un equipo para encontrarlos que incluía a Richard, Fowler y los demás. Holman recordó amargamente cómo los describía Random: agentes problemáticos, borrachos y capullos que se venderían por dinero. Random quería colgarle los asesinatos a Warren Juárez; María Juárez tenía una prueba de que su marido no había disparado, así que la prueba desapareció, y también María Juárez. Richie había estado en posesión de informes que había escrito Random, y Random había hecho desaparecer los informes. Holman había formulado muchas preguntas, así que primero lo separaron de las familias, luego intentaron asustarle, y finalmente trataron de hacerlo desaparecer también. Ésa era la única explicación que podía encontrar Holman que hacía que todo encajara. Todavía no entendía por qué habían involucrado a Chee, pero estaba convencido de que tenía suficiente. El nudo se estaba apretando, así que Random estaba tratando de atar los cabos sueltos y desembarazarse de posibles testigos.

Cuando llegaron a la casa de Marchenko, Holman aparcó al otro lado de la calle. La señora Marchenko abrió la puerta de la casa justo cuando Holman se unía a Pollard en la acera.

—La he llamado desde el coche —dijo Pollard.

La señora Marchenko no parecía contenta de verlos. Parecía incluso más suspicaz que en la anterior ocasión.

—He estado buscando el artículo y no lo he visto.

Pollard sonrió ampliamente.

—Enseguida. Hemos de concretar unos pocos detalles finales. Tengo una foto que quiero enseñarle.

Holman siguió a Pollard y a la señora Marchenko a la sala de estar. Se fijó en que el ventilador roto seguía roto.

La señora Marchenko se dejó caer en su silla habitual.

—¿Qué foto?

—¿Recuerda las fotos que le mostramos la última vez? Consiguió identificar a uno de los agentes que vino a verla.

—Sí.

—Le voy a mostrar otra foto. Quiero saber si es el otro hombre.

Pollard cogió el recorte de la carpeta y lo sacó. La señora Marchenko lo examinó y enseguida asintió con la cabeza.

—Ah, a él lo conozco, pero eso fue antes...

Pollard asintió, animándola.

—Correcto. La interrogó después de que mataran a Anton.

—Exacto, sí...

—¿Volvió a verla con el otro hombre?

La señora Marchenko se recostó en su silla.

—No, no era él.

Holman sintió un arrebato de rabia. Estaban cerca; estaban al borde de solventar el problema y ahora la vieja dama era una barrera en el camino.

—¿Por qué no mira otra vez...?

—No he de mirar otra vez. No es el que vino con el otro hombre. A él lo conocía de antes. Era uno de ese grupo que me rompió la lámpara.

La vieja señora parecía tan petulante y contrariada que Holman estaba convencido de que los estaba engañando.

—Por el amor de Dios, señora.

Pollard levantó una mano, advirtiéndole que se detuviera.

—Así que piense en aquel otro hombre, señora Marchenko. Trate de recordar qué aspecto tenía. ¿No se parecía a este hombre?

—No.

—¿Puede describirlo?

—Parecía un hombre. No sé. Un traje oscuro, creo.

Holman de repente se preguntó si el quinto hombre podía ser Vukovich.

—¿Era pelirrojo?

—Llevaba un sombrero. No lo sé. Les he dicho que no presté atención.

La certeza de Holman de joder a Random se hizo añicos como un sueño destrozado por un despertador. Holman todavía estaba huyendo; Chee continuaba en el calabozo; María Juárez seguía prisionera. Holman cogió el recorte de Pollard y se acercó a la señora Marchenko. Ella se echó atrás como si pensara que podría golpearla, pero a Holman no le importó. Señaló la foto de Random.

—¿Está segura de que no era él?

—No fue él.

—Max, basta.

—¿Y si le digo que fue el hijo de puta que mató a su hijo? ¿Se parecería a él entonces?

Pollard se levantó del sofá, rígida y enfadada.

—Ya basta, Max. ¡Basta!

La cara de bulldog de la señora Marchenko se endureció.

—¿Fue él? ¿Fue él quien mató a Anton?

Pollard cogió el recorte y empujó a Holman hacia la puerta.

—No, señora Marchenko. Lo siento. No tiene nada que ver con la muerte de Anton.

—Entonces ¿por qué ha dicho eso? ¿Por qué ha dicho algo así?

Holman salió de la casa y no se detuvo hasta que llegó a la calle. Se sentía como un capullo. Estaba enfadado, confundido y avergonzado de sí mismo, y cuando Pollard salió parecía furiosa.

—Lo siento —dijo Holman—. ¿Cómo puede no ser Random? Tuvo que ser Random. Él es el que lo une todo.

—Cállate. Para. Muy bien, el quinto hombre no era Random ni Vukovich. Sabemos que no era tu hijo ni Mellon, pero tuvo que ser alguien.

—Random tenía tres o cuatro tipos con él en esa casa. Quizá fue uno de ellos. Quizá Random tiene a todo el puto Departamento de Policía trabajando para él.

—Todavía tenemos a Alison Whitt...

Ella ya había sacado el móvil y estaba pulsando la tecla de marcado rápido.

—Si Random era su agente de contacto, todavía podemos...

Pollard levantó una mano, cortándole cuando la persona a la que había llamado respondió.

—Sí, soy yo, ¿qué tienes de Alison Whitt?

Holman esperó, observando que Pollard se ponía tensa. Holman sabía que eran malas noticias antes de que Pollard bajara el teléfono. Podía interpretarla por la forma en que hundió los hombros. Pollard lo miró un momento, luego negó con la cabeza.

—Alison Whitt no era una informante registrada del Departamento de Policía de Los Ángeles.

—Entonces ¿qué hacemos?

Pollard no respondió de inmediato. Holman sabía que ella estaba pensando. Él también estaba pensando. Debería habérselo esperado. Sabía que no le convenía esperar que nada funcionara.

Pollard respondió finalmente.

—Tengo su informe de detención en mi casa. Puedo ver quiénes fueron los agentes que la detuvieron. Quizá nos equivocamos al pensar que era una informante registrada. Quizá sólo estaba informando a alguien por detrás y reconozca un nombre.

Holman sonrió y, una vez más, fue más para él mismo que para ella. Asimiló las líneas del rostro de Pollard y la forma en que le caía el cabello y recordó otra vez la primera vez que la vio, apuntándole con una pistola en el banco.

—Siento haberte metido en esto.

—Aún no hemos terminado. Estamos cerca, Max. Random está en todas partes de esta locura y sólo nos hace falta encontrar la pieza que falta para que esto tenga sentido.

Holman asintió con la cabeza, pero sólo sentía pérdida. Había intentado jugar de la manera correcta, la forma en que se supone que has de jugar cuando estás dentro de la ley, pero la forma correcta no había funcionado.

—Eres una persona especial, agente Pollard.

El rostro de ella se tensó y otra vez era aquella joven agente.

—Me llamo Katherine. ¿Quieres hacerme el puto favor de llamarme por mi nombre?

Holman quería abrazarla otra vez. Quería apretarla cerca y besarla, pero hacerlo sólo podía estar mal.

—No me ayudes más, Katherine. Te harán daño.

Holman se encaminó a su coche, y ahora Pollard lo siguió.

—Espera un minuto. ¿Qué vas a hacer?

—Conseguir nuevo material y perderme. Me cogieron y me vendrán a buscar otra vez. No puedo permitirlo.

Se metió en su coche, pero ella se quedó de pie delante de la puerta y no le dejó cerrarla. Holman trató de no hacerle caso. Metió su destornillador en el contacto puenteado y lo giró para arrancar el motor. Pollard continuó sin apartarse.

—¿Cómo vas a conseguir dinero?

—Chee me dio algo de dinero. He de irme, Katherine, por favor.

—¡Holman!

Holman levantó la mirada. Pollard retrocedió y cerró la puerta. Se inclinó hacia la ventana y tocó los labios de Holman con los suyos. Holman cerró los ojos. Quería que durara para siempre, pero sabía que, como el resto de las cosas buenas de su vida, no duraría. Cuando abrió los ojos otra vez, ella lo estaba observando.

—No voy a dejarlo —dijo ella.

Holman arrancó. Se obligó a no mirar atrás. Había aprendido de la peor manera que cuando miras atrás es cuando te metes en problemas, así que se dijo que no miraría, pero miró por el espejo de todos modos y la vio en la calle, contemplándolo, aquella increíble mujer que casi era parte de su vida.

Holman se enjugó los ojos.

Miró adelante.

Condujo.

No habían conseguido juntar las piezas, pero eso ya no parecía importar. Holman no estaba dispuesto a dejar que el crimen de Richie quedara impune.

45

Pollard estaba furiosa. Marki había usado los términos correctos en relación con lo que Whitt le había dicho acerca de que era una informante: el registro, el tope, la aprobación; los civiles no saben esas cosas a no ser que las conozcan de primera mano, así que Pollard todavía creía que Whitt había dicho la verdad.

Pollard llamó con una mano a Sanders mientras aceleraba por la autovía de Hollywood. No había querido ponerse con eso delante de Holman, pero ahora quería detalles.

—Eh, soy yo. ¿Aún puedes hablar?

—¿Qué pasa?

—Esa chica era informante. Quiero que lo compruebes otra vez.

—Eh, frena. Te estoy haciendo un favor, ¿recuerdas? Leeds pedirá mi cuello si lo descubre.

—Estoy segura de que esta chica no mentía. La creo.

—Sé que la crees. Oigo tu fe llegando por el teléfono, pero ella no estaba en la lista. Mira, quizás algún poli le estaba pagando de su propio bolsillo. Ocurre todo el tiempo.

—Si alguien le estuviera pagando fuera de registro ella no habría sabido de pagos con topes o de que tuvieran que aprobarse. Piensa en eso, April, ella era informante y tenía a un poli que la respaldaba.

—Escúchame: no estaba en la lista. Lo siento.

—Quizás estaba bajo un alias. Busca su registro de detención por...

—Ahora estás siendo estúpida. Nadie cobra con un alias.

Pollard condujo en silencio durante un rato, avergonzada por su desesperación.

—Sí, creo que tienes razón.

—Sabes que la tengo. ¿Qué está pasando contigo, chica?

—Estaba segura.

—Era una puta. Las putas mienten. Eso es lo que hacen, eres mi mejor amante, me haces correr tan a gusto... Vamos, Kat. Lo hacía sonar bien a su amiga porque podía hacer que todo sonara bien. Eso es lo que hacen.

Pollard se sentía avergonzada de sí misma. Quizás era Holman. Quizá necesitaba que funcionara tan desesperadamente por él que había perdido su sentido común.

—Siento que se me haya ido la olla.

—Sólo tráeme unos donuts. Estoy empezando a perder peso. Sabes que me gusta mantener el peso alto.

Pollard ni siquiera podía sonreír. Cerró el teléfono y le dio vueltas al asunto mientras conducía a casa. Sus pensamientos oscilaban entre su decepción por el hecho de que Alison Whitt hubiera mentido acerca de ser informante y su sorpresa de que la señora Marchenko no hubiera identificado a Random como el quinto hombre.

Era como si ella y Holman hubieran descubierto dos casos separados, con Random en ambos lados: la búsqueda de Fowler del dinero desaparecido y el supuesto asesinato de Warren Juárez a los cuatro agentes.

Random había sido protagonista en la investigación de Marchenko y ahora controlaba la investigación de los asesinatos. Random había cerrado inmediatamente la investigación de asesinato acusando a Warren Juárez, aunque quedaban preguntas sin responder. Había negado que Fowler y los demás estuvieran de algún modo conectados con Marchenko y había suprimido activamente una investigación posterior; tan activamente que estaba claro que estaba ocultando algo.

Fowler y sus chicos habían estado buscando el dinero, y no habían estado buscando solos; al menos una persona más estaba implicada, el quinto hombre. Alguien les había proporcionado copias de los informes de Robos Especiales, de otro modo no habrían sido capaces de conseguirlos, y dos de esos informes habían sido redactados por Random, quien después confiscó esos mismos informes del apartamento de Richard Holman. Alguien también había acompañado a Fowler a ver a la señora Marchenko, y Pollard creía que probablemente era la misma persona que proporcionó cierta información a Fowler averiguada por medio de Alison Whitt. Pollard creía que Alison Whitt era la clave y probablemente todavía podría conectarse todo con Random.

Sin embargo, Pollard todavía tenía un problema con María Juárez. Cuando desapareció, Random había dictado una orden para su detención, aunque Chee aseguraba que la policía se la había llevado de la casa de sus primos. Ahora Holman la había visto bajo custodia de Random. Si Random estaba protegiendo al verdadero asesino de los cuatro agentes, ¿por qué mantenía a María Juárez y no la mataba sencillamente? Desde su visita a la escena del crimen, Pollard creía que los cuatro agentes habían dejado acercarse al asesino porque lo conocían. Si el asesino era Juárez y si los agentes estaban en el puente esa noche buscando el dinero, entonces Juárez tenía que estar relacionado con Marchenko. Quizá María Juárez sabía lo que su marido había sabido y Random necesitaba su ayuda para encontrar el dinero. Eso explicaría que todavía permaneciera con vida, pero a Pollard no le satisfacía la explicación. Estaba haciendo conjeturas y las conjeturas no servían de mucho en una investigación.

Pollard estaba intentando conciliar por qué tanto de lo que tenía no cuadraba cuando se metió en el sendero de entrada de su casa. Corrió bajo un calor de mil demonios y se metió en la vivienda. Entró por la puerta principal, con su irritación sobre Alison Whitt sustituida ahora por su temor de la inevitable llamada telefónica a su madre. Estaba sumida en sus pensamientos al entrar en casa, pensando que no iba a funcionar nada en absoluto, cuando un hombre pelirrojo que esperaba dentro le agarró la puerta y cerró de golpe.

—Bienvenida a casa.

Pollard se sobresaltó tanto que saltó hacia atrás, al mismo tiempo que otro hombre aparecía desde el pasillo, éste sosteniendo una cartera de credenciales con una placa.

—John Random, somos la policía.

Pollard pivotó hacia Vukovich, propinándole un fuerte codazo en las costillas. Vukovich gruñó y se echó a un lado.

—Eh...

Pollard giró en la dirección opuesta, pensando que tenía que llegar a la cocina y salir por la puerta de atrás, pero Random ya le estaba bloqueando el paso.

—¡Calma! No vamos a hacerle daño. ¡Calma!

Random se había parado entre Pollard y la cocina y no se había acercado más. Sostenía las dos manos en alto con la placa colgando por encima de la cabeza, y Vukovich no había hecho ningún otro movimiento. Pollard se colocó de perfil para verlos a los dos al mismo tiempo.

—Calma ahora —dijo Random—. Cálmese. ¿Si hubiéramos querido hacerle daño cree que estaríamos así?

Random bajó las manos, pero no hizo ningún movimiento para avanzar. Era una buena señal, pero Pollard prefirió seguir echándose a un lado, paseando la mirada entre los dos hombres, maldiciéndose por haber dejado su pistola de servicio en la caja del armario, pensando, ¿cómo puedes ser tan estúpida? Pensando que quizá podría alcanzar uno de los cuchillos de la cocina, pero odiaba enfrentarse con esos cabrones con un cuchillo.

—¿Qué quieren?

Random la estudió un momento más, luego bajó la placa.

—Su cooperación. Usted y Holman nos están jodiendo las cosas. ¿Me dará una oportunidad de explicarme?

—¿Para eso me han cogido, para explicarse?

—No estaría aquí ahora diciéndole lo que voy a decirle si me hubiera dejado otra salida.

Vukovich estaba apoyado contra la puerta, observándola, pero su mirada era de curiosidad y sus maneras, relajadas. Random parecía irritado, sin embargo, sus ojos estaban cansados, y su traje, arrugado. No había nada amenazador en su lenguaje corporal. Pollard sintió que empezaba a relajarse, pero todavía permanecía alerta.

—Una pregunta —dijo ella.

Random abrió las manos, como diciendo, «adelante pregunte».

—¿Quién mató a esos hombres?

—Warren Juárez.

—Mentira, Random. No le creo y no creo que estuvieran por casualidad debajo del puente. Estaban buscando el dinero de Marchenko.

Random abrió las manos otra vez y se encogió de hombros, el encogimiento de hombros decía que podía tomarlo o dejarlo, creerlo o no creerlo.

—Sí, estaban buscando el dinero, pero Juárez disparó. Alguien lo contrató para matarlos. Estamos tratando de identificar a la persona que lo contrató.

—Pare de mentirme. Holman vio a María Juárez con usted en la casa.

—No miento. Esa casa era un piso franco. Estaba allí voluntariamente a petición nuestra.

—¿Por qué?

—Juárez no se suicidó. La persona que lo contrató lo mató. Creemos que lo contrataron por su conexión con Fowler y que la persona que lo contrató planeaba matarlo desde el principio. Temíamos que esa persona pudiera matar también a su mujer. Llevamos a Holman a la casa para que María pudiera decírselo ella misma. No esperaba que me creyera de otra forma.

Pollard observó a Random mientras hablaba y creía que

estaba diciendo la verdad. Todo lo que estaba diciendo tenía sentido. Ella lo reflexionó y finalmente asintió.

—Muy bien. Vale, me lo creo, pero ¿por qué detuvieron a Chee? Eso no lo entiendo.

Random miró a Vukovich antes de mirarla otra vez a ella. Negó con la cabeza.

—No sé de qué está hablando.

—El amigo de Holman, Chee... Gary Moreno. Lo detuvieron esta mañana y lo llevaron a comisaría. Pensábamos que fueron ustedes.

—No sé nada de eso.

—¿De qué está hablando, Random? ¿Se supone que he de creer que ha sido una coincidencia?

Random se mostró inexpresivo, pero miró a Vukovich otra vez.

—Vuke, mira qué puedes averiguar.

Vukovich sacó un teléfono móvil y se metió en el comedor hacia la cocina. Pollard podía oírle murmurando mientras continuaba con Random.

—Si sabía que había otra persona involucrada con Juárez, ¿por qué cerró el caso?

—Su asesino preparó el homicidio para que pareciera un suicidio. Quería que pensara que nos lo habíamos creído. Quería que creyera que no sabíamos que existía porque así se sentiría a salvo.

—¿Por qué?

—Creemos que esta persona es un agente policial de alto nivel.

Random lo dijo como si tal cosa, sin vacilación. Eso era exactamente lo que Pollard y Holman habían estado pensando, sólo que habían supuesto que se trataba de Random. Pollard de repente se dio cuenta de que las disparidades entre los dos Random tenían sentido, y que todas las inconsistencias sobre él podían ser consistentes.

—El quinto hombre.

—¿Qué es el quinto hombre?

—Sabíamos que había alguien más implicado. Lo llamábamos el quinto hombre. Creíamos que era usted.

—Lamento decepcionarla.

—Ha estado llevando una investigación dentro de una investigación, una pública, la otra secreta, una investigación secreta.

—No había otra forma de abordarlo. La única gente que sabe lo que estamos haciendo son mi equipo, el jefe y un subdirector. Esta investigación empezó semanas antes de que mataran a esos hombres. Me informaron de que un grupo de agentes estaba intentando hacerse con el dinero. Identificamos a la mayoría de ellos, pero alguien con un conocimiento íntimo de Marchenko y Parsons estaba pasando información a Fowler, y Fowler estaba protegiendo al hijo de puta como un pitbull. Fowler era el único que conocía a esta persona, el único que habló o se reunió con él, y es a él a quien estábamos tratando de identificar.

—Y entonces se produjo el tiroteo.

El rostro de Random se tensó.

—Sí. Entonces se produjo el tiroteo y usted y Holman han estado hurgando tanto que incluso los agentes de la división lo estaban empezando a notar. Necesito que paren, Pollard. Si este hombre empieza a sentir la presión lo perderemos.

Ahora Pollard entendió las llamadas que Leeds había recibido del Parker Center. El jefe del departamento había estado tratando de descubrir qué estaba haciendo y presionando a Leeds para que la hiciera parar.

—¿Cómo es que sabe tanto de lo que Fowler hacía y dejaba de hacer? ¿Cómo sabe que se trataba de Fowler?

Random vaciló. Era la primera vez que vacilaba antes de responder a sus preguntas. Pollard sintió un nudo en el estómago porque de repente supo la respuesta.

—Tenían a alguien dentro —dijo ella.

—Richard Holman estaba trabajando para mí.

El gélido aire acondicionado se calentó de repente. El silencio pareció extenderse desde la cocina como un jarabe derramado hasta llenar la casa. Todo lo que Holman le había dicho a ella acerca de sus conversaciones con Random titiló en su cabeza.

—Hijo de puta. Debería habérselo dicho.

—Decírselo habría comprometido esta investigación.

—Ha dejado que el hombre crea que su hijo era corrupto. ¿Tiene idea de lo mucho que le ha herido? ¿Le importa una mierda?

La piel en torno a los ojos de Random se tensó. El detective se humedeció los labios.

—Rich Holman contactó conmigo cuando Fowler trató de reclutarlo. Rich lo había rechazado, pero yo le convencí de que volviera a llamar a Fowler. Lo puse con ellos, señora Pollard, así que sí, sí que me importa.

Pollard se fue al sofá. No prestó atención a Random. No tenía nada que decir. Pensó en Holman y parpadeó con fuerza cuando sus ojos empezaron a llenarse de lágrimas, porque no quería que Random la viera llorar. Richie ya no era un mal tipo; Richie era bueno. Holman no tendría que disculparse con Donna.

—¿Se da cuenta de por qué tenía que ser así?

—Si está buscando una absolución, olvídelo. Quizá tenía que ser así, Random, pero sigue siendo un capullo. El hombre perdió a su hijo. Lo único que tenía que hacer era hablarle como un ser humano, en lugar de como a una basura, y nada de esto habría ocurrido.

—¿Va a llamarlo? Necesito tenerles a bordo en esto antes de que sea demasiado tarde.

Pollard rio.

—Bueno, lo haría, pero no puedo. Sus chicos se llevaron su móvil en el cementerio. No tengo forma de contactar con él.

Random apretó los dientes, pero no respondió. Vukovich regresó del comedor diciendo que alguien volvería a llamarle, pero Pollard no prestó atención. Se estaba preguntando si todo lo que habían hecho ella y Holman era inútil. El quinto hombre probablemente ya se había largado.

—Bueno, ¿encontraron el dinero o no? Supongo que sí porque si no ese sospechoso que están buscando no habría matado a esas personas.

—No estamos seguros. Si localizaron el dinero, lo encontraron después de los asesinatos.

—Tienen que haber encontrado el dinero, Random. ¿Qué encontraron en el cartel de Hollywood?

Random estaba claramente sorprendido.

—¿Cómo sabe eso?

—Hurgando, capullo. Encontraron algo el jueves por la noche, antes de que fueran asesinados. Lo que encontraran estaba enterrado en un agujero de aproximadamente treinta centímetros de ancho y cuarenta y cinco de profundidad. ¿Qué era?

—Llaves. Encontraron veintidós llaves en un termo metálico de color azul.

—¿Sólo llaves? ¿Qué clase de llaves?

—Rich no las vio. Fue Fowler el que abrió el termo. Le dijo a los demás lo que tenían, pero se las quedó en su poder.

—¿No había nada que dijera cómo encontrar las cerraduras?

—Sólo las llaves. Al día siguiente, Fowler les dijo a los demás que su compañero pensaba que quizá podía averiguar lo que abrían las llaves. Creemos que por eso se convocó la reunión la noche en que los mataron. Según el último informe que recibí de Rich, todo el mundo pensaba que iban a enterarse de dónde estaba el dinero.

Pollard estaba pensando en las llaves cuando se dio cuenta de que casi todo lo que Random sabía procedía de Rich Holman.

Si Fowler compartía una información, entonces Rich se la pasaba a Random, pero Fowler había protegido a su compañero. Mantenía secretos. Pollard de repente se preguntó si no sabía más del caso que Random.

—¿Sabe por qué Marchenko enterró esas llaves en el cartel de Hollywood?

Pollard vio por su expresión que no tenía ni idea. Se encogió de hombros y aventuró una razón.

—Remoto. Cerca de su apartamento.

—Alison Whitt.

Random estaba perdido.

—Alison Whitt era una prostituta. Marchenko tenía sexo con ella en el cartel. ¿Lo sabía?

Vukovich negó con la cabeza.

—Eso no es posible. Interrogamos a todos los conectados con Marchenko y Parsons, aunque fuera remotamente. Todos aquellos con los que hablamos dijeron que estos payasos eran eunucos. Ni siquiera tenían amigos varones.

—Holman y yo supimos de ella por la madre de Marchenko. Random, escuche esto, aproximadamente una semana antes de los asesinatos, Fowler y otro hombre fueron a ver a la madre de Marchenko. Específicamente preguntaron por Alison Whitt. El hombre que iba con Fowler ese día no era Rich, ni Mellon ni Ash. Tuvo que ser el socio de Fowler. Ella no conocía su nombre, pero pueden trabajar con ella y un dibujante.

Random lanzó una mirada a Vukovich.

—Llama a Fuentes. Que vaya alguien con un dibujante.

Vukovich se alejó otra vez con su teléfono móvil cuando Random se volvía hacia Pollard.

—¿Qué pasó con Whitt?

—La mataron la misma noche que a los demás. Whitt es la conexión, Random. Holman y yo supimos de ella por la señora Marchenko, pero Fowler y su amigo sabían de Whitt antes de ver a la madre de Marchenko. Whitt aseguraba que era una informante registrada, así que supuse que el quinto hombre podía ser su contacto, pero eso no resultó.

—Un momento, ¿cómo supo todo esto si Whitt ya estaba muerta?

Pollard le habló de Marki Collen y el Mayan Grille y de las historias de Whitt sobre Marchenko. Random sacó una libreta y tomó notas. Cuando terminó, Random examinó lo que había escrito.

—Lo comprobaré.

—No encontrará nada. Tengo a un amigo en el FBI que ha comprobado su nombre en la lista del Parker. Ella no está en su lista.

Random hizo una sonrisa oscura.

—Dele las gracias a su amigo, pero lo comprobaré yo mismo.

Random sacó su teléfono y fue a la ventana mientras hacía su llamada. Mientras estaba hablando, Vukovich volvió con Pollard.

—Se ha corrido la voz de su chico, Chee. Fue una detención legal. La brigada de Bombas tenía un chivatazo del FBI y se presentó con la Metro. Encontraron cuatro kilos de explosivo plástico C-4 y algunos detonadores de explosión retardada en su taller.

Pollard miró a Vukovich, luego a Random, pero éste todavía estaba hablando por teléfono.

—¿El FBI los puso en esto?

—Es lo que dice el hombre. Parte de una investigación de conspiración, dijo.

—¿Cuándo se recibió la llamada?

—Esta mañana. Temprano. ¿Es importante?

Pollard negó con la cabeza, sintiendo las piernas dormidas.

—¿Está seguro de que fue el FBI?

—Eso dice el hombre.

El aturdimiento se extendió por su cuerpo.

Random terminó su llamada, luego cogió una tarjeta de visita de su cartera y se la entregó a Pollard.

—Holman querrá hablar conmigo. Está bien. Una vez que lo encuentre, llámeme, pero ha de hacerle comprender que tiene que hacerse a un lado. Eso es imperativo. No puede decirle a nadie lo que le he dicho y Holman no puede contárselo a su nuera. Entiende por qué estamos actuando así, ¿no? Ruego a Dios que no sea demasiado tarde.

Pollard asintió con la cabeza, pero no estaba pensando en cómo estaba actuando Random. Esperó muy rígida en la puerta mientras salían, luego se volvió para encarar la vacuidad de la casa. Pollard no creía en las coincidencias. Se lo enseñaron en Quantico y ella lo había aprendido en centenares de investigaciones: las coincidencias no existen.

«Un chivatazo del FBI.»

Pollard fue a su dormitorio y arrastró una silla al armario. Sacó una caja del estante alto, el más alto, donde los chicos no podían llegar, y bajó su pistola.

Pollard sabía que podía haber cometido un grave e importante error. Marki le dijo que Whitt era una informante registrada con un poli que cuidaba de ella, pero «poli» no necesariamente quería decir agente de policía y el Departamento de Policía de Los Ángeles no era la única agencia del orden que usaba informantes registrados. Sheriffs, agentes del servicio secreto, jefes de policía federales y agentes del ATF; todos ellos piensan de sí mismos como polis, y todos ellos utilizaban informantes registrados.

Alison Whitt podía haber sido una informante del FBI. Y entonces...

El quinto hombre era un agente del FBI.

Pollard salió a buscar el coche y se dirigió a Westwood.

47

Los informantes registrados podían ser, y con frecuencia lo eran, fundamentales para resolver crímenes y obtener condenas. La información que proporcionaban y sus métodos de obtenerla formaban parte del registro legal de los informes de los investigadores, mandatos, órdenes de registro, cargos del jurado de acusación, mociones, expedientes de abogados y en última instancia juicios. Los nombres verdaderos de los informantes nunca se usaban, porque muchos de estos documentos eran registros públicos. En todos ellos, el nombre del informante se sustituía por un número. Este código numérico del informante —junto con los informes de los investigadores en relación con la fiabilidad del informante y los comprobantes de pago cuando los informantes cobraban por su información— se mantenía bajo llave para proteger el anonimato. El lugar y el modo en que se salvaguardaba esta lista variaba según la agencia, pero nadie guardaba códigos de lanzamiento de un bomba nuclear; lo único que un agente tenía que hacer era pedirle la llave a su jefe.

Pollard sólo había usado informantes cuatro veces durante sus tres años en la brigada. En cada una de esas cuatro ocasiones ella había pedido la lista de informantes de la brigada de Bancos a Leeds y había observado cómo él abría un armario con llave en el cual guardaba los papeles. Cada vez, usó una llave de latón que sacó de una cajita que permanecía en el cajón superior derecho de la mesa. Pollard no sabía si la caja, la llave y el archivo estarían en el mismo sitio después de ocho años, pero Sanders lo sabría.

El cielo sobre Westwood era de un claro azul brillante cuando Pollard se metió en el aparcamiento. Eran las dos y ocho minutos. La torre negra relucía contra el cielo; una ilusión óptica jugada por el sol.

Pollard estudió la torre. Trato de decirse a sí misma que era la única oportunidad en un millón en la cual una coincidencia era realmente una coincidencia, pero no lo creía. El nombre de Alison Whitt iba a estar en el despacho de Leeds. El agente que la reclutó y la usaba era casi con total certeza responsable de seis asesinatos. Ese agente podría ser cualquiera.

Pollard finalmente abrió el móvil para llamar a Sanders. Necesitaba un pase para entrar en el edificio, pero Sanders no respondió. Su buzón de voz se conectó al primer timbrazo, lo cual indicaba que Sanders probablemente se hallaba en la escena de un delito, interrogando víctimas recientes.

Pollard, no sin antes maldecir su mala suerte, llamó al número general de la brigada y esperó a que sonara. En días en que la brigada estaba dispersa por todo Los Ángeles, un agente de servicio permanecía en la oficina de campo para recibir las llamadas entrantes y ocuparse de su papeleo. Cuando Pollard había sido la agente de guardia normalmente no hacía caso de las llamadas.

—Brigada de Bancos. Agente Delaney.

Pollard recordaba al joven agente que había conocido con Bill Cecil. Los chicos nuevos siempre respondían porque todavía no estaban hastiados.

—Soy Katherine Pollard. Te conocí en la oficina con los donuts, ¿recuerdas?

—Ah, claro, hola.

—Estoy abajo. ¿Está April ahí?

Pollard sabía que Sanders no estaba en la oficina, pero preguntar por Sanders era una trampa para preguntar por

Leeds. Tenía que descubrir si Leeds se hallaba en la oficina, porque Leeds controlaba la lista. Pollard deseaba que Leeds se hubiera ido.

—No la he visto —dijo Delaney—. Estoy casi solo aquí. Todo el mundo está fuera.

—¿Y Leeds?

—Humm, ha estado antes..., no, no lo veo. Hay mucho trabajo hoy.

Pollard se sintió aliviada, pero trató de parecer decepcionada.

—Maldición. Kev, escucha... tengo algunas cosas que quiero dejarle a Leeds junto con una caja de donuts para la brigada. ¿Puedes enviar una placa?

—Claro. No hay problema.

—Genial. Te veo en un minuto.

Pollard había cogido una caja de donuts de Stan's para justificar su visita a la oficina. Metió la pistola bajo el asiento, cogió los donuts y la carpeta y se encaminó al edificio. La carpeta era una excusa para entrar en la oficina de Leeds. Como en la anterior ocasión, Pollard esperó a su escolta para subir a la decimotercera planta.

Al acceder a la zona de la brigada, examinó la sala. Delaney estaba solo en un cubículo, cerca de la puerta. Pollard mostró una gran sonrisa cuando el agente se le acercó.

—Tío, yo odiaba estar de guardia. Creo que necesitas un donut.

Delaney pescó un donut de la caja, pero dio la impresión de no saber dónde ponerlo y probablemente sólo lo había cogido para ser educado. Su escritorio estaba cubierto de papeles.

—¿Quieres que te deje la caja? —dijo Pollard.

Delaney miró su escritorio, fijándose en que no había sitio para ponerla.

—¿Por qué no la dejas en la sala de café?

—Claro. Voy a dejarla en la oficina de Leeds y enseguida te dejo en paz.

Pollard hizo un gesto con la carpeta para que él pudiera verla y le dio la espalda. Trató de moverse con gracilidad, como si sus acciones fueran naturales y normales. Dejó los donuts en la sala de café y miró a hurtadillas a Delaney al entrar en la sala de brigada. El agente estaba con la cabeza baja, sumido en su trabajo.

Pollard fue a la oficina de Leeds. Abrió la puerta sin dudarlo y se metió en la boca del lobo. No había estado en la oficina de Leeds desde el día en que renunció, pero era tan intimidante como la recordaba. Fotos de Leeds con todos los presidentes desde Nixon adornaban las paredes, junto con un retrato autografiado de J. Edgar Hoover, a quien Leeds reverenciaba como héroe americano. Un cartel real de «Se busca» de John Dillinger colgaba entre los presidentes, regalado a Leeds por Ronald Reagan.

Pollard asimiló la oficina para situarse y se alivió al ver que el archivador seguía en la esquina y que el escritorio no había cambiado. Se apresuró a abrir el cajón superior derecho del escritorio. Había varias llaves en la caja, pero Pollard reconoció la llave de latón. Se acercó al archivador, preocupada por que Delaney empezara a preguntarse por qué tardaba tanto. Abrió el cajón del archivador y examinó las carpetas, que estaban clasificadas alfabéticamente. Encontró la W, sacó la carpeta y revisó los archivos. Cada carpeta estaba etiquetada con el nombre del informante y un código numérico.

Todavía deseaba que fuera la coincidencia una entre un millón cuando vio el nombre: Alison Carrie Whitt.

Pollard abrió el archivo por la cubierta, que contenía la información que identificaba a Whitt. Examinó la página, buscando el nombre del quinto hombre...

—¿Qué diablos estás haciendo?

Pollard saltó al oír la voz. Leeds estaba en el umbral, con el rostro furioso.

—¡Pollard, levántate! Apártate de esos archivos. ¡Delaney! ¡Ven aquí!

Pollard se levantó lentamente, pero no soltó la carpeta.

Delaney apareció detrás de Leeds. Ella los examinó. Cualquiera de sus nombres podría estar en la hoja, pero no creía que fuera el de Delaney. Era demasiado nuevo.

Pollard se recompuso. Se irguió y miró a Leeds a los ojos.

—Un agente de esta oficina está involucrado en el asesinato de los cuatro agentes debajo del puente de la calle Cuarta.

Incluso al decirlo, pensó: «Leeds. Podría ser Leeds.»

Éste avanzó por el despacho, moviéndose con tacto.

—Deja el archivo, Katherine. Lo que estás haciendo es un delito federal.

—Asesinar a cuatro agentes de policía es un crimen. Y también lo es matar a una informante federal registrada llamada Alison Whitt...

Pollard sostuvo en el aire la carpeta.

—¿Es tu informante, Chris?

Leeds miró a Delaney, luego vaciló. Delaney era el testigo de Pollard, que continuó.

—Está en tu archivo: Alison Whitt. Era amiga de Marchenko. Un agente de esta oficina lo sabía porque la conocía. Ese mismo agente estaba involucrado con Mike Fowler y los otros agentes en tratar de encontrar los dieciséis millones de dólares.

Leeds miró a Delaney otra vez, pero ahora Pollard leyó la vacilación con una luz diferente. No parecía amenazante; ahora parecía curioso.

—¿Qué clase de pruebas tienes?

Pollard señaló la carpeta con todas las notas de Holman y los artículos y documentos.

—Está todo ahí. Puedes llamar a un agente de policía de Los Ángeles llamado Random. Me apoyará. Alison Whitt fue asesinada la misma noche que los otros cuatro agentes. Fue asesinada por la persona que se nombra en la carpeta.

Leeds la miró.

—¿Crees que soy yo, Katherine?

—Creo que podrías ser.

Leeds asintió con la cabeza, luego, lentamente, sonrió.

—Mira.

Pollard examinó las últimas entradas de la hoja de cubierta hasta que encontró el nombre.

El nombre que encontró era el del agente especial William J. Cecil.

Bill Cecil.

Uno de los hombres más amables que jamás había conocido.

48

Holman recorrió lentamente tres aparcamientos de supermercado antes de encontrar un Jeep Cherokee rojo similar al que había robado. Cambiar placas de matrícula con la misma marca, modelo y color era un truco que Holman conocía de cuando se ganaba la vida robando coches; de este modo, si un agente comprobaba la matrícula de Holman, el informe del vehículo no mostraría que su Jeep había sido robado.

Holman cambió las matrículas y se dirigió a Culver City. No le gustaba la idea de regresar a su apartamento, pero no cesitaba el dinero y la pistola. Ni siquiera tenía cambio para llamar a Perry y ver si alguien se había pasado. Holman se maldijo por no haberle pedido a Pollard que le prestara unos pocos dólares, pero no se le había ocurrido hasta después. Y el Jeep robado estaba limpio. Buscó bajo las alfombrillas, asientos, guantera y cojines y no encontró nada, ni siquiera basura.

El tráfico de la hora de comer estaba empezando a aliviarse cuando Holman llegó a Pacific Gardens. Describió un círculo en torno a la manzana, buscando a alguien que estuviera merodeando o esperando en algún coche aparcado. Pollard había tenido razón acerca de la naturaleza confusa de las acciones de Random, pero fueran cuales fuesen sus intenciones, Holman estaba seguro de que volverían a por él. Dio otras dos vueltas a la manzana, aparcó en la calle y observó el motel durante casi veinte minutos antes de decidirse a actuar.

Dejó el Jeep junto al motel y entró por la habitación de atrás de Perry. Se detuvo al pie de la escalera, pero no oyó ni vio nada inusual. Perry no estaba en su mesa.

Holman volvió a la habitación de Perry y llamó ligeramente a la puerta. El viejo respondió desde el interior.

—¿Quién es?

Holman habló en voz baja.

—Soy yo. Abra.

Holman oyó que Perry maldecía, pero enseguida la puerta se abrió lo suficiente para que Perry mirara al exterior. Tenía los pantalones bajados hasta los muslos. Sólo Perry podía abrir la puerta así.

—Estaba cagando, joder. ¿Qué pasa?

—¿Ha venido alguien a buscarme?

—¿Como quién?

—Como alguien. Pensaba que podría venir alguien.

—¿Esa mujer?

—No, ella no.

—He estado fuera toda la mañana hasta que se han empezado a mover mis intestinos. No he visto a nadie.

—Vale, Perry, gracias.

Holman volvió al vestíbulo, y subió por la escalera. Al llegar al segundo piso, miró en ambas direcciones del pasillo, pero éste estaba vacío. Holman no se detuvo en la habitación, fue directamente al armario de servicio y abrió la puerta. Apartó las mopas y buscó en el hueco de la pared, debajo de la válvula del agua. El fajo de dinero y la pistola todavía estaban detrás de la tubería. Holman aún estaba sacándolos cuando sintió el cañón de una pistola hundiéndose con fuerza detrás de su oreja.

—Deja lo que tengas, chico. Nada mejor va a salir de ahí que tu mano.

Holman no se movió. Ni siquiera se volvió a mirar, pero se quedó rígido, con la mano en la pared.

—Saca esa mano lentamente y vacía.

Holman mostró la mano, abrió los dedos para que el hombre pudiera verla.

—Muy bien. Ahora quédate quieto mientras te cacheo.

El hombre palpó la cintura de Holman, la entrepierna y el trasero, luego le cacheó la cara interna de las piernas hasta los tobillos.

—Muy bien, pues. Tú y yo tenemos un problemilla, pero vamos a solucionarlo. Vuélvete lentamente.

Holman se volvió al tiempo que el hombre salía, dándose espacio para reaccionar en el caso de que Holman intentara algo. Holman vio a un afroamericano calvo de piel clara, vestido con un traje azul. El hombre deslizó su pistola en el bolsillo del abrigo, pero se agarró a ella, mostrando a Holman que estaba preparado para disparar. Holman tardó un momento en reconocerlo.

—Te conozco.

—Sí. Ayudé a enchironarte.

Holman lo recordó. El agente especial Cecil había estado con Pollard ese día en el banco. Holman se preguntó si Pollard lo había enviado, pero la forma en que empuñaba la pistola dejaba muy claro que Cecil no estaba allí como amigo.

—¿Estoy detenido?

—Esto es lo que vamos a hacer: vamos a bajar esas escaleras como si fuéramos los mejores colegas del mundo. Si el viejo de abajo dice algo para intentar detenernos, le dices que lo verás luego y sigues caminando. Salimos, verás un Ford verde oscuro aparcado fuera. Entras. Si haces algo distinto de lo que te he dicho, te mato en la calle.

Cecil se apartó y Holman bajó por la escalera y se metió en el Ford, preguntándose qué estaba ocurriendo. Vio que Cecil cruzaba por delante del coche y se colocaba al volante. Cecil sacó del bolsillo la pistola y la sostuvo en su regazo con la mano izquierda mientras arrancaba el coche. Holman lo estudió. La respiración de Cecil era acelerada y somera y su rostro brillaba de sudor. Sus ojos grandes, como los de un encantador de serpientes, se movían del tráfico a Holman. Parecía un hombre que había robado un coche y estaba tratando de huir.

—¿Qué coño estás haciendo?

—Vamos a recuperar dieciséis millones de dólares.

Holman trató de no revelar nada, pero su ojo derecho se llenó de lágrimas al tiempo que la piel circundante temblaba. Cecil era el quinto hombre. Cecil había matado a Richie. Holman miró la pistola. Cuando levantó la mirada, Cecil lo estaba observando.

—Oh, sí. Sí, sí, yo estaba con ellos, pero no tengo nada que ver con esas muertes. Yo y tu hijo éramos socios hasta que a Juárez se le fue la pinza. El hijo de puta se volvió loco matando a todos, suponiendo que podría quedarse el dinero. Por eso lo eliminé. Lo eliminé por matar a esa gente.

Holman sabía que Cecil estaba mintiendo. Lo vio en la forma en que estableció contacto visual, arqueando las cejas y asintiendo con la cabeza en un gesto de falsa sinceridad. Los peristas y los traficantes de droga habían mentido a Holman del mismo modo un centenar de veces. Cecil estaba tratando de engañarle, pero Holman no entendía por qué. Algo le había llevado a dar la cara y ahora el hombre claramente tenía un plan que incluía a Holman.

Imágenes de Cecil debajo del puente destellaron en la cabeza de Holman como una escopeta en la oscuridad. Cecil disparando a bocajarro, el destello del disparo, Richie cayendo...

Holman observó de nuevo la pistola, preguntándose si podría arrebatársela o empujarla a un lado. Holman quería a ese hijo de puta: todo lo que había hecho desde aquella mañana en el CCC en que Wally Figg le había dicho que Richie estaba muerto había conducido al descubrimiento de este hombre. Si Holman podía evitar que le dispararan, quizá podría darle un puñetazo a Cecil, pero luego dónde estaría. Tendría que dispararle a Cecil allí mismo o los polis llegarían y Cecil les mostraría sus credenciales, ¿a quién creerían? Cecil se largaría mientras Holman se quedaría tratando de que no lo metieran en un coche patrulla.

Holman pensó que podría saltar del coche antes de que Cecil le disparara. Acababan de girar por Wilshire Boulevard, donde había menos tráfico.

—No has de saltar. Cuando lleguemos a donde vamos te dejaré salir.

—Yo no voy a ninguna parte.

Cecil rio.

—Holman. He estado pillando tipos como tú durante casi treinta años. Sé lo que vas a pensar incluso antes de que lo pienses.

—¿Sabes qué estoy pensando ahora mismo?

—Sí, pero no te lo tengo en cuenta.

—Estoy pensando por qué coño sigues aquí si tienes dieciséis millones de dólares.

—Sé dónde están, pero no he podido cogerlos. Aquí es donde entras tú.

Cecil cogió el teléfono de la consola y lo dejó en el regazo de Holman.

—Toma. Llama a tu chico Chee, y a ver qué pasa.

Holman cogió el teléfono, pero no hizo nada. Miró a Cecil y ahora sintió una clase diferente de terror, una que no tenía nada que ver con Richie.

—Detuvieron a Chee.

—¿Ya lo sabes? Bueno, bien, nos ahorramos una llamada. Chee estaba en posesión de cuatro kilos de C-4. Entre las pruebas confiscadas en ese agujero de mierda que llama taller están los números de teléfono de dos personas sospechosas de ser simpatizantes de al-Qaeda y los planos para fabricar un artefacto explosivo improvisado. ¿Ves a lo que voy?

—Le tendiste una trampa.

—La mejor. Y sólo yo sé quién colocó esa mierda en su taller, así que si no me ayudas a conseguir este puto dinero tu chico está jodido.

Sin previo aviso, Cecil frenó de golpe. El coche se detuvo

ruidosamente, arrojando a Holman contra el salpicadero. Sonaron cláxones y los neumáticos chirriaron detrás de él, pero Cecil no reaccionó. Sus ojos eran dos bolas negras que permanecían fijas en Holman.

—¿Te vas haciendo una idea?

Sonaron más bocinas y la gente maldijo, pero Cecil no se movió. Holman se preguntó si estaba loco.

—Coge el dinero y lárgate. ¿Qué demonios tengo que ver yo con esto?

—Te he dicho que no puedo hacerlo yo.

—¿Por qué no? ¿Dónde está?

—Aquí mismo.

Holman siguió el gesto que hizo Cecil con la cabeza. Estaba señalando a la sucursal de Beverly Hills del Grand California Bank.

49

Cecil aparcó el coche fuera de la marea de tráfico y miró al banco como si fuera la octava maravilla del mundo.

—Marchenko y Parsons escondieron todo ese dinero en un maldito banco.

—¿Quieres que robe un banco?

—No depositaron el puto dinero, tarado. Está en veintidós cajas de seguridad, de las grandes, no de las pequeñas.

Cecil buscó debajo de su asiento y sacó una bolsa que tintineaba. La dejó en el regazo de Holman y volvió a coger el teléfono.

—Aquí tienes las llaves, las veintidós.

Holman dejó caer las llaves en su mano. En un lateral estaba grabado el nombre Mosler junto con un número de siete cifras. En el otro lado había un número de cuatro dígitos.

—Esto es lo que escondieron en el cartel.

—Supongo que pensaron que si los detenían por algo, esas llaves estarían seguras allí. Tampoco había nada que dijera en qué banco, pero el fabricante tiene un registro. Con una llamada de teléfono lo supe.

Holman miró las llaves que casi no le cabían en la mano. Las agitó como si fueran monedas. Dieciséis millones de dólares.

—Así que ahora estás pensando —dijo Cecil—, si tenía las llaves y sabía dónde estaba el dinero, ¿por qué no lo coge?

Holman ya lo sabía. Todos los directores de banco de Los Ángeles reconocerían a Cecil y a los otros agentes de la brigada de Bancos. Un empleado de banco tendría que acompañarlo a la cámara acorazada con la llave maestra, porque las cajas de los depósitos de seguridad siempre requerían dos llaves, la del cliente y la del banco, y Cecil tendría que firmar en el libro de contabilidad. Dieciséis millones de dólares entre veintidós cajas suponían un montón de viajes entrando y saliendo de un banco donde sería reconocido por los empleados y donde todo el mundo sabía que no era un cliente que había alquilado cajas. Cecil habría sido cuestionado. Sus idas y venidas se habrían registrado por cámaras de seguridad. Lo habrían pillado.

—Sé por qué no coges el dinero. Me estaba preguntando cuánto pesan dieciséis millones de dólares.

—Puedo decírtelo exactamente. Cuando roban un banco nos dicen cuántos billetes de cada se pierden. Haces las cuentas y sabes cuántos billetes hay; mil billetes en un kilo, no importa de qué valor; calcula. Estos dieciséis millones en particular pesan quinientos dieciocho kilos.

Holman consideró otra vez el banco antes de mirar de nuevo a Cecil. El hombre todavía estaba contemplando el banco. Holman habría jurado que sus ojos brillaban de verde.

—¿Fuiste a verlo?

—Entré una vez. Abrí la caja tres mil setecientos uno. Cogí trece mil dólares y ya no volví. Demasiado asustado.

Cecil arrugó el entrecejo para sí, asqueado.

—Incluso me puse un disfraz de mierda.

Cecil tenía la fiebre del oro. En la trena, los reclusos solían hablar de eso, tratando de que sus malas decisiones sonaran románticas al compararse con los buscadores de oro del antiguo Oeste; hombres que se colocaban soñando en el gran golpe que los jubilaría. Pensaban en ello hasta que no pensaban en otra cosa; se obsesionaban hasta que eso los consumía y no tenían nada más en sus vidas; se desesperaban por ello hasta que su desesperación los volvía estúpidos. El idiota de

Cecil estaba enfrentándose a seis asesinatos en primer grado y lo único que podía ver era el dinero. Holman vio su vía de entrada. Sonrió.

—¿De qué te sonríes? —dijo Cecil.

—Pensaba que sabías en qué estaba pensando antes de que lo pensara.

—Lo hago. Estás pensando ¿por qué coño me ha cogido este hijo de puta?

—Muy bien.

Los ojos de Cecil húmedos se endurecieron de rabia.

—¿A quién querrías que se lo pidiera, a mi esposa? ¿Crees que es mi plan de acción preferido? Hijo de puta, créeme, yo iba a resolverlo, joder, ¡ese dinero está esperando ahí! Tenía todo el tiempo que necesitaba, pero tú y esa zorra me habéis arrinconado. Hace una semana tenía toda la vida; ahora, tengo quince minutos, así que ¿a quién demonios debería habérselo pedido? ¿Tenía que llamar a mi hermano a Denver? ¿O quizás al chico que me hace de *caddie* cuando juego al golf? ¿Y decirle qué, ven a ayudarme a robar dinero? Te ha tocado. No pienso irme sin los dieciséis millones, me resisto. Así que aquí estamos. Eres tú, porque no tengo a nadie más. Salvo a tu amigo Chee. Ese cabrón me pertenece. Si me jodes, juro por Dios todopoderoso que ese tipo lo pagará caro.

Cecil se acomodó como si se hubiera quedado sin gasolina, pero la pistola nunca había temblado en su regazo.

Holman pensó en la pistola.

—Te largarás. ¿Qué podrás hacer por Chee?

—Si sacas el dinero, te daré al hombre que colocó esas cosas, te diré de dónde sacó el material, dónde, cómo, todo lo que necesitas para sacar al chico.

Holman asintió con la cabeza como si estuviera pensando en ello, luego miró al banco. No quería que Cecil interpretara sus pensamientos. Cecil podía dispararle en ese mismo momento o esperar a que Holman le trajera el dinero, pero iba a dispararle de todos modos, ese asunto del trueque del dinero por Chee no colaba. Holman lo sabía y Cecil probablemente sabía que lo sabía, pero Cecil estaba tan locamente necesitado por el dinero que se había convencido a sí mismo, igual que se había convencido para matar a cuatro agentes de policía. Holman pensó en hacer ver que lo creía para escapar, pero entonces Cecil podría escapar. Holman quería que el cabrón respondiera por haber matado a su hijo. Y estaba empezando a hacerse a la idea de cómo podía conseguirlo.

—¿Cómo lo has pensado?

—Ve al director de servicio al cliente. Dile de entrada que vas a tener que hacer muchos viajes, que estás cogiendo registros tributarios y documentos importantes que pusiste aquí para guardarlos en lugar seguro. Haz una broma al respecto, como que esperas que no pensaran salir a tomar un café. Sabes cómo mentir.

—Claro.

—El dinero de las cajas todavía estaba embolsado. Vas a abrirlas de cuatro en cuatro. Supongo que la bolsa de cada caja pesa unos veinte kilos, dos en cada hombro, ochenta kilos. Un tipo grande como tú puede manejarlo.

Holman no estaba escuchando. Estaba pensando en algo que Pollard le había dicho cuando creían que Random era el quinto hombre: si podían relacionar a Random con Fowler lo tendrían. Holman decidió que si podía relacionar a Cecil con el dinero, Cecil nunca lograría explicarlo ni escapar de la condena.

—Veintidós cajas a cuatro cajas el viaje. Eso son seis viajes llevando ochenta kilos de dinero cada vez. ¿Crees que no van a pararme?

—Creo que algo es mejor que nada. Si algo va mal, simplemente te largas. No estás robando el banco, Holman. Simplemente te vas.

—¿Y si quieren ver lo que hay en las bolsas?

—Sigue caminando. Tendremos lo que tendremos.

Holman tenía un plan. Pensó que podría salir bien si disponía del tiempo suficiente. Todo dependía de tener suficiente tiempo.

—Va a tardar mucho, tío. Odio estar en un banco mucho tiempo. Me trae malos recuerdos.

—A la mierda tus recuerdos. Sólo piensa en Chee.

Holman miró a Cecil como si fuera el capullo más estúpido en la tierra. Quería a Cecil borracho con la idea de la proximidad del dinero. Quería a Cecil colocado de dinero.

—A la mierda Chee. Soy yo el que se juega el cuello. ¿Qué me toca?

Cecil lo miró, y Holman insistió.

—Quiero la mitad.

Cecil pestañeó. Miró al banco, humedeció los labios y luego volvió a mirar a Holman.

—¿Estás de broma?

—No. Creo que me lo debes, hijo de puta, y sabes por qué. Si no te gusta, consíguete ese puto dinero solo.

Cecil se humedeció los labios otra vez y Holman supo que lo tenía.

—Las primeras cuatro bolsas son mías —dijo Cecil—. Después de eso, cada cuatro bolsas que saques, te quedas una.

—Dos.

—Una, luego dos.

—Puedo aceptar eso. Estarás aquí cuando vuelva por el dinero o voy a venderte a los polis.

Holman salió del coche y caminó hacia el banco. Tenía rampas en el estómago como si fuera a vomitar, pero se dijo que podría lograrlo si Cecil le daba suficiente tiempo. Todo dependía de que Cecil le diera tiempo.

Holman aguantó la puerta a una mujer joven que salía del banco. Le sonrió de manera amable antes de entrar y asimilar cuanto le rodeaba. Los bancos normalmente estaban llenos durante la hora de comer, pero ya eran casi las cuatro. Había una cola de cinco clientes para dos cajeros. Dos directivos permanecían en sus escritorios, detrás de los cajeros, y un joven que probablemente era responsable del servicio al cliente se encargaba de un escritorio en el vestíbulo. Holman supo enseguida que ese banco era un objetivo de atracos. No había trampillas en la entrada, ni barreras de protección de plexiglás para los cajeros ni guardias de seguridad. Era una invitación a atracarlo.

Holman fue a la cabeza de la cola de clientes y miró a los clientes. Se volvió hacia los cajeros y levantó la voz.

—Esto es un puto atraco. Vaciad los cajones. Dadme el dinero.

Holman miró la hora. Eran las 3.56.

El reloj estaba corriendo.

50

Lara Myer, de veintiséis años, estaba en la última hora de su turno como agente de seguridad en New Guardian Technologies cuando la alarma de su ordenador destelló, indicando que se estaba recibiendo un código dos once desde el Grand California Bank, en Wilshire Boulevard, Beverly Hills. No era nada del otro mundo. El marcador de tiempo en su pantalla mostraba que la hora era 3.56.27.

El New Guardian proporcionaba servicios de seguridad electrónicos a once cadenas bancarias de la zona, doscientas sesenta y una tiendas abiertas las veinticuatro horas, cuatro cadenas de supermercados y varios centenares de almacenes y negocios.

En un día cualquiera, la mitad de las alarmas entrantes eran falsas, disparadas por subidas de tensión, problemas técnicos informáticos o error humano. Dos veces a la semana (todas las semanas) un cajero de banco de algún lugar del gran Los Ángeles disparaba accidentalmente la alarma. Las personas son personas. Ocurre.

Lara siguió el procedimiento.

Buscó la página del Grand Cal, sucursal Wilshire, BH. La pantalla enumeraba a los directores y las características del banco: número de empleados, número de cajeros, mejoras de seguridad si las había, puntos de salida, etcétera. Más importante, la página le permitía llevar a cabo un particular sistema de diagnóstico al banco. El diagnóstico comprobaría los problemas de sistema que dispararían una falsa alarma.

Lara abrió la ventanilla de diagnóstico, luego pulsó el botón llamado «Confirmar». El diagnóstico automáticamente reseteaba la alarma al tiempo que buscaba anomalías de potencia, fallos de hardware o problemas técnicos de software. Si un cajero disparaba accidentalmente la alarma, en ocasiones se reseteaba desde el banco, lo cual automáticamente cancelaba la alarma.

El diagnóstico tardaba unos diez segundos.

Lara observó cuando la confirmación apareció.

Dos cajeros de la sucursal del Grand Cal en Beverly Hills habían disparado alarmas silenciosas.

Lara giró en su silla para llamar a su supervisor de turno.

—Tenemos uno.

Su supervisor de turno se acercó y leyó la confirmación.

—Llama.

Lara apretó un botón de la consola para telefonear al operador de servicios de emergencia del Departamento de Policía de Beverly Hills. Después de notificar a Beverly Hills, Lara llamaría al FBI. Esperó pacientemente mientras el teléfono sonaba cuatro veces.

—Servicio de emergencias de Beverly Hills.

—Aquí la operadora cuatro cuatro uno del New Guardian. Tenemos un dos once en curso en el Grand California Bank de Wilshire Boulevard, en su zona.

—Un segundo.

Lara sabía que el operador de los servicios de emergencia tendría que confirmar a continuación que Lara iba en serio y no era alguien que hacía una llamada falsa. No se enviarían coches hasta que se hiciera esto y Lara hubiera proporcionado la información necesaria sobre el banco.

Lara miró el reloj.

3.58.05.

51

Holman pensó que estaba yendo bastante bien. Nadie corrió hacia la puerta ni cayó víctima de un ataque cardiaco como la última vez. Los cajeros vaciaron en silencio los cajones. Los clientes permanecieron juntos en la fila, observándole como si estuvieran esperando que él les dijera lo que tenían que hacer. En general, eran unas víctimas excelentes.

—Todo irá bien —dijo Holman—. Saldré de aquí en unos minutos.

Holman sacó las llaves del bolsillo y se acercó al joven que estaba en la mesa de servicio. Holman le tiró la bolsa.

—¿Cómo te llamas?

—Por favor, no me haga daño.

—No voy a hacerte daño. ¿Cómo te llamas?

—David Furillo. Estoy casado. Tengo un niño de dos años.

—Enhorabuena. David, esto son llaves de cajas de seguridad, con el número de caja en cada llave, como siempre. Coge tu llave maestra y abre cuatro de estas cajas, las que sean, no importa. Hazlo ahora.

David miró a las mujeres que se ponían de pie detrás del mostrador. Una de ellas probablemente era su jefa. Holman cogió la barbilla de David y le giró la cara para que lo mirara a él.

—No la mires, David. Haz lo que te he dicho.

David abrió el escritorio para sacar la llave maestra de las cajas y se apresuró hacia la sala de cajas de seguridad.

Holman trotó por el vestíbulo hacia la puerta delantera. Se colocó en la puerta, con cuidado de no exponerse, y miró. Cecil todavía estaba en el coche. Holman se volvió hacia los clientes.

—¿Quién tiene un teléfono móvil? Vamos, necesito un móvil, es importante.

Se miraron con incertidumbre hasta que una mujer sacó cautelosamente un teléfono del bolso.

—Supongo que puede usar el mío.

—Gracias, cielo. Que todo el mundo mantenga la calma. Tranquilo todo el mundo.

Holman miró el reloj al abrir el teléfono. Llevaba en el banco dos minutos y medio. Había superado el umbral de seguridad.

Holman trotó hacia la puerta para ver a Cecil, luego estiró el brazo para leer el número en la parte interior del antebrazo.

Llamó a Pollard.

52

Leeds había advertido a Pollard que la conexión de Cecil con Alison Whitt no garantizaba una condena, así que estaban haciendo los preparativos para ver si la señora Marchenko identificaba la foto de Cecil entre un grupo de seis. En el momento en que Leeds estaba llamando a Random, Pollard había intentado contactar con Holman telefoneando a su apartamento. Al no obtener respuesta, llamó a Perry Wilkes, quien le dijo que Holman había estado allí, pero que se había marchado. Wilkes no pudo ofrecer más información.

El formulario de registro de informante de Alison Whitt indicaba que la había reclutado Cecil y que la había utilizado como informante tres años antes. Cecil había conocido a Whitt mientras investigaba la implicación de una antigua cantante convertida en estrella de cine de serie B de la cual se sospechaba que financiaba a una banda de traficantes del South Central en su negocio de importación de droga. A cambio de no ser arrestada por prostitución y posesión, Whitt accedió a proporcionar información continuada acerca de los contactos de la cantante con ciertos miembros de la banda. Cecil aseguraba en su documento de registro que Whitt proporcionó información regular y útil que ayudó a la acusación.

Pollard estaba sentada en un cubículo fuera de la oficina de Leeds cuando sonó su teléfono. Esperando que fuera Holman o Sanders, miró el identificador de llamada, pero no reconoció el número. Decidió dejarlo ir al buzón de voz, pero finalmente cambió de opinión a regañadientes.

—Soy yo —dijo Holman.

—¡Gracias a Dios! ¿Dónde estás?

—Estoy robando un banco.

—Espera...

Pollard llamó a Leeds.

—¡Tengo a Holman! Holman está al teléfo...

Leeds salió de su despacho al tiempo que Pollard volvía a su llamada. Leeds se quedó de pie en el umbral, murmurando en su teléfono mientras la observaba.

—El quinto hombre es un agente del FBI llamado Bill Cecil —dijo Pollard—. Era...

Holman la interrumpió.

—Ya lo sé. Está en un Ford Taurus verde fuera del banco ahora mismo. Me está esperando...

Ahora fue Pollard quien interrumpió.

—Eh, espera un momento. Pensaba que estabas bromeando.

—Estoy en el Grand California de Wilshire Boulevard, en Beverly Hills. Marchenko metió el dinero aquí en cajas de seguridad. Cecil tenía las llaves, es lo que encontró en el cartel...

—¡¿Por qué estás robando el banco?!

Leeds puso ceño.

—¿Qué está haciendo?

Pollard le hizo un gesto para que se callara y Delaney se acercó a mirar.

—¿Conoces una forma más rápida de traer aquí a los polis? —estaba diciendo Holman—. Lo acojonamos, Katherine. Cecil tenía las llaves pero estaba asustado para coger el dinero. Llevo dentro tres minutos y medio. La policía llegará pronto.

Pollard sostuvo el teléfono, mirando a Leeds y Delaney.

—Grand California en Wilshire, Beverly Hills. Mirad si han denunciado un dos once.

Pollard volvió a hablar con Holman mientras Delaney hacía la llamada a la centralita del FBI.

—¿Hay algún herido?

—Nada de eso. Quiero que les digas a los polis lo que está pasando. Supongo que a mí no me escucharán.

—Max, es una mala idea.

—Quiero que los polis lo pillen en posesión del dinero. Estaba asustado de entrar, así que yo voy a llevarle el dinero.

—¿Dónde está Cecil ahora?

—Aparcado fuera. Está esperando el dinero.

—¿Taurus verde?

—Sí.

Pollard sostuvo el teléfono y habló otra vez con Leeds.

—Cecil está en un Taurus verde, delante del banco.

Leeds transmitió la información a Random al tiempo que Delaney regresaba, nervioso.

—Beverly Hills confirma una alarma de dos once en la ubicación. Unidades en ruta.

Pollard volvió a hablar con Holman.

—Holman, escucha. Cecil es peligroso. Ya ha matado a seis personas...

—Cometió el error de matar a mi hijo.

—Quédate en el banco, ¿vale? No salgas. Es peligroso y no sólo estoy hablando de Cecil; los agentes que se dirigen hacia allí no saben que eres el chico bueno. No lo sabrán...

—Tú lo sabes.

Holman colgó.

En ese instante la línea quedó muda. Pollard sintió una fuerte presión, como si la estuvieran aplastando desde dentro, pero logró sobreponerse y se levantó.

—Voy al banco.

—Deja que se ocupe Beverly Hills. No tienes tiempo.

Pollard corrió todo lo que pudo.

53

Bill Cecil observaba el banco, dando pataditas nerviosas con el pie. El cambio automático estaba en posición Park, el motor en marcha, el aire acondicionado ventilando frío. Cecil sudaba al imaginar lo que estaría ocurriendo en el interior del banco.

Primero, Holman tendría que entablar la conversación falsa con el representante del servicio al cliente. Si el tipo ya tenía un cliente, Holman tendría que esperar. Cecil pensaba que Holman sería lo bastante listo para en ese caso salir a saludar, pero por el momento no lo había hecho. Cecil lo tomó como una buena señal, pero eso no alivió la espera.

A continuación, el representante del servicio al cliente llevaría a Holman a las cajas de seguridad, y podría ser uno de esos cabrones vagos que caminan a cámara lenta.

Una vez que estuvieran dentro, Holman tendría que firmar el papel mientras el representante abría la cerradura maestra de cada una de las cuatro cajas. Las más pequeñas siempre tenían una caja de seguridad interna de acero que podías deslizar hacia fuera, un buen sitio para guardar tu seguro y testamento, pero las cajas grandes no eran así. Las cajas grandes sólo eran eso, grandes cajas vacías. Holman usaría su llave para asegurarse de que todo estaba bien cerrado, pero no abriría las cajas hasta que el representante hubiera salido.

Entonces pondría el dinero en bolsas, volvería a cerrar con

llave las cajas y saldría sin ninguna prisa del banco. Probablemente tendría que decir algo amable al representante, pero después de eso estaría a sólo diez segundos de la puerta.

Cecil suponía que —de principio a fin y sin tener que esperar a otro cliente— el proceso completo duraría seis minutos. Holman llevaba cuatro minutos en el banco, quizá cuatro y medio. No había razón para preocuparse.

Cecil palpó su pistola, debajo del volante, pensando que saldría a echar un vistazo al cabo de diez segundos.

54

Holman cerró el teléfono, y miró una vez más por la puerta, preocupado de que la policía llegara demasiado pronto. Era casi imposible que la policía respondiera en dos minutos, pero con cada segundo que pasaba después de ese margen aumentaban las posibilidades de que irrumpieran en la escena. Holman había estado en el banco dos minutos más que en cualquiera de sus atracos, salvo aquel en el que le arrestaron. Lo recordó. Pollard tardó casi seis minutos en llegar y habían estado en vigilancia, esperando y preparados. Holman todavía contaba con unos segundos.

Volvió a los clientes y devolvió el móvil a la chica.

—¿Todo el mundo está bien? ¿Están todos tranquilos?

—¿Somos rehenes? —dijo un hombre de cuarenta y tantos años, con gafas de montura metálica.

—Nadie es un rehén. Quédense tranquilos. Me largaré de aquí en un minuto.

Holman gritó en dirección a la cámara acorazada.

—Eh, David. ¿Cómo va ahí dentro?

La voz de David llegó desde la cámara.

—Están abiertas.

—Vosotros quedaos donde estáis. La policía está en camino.

Holman corrió a través del vestíbulo hacia la cámara acorazada. David tenía cuatro grandes cajas de seguridad abiertas y había arrastrado cuatro bolsas de deporte de nailon al centro del suelo. Tres eran azules y una negra.

—¿Qué hay en las bolsas? —dijo David.

—La pesadilla de alguien. Quédate aquí, socio. Aquí estarás a salvo.

Holman levantó las bolsas una a una, colocándoselas en bandolera. Parecía que pesaran más de veinte kilos.

—¿Y las otras llaves? —dijo David.

—Guárdatelas.

Holman salió trastabillando de la cámara acorazada e inmediatamente se fijó en que faltaban dos de los clientes.

La chica que le había dejado el móvil señaló a la puerta.

—Se han ido corriendo.

«Mierda», pensó Holman.

55

Cecil se dijo que le daría otros diez segundos a Holman. Quería el maldito dinero, pero no quería morir por conseguirlo, ni tampoco que lo detuvieran, y las posibilidades de ambas cosas se incrementaban cuanto más tiempo permanecía Holman en el banco. Cecil finalmente decidió ir a ver por qué estaba tardando tanto. Si tenían a Holman boca abajo, iba a salir cagando hostias.

Apagó el motor cuando un hombre y una mujer salieron corriendo del banco. La mujer dio un traspié al pasar por la puerta y el hombre casi tropezó con ella. La ayudó a levantarse y echó a correr.

Cecil inmediatamente arrancó el motor, preparado para alejarse, pero nadie más salió.

El banco estaba en calma.

Cecil apagó otra vez el motor, metió la pistola en su cartuchera y salió del coche, preguntándose por qué había corrido esa gente. ¿Nadie más estaba corriendo, qué podía ocurrir? Cecil se dirigió hacia el banco, pero vaciló, pensando que debería volver al maldito Ford y salir a escape.

Miró a ambos lados de Wilshire, pero no vio luces ni vehículos de policía. Todo parecía en orden. Cuando volvió a mirar al banco, Holman estaba en la puerta de cristal, con todas esas enormes bolsas de deporte colgando de los hombros, quieto.

Cecil le hizo una señal, pensando: «date prisa, ¿a qué estás esperando?».

Holman no salió del banco. Dejó caer dos de las bolsas e hizo un gesto a Cecil para que viniera a buscarlas.

A Cecil no le gustó. Seguía pensando en las dos personas que habían salido corriendo. Abrió el móvil y pulsó una tecla de marcado rápido que ya había programado. Holman le hizo una señal otra vez, así que Cecil levantó un dedo para pedirle que esperara.

—Departamento de Policía de Beverly Hills.

—Agente especial William Cecil, número de identificación seis seis siete cuatro. Actividad sospechosa en el Grand California de Wilshire. Por favor, aviso.

—Recibido. Tenemos una alarma dos once en esa dirección. Unidades en camino.

Cecil sintió una quemazón en el pecho. Pestañeó. Todo lo que quería estaba a veinte metros, pero ahora lo había perdido. Dieciséis millones de dólares, perdidos.

—Ah, confirmo el dos once. El sospechoso es un hombre blanco, metro ochenta y cinco, cien kilos. Está armado. Repito, está armado. Los clientes en el banco aparentemente están en el suelo e incapacitados.

—Entiendo que es usted el agente del FBI seis seis siete cuatro. No se acerque. Unidades en camino. Gracias por el aviso.

Cecil miró a Holman, y enseguida vio luces con el rabillo del ojo. Luces rojas y azules que giraban en Wilshire, a tres manzanas de distancia.

Cecil corrió a su coche.

56

Holman observó a Cecil con una mala sensación, confundido por el hecho de que el hombre estuviera perdiendo el tiempo al teléfono cuando estaba tan cerca de los dieciséis millones. Hizo otro gesto para que Cecil viniera a coger el dinero, pero éste seguía hablando. Holman tenía el presentimiento de que algo iba mal, entonces Cecil se volvió hacia su coche. Un instante después, luces rojas y azules se reflejaron en el cristal de los edificios, al otro lado de la calle, y Holman supo que se había quedado sin tiempo.

Empujó la puerta, las pesadas bolsas de dinero oscilando como péndulos de plomo. Dos manzanas más allá, los coches se pegaban a los bordillos para dejar pasar a la policía. La policía tardaría sólo unos segundos en llegar.

Holman corrió hacia Cecil lo más deprisa que pudo, desequilibrando a dos peatones. Cecil alcanzó el Taurus, abrió la puerta y estaba entrando cuando Holman lo pilló desde atrás. Lo empujó con ambas manos y ambos cayeron.

Cecil trató de volver a su coche.

—¿Qué coño estás haciendo, tío? Sal de aquí.

Holman se aferró a la pierna de Cecil, y le lanzó un puñetazo.

—Apártate, maldita sea. ¡Suelta!

Holman debería haber estado más asustado. Debería haber reflexionado sobre lo que estaba haciendo y darse cuenta de que Cecil era un sanguinario agente del FBI con treinta años de formación y experiencia. Pero todo lo que Holman vio en esos momentos fue a Richie corriendo junto a su coche, con la cara colorada y gritando, llamándolo perdedor; lo único que sabía era que el chico de ocho años, el chico de la foto con los dientes separados continuaría desdibujándose; lo único que sentía era la necesidad y la furia ciega de hacer pagar a ese hombre.

Holman no vio la pistola. Cecil debía de haberla sacado cuando Holman se echó sobre la espalda del agente del FBI mientras éste trataba de meterse en el coche. Holman todavía estaba golpeando, aún continuaba pugnando ciegamente por impedir que Cecil se levantara cuando éste rodó por encima. Una luz blanca explosiva destelló tres veces y un sonido atronador resonó en Wilshire Boulevard.

El mundo de Holman se detuvo. Sólo oyó el sonido de los latidos de su corazón.

Miró a Cecil, esperando el dolor. Cecil le devolvió la mirada, abriendo la boca como un pez. Detrás de ellos los coches patrulla frenaron hasta detenerse al tiempo y la voz amplificada de un agente gritó unas palabras que Holman ni siquiera oyó.

—Hijo de la gran puta —dijo Cecil.

Holman bajó la mirada. Las bolsas de dinero estaban encajadas delante de su pecho, rotas donde el dinero había atrapado las tres balas.

Cecil arrojó la pistola por encima del dinero al pecho de Holman, pero esta vez no disparó. Dejó caer el arma en los brazos de Holman y se alejó rodando para arrodillarse enseguida mostrando sus credenciales del FBI por encima de la cabeza.

—¡FBI! —gritó—. ¡Agente del FBI!

Cecil se apartó, con las manos levantadas, gritando y señalando a Holman.

—¡La pistola! ¡Tiene una pistola! ¡Me ha disparado!

Holman miró la pistola, luego a los coches patrulla. Cuatro

agentes uniformados estaban en cuclillas detrás de sus vehículos. Hombres jóvenes, de la edad de Richie. Apuntando.

La voz amplificada atronó otra vez en el cañón de Wilshire, ahora detrás del sonido de las sirenas que se aproximaban.

—¡Baje el arma! ¡Tire el arma, pero no haga movimientos bruscos!

Holman no estaba empuñando el arma. Estaba en la bolsa del dinero, debajo de su nariz. No se movió. Estaba demasiado asustado para moverse.

La gente había salido del banco. Señalaron a Holman mientras gritaban a los agentes.

—¡Era él! ¡Ha sido él!

Cecil se puso en pie tambaleándose, retrocediendo al tiempo que mostraba sus credenciales.

—¡Le veo la mano! Lo veo, maldita sea. ¡Va a coger la pistola!

Holman vio a los hombres jóvenes moverse detrás de sus armas. Cerró los ojos, se mantuvo perfectamente quieto, y...

... no ocurrió nada.

Holman levantó la mirada, pero ahora los cuatro jóvenes agentes tenían sus pistolas en el aire, y estaban rodeados por más agentes que se congregaban. Agentes tácticos del Departamento de Policía de Beverly Hills con rifles y escopetas corrieron hacia Cecil, gritándole que se tirara al suelo. Lo placaron con fuerza, lo pusieron boca abajo, y dos de ellos corrieron hacia Holman.

Holman continuó sin moverse.

Uno de los agentes tácticos se quedó atrás con la escopeta preparada, pero el otro se acercó.

—Yo soy el bueno —dijo Holman.

—No te muevas.

El agente que estaba más cerca levantó la pistola de Cecil, pero no golpeó a Holman con ella ni trató de inmovilizarlo. Una vez que tuvo la pistola pareció relajarse.

—¿Eres Holman? —dijo el poli.

—Mató a mi hijo.

—Eso es lo que me han dicho, amigo. Lo has cogido.

El segundo poli se unió al primero.

—Los testigos dicen que ha habido tiros. ¿Te han herido?

—Creo que no.

—Quédate ahí. Traeremos a un médico.

Pollard y Leeds se abrieron paso entre la creciente cantidad de agentes. Cuando Holman vio a Pollard empezó a levantarse, pero ella hizo un movimiento para que se quedara quieto, así que obedeció. Holman suponía que había llegado demasiado lejos para correr ningún riesgo.

Leeds se acercó a Bill Cecil, pero Pollard fue directamente a Holman, echando a correr por el camino. Llevaba un impermeable azul del FBI, como la primera vez que la vio. En cuanto Pollard llegó, lo miró, respirando agitadamente, pero sonriendo.

—Ahora estoy aquí. —Le tendió la mano—. Estás a salvo.

Holman soltó las bolsas de dinero, cogió la mano de Pollard y dejó que ella le ayudara a levantarse. Miró a Cecil, todavía en el suelo, abierto de brazos y piernas.

Vio que los agentes doblaban los brazos de Cecil por detrás de su espalda para esposarlo. Vio a Leeds, con el rostro lívido y retorcido, patear a Cecil en la pierna, tras lo cual los polis de Beverly Hills lo apartaron. Holman se volvió hacia Pollard. Quería decirle por qué todo lo que había ocurrido allí y todo lo que había conducido a eso había sido culpa suya, pero tenía la boca seca y estaba parpadeando con demasiada fuerza.

Ella le agarró la mano con fuerza.

—Está bien.

Holman sacudió la cabeza y pateó las bolsas. No estaba bien y nunca lo estaría.

—El dinero de Marchenko —dijo—. Eso es lo que quería Richie.

Pollard le tocó la cara y se volvió hacia él.

—No, oh, no, Max. No fue así.

Le sostuvo la cara con las dos manos.

—Richie no estaba haciendo lo que pensábamos. Escucha...

Pollard le contó cómo había muerto su hijo y, lo que era más importante para Holman, cómo había vivido. Holman se quebró, llorando en Wilshire Boulevard, pero Pollard lo agarró con fuerza, dejándolo llorar y sin dejar de abrazarlo.

Quinta parte
32 DÍAS DESPUÉS

57

Cuando Holman bajó por la escalera, Perry estaba en su mesa. Perry normalmente dejaba de trabajar a las siete en punto para encerrarse en su habitación a ver *Jeopardy!*, pero allí estaba. Holman supuso que el viejo lo estaba esperando.

Perry arrugó la nariz.

—Joder, huele como un burdel. ¿Qué demonios lleva, perfume?

—No llevo nada.

—Puede que mi polla no funcione tan bien como antes, pero a mi nariz no le pasa nada. Huele como una maldita mujer.

Holman sabía que Perry iba a ser implacable, así que decidió cantar.

—Compré este nuevo champú. Se supone que huele como un jardín tropical.

Perry se inclinó y se rio.

—Supongo que sí. ¿Y qué flor sería, mimosa?

Perry se estaba partiendo de risa.

Holman levantó la mirada hacia la puerta de la calle, esperando ver el coche de Pollard, pero el bordillo estaba vacío.

Perry continuaba disfrutando.

—Mira lo repeinado que va. Apuesto a que tiene una cita.

—No es una cita. Sólo somos amigos.

—¿Esa mujer?

—Pare de llamarla «esa mujer».

—Bueno, a mí me parece muy guapa. En su lugar, le diría a la gente que es una cita.

—Bueno, yo no soy usted, así que cállese. Le pediré a Chee que vuelva a mandar a esos chicos para destrozarle el coche nuevo.

Perry dejó de reírse y tosió. Una vez que la situación de Chee se aclaró, sus chicos reconstruyeron el viejo cacharro de Perry como habían prometido. Perry se enorgullecía de dar vueltas en su clásico prístino. Un hombre que conducía un Range Rover le había ofrecido cinco mil dólares por él.

Perry se inclinó otra vez hacia delante y se agachó sobre su escritorio.

—Quiero hacerle una pregunta. Ahora hablo en serio.

—¿No se está perdiendo *Jeopardy!*?

—Un momento, ¿cree que tiene algún futuro con esa mujer?

Holman volvió a la puerta pero Pollard todavía no había llegado. Miró al reloj de su padre. Finalmente lo había mandado reparar y ahora funcionaba bastante bien. Pollard estaba llegando tarde.

—Perry, mire, ya tengo bastantes problemas tratando con el presente. Katherine es una agente del FBI. Tiene dos hijos. No quiere tener nada que ver con un tipo como yo.

Después de la detención de Cecil, a Leeds le quedó una vacante en la brigada de Bancos y se la ofreció a Pollard. Permitir que una ex agente regresara a un puesto tan buscado era sumamente inusual, pero Leeds tenía la influencia suficiente para conseguirlo. Pollard podría presentarse a su antiguo servicio y conservar su antigüedad. Holman pensó que era un buen trato y la animó a aceptarlo.

—Bueno —dijo Perry—, joder, ese nuevo champú de mariquita debe de haberle vuelto estúpido. La mujer no vendría aquí si no quisiera tener nada que ver con usted.

Holman decidió esperar en la acera. Salió, pero al cabo de treinta segundos Perry apareció en la puerta. Holman levantó las palmas de las manos.

—Por favor, se lo pido, déjelo estar.

—Sólo quería decirle algo. Lo único que sabe de mí es que soy un viejo maniático en este motel cutre. Bueno, no siempre fui así. Fui joven y tuve oportunidades en mi vida. Tomé decisiones que me pusieron aquí. Si tuviera otra oportunidad, le aseguro que tomaría otras decisiones. Piense en eso.

Perry se metió en el motel vacío.

Holman se quedó observándolo y oyó un claxon. Levantó la mirada a la calle. Pollard estaba a una manzana de distancia, pero lo había visto. Holman levantó la mano y vio que Pollard sonreía.

Holman pensó en lo que Perry había dicho, pero el viejo no entendía que Holman estaba asustado. Katherine Pollard se merecía a un buen hombre. Holman se estaba esforzando por ser mejor de lo que había sido en toda su vida, pero todavía tenía un largo camino por recorrer. Quería ganarse a Katherine Pollard. Quería merecerla. Y creía que un día la merecería.